上官鼎

從台灣來

Out of Taiwan

上官鼎——著

序

《從台灣來》是我三年來第三部長篇小說。

二〇一四年出版的《王道劍》，寫的故事發生於六百年前的明朝；二〇一五年出版的《雁城諜影》，寫的是發生於抗戰時期的故事，距今七、八十年；這一部《從台灣來》，寫的故事發生在二〇一四年，正值俄羅斯舉辦索契冬季奧林匹克運動會的時候。三部小說時序躍進得飛快，有朋友戲言，上官鼎下一部小說該寫未來的故事了。

《從台灣來》的創作動機說起來相當「無厘頭」。我認識一個年輕的警官，聽說他是一位射擊高手，我常好奇地問他一些有關「狙擊手」、「特等射手」的事情，譬如說：他們的養成、他們的武器、他們的專業要求……等等，所聽得的資訊每每讓我感到迷人之極，閒下來時不知不覺便在腦海中構思一個關於「狙擊手」的故事。

之後的發展就連我自己都不敢置信。圍繞著這個發想，故事裡牽進來了兩位從台灣退休、定居國外的狙擊手警官，一男一女；台裔加拿大科學家發明的下一代淨潔核能的關鍵技術；匹夫無罪，懷璧其罪的科學家遭到綁架；發動綁架的庫德族人的建國狂想曲；綁架案後面的大國角力；土耳其、伊拉克、敘利亞等國與庫德族人建國行動之間的鬥爭、利用、出賣……

但最重要的是三個主角——兩位退休警官和身懷最新科技機密而遭綁架的科學家，他們都來自台灣。

在鋪陳這個充滿懸疑、刺激的故事時，加拿大皇家騎警、國際刑警、美俄情報單位、活躍在中東的軍火商和職業殺手……一一登場，讓我一度寫得「筆」不暇接；不停地穿插切換，熱血幾乎爲之沸騰。這是我寫《王道劍》、《雁城諜影》時沒有過的經驗。

三位主角，他們從台灣來，他們成長的歲月正是台灣從農業、輕工業走向轉型換骨的年代。十大建設次第完成，經濟起飛固然鼓滿了動力，而戒嚴法即將廢止、追求民主的政治力也漸趨成熟，蓄勢待發。人民的生活過得不平靜，但人人樂觀進取，人人努力打拚，是一個相信明天會更好的時代。

那些人，包括我們故事的主角，不論他們來自窮鄉僻壤的農村，還是溫飽邊緣的底層眷村，都是那個時代無畏無懼、勇於創造更好未來的台灣人。他們的故事都確有所本，其人其事直到寫完全書，仍然生動地活在我的腦海中。

庫德族是庫德斯坦山區的古老民族。他們數千年來擁有自己的土地和文化，只因列強在兩次世界大戰後強行將他們世居之地劃分屬於四個國家，使他們成爲四個國家中的次等國民，並爲無休無止的邊境戰亂所苦，甚至不時面臨遭到滅族的威脅。他們世代中許多人爲建立屬於自己的國家而流血奮鬥，也有人採取恐怖暴力手段，受到列強無情地打壓；更可悲的是，列強在地緣政治的爭鬥時，他們建國無望，卻總是淪爲最好驅使的棋子，用過即被丟棄。庫德人的悲情在這部小說中有較多的描述，若干類似小說中的情節，兩年後的今天正在敘利亞、伊拉克、土耳其的戰亂中一一發生，宛若預見。

除了庫德人的故事，小說用了不少篇幅描寫「熔鹽反應爐」（MSR，Molten Salt Reactor）。MSR是淨潔、安全、可持續的下一代核能科技，用淺顯易懂的文字讓一般讀者能窺其大貌，需要有點「科普」文字的功力。要說明的是，書中寫到的相關科技大致皆屬正確（不夠嚴謹），唯有新發明的關鍵材料技術及產品目前世上並不存在，雖然它的物理及化學特性都符合學理。

這部小說在故事鋪陳、案情推理的過程中，同時切入幾位主角的成長經歷及感情世界的糾結，如何在意識的流動和故事的推進之間取得妥適的平衡，讓讀者在步步懸疑中還能感受到一些美學的感動，確是作者極大的挑戰。我的處理是否及格，只有由讀者來評定了。

爲了對狙擊手的訓練及遠距射擊的要領多一些專業知識和感覺，我的警官朋友請到他的教官來跟我聊天，使我得益匪淺，在此要對他們特別致謝。

目錄

序 003
第1章 索契冬奧 011
第2章 雪地的槍聲 037
第3章 科學家的綁案 075
第4章 橡樹城葉太太 105

第5章　荒田少年　139
第6章　克里米亞韃靼人　165
第7章　奧德薩緝凶　193
第8章　熔鹽核反應器與水裂解　221
第9章　別墅突襲　267
第10章　天啓之女　297
第11章　奇怪的充電線　319
第12章　庫德斯坦基地　351
第13章　三面諜　385
第14章　一槍的機會　417
各界推薦　442

小說主要地理關係圖

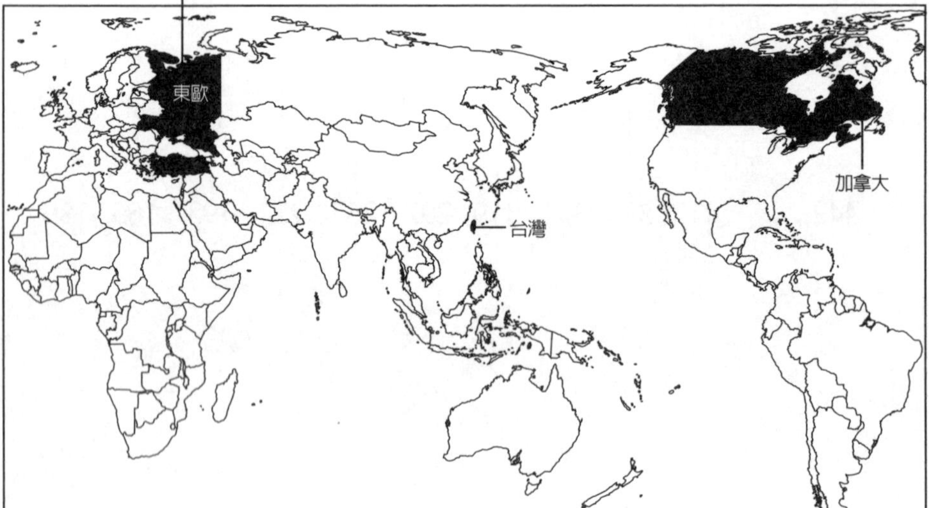

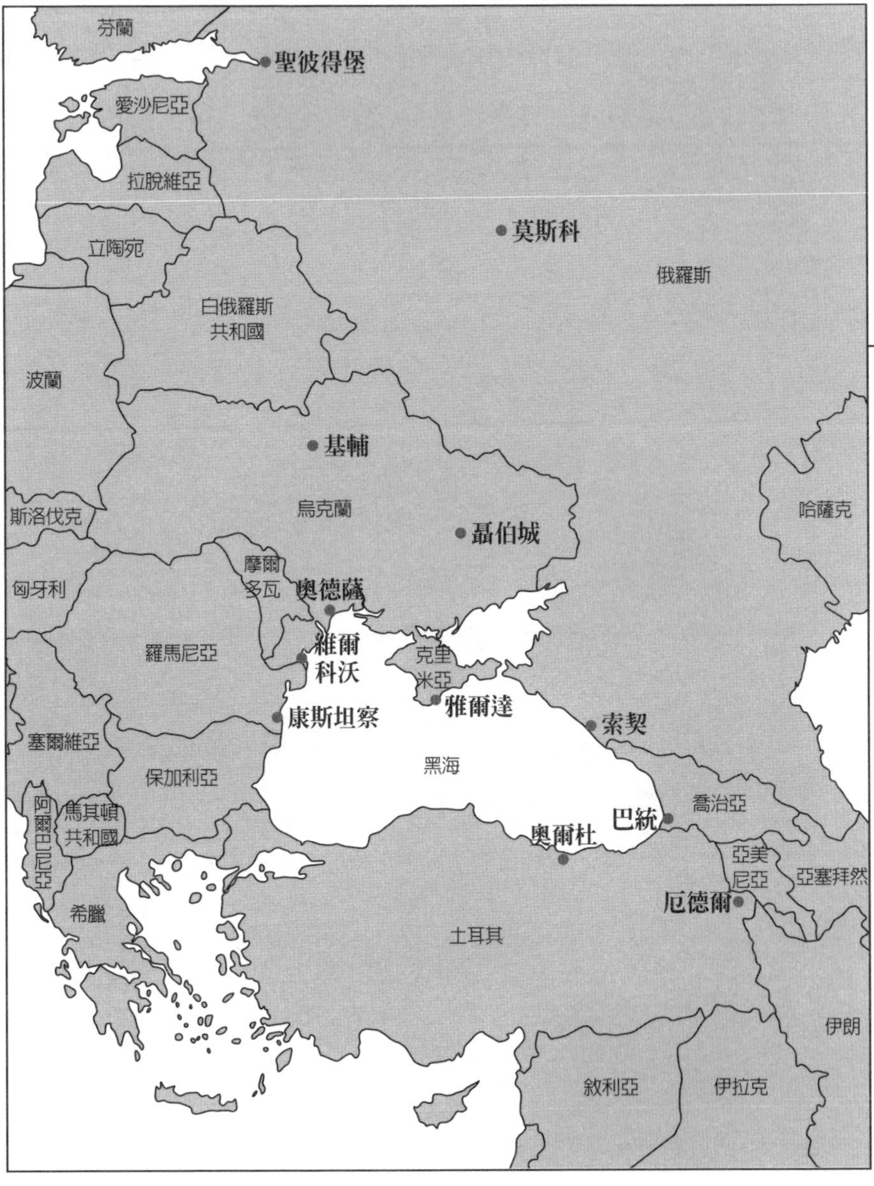
芬蘭
聖彼得堡
愛沙尼亞
拉脫維亞
莫斯科
立陶宛
俄羅斯
白俄羅斯
共和國
波蘭
基輔
烏克蘭
哈薩克
斯洛伐克
聶伯城
摩爾
多瓦
匈牙利
奧德薩
羅馬尼亞
維爾
科沃
克里
米亞
雅爾達
康斯坦察
索契
塞爾維亞
黑海
保加利亞
阿
爾
巴
尼
亞
馬其頓
共和國
喬治亞
巴統
奧爾杜
亞美
尼亞
亞塞拜然
厄德爾
希臘
土耳其
伊朗
敘利亞
伊拉克

1 索契冬奧

氣溫降到零下五度，但是在豔陽高照之下似乎感覺不到那麼冷，蔚藍的天空襯著皚皚白雪，光亮得十分刺眼。一條公路沿海岸而建，一邊臨海一邊依山，整段路風景怡人。

一輛老舊的休旅車在這段漂亮的公路上向北疾馳。左邊的黑海呈現出普魯士藍色，深而不黑，右面是高加索山脈連綿不斷的山區，路旁的標誌顯示這是俄羅斯濱黑海東岸的「A147」公路。

車上兩個年輕人，駕車的一個理平頭，臉上鬍鬚刮得清潔溜溜，雖然穿著服裝像是在地的農夫，但只要看他的動作，你會立刻聯想到他是個軍人。

坐在他身旁的大漢索性剃了個大光頭，手上抱了一個草綠色的帆布袋，看上去像是軍用的背包。

他們臉上都戴著墨鏡，手上都戴了手套。

大光頭看了一下路邊的里程牌，指著前方道：「我們離開索契（Sochi）已經四十一公里了，前面三公里半就要右轉。」

「瞭解，長官。」

「這次我們國家辦冬季奧運是件好事，就不懂爲什麼有那麼多反對的雜音？眞他媽可惡！」

「報告長官，我前天還在索契協助警方處理國際ＬＧＢＴ團體的示威抗議，足足搞了一整天才散去，解散前帶頭的還信誓旦旦，說奧運開幕前還要聯絡其他社運團體回來，搞更大的示威活動……」

「士官，恕我孤陋寡聞，英文也不好，什麼是ＬＧＢＴ？」

「報告長官，這是國際上四種特定團體的英文字縮寫。」

「那四種？」

「女同性戀（lesbian）、男同性戀（gay）、雙性戀（bisexual）、變性人（transgender）四個英文字的第一個字母，ＬＧＢＴ。」

「是啊？不過就是我們俄羅斯辦一場冬季奧運會罷了，搞那麼多抗議幹麼？話又說回來，我倒覺得不准他們參加奧運會是不對的……」

「報告長官，我們辦奧運會當然准許他們參加的，這不是問題。他們抗議的是我們的社會，歧視他們的人權。」

「我雖是個老粗，對他們可也沒有成見，要是一個同性戀滑雪選手得了金牌，我照樣全心全意恭喜他。可是恐怖分子就不同了，我從莫斯科專程來這裡，就是要防範國際恐怖組織在奧運會肇事。」

「對，我觀察了一陣子，我們的警方大概應付不了恐怖分子各種不要命的搞法，要多派些像長官這樣有反恐經驗的高手下來負責維安，才能罩得住。」

「可是奧林匹克是和平的象徵，如果我們在索契奧運會場四周布下重兵，如臨大敵，也會是國際笑話。」

「可以派便衣軍隊呀，就像我們現在這樣。」

「不錯，但是高層領導不希望偷偷摸摸派便衣軍隊來，他們要正大光明地對國際宣布，由於國際恐怖組織計畫在索契冬季奧運鬧事，我們不得不派便衣維安部隊來因應，確保各國選手的安全是第一優先考量。」

「國際恐怖組織？他們已經有行動了？」

「嘿嘿，很快就有了……士官，看見前面路肩停了一輛白色小車嗎？就那裡，你該右轉了。」

休旅車轉向右邊一條小路，通向崎嶇的山區，在離開「A147」公路五百公尺處有一片空坪，鋪滿了白雪，山坡的常青針葉樹上掛滿了小冰柱，在陽光下顯得格外晶瑩耀目。光頭長官下令：停車！

他把手上的帆布袋放在後座，飛快地開門下車，駕駛員問道：「長官，我們是……」他猛一揮手，低聲喝道：「不要問，跟我跑。」

他們回頭向公路方向跑了幾十公尺，跑到一個土坡邊上，光頭長官停下身來，轉身蹲下，看了看腕錶，對身邊的士官道：「你也蹲下，我們要等六分鐘。」

士官不敢多問，蹲在地上。六分鐘一到，只見光頭長官從大衣裡掏出一個帶有鍵盤的小黑盒子，按了幾個鍵，輕聲道：「小心！」接著按下一個紅色的按鈕。

那輛休旅車瞬間轟然爆炸，隔了幾秒鐘後又是一聲暴響，這回顯然是汽油引燃了，只見火光沖起，黑煙冒出，休閒車立刻陷入火團之中。

長官掏出手機，把火燒的情景拍了幾張照片，又拍了十秒鐘的錄影，然後把一支鑰匙交給士官道：「快跑，公路邊停的那輛白色豐田，我們閃人。」

兩人飛快地坐上了白色小豐田，車才上路，天空一架交通警察的救難直升機迅速趕到，降落在雪地上，機上跳下警察及消防隊員，熟練地處理現場的火燒車，時間配合得剛好。最後下機的大個子穿了件消防衣，肩上扛著電視攝影機。

∞

安德烈．布洛克坐在涅瓦河畔的咖啡屋裡，凝視著落地窗外的白雪紛飛，胸中充滿了往日情懷。屋內的暖氣、咖啡蒸氣、香菸和雪茄的氣味瀰漫，混成一片氤氳，但那落地窗的整塊玻璃卻不受室內外溫差的影響，絲毫沒有起霧。記得進門時聽見坐在門口的店老闆說，這整片落地窗的玻璃表面有高科技的奈米薄膜，絕不會沾凝水氣；就這片玻璃花了老闆二十幾萬盧布，安德烈哦了一聲，道：「這年頭什麼都奈米，酷啊！」

這間咖啡屋不禁止吸菸，仍維持二十多年前的老樣，安德烈其實早已戒菸，他選擇來這裡喝咖啡只是爲了一溫二十年前的舊夢，回味一下當年的浪漫感覺。

牆上的大螢光幕正播出俄羅斯總理普京在公益晚會上表演自彈自唱的影帶，演唱的是〈藍莓山〉（Blueberry Hill），好像是「胖子多明諾」的搖滾版本。普京歌喉普通，但唱得頗有點味道，台風尤其有種特別的魅力。

安德烈轉頭再看窗外時，大雪漸漸歇了下來，涅瓦河對面隱約可以看到聖彼得堡大學的建築群。安德烈的思緒回到二十年前，聖彼得堡大學的冰上曲棍球館。

年輕的安德烈．布洛克是加拿大多倫多大學冰上曲棍球校隊的主力中鋒，他滑冰速度快，步法及棍法優美，球門前接到左右兩邊或網後傳來冰球，第一時間的腕射攻門尤其是得分利器；他的右翼阿爾是個長程炮手，左翼丹尼斯是冰上飛人，這條鋒線是多倫多「大學藍」隊的得分機器。

那是多倫多大學校隊訪俄友誼賽的臨別一戰，和地主隊聖彼得堡大學校隊連三戰的最後一場，賽前的戰績是一勝一負，這第三戰吸引了聖彼得堡全國性媒體的關注。聖彼得堡大學的學生及市民把冰球館擠得水洩不通，六千多個座位無一虛席，連走道上都坐滿了觀眾，歡呼嘆息之聲此起彼落。比賽進行到第三節時，比數是四比三，聖彼得堡大學領先，時間只剩兩分鐘，看來多倫多隊將要凶多吉少了。

安德烈的眼前又浮現二十多年前的場景，這場景在往後的二十多年裡出現在他的腦海中不知多少次：時間還剩下一分鐘，聖彼得堡大學的隊員開始嚴守，安德烈這條鋒線正應該下場換線，但安德烈不但不滑向場邊板凳席，反而率領兩翼向中場衝去，完全不顧教練的狂吼：「換線！換線！」

安德烈拒絕下場，教練只好按住準備上場替換接戰的鋒線三人，以免造成「冰上人超標」的犯規，不禁又氣又急。安德烈驅前侵略性的防守竟然截下冰球，他大聲叫道：「安里希納伯，安里希納伯！」丹尼斯和他交錯掩護帶球前衝，堪堪過了藍線，兩人一起加速往左衝出，安德烈巧妙而隱密地將冰球留在藍線邊上，就在這一瞬間，右鋒阿爾有如一陣風一般從後場加速衝到，衝力加上全身的力道揮棍一擊，冰球如長程炮彈直接飛向五十七呎外的球門，驚鴻一瞥地穿過守門員的大手套和短棍，直入網角——時間剩下兩秒，比數打平了。

「安里希納伯」是加拿大大湖區古老的印第安人族名，是安德烈這條鋒線絕殺戰術的代號；三人的默契是幾百次苦練的結果，在這最後關頭一施出來，果然奏效。然而就在全場狂吼聲中，安德烈受到兩個對方後衛的夾擊猛撞，左胸肋骨立時骨折，當場倒地不起。

球賽就以四比四和局收場，安德烈被選爲最受歡迎的球員，但他當場痛得暈了過去，直到第二天早上躺在醫院的病床上醒過來，才從《彼得堡論壇報》上看到。「彼得堡與多倫多戰成平手」的標題下是安德烈的大幅照片，記者對最後追成平手的一球做了詳細描述。細心的記者顯然聽見了「安里希納伯」的暗號，賽後向長射得分的阿爾打探，阿爾笑而不答，在一位美女記者追問下，阿爾才神秘兮兮地說：「那是安德烈作法時的咒語。」

想到這裡，坐在落地窗前的安德烈不禁莞爾一笑，他凝視著窗外逐漸現形的聖彼得堡大學的輪廓，眼前接著浮出的是聖彼得堡大學附屬醫院的骨科病房，狹小的房間裡病床及桌椅都是老式的，雖然有點陳舊而簡陋，但卻光潔一塵不染。自己裸著的上身緊裹在繃帶中，一個操著濃重俄國腔英語的醫師說他左胸肋骨裂了兩處，要住院觀察兩天。有一個女學生送了一束花束，卻沒有留下姓名。又有一個女記者想要來採訪，她留了名片，教練說安德烈如果不想接見便由院方出面婉拒。

安德烈接過那女記者的名片，上面手寫著「娜塔夏．拉婷妮娜」，《彼得堡論壇報》的實習記者。這時他的教練帶著阿爾和丹尼斯來看他，他伸出大拇指說：「阿爾、丹尼斯，幹得好。」教練道：「安德烈，你不聽教練指揮，罰你住院不隨隊回家。」

安德烈低聲道：「教練，對不起，那時我只想到要啟動『安里希納伯』，什麼都管不到了，您要怎麼罰我都甘願接受。」

這時一個清脆、帶些英國口音的聲音在病房門口響起：「安里希納伯，究竟是什麼?」

安德烈看見一個金色長髮的女孩正從病房門口走進來，那女孩穿著黑色的緊身連套褲裝，上身一件人造麂皮的獵裝對胸敞開，更顯出她健美的身段。她朝著安德烈展開一個極為甜美的笑容，招呼道：「安德烈．布洛克，冰上的新英雄!」

安德烈身上的麻醉藥效力正在減退，胸脅的疼痛開始加劇，見這女孩站在病房門口對他笑得燦爛，只好苦笑回道：「是啊，少了兩根肋骨的英雄。」

「娜塔夏．拉婷妮娜。」

「《彼得堡論壇報》的美女記者？……」

羅伯吉教練切入打斷：「記者小姐，我們覺得安德烈目前的情況似乎不適合接受採訪。」

阿爾搶著道：「娜塔夏，妳可以訪問我們呀，丹尼斯和我。最後那一球不是我射進的嗎？」

娜塔夏笑得更開心了，她搖了搖右手指夾著的一枝原子筆道：「教練，我只問一個問題就走人……」她轉向安德烈道：「我已經查出，『安里希納伯』是加拿大古老印第安族的族名，對不？我想知道，你們爲什麼用這個印第安族名來做這套戰術的代號？」說時一雙美目盯著安德烈看。

娜塔夏有雙藍色的眸子，清澈得像貝加爾湖的湖水，純淨得讓人看著有些發慌，安德烈無法招架那雙澄藍的眸子，一時竟忘了回話，教練替他回答：「大湖邊的安里希納伯人便是用這一招獵殺大水牛。小姐，妳快離開，妳未經護士准許就闖進來，小心被警衛攆出去。」

阿爾和丹尼斯同時發話，阿爾叫道：「我送妳出去……」丹尼斯則道：「今晚有空嗎？娜塔夏，我請妳吃晚飯可好？」

娜塔夏只盯著安德烈，並不回答。安德烈一時忘了痛楚，臉頰發熱，就像剛喝下一杯不加冰塊的單一麥芽加拿大威士忌。

∞

安德烈手上握著大半杯威士忌，目光從落地窗外的雪景收回，他的遐思也回到了現實。咖啡屋裡已經座無虛席，牆上的大螢幕電視切換到了ＢＢＣ新聞頻道，安德烈一抬頭，螢光幕上正打出「突發新聞」的標題，一個略帶蘇格蘭口音的記者一臉嚴肅地報導：「距離索契冬季奧運已進入倒數計日的時刻，在奧運場地附近五十公里內連續發生兩起汽車爆炸案，今日下午又添一起……」

安德烈注意到咖啡屋中的客人相當國際化，大多聽得懂英語，整個大廳突然安靜下來。螢光幕上出現積雪盈尺的郊野，背景天空藍得像深海，一輛休旅車被炸得不成車形，濃煙中火燄猶未全熄，記者續報：「……總理的國安幕僚咸認這一連串爆炸事件絕非偶然，目前雖然未有任何組織出來公開承認，安全相關單位研判應爲某國際恐怖組織所爲。爲確保索契冬奧安全順利舉行，普京總理已下令，俄羅斯國安部隊以便衣小組方式進駐各敏感地區……」

這一段新聞一報完，咖啡屋中立刻響起一片討論之聲，俄語、英語、德語……各種語言都有，混成嗡嗡的一片。安德烈對這一則公共安全的新聞十分注意，默默沉思了好一會兒，他看了看腕錶上的日期，喃喃對自己說：「這些公安事件的背後絕不單純……嗯，算算時間，我們的國家代表隊已經動身了，我該趕快去找喬治李，好好吃頓中國菜，聊個通宵，然後就要去索契和大隊會合了。」

他，安德烈．布洛克，二十年前多倫多大學冰球隊的主力中鋒，如今是加拿大皇家騎警隊國際刑警聯絡官，應加拿大國家冰球隊的徵召，擔任教練團的顧問。

喬治李，是他當年在多倫多的老友。想到李，眼前浮出他那熱情的臉孔，一雙漆黑的眼睛總是透出關切人的眼神。安德烈又喝了一大口威士忌，嘴角現出一絲溫暖的微笑。

∞

二十歲的安德烈肩上掛著一隻紅色的人造皮袋，裡面塞滿了他換下的衣物，他沖了一個熱水浴，從「校隊球場」走出來，一陣寒風迎面吹過，安德烈將套頭的「烏龜頸」拉高一些護住脖子。十月底的多倫多。

他正要走上布魯爾街，看見街角一個東方人站在電話亭邊，正對著他親切地微笑。

「這傢伙老是出現在『校隊冰球館』，不但每場比賽必到，連我們練球他也到，很少見到那麼迷冰球的中國佬；嗯，我猜他是中國人。」

安德烈點頭招呼，道聲：「嗨，你。」

那人長得很有氣質，以亞裔男子來說，五呎十一吋的身材算得上挺拔頎長了。下午校隊練球時他曾在場邊看了整整一個多小時，這會兒在街角怕也等了三、四十分鐘，見到安德烈走近，他連忙趨前伸手道：「對不起，布洛克先生，我的名字是喬治李，能和您談談嗎？」

安德烈伸手握了一下，有點不自在地道：「啊，李先生，我認得你。你好像很迷冰上曲棍球，我們比賽時，你總坐在第二排……是U of T的學生？」他看上去應該接近三十歲了？不過東方人的臉看不準年齡的。

喬治李臉上展現一個真誠的笑容，道：「是，叫我喬治，多倫多大學『刑事鑑識研究所』碩士生，從台灣來。」

「刑事鑑識？哇！台灣？我老爸去過台灣，他告訴我台灣是個美麗的地方，人民很友善好客……」安德烈看了看手錶道：「不好意思，喬治，今天不方便哩，我約了朋友打撞球，時間就快到了，我要趕去地下鐵海灣站內的撞球店。」

喬治李道：「布洛克先生……」

「叫我安德烈，U of T 斯拉夫語文系三年級。」

「是，安德烈，我可以陪你走過去，我們一邊走一邊談。」

安德烈看他一臉殷切的樣子，就笑道：「好，我們走。喬治，你從台灣來，怎麼會對冰球這麼有興趣？」

喬治道：「我愛快速運動。再說，加拿大電視台每天都在播冰球賽，想不看都不行；起先看不太懂，後來發現它八成以上的規則和足球一樣，但比足球快得多，就迷上了。」

他們右轉到布魯爾街上，右手邊是皇家音樂學院，院門外有一排旗幟在飄揚，旗面上印著皇家音樂學院傑出校友鋼琴家安潔拉．休維特的大頭照，以及她返院演奏的資訊。

喬治小心地問道：「安德烈，你在中鋒位置上真厲害，你的『腕射』是我看過最好的。你覺得你自己的球路比較像 NHL（編註：國家冰球聯盟）那一位中鋒？」

安德烈聽喬治的英語不但相當流利，冰球術語也說得很溜，又是台灣來多倫多修「刑事鑑識」的碩士生，不禁對他大感興趣，便回道：「這問題不好答，其實我並沒有刻意學那一位ＮＨＬ大牌中鋒的球路，倒是有一位已退休的前輩，尚．貝利沃，是我最欽佩的冰球中鋒……」

沒有料到喬治「哇」的叫了一聲，插嘴道：「貝利沃？蒙特婁加拿大人隊的傳奇中鋒？你們兩人的『腕射』是有些像……」

「你也知道尚．貝利沃？」

「愛冰球的誰人不知？我看過他的錄影帶……我還有本專寫他的書，書名好像是『中場的力量』？」

「沒有錯，我也有這本書……」

布魯爾街上文化機構林立，過了皇家音樂學院，緊接著便是皇家安大略博物館，人行道上飄著一長排天藍色的旗幟，是爲感恩節後中國商周青銅器特展做宣傳。

喬治李的中文名字是李嶠之，英文名就自然是喬治了。他接著話題道：「我看過一場精彩的錄影帶，是一九六八年蒙特婁加拿大人對波士頓棕熊的季後賽，面對對方的得分王中鋒，貝利沃年歲確實已大，但他最後一球『腕射』致勝，眞是帥極……」

喬治談得過癮，忍不住模仿貝利沃腕射的姿勢，在大街人行道上就表演起來。安德烈笑道：「看你著迷的樣子！你也玩冰球嗎？」

喬治不好意思地道：「其實我從來沒有溜過冰，就是迷冰球這運動……」他轉移話題：「安德烈，你說你要去海灣站地下球場打撞球？撞球我倒能打一兩桿。」

安德烈指著對街皇后街上的教堂道：「那座『救贖主教堂』後面也有一間很棒的撞球店，可惜那邊不准打球下注，想來是太靠近教堂的緣故吧，哈哈。」

喬治也笑道：「那間撞球店我很熟，裡面講究紳士風度那一套，其實應該准許打網子的——在台灣我們把打撞球賭錢叫做『打網子』——賭完了就近去『救贖主教堂』懺悔一下就好了。」

安德烈哈哈大笑道：「說得也是。今天我要去的海灣站球店可是百無禁忌，只要不鬧事，誰也不管你下注賭多少。不過我們這些窮學生最多打十元一桿，小場面。」

喬治道：「下個星期雪布魯克大學的冰球隊要來多倫多。他們去年拿下了魁北克省大學聯賽的冠軍，你說，我們有多少勝算？」

「他們很強，有個右鋒丹奴瓦耶是個厲害角色，有人說他可能是魁北克自從超級球星拉弗羅以後最有才華的右鋒，蒙特婁加人隊已經和他簽了約。我們如果守不住丹奴瓦耶，就至少要輸兩球。」

喬治伸了一下舌頭道：「那麼厲害？我倒覺得新進校隊的一年級新鮮人丹尼斯很有天賦，他滑冰的速度足以參加『競速溜冰』比賽，反向倒滑也是又快又瀟灑，你應該向教練建議讓他加入你的鋒線……」

他們邊走邊聊已到了海灣街，等候綠燈過街，地鐵車站就在右前方。

8

安德烈約好的球友麥可．休斯是多倫多大學維多利亞書院一年級的新生，他們打了五桿九號球，麥克小勝三桿，贏了安德烈十元，便去販賣機買了兩瓶「莫森」淡啤酒。鄰桌一個四十歲左右的瘦子停止獨自練球，走向安德烈。

「嗨，小伙子，要不要玩大一點的？」

安德烈抬頭看了那人一眼，那人穿了一件黑色皮夾克，金髮，留一圈絡腮鬍鬚，一臉的和氣友善。安德烈回應：「老哥，你要怎麼玩？」

「我瞧你們玩了半天才十塊錢輸贏，實在看不下去了，一桿三十塊，怎樣？」

安德烈還在考慮怎麼答，麥可已經搶著回道：「鬍子，三十就三十，我倆先試試。」

那瘦子先前在鄰檯練球時，麥可偷瞄了幾眼，見他除了準頭不錯以外，桿法和做球功夫都不怎樣，便欣然應戰了。

那曉得那瘦子看來土裡土氣，拖泥帶水的球風居然一連贏了五桿，每一桿卻都勝得絲毫不漂亮。安德烈在一邊冷眼旁觀，覺得麥可球運眞背，明明有勝算的局總是因爲一個失誤就被翻盤，他有些沉不住氣了，便上前道：「麥可，你休息一下，讓我和這傢伙……較量一下。」

那瘦子衝著他展現一個和藹可親的笑容，道：「叫我拉瑞。歡迎換你來輸幾桿。」

安德烈的球技比麥可略高，他一上場就衝了個兩球進洞的局，但是卻沒有清檯。瘦子上來毛手毛腳地出桿，打不進球卻意外成了一個吊球，安德烈沒解好放了一個大 chance，瘦子清檯贏了。

安德烈極不服氣，也許是有些心浮氣躁，中場一個該進的四號球沒打進，母球卻進洞洗了澡，瘦子土裡土氣地又清檯進賬三十元。

安德烈感到一陣氣憤按捺不下，這瘦子明明球技平平，居然連斬麥可和自己七桿，他抓起球桿狠狠地敲了一下檯邊，道：「好，再來！」

喬治李站在一旁，他見那瘦子球風很不俐落，又無膽識，稍微沒把握就做安全球，但chance球卻從不失誤，這時心裡有數，便走到安德烈身旁，耳語道：「這瘦子是職業球棍，扮豬吃老虎，讓我來……」然後衝著那瘦子道：「喂，拉瑞，表演得好啊，我跟你玩五桿好嗎？每桿五十元怎樣？啊，我姓李，叫我喬治。」

拉瑞瞄了喬治一眼，用盤問的口氣道：「香港來的？」喬治道：「我從台灣來的。」拉瑞聽了略有遲疑，但立刻換上可親的笑臉，嘻嘻笑道：「嘿，通常碰上陌生的台灣佬和菲律賓佬我是不會貿然接受挑戰的，今天手氣太好，就不客氣了。好啊，五十元一桿，我們較量五桿。」

一衝球，拉瑞的架勢完全不同了，一舉一動都展現快手的風範，只見他長球精準，做球細膩，一口氣打到六號球，球球空心入袋，但七號球和八號球在檯邊形成一個集團，拉瑞想了一會，便做個吊球。

麥可就站在檯邊，看了看對安德烈低聲道：「我操，這瘦子吊得眞絕，無解，吊死了。」安德烈喃喃道：「扮豬吃老虎，今天眞碰上了……」

喬治彎腰仔細端詳檯上三個球的位置，九號球在左邊底袋洞口，七、八號及母球形成吊球，八號球和檯邊之間的距離好像剛好夠母球通過。

安德烈和麥可疑惑地看著喬治，見他低頭對八號、七號兩個球看了又看，不停地用「巧克」（chalk）擦他的桿頭，終於，他彎下身來，出桿了。

母球輕巧地通過狹隙，一觸及檯邊「顆星」（cushion），感覺上似乎略停了一瞬，接著強力向前滾，極薄地碰到七號球的邊緣，母球上所帶的強勁左側旋力竟然使它以一道小弧線沿檯邊急奔底袋，將袋口的九號球撞落袋中。

這是不可思議的一球，通常強力拉桿厲害的人比較多，很少球友的擦 side 推桿能夠如此犀利，母球像是有生命附身，居然連解球帶 kiss 九號球入袋，桿法實在神乎其技，不但安德烈和麥可驚呼出聲，附近鄰檯的玩家們也都停下桿來鼓掌叫好，便那瘦子拉瑞也忍不住叫道：「哇，眞有你的！」

然後喬治連贏五桿，不但安德烈和麥可輸掉的二百一十元撈了回來，還倒贏了瘦子四十元加幣，心中覺得爽極，便對兩人道：「去吃披薩喝啤酒，我請客。」

瘦子拉瑞倒是有風度，大概江湖走多了輸贏是常事，他笑臉不變，點頭頻頻地道：「嘿，喬治，你那手高桿擦 side 眞猛啊……怎麼以前沒見過你？」

喬治微笑道：「禮拜天中午到『救贖主教堂』後面的球店就能找到我，在那邊我們不賭錢，所以你不會常去吧？告訴你一個小秘密，我們雖不賭錢，賭披薩和啤酒倒是不禁止的。哈哈！」

8

李嶠之坐在小圓桌前，他握著一大杯烏克蘭啤酒，桌上半個熱騰騰的大披薩，面對著西窗滿天的彩霞。北國的二月初正是冰雪的世界，太陽落下後氣溫降到零下。不遠處聶伯河已結了冰，落霞被冰封的河面反射，呈現一種耀眼的絢麗。遊人多已歸去，窗外一片寂靜，黃昏無限好，李嶠之卻感到淡淡的落寞和淒涼。

聶伯河靜靜地從基輔（Kiev）東邊流向南方，這一段河面十分複雜，德森卡河幾乎平行地匯進來，支河道錯綜之間有許多小島和灘地，「希德羅水上公園」就在聶伯河和德森卡河相夾的島上，是個水上遊樂區，也是基輔有名的旅遊景點。李嶠之的「寶島餐廳」就開在遊樂區的邊上。

這裡夏天旅遊盛季時，各式遊樂場、沙灘、水上運動吸引相當多的遊客；到了冬天，聶伯河多段結冰，旅客銳減，耶誕節後公園管理單位會依結冰狀況開放河上滑冰、冰釣等活動，以增加遊客吸引力，但來遊玩的人數有限。

李嶠之的餐廳在這個季節基本上是度小月的經營，廚子只剩一人，跑堂的兩個半工就能湊合著應付。不過李嶠之卻常愛在冬季一個人從城裡搬到此地住上一段時間，不是爲了照應生意，而是爲了這個公園裡有一座很棒的射擊練習場，室內外都有，設備一流，收費低廉，冬季人不多不用排隊，隨到隨使用。如果事前預約，晚間七點半到九點半還可開放夜間射擊。

再過幾天，他就要南下去克里米亞半島南岸的雅爾達（Yalta）。他在雅爾達也有一間「寶島餐廳」，靠近普希金港灣，在當地旅遊團裡以粵式海鮮料理享有名氣。

這個季節旅客雖然稀少，但是大批候鳥開始沿黑海岸北歸繁殖地，是打獵季節到了。

他吃了兩片披薩，仰頭灌了三大口啤酒，一瓶啤酒去了一半，電視上BBC新聞正在播報一則有關候鳥的消息。

「一種稀少而美麗的雁鴨，叫做『紅胸黑雁』的候鳥，大約十年前，從牠們主要越冬地黑海沿岸地區神秘消失了近半數，也就是說，超過五萬隻這種羽毛極爲美麗的候鳥突然不見了，究竟是氣候變遷，抑或是狩獵、農藥、開墾……要負最大的責任？」

電視記者結語道：「科學家估計，全球野生紅胸黑雁只剩下不到四萬隻。他們連續第二年在紅胸黑雁身上裝置追蹤器和定位儀，希望能找到這種瀕危候鳥在全球保護之下數量依然只降不增的原因。」

過幾天就要去的雅爾達背山面海，背後的山區也正是候鳥北歸所經的地區，李嶠之聽了這條新聞，喃喃自語：「紅胸黑雁的北遷路徑可能東移了，過去牠們都是沿黑海西岸飛的多，最近克里米亞這邊漸漸發現愈來愈多牠們的蹤跡；去年我在獵野鴨時，就看到好幾群飛過半島東南山區……也許這邊的獵人對牠們不熟習，還不知道是被保護的稀鳥。」

李嶠之關上電視機，緩步走到壁櫃前，從櫃中拿出一隻長型的黃牛皮袋，把皮帶套在肩上，抬眼看了一下牆上的掛鐘，七點二十分。他喃喃自語：「射擊場晚間預約的時段開始了。」

便帶著他心愛的傢伙走下樓去。

∞

李嶠之第一次接受專業的狙擊訓練，已是近三十年前的事了。那時他在一個隱藏於峽谷裡的靶場中練習射擊，「砰砰」的槍聲震耳，烈日下新開闢出來的紅土甬道上，空氣因高溫產生一些扭曲影像的效應。他沒有任何護耳設備，只有一支二次大戰時美軍用過的狙擊槍，透過老式的望遠鏡練習長程射擊，第一階段三百公尺，第二階段五百公尺；他正進行第二階段的訓練，每五槍過後，五百公尺外的靶溝中會升起一面紅旗，這是對射手停止射擊下的命令，然後靶溝就會升起一面計分牌，射擊手透過望遠鏡讀取分數。命中紅心得一分，沒有正中靶心的，無論多接近，均算零分。

李嶠之來到台灣南端的屏東縣車城鄉這個宏大的軍事基地已經一個多月，每天只做一件事——長程射擊訓練。

在警官學校受訓時，他就獲頒特等射手的獎章。近年來台灣從外地走私入境的槍械愈來愈多，半年內一連發生兩件重大槍擊案，警方逮捕歹徒時遇到頑強抵抗，歹徒的槍械火力之強，大大超出警方的意料。高層決定徵調好手再訓練，要儘快組成一支優良的狙擊小組，加強打擊犯罪的火力，李嶠之是第一批被選中的好手。

警方沒有這方面訓練的經驗，專業在海軍陸戰隊。

李嶠之手上這支槍雖有光學瞄準器，拆下後就是普通步槍，基本上是支步槍改裝加上望遠鏡而已。射程雖可達一千公尺，但超過五百公尺以後彈道不穩定，用來做長程狙擊槍其實不是一支好傢伙，但李嶠之用慣了就喜歡它。很多玩槍的人有怪毛病，他們玩有點小毛病的槍比玩沒毛病的更覺過癮。因爲如何克服槍上的小毛病，只有我知道。

最後五槍打完，紅旗升起，李嶠之將槍放下，等看這五槍的結果。計分牌舉起，他得了四分，今天最好的成績。

他收槍向對面舉拳揮舞一圈，表示結束功課。他是最後一位射擊者，所以他一停止，靶場就靜寂下來。過了一會，教官檢視完畢從靶溝中出來，跳上一輛腳踏車，從靶場邊的土堤上騎過來。

李嶠之行了軍禮：「教官，請講評！」

楊教官是前陸軍八十一師特務連的射擊教官，他本人並沒有受過正規的狙擊訓練，但是他經驗豐富，自己土法煉鋼搞出一套訓練方法，沒有太多專業道理，但卻很管用。

八十一師的前身是第四軍，號稱「鐵軍」，官兵的臂章圖案是一個鐵人，北伐時已經名震全國。因出身粵軍，後來的演變歷史極爲複雜，忽右忽左，來台後整編爲八十一師。越戰時台灣曾有參戰的規劃，戰略考量之下，將八十一師與陸戰隊第一旅合併成爲陸戰隊第二師。

屏東車城基地正式的名稱是「三軍恆春聯合訓練基地」，原來是海軍陸戰隊的基地，現在各軍種單位的特種訓練及聯合作戰訓練都在此執行。楊教官掏出一包長壽牌香菸，他知道李嶠之不吸菸，便點燃一枝猛吸一口，自顧自地呼了起來，指著李嶠之道：「用這種老傢伙打五百米，還眞不簡單。小李，你開竅啦，最後兩輪都得四分，我查看了靶，你最後五槍裡面沒有打中紅心的那一發只差一個指頭寬。他媽的，想不到孬種的警察隊裡也有你這種好手。」

李嶠之乾笑兩聲不敢聲辯，很識趣地道：「教官您過獎，全靠您教得好。」

楊教官年紀不小了，混到今天還是個老上尉，前些年碰上個好心的長官，提拔他當了一任團直屬連的連長，可是他老兄除了關心官兵的射擊戰技，連隊上其他的業務一塌糊塗，多項連際競賽都墊底。團長十分沒面子，只好將他撤換，讓他專心當教官，幫忙訓練各單位的特種射手。

楊教官心想這個小警官倒還蠻乖巧的，比起來，同時在此受訓的幾個憲兵部隊的小伙子便有點自命不凡，以爲自己是軍中執法人員，凡軍中人等見了他們都該表示敬意。「去他媽的！」楊教官呸了一聲。

李嶠之陪楊教官推著腳踏車走向中央營區，遠方不時傳來雄壯的軍歌聲。各軍種都有在此受訓的，所以各種軍歌此起彼落，不時還聽得到星光部隊的英文軍歌。不過入耳最多的，還是地主的海軍陸戰隊歌：

「爲海軍收戰果，

爲陸軍作先鋒，

空中炸彈，艦上炮響，

轟隆隆隆……」

晚餐時，李嶠之和兩位同來受訓的警官同志坐一桌，開動後看到不遠處長條桌上的兩排憲兵新兵，個個年輕力壯、精力充沛，幾個菜鳥指著桌上的菜盤竊竊私語，一個班長馬上過去喝道：「不准講話！你，你，你們兩人在說什麼？」

那兩個小兵一看就知道是來自鄉下農村，古銅色的皮膚上全是汗珠，兩人對望了一眼，其中一個囁嚅道：「報告，我們在說……奇怪，為什麼不吃雞，只有肥肉？」

那憲兵班長聽得一頭霧水，喝道：「什麼肥肉雞肉，亂七八糟！」

另一個小兵道：「我們是說，來了快一個禮拜了，都沒有吃雞，覺得奇怪……」

班長喝道：「粉蒸肉給你吃，你還嫌什麼？」

那小兵道：「我們的軍歌不是唱『整天吃雞，憲兵所食』嗎？怎麼都沒有……沒有雞。」

班長大怒，暴喝道：「那是『整軍飭紀，憲兵所司』，你們兩個小豎仔……哈哈哈……」班長終於忍不住笑了起來，大夥也哄笑起來。值星班長見情況有點失控，便吹了一聲哨子，叫道：「全給我閉嘴，旁邊還有友軍的長官在，你們丟臉死人了！」

大廳立刻安靜下來。

警方送人到陸戰隊來接受特種訓練，受到陸戰隊這邊十分友好的接待，這當然與現任警政署長曾經幹過陸戰隊司令有絕對的關係。李嶠之從來此地報到開始，就感受到這種「自己人」的氛圍；是不是「自己人」，是在部隊中能否「混」得好非常重要的因素。尤其野戰部隊的軍官和老士官們看警察，傳統上就有異樣眼光，私下聊起來時，不是覺得警察紀律差，孬種，就是仗勢欺人，「漁肉」百姓。一些老一輩的士官甚至說，他們認得的警察勾結黑道，基本上就像是穿了制服的流氓。

這些李嶠之都聽說過，但這回他來到軍紀及戰技要求最嚴格的陸戰隊基地，卻感受不到任何歧視，一個月下來大家已經打成一片。這情況跟警政署這回選送他們這三名受訓警官的優異表現，也有一定的關係。

坐在斜對面的梁菊，是警大的小學妹。警官學校十年前起就開始招收女生，梁菊由於學科術科成績都很優良，尤其射擊有天分，還沒畢業就被長官親選加入狙擊特訓。

梁菊身旁坐的是低李嶠之一屆的學弟沈正雄，雲林來的漁村子弟，當年是警官學校的體育健將。

梁菊來自新竹的空軍眷村，長得高挑健美，是她那一屆的校花。警大女生少，在眾多男生眼中稍有姿色的女同學就被驚爲天人，想追求者可得排隊，但眾目睽睽之下眞正敢有作爲的卻寥寥可數。

長得高大端正的沈正雄聽到可以和梁菊一同到恆春基地受訓，興奮得好幾夜沒睡好，幻想和美麗的梁菊朝夕相處兩個月的好機會，想著便已覺幸福。

訓練中心對他們客來的規定較鬆，晚飯後有兩小時的自由時間，李嶠之常一人或帶同伴到四重溪畔的林地坐坐，一個人看看日落，有夥伴就談談受訓的心得。

夕陽西下，南台灣的太陽雖然熾烈，到了黃昏後只要有風吹來，感覺上比台北的燠熱反而舒服些，尤其在樹林野地的溪邊，更有一些在台北享受不到的爽氣。

李嶠之坐在溪邊的斜坡上，想到下午楊教官臨分手時的交代，他要求一個禮拜內，三名受訓警官都要達到五百公尺能打五分的水準，至少要做到十回裡有五個五分；然後就要開始訓練打移動目標了。想到這裡，熱愛射擊的他不由從心底升起一陣興奮。

台灣正開始經濟起飛，十大建設次第完成，全國處於一種蓄勢待發的高昂氣氛之中。一個月前南下時，沿著台一線縱貫公路，最常見到的景象是：商店、修車店、家庭工廠、藥房、小飯店……毗連無間，晚飯過後仍不見人休息。沿路只見工作、生意活動不絕，一間間狹小的店舖既是工作空間，也是生活空間。靠壁角一個小冰箱，冰箱上放個小電視，孩童在小桌椅上寫作業，父母忙著工作或照顧生意，電視機傳出電視劇的主題歌，有的是蔣光超唱的「包青天」，有的是楊麗花唱的「楊家將」，兩個極有韻味的唱腔，交織淹沒在嘈雜的機車呼嘯聲中。人們一邊工作，一面談笑，居然能盡情欣賞享受，每個人臉上都顯示出那種「明天會更好」的自信。

除了經濟，台灣的社會力也正在一點一滴地釋放、衝擊、匯合。一九七九年底的「美麗島」事件所造成的震撼，並未因次年的審判落幕而平息；那時李嶠之剛進警大不久，從學長們的交談中，他深深感受到潛在社會底層的力量正在迅速集結，也已到了一觸即發的關頭。下一個爆發點是什麼？所有的政治評論都指向一個引爆點——組黨，不久後台灣即將結束一黨專政的局面？

這幾年來，身負社會治安之責的李嶠之警官，強烈地感受到整個國家社會裡那種排山倒海的潛力即將釋放，有正面的，一定也有負面的，但是他並不恐懼，他對自己的抉擇經過十分清晰的內心思辨，他知道自己要的是什麼，也知道最適合自己走的路是什麼，該怎麼走。

他比同期的同學年長，也比同期同學吃過更多的苦。眼前他需要思考的只有一件事，就是趕快通過嚴格的狙擊訓練：五百公尺要彈無虛發，移動目標要一槍命中。

至於更長遠的生涯規劃，不是沒有，但是有太多的未知數，很難想得具體。他喃喃自語：「先做個優秀的維安特勤警官，服役滿了，家裡安頓好了，我要飛到遠方……」

遠方有一對鳳頭蒼鷹正在盤旋滑翔，姿態悠閒而優美，轉了兩圈後，朝著李嶠之這邊飛過來。李嶠之瞧著牠們壓低了雙翼成倒V字型，瀟灑地振翼而過，乘一道上升的氣流，悠悠地去了。

2 雪地的槍聲

「學長，什麼事想得那麼入神？我看你好一會兒了。」

梁菊像一隻貓輕巧地從坡後的林子裡跳出來，一下子就坐在斜坡上，挨著李嶠之。

李嶠之瞧了她一眼，正好一線夕陽餘光從樹林中穿出來，照在她俏麗的臉龐綻放著青春的燦爛，一雙烏黑的眸子盯著他看，裡面有些淡淡的笑意。

「梁菊啊，妳不去跟沈正雄約會，到這裡來幹麼？」

梁菊微笑不答，過了一會道：「我已經跟沈正雄約會過了呀，過程簡潔有力。」

李嶠之忍不住笑了起來：「簡潔也就罷了，怎麼還有力？」

梁菊道：「我們在大草坪上走了三四圈，有的沒的聊了一堆，我就跟沈正雄講，教官已下了軍令狀，一個禮拜內五百公尺要打五個五分，學長啊，你今天打了幾個五分呀？正雄聽了就傻了，他沒正面回答我，默默走了半圈，忽然揮了揮拳頭說：『梁菊，明天我要是打不出五分來，我就不吃飯不睡覺。』你說有沒有力？」

李嶠之聞之莞然，但也不禁爲沈正雄感到難過，這個身材高大健壯的台西小伙子人很老實，便對梁菊道：「正雄是個老實人，妳對他好一點。」梁菊揚了揚頭道：「我對他很好，提醒他訓練的重要關頭也是爲他好啊。」

李嶠之搖了搖頭沒說話，過了一會才淡淡地道：「正雄家在雲林海邊三條崙的漁村裡，家裡的生計就靠他老爸和哥哥出海捕魚，他們自己沒有船，便在村幹事家的漁船上打工。民國六十年一場颱風造成三條崙海難，出海漁船上也沒有什麼通訊設備，就靠船長一個電晶體收音機收聽氣象報告，多艘漁船好不容易有了漁獲，捨不得棄網撤回，結果不及歸航，就在強風巨浪中沉沒，漁民死了好多人，正雄的父兄都死在這場海難中，家裡只剩下阿母和九歲的正雄……」

梁菊輕嘆了一口氣：「唉，這些事正雄都告訴過我，他媽媽一個人居然拉拔正雄高中畢業考上警官學校，實在不簡單……」

李嶠之看了梁菊一眼，點了點頭道：「農漁人家的子弟，成長的過程那一個沒吃過苦？梁菊妳在眷村裡長大，日子會不會好過些？」

梁菊眨了眨大眼睛，想說什麼，雙眼卻霧了，她低下頭，放低了聲音道：「我也是我媽拉拔著長大的，可是我媽……」卻不再說下去。

李嶠之想問但忍住了，因爲他忽然想到了自己的身世，但沒有必要在這接受最嚴格訓練的時候，比誰的出身更苦，而且他也感覺到，自己和梁菊之間似乎有些什麼在暗暗滋生，他不想惹麻煩；他想到台中老家的阿母已替自己相好親，準媳婦是師範畢業的施月娥。

梁菊卻在這時喊了他一聲：「李大哥，我能叫你李大哥嗎？」

李嶠之吃了一驚，但他立刻恢復鎮定：「好啊，梁菊，有妳這個小妹倒也不壞，不過……在別人面前妳還叫我學長。」

梁菊很開心地笑了，她行個軍禮道：「是，大哥。」

李嶠之暗叫不妙：「這個梁菊也太厲害了吧，這麼叫就把『李』也省了。隨便她叫吧。」顯然他心中並沒有什麼不樂意。

星期六上午照例先跑三千公尺，再做九十分鐘的近身搏擊訓練。午餐後三個警官午睡休息完了就到射擊靶場報到。

十幾輪練習後便開始測試，每人射了五十發子彈，五發一輪，李嶠之和梁菊都拿了七個五分，沈正雄也得到五個五分，三人都達到了五百米射擊的規定成績。楊教官很是滿意，對著這三個來自「孬種」警察部隊的學生，頻頻伸出大拇指。

「下禮拜就打移動目標了，將由陸戰隊的王牌教官潘全中校來訓練，我的任務到今天結束，祝你們成功。」

李嶠之帶著梁、沈兩人起立站好，行了軍禮道：「報告教官，明天是禮拜天，晚上能不能請教官到營區外邊的海產店小喝一點，表示我們三人的感謝之意？」

楊教官笑道：「小喝一點可以，記得便衣出營。」然後又補一句：「農會旁那家『新港』的海產不錯。」

週日晚上，四人點了炒文蛤、鹽酥蝦、三杯風螺、虱目魚粥，再加香煎魠魠、蚵仔煎和炒青菜，全是附近漁港魚塭的新鮮食材。李嶠之道：「既是小喝，就得喝高粱。」楊教官大表贊成。

梁菊問楊教官：「教官，您不覺得我們測試的計分方法有點怪怪的？」

「有什麼怪？」

「我們只有五槍全中紅心才算數，那些沒有打中紅心的落點其實差別可能很大，而且很有參考價值，可是我們卻不知道。既無法得知那些『迷失』掉的子彈差了多遠，也不知道是偏左還是偏右，這種計分是不是很奇怪？」

楊教官一上來就乾了三小杯高粱，有些興奮了，便透露些底：「老實說，這種計分方法我也不以爲然，可是我們這裡傳統就這麼幹。我前幾年也曾問過和妳一模一樣的問題，妳猜上面怎麼說？他們說：『老楊啊，陸戰隊不是從你來了才開始訓練特等射手，這計分嘛一向就這麼計，還不是好好的。』我他媽就閉嘴了。」

說到這裡，他吃了一片煎魚，繼續道：「你們想知道沒打中的槍子兒到那裡去了嗎？我就透露點，若是眞把那些沒中紅心的槍子兒全都算進去，你們三人的成績第一名是梁菊。」

「哇，梁菊妳好厲害！」沈正雄忍不住大叫。

楊教官笑著點頭道：「我們基地也曾訓練過女射擊手，就沒看過打得像梁菊那麼準的女生，妳天生是當特警射手的料子。」

梁菊偷瞟了李嶠之一眼，舉杯敬教官：「那裡，是教官厲害，教官的教法超好。」

楊教官聽了很受用，大口乾了，指著三人道：「你們少喝點，明天要上新課程，我倒是可以多喝。哈哈！」

九點鐘新兵晚點名前，楊教官和三個警官門生帶著酒意回到基地，只楊教官醉意濃了些。李嶠之意外地發現梁菊的酒量竟勝過沈正雄；他和沈正雄回到房間，沈正雄倒床就呼呼大睡了。

梁菊回到寢室，同房的是一位基地管康樂活動的蔡幹事。蔡幹事是政戰學校畢業，學音樂的，官拜中尉，話不多，常常一個人對著牆壁發呆，隨時隨地都有點心事重重的樣子，只有看梁菊時，才會流露出異樣的親切目光。梁菊一向和生人的話就不多，蔡幹事看起來沉默寡言，她也就樂得不多講話；和不熟的室友硬找話題聊天也是蠻辛苦的。

今晚梁菊喝得其實沒有過量，只是平常很少喝那麼烈的酒，她只覺得心跳得好快，全身發熱，沖了涼仍不能入睡。閉上眼睛好像還能看到些什麼，是了，那是湛藍的新竹天空，一批批F-86軍刀機從天上飛過……

新竹樹林頭的眷村離機場和學校都很近，不論在學校或家裡，呼嘯而過的軍刀機引擎聲也是梁菊童年生活中的一部分。她就讀的小學是新竹空軍子弟小學，學校的同學全是空軍官兵的子弟，老師也很多是隨空軍撤退到台灣的知識分子，下了課同學之間喜歡講四川話。

也許是因為空軍人員從事的任務具高危險性，總司令部實行了一項很特別的政策：全國凡有空軍機場的地方，必建眷村和小學。在那個空防重於一切而生活艱困的時代，這個政策至少可以讓壯志凌雲的空中勇士們在從事危險任務時，稍減他們的後顧之憂。

梁菊三年級時，學校的校名從「新竹空軍子弟小校」改為「新竹載熙國民小校」，同時開始接受附近居民的子女入學，成了地方政府主管的國民小學。

梁菊當時糊裡糊塗，只記得學校更名是為了紀念一位名叫吳載熙的烈士，就用他的名字做為校名，至於吳載熙到底幹了些什麼偉大的事，其實並不清楚，老師好像也講得語焉不詳。多年後梁菊才瞭解，吳載熙是新竹新埔人，他因為飛 U-2 高空偵察機從事秘密任務而犧牲，是新竹在地的英雄。

梁菊家住在樹林頭附近一個八排矮屋的眷村裡，前幾排的房子較大，住的是階級較高的軍官，梁菊的爸爸是士官，只能一家人擠在後面十坪出頭的小矮房中。十坪出頭的家分成兩間，梁菊和她媽媽、大姊睡一小間，爸爸梁軍就在小客廳角落隔出一個進出都要靠爬的床位，算是他獨享的臥房。

浴室和廚房兩家共用，一間接一間在對面另成一排矮房，兩排之間有三米的露天間隔，雖然極其簡陋，卻設計得聰明；一隔開來，每家十坪的生活空間就可免受油煙之熏。廁所就用公廁。

梁菊在這裡長大，十坪瓦下就是她溫暖的家。

前排眷舍中許多外省籍的太太們，孩子上學了沒事就打打麻將；後排的士官家多是本省籍的太太，除了帶小孩做家事，還要到外面去拉些零工回來做，貼補家用。於是梁菊從牙牙學語時開始，最常見的景象便是家家戶戶的婦女或在小客廳裡，或在兩排矮屋之間的狹道中，坐在小板凳上手腳麻利地串聖誕燈泡。綠色的電線繞來繞去，堆得滿地都是。

梁媽媽白天替別人家帶一個小男孩，晚上就做些零工補貼家用，她從外面包些成衣回家來做，客廳中有一個可折疊的縫紉機台，衣服縫好了，梁菊會幫媽媽整理折好，整整齊齊地裝袋，然後拿到成衣廠去換工錢，再領取新的半成品回家將它完成。

梁媽媽小時是個被棄養的孤女，台中一間教會辦的孤兒院收養她長大。她雖只國小畢業，但是十分聰明好學，在教會的教養下，養成她樂觀進取、誠實負責的美德，不但自己家裡弄得乾淨整齊，眷村四周的清潔衛生工作，她總是最熱心、最賣力地帶頭做，一面做工，一面用她的大嗓門談笑。別家偷懶推諉，她從不抱怨計較，只要自己能力所及，公益的活抓起來就幹。眷村裡裡外外提到梁媽媽，沒有人不伸大拇指的。

梁菊小時候家境極爲窮苦，爸爸梁軍的脾氣不好，也不負家計的責任，每個月的薪水大多只夠他抽菸喝酒，和朋友吃小攤，母女三人怎麼過活他很少關心過。梁菊小學畢業了，和姊姊兩人上同一所國中，她可不敢要求新制服，梁媽媽把姊姊的舊制服縫補整齊，漿洗得乾乾淨淨，拿起來比了一比說：「阿菊，我們穿補過的衣衫沒人見笑，只有穿破爛邋遢衣衫的才落氣。窮人衣衫破了要補好洗乾淨，人窮沒要緊，就是不能給人看妳貧惰。」

昏黃的燈光下，梁媽不是在縫成衣，就是拿著一枝鉛筆在一個小拍紙簿上算她的那本打會的賬。梁媽的算術不大靈光，常常算錯收支，要靠大姊幫她驗算。梁媽就是靠著賣苦力賺外快，和鄰居太太打會周轉，勉強維持一家的生活。

「阿母，妳這回怎麼帶那麼多衣服回來縫？比平常多一倍。」

「阿菊，妳幫我把這些縫好的折疊好裝兩袋，等下陪我去廠裡交貨。」

「妳一個禮拜就縫了那麼多件？好厲害啊！」

「這幾天我每夜都縫到半夜，昨晚縫完最後一件天都快亮了。總算趕出來了，今天中午前交貨……」

「阿母，妳不要那麼辛苦嘛，遲幾天也不會怎樣啊。」

「明天要交會錢，這個月零用錢用到光光，又要繳冊錢，明天又是禮拜天，中午不交貨就要等下禮拜了，不行呀。」

梁菊和媽媽每人抱了一大包成衣，擠公車到廠裡交了貨，她看到媽媽把一疊舊鈔票一張張理整齊，然後小心翼翼地放進她那個紫色的錢包裡，拉上拉鍊，滿意地對她道：「阿菊，我們回家，下車後妳去公車票亭買兩包菸給妳爸。」

「阿母，爸抽菸抽得屋子裡全是菸臭，妳還買菸給他？不要哪。」

梁媽低聲道：「月底快到了，妳爸口袋空空，這兩天我都看到他問隔壁張伯伯討菸吃，眞歹勢啊。」

公車上擠得不但沒座位，連站都站不穩，好不容易到火車站前，乘客下了一半，一個好心的年輕人看梁媽抱一個大布包，一手還要拉吊環，便讓座給梁媽，梁菊對他點頭稱謝。

梁媽坐下不久，忽然發現布包裡的錢包不見了，她急忙在布包及身上每個地方都找過，就是找不到。梁菊過來問：「阿母，按怎？」

「錢包拍毋見啊！」

梁菊放開手環，跌跌撞撞地幫媽媽找，可是那隻紫色的錢包確是不見了，多半是剛才一陣推擠，被人順手牽羊拿走。梁媽媽又急又氣，想到明天到期的會錢，想到這幾天來晝夜不休不眠地辛苦工作，愈想愈絕望，忽然之間，一種被欺負的屈辱感強烈地潮湧而上，片刻之間就充滿了她的整個軀體，平日樂觀進取的心態在這一刻被徹底打敗，她突然大聲哭了起來。

車上司機和乘客都嚇了一跳，梁菊更是驚恐地抱住媽媽，不知道說什麼，便也大哭起來。

那個讓座的年輕人湊近來問：「怎麼了，發生什麼事？」梁菊止住哭泣，回答道：「媽媽的錢包不見了……一個紫色的小錢包，有沒有人看見……拜託……」

梁媽媽的嗓門本來就大，這時嚎啕大哭的聲量更是驚人，她嘶喊道：「錢包裡每一銀角都是我一針一線做暝做日的艱苦錢，做到三更半暝……那個賊偷阮散赤人的錢……眞厶壽呵……」

那年輕人和其他幾個熱心的乘客都幫忙四處尋找，那隻錢包仍不見蹤影，梁媽不肯下車，司機回頭道：「到了終站停好車，再幫妳仔細找。」

車到終站，乘客們下車，只有梁媽還傷心地哭著。梁菊忽然看到媽媽放在兩腿上的布包出現了那隻紫色的錢包，驚叫一聲：「找到了！」

感覺中似乎是最後一個下車的人匆匆將錢包丟在媽媽的布包上，她伸頭往窗外看，那人已走入人群，分不出誰是誰了。

「梁菊，妳哭得好大聲。梁菊，妳醒醒……」

∞

梁菊睜開眼，發現自己淚流滿面，蔡幹事把她緊緊抱在懷裡，輕聲在她耳邊說：「梁菊，不要傷心，一切有我哩……」接著她便感覺到蔡幹事正在親吻她的臉頰，熱唇溫柔地吻去她的淚水，移到她的嘴唇上。

梁菊這一下真的清醒了，她猛地跳起來，一面慌張地道：「蔡幹事，謝謝……謝謝您，我今晚喝多了，不好意思。」一面快步衝向室外的盥洗室。

梁菊從盥洗室出來卻不敢回寢室，她一時覺得六神無主，不自覺地快步走到李嶠之和沈正雄的寢室外，怯怯地敲了兩下門，裡面沒有任何動靜。她壯著膽又敲了兩下，木門打開處，李嶠之披了軍裝站在門口。

「妳怎麼了？臉色那麼難看。是喝酒喝壞了？」

「不是，是……是蔡幹事……」她的聲音像蚊子叫。

「蔡幹事怎麼了？」

「她……她抱著我親我。我怕。」

李嶠之嚇了一跳，他轉頭兩邊看了一下，確定沒有人看到，壓低了聲音道：「進來講。」

房門一開，梁菊聞到一屋子的酒臭、腳臭味，差點要想吐，她捂住鼻子輕聲抱怨：「你們眞髒。」

李嶠之悄聲問清楚了原委，皺著眉道：「這事千萬不能讓人知道，否則蔡幹事只有尋死一條路，說不定發起瘋來把妳也殺了。」

梁菊知道保守的軍中發生這種事的嚴重性，低聲道：「我現在不敢回去。」

李嶠之想了一會兒，對梁菊道：「妳要是不嫌髒，就在我床上睡一夜，天一亮就回去。」

「那你睡那裡？」

李嶠之一面著裝，一身軍服穿得整整齊齊，一面道：「我就當衛兵，在門口站崗。」

梁菊睜著一雙大眼睛望著李嶠之，一時呆了說不出話來，李嶠之推她一把，催道：「妳快上床和衣睡下吧，不要再胡思亂想。我們在這裡是客，受訓完了就回原單位歸建，這邊不要鬧出事來，妳明天回去裝著啥事也沒發生。」

梁菊點點頭，低聲道：「大哥，你眞好。」

李嶠之望了望鄰床上的沈正雄，見他仍然仰天長睡，鼾聲均勻，忽然噗嗤笑了出聲：「梁菊，妳長得水，連女人都愛妳。」

以後的一個月，蔡幹事的話更少了，梁菊不敢和她對眼，那晚的事她沒有告訴任何人，只在心中納悶：「她怎會看上我？」

移動目標的射擊訓練多了一些更高要求的要領，李嶠之的成績是三人之冠，這回沈正雄表現不錯，拿了第二名，不知爲何，梁菊反而只是勉強通過，成績在三人中墊底。

總講評時，兩位教官把三人的優缺點做了綜合的提示。楊教官是土法煉鋼，講原理非他所長，便由潘教官來做總結。潘全教官相貌堂堂，講話鏗鏘有力，除了本身的射擊術高明之外，很講究訓練的方法，若論訓練特級射手的功力，陸戰隊甚至三軍裡都不容易找到第二個。

「這兩個多月，你們把中長程狙擊的要領從頭學習、苦練了一遍，基本而言，三位都是警察單位的一時之選，對射擊原就有很好的根底。這一回大家從頭學習最精準實用的技巧，無論是測距、彈落補償、高低差的餘弦校正、風測、彈藥特性，甚至射姿、利用地形地物等等，都徹底苦練了一番，成績也都符合訓練目標，我和楊教官都很滿意……」

楊教官忽然插嘴道：「從三位的表現，我修正了過去對警察的看法，我發現你們不但不孬種，比他媽我們陸戰隊有些人還強得多。」

潘教官笑道：「說好說壞，老楊就愛以偏概全，一竿子打翻一船人。」

對梁菊的表現，潘教官結語時道：「梁菊對射擊有極好的天賦，最大的優點是心理素質好，瞄準時一找到目標點，妳的心態就能很快地靜如止水，完全摒除雜念，擊發時溫柔穩定，一絲不移。教官覺得妳該進一步訓練更長程的狙擊，如果好好鍛鍊，我看妳能打中一千米的目標。」

說到這裡，潘教官語氣一轉：「但是打動靶時，梁菊有一個毛病，妳擊發得不夠果決，以致於時間點常有一點點延誤，影響成績很大。」

楊教官補一句：「說到下手果決，李嶠之是把好手，眼睛抓到時間點，子彈就射出去了。他媽的，這小子打動靶成績竟然和打定靶差不了多少，也是個怪胎。」

8

結訓前三天，李嶠之和梁菊被叫到輔導長的辦公室，兩人有些忐忑不安，不知輔導長爲何找上他們。

何輔導長看上去是個很幹練的政戰官，肩上有兩朵梅花，李嶠之和梁菊知道是陸軍中校，如果在部隊裡應該是團級的輔導長了。何中校很客氣地請他們坐下，十分親切地問道：「再有三天，兩位在這邊的訓練就要結束了。在歸建之前，你們對這段時間接受陸戰隊特訓有什麼感想？請自由發言，好的壞的都可以講，不要有什麼顧忌，不會有紀錄的，我們只是做爲非正式的參考。」

李嶠之和梁菊對望一眼，沒有立刻回答，何輔導長便解釋：「這樣說罷，兩位有沒有什麼特別的事或想法，要反應一下的？」說到這裡，他又補充道：「我知道兩位受訓的成績都是特優，所以我們特別重視兩位的意見。」語氣和神色都十分誠懇。

李嶠之的心情略微鬆懈了一些，他坐直上身，大聲答道：「報告輔導長，訓練中心對我們十分照顧，完全沒把我們當外人，我代表三位同學感謝訓練中心的各位長官。」

梁菊聽李嶠之說到「代表三位同學」，心中一緊，暗忖：「爲什麼沒有看到沈正雄？事情不單純，怕是衝著我們兩人……」

果然何輔導長轉向梁菊道：「梁菊，你們不要講客套話，妳是優秀的女警，觀察體驗一定更爲敏銳。妳有沒有……有沒有什麼特別的經驗，或是不尋常的事要報告的？」

梁菊心中狂跳，暗忖道：「難道他是在問蔡幹事的事？」

她抬起眼來，何輔導長的雙眼正牢牢盯著自己，眼神已由客氣轉變成銳利，梁菊心中發慌，一時就答不上話。李嶠之看這情形，心中也有了數，他一面爲梁菊感到焦急，一面也對這何輔導長大起不滿之情，暗罵：「媽的，幹政工的都是這一套。」

梁菊還杵在那裡發愣，輔導長的神色益發嚴峻，李嶠之忍不住道：「報告輔導長，您有什麼疑問請直接問我們，不必搞一鬆一緊的那一套。」

李嶠之這話頂得不輕，他說出口時固然是因爲有點火大，但基本上也是仗著他和梁菊在此受訓畢竟不是何中校的部下，何中校如果不高興，也許會對警方高層打小報告，就算要受處分也是回去以後的事了。這時候輸人不輸陣，氣勢上定要挺住。

豈料何輔導長竟然完全不以爲忤，他的嘴角牽動出一絲笑意，感覺不出來是善意的笑還是陰冷的笑，他看了李嶠之一眼，又轉回到梁菊的臉上，問道：「好，那就由我直問。梁菊，妳和同寢室的蔡幹事之間有沒有發生……有沒有什麼異常的事？妳知道我的意思。」

李嶠之有些急，瞟了梁菊一眼，很意外的，梁菊看上去很平靜。聽了輔導長這問話，她的心中忽然閃過一絲篤定的感覺，暗想：「果然就是爲這件事，既然你們知道了，我就攤開來說，但我要先保護蔡幹事的名節！」

她臉上的神色變得坦然，在李嶠之看來，甚至有一絲凜然的味道，只聽她說道：「何輔導長，我知道您的意思，可是我先要鄭重地報告，蔡幹事或有些特殊的性向，但她和我之間清清白白，沒有任何……任何您想的那些事……」

何輔導長打斷她，問道：「你們打定靶訓練結束那天晚上，有沒有和楊教官外出喝酒慶功？」

「有，就在車城農會附近的新港海鮮店。」

「那天晚上妳爲何深夜離開寢室，跑到李嶠之的寢室去過夜？是不是妳和蔡幹事的寢室裡發生了什麼事？」

梁菊一時不知如何措詞，李嶠之插話進來：「那天晚上梁菊因爲……」

何輔導長揮手制止，喝道：「你不要講話，問到你，你再講！」

李嶠之一心只要保護梁菊，他可不管蔡幹事的事是否曝光，便不理會何輔導長的制止，大聲繼續道：「那天晚上梁菊回到寢室後，因爲蔡幹事對她……」

他爲了想恰當的措詞而停頓了一下，不料梁菊同時也大聲道：「那天晚上我回到寢室已經有些醉意，半睡半醒之間想到一些不如意的心事，便流了些眼淚，清醒過來是蔡幹事在照顧我，然後她就說了些安慰的話。」

「什麼安慰的話？」

「女孩子之間的私話，輔導長是不需知道的。」她給何輔導長碰了軟釘子，李嶠之暗中叫讚。

「那妳爲什麼要深夜離開寢室？」

梁菊顯然已經理清了思緒，而這個問題李嶠之不可能搶著代答，他便沒有作聲。只聽梁菊應聲答道：「我和蔡幹事說了一會話，她便向我傾訴她的煩惱，後來變成我反過來安慰她。她說到一個女孩子身處全是大男人的部隊中的種種心身困苦；我向她說，我雖然不是軍人，但所處情況和她相差無幾，所以我最能瞭解她的痛苦……等等。然後蔡幹事說她最煩惱的是，其實很多感覺和需要又不完全跟一般女孩一樣，今夜她很感動，好不容易碰到那麼瞭解她的人，希望和我進一步做更親密的朋友。我便覺得有些不自在了，便對她說了些比較理智也比較硬的話，可能傷害了她的自尊和感覺，她便發怒要我離開。我覺得她需要獨處靜想一會，便離開寢室了。」

李嶠之知道那晚梁菊爲何「逃」離寢室的眞正原委，其經過並不完全如此，這時聽梁菊把那晚發生的情景做了如此聰明而善意的修飾，既合情又合理，可說對蔡幹事做了最大的保護。他一直欣賞梁菊的美麗和豪爽，這番話讓他看到了她的智慧和俠義心腸。

何輔導長聽完，想了一會，很意外地竟然沒有追問下去，反而轉過頭來盯著李嶠之道：「李嶠之，剛才你搶著要說話，現在就請你說。」

李嶠之暗忖：「現在是我要來保護梁菊的名節了。」他先乖巧地道：「報告輔導長，對不起，剛才一心急便搶著發言。其實那天晚上梁菊來找我，是要向我報告她那邊發生的情形，也就是剛才她向輔導長報告的那些，畢竟我是我們三人中的資深學長，來這裡前上級長官也命我要帶好三人團隊，不要在軍方的訓練基地裡替警方漏氣……」

何輔導長點頭表示理解，李嶠之見起頭這番話沒有遭到質疑，後面的措詞已經想好，便流利了一些：「我見梁菊的情緒似乎受到一些震動，勉強支撐著報告完畢後顯得十分疲累的樣子，我寢室內還有一個沈正雄，已經醉到不省人事，便命令她進去睡，我就著裝在門口站崗到天亮。這過程我負全責，輔導長要書面報告我可以簽給你……」

何輔導長微笑打斷他道：「這部分毋需多講，我已經問過沈正雄了。」

李嶠之怔了一下，恍然大悟，梁菊也懂了，何輔導長眞正在意的不是他們三個警官，他在意的是同爲政工幹部的蔡幹事；同理，他不是那麼在意警方的名譽受什麼影響，他在意的是軍方的名譽是否會受損。

再往裡推一層，梁菊深信在輔導長的認知中，如果軍中傳出緋聞，異性戀還能「馬虎」，同性戀就馬虎不過了。

想到這幾層，李嶠之和梁菊對何輔導長找兩人來問話的原委，都覺瞭然。

辭出時，何輔導長很嚴肅地囑咐：「今天的談話不出這間屋子，任誰都不准再談起。」

結訓前夕，蔡幹事終於停止了和梁菊間的相處如「冰」，她主動向梁菊道謝，謝謝梁菊對何輔導長講的話。梁菊聽了不禁傻眼，暗道：「軍中的保密原來是這般模樣，兩天前何輔導長才說過絕對保密，任誰都不再談及此事，那曉得蔡幹事今日就知道了。這只有一個可能，就是何輔導長自己說的。」

她小心地問：「何輔導長找妳說話？」

蔡幹事點了點頭，低聲道：「我已經申請調職了。」

梁菊聽了立刻生氣地道：「他親口對我們說調查這事只做爲非正式參考用，怎麼才一天就逼妳走路？」

「不，不是輔導長逼我，是我自請調職。」

梁菊冷靜下來，她長吸一口氣，再用力地呼出，對蔡幹事道：「這不是妳的錯，如果有錯，是軍隊的封閉文化，社會的保守氛圍。妳的性向是少數族群，但這是什麼時代了，爲什麼多數仍不能包容少數？這豈不就像用右手的不能接受用左手的少數？難道慣用左手是錯嗎？」

蔡幹事低頭靜靜聽著沒有說話，當她抬起頭來時雙眼噙著淚水，只悄聲道：「謝謝妳，梁菊。」

梁菊結訓歸建後，再沒有見過蔡幹事，也沒有聽到任何有關她的消息。

∞

喬治李在設備完善的靶場打完最後一輪移動靶射擊，他小心翼翼地將心愛的狙擊步槍收妥，整個靶場只剩下他和一位訓練師兼管理員，大家都叫他拉第米。

拉第米一面把照明大燈關熄，一面駕著雙座的小電動車過來，大聲對喬治李說話。拉第米不諳英語，喬治李的俄語有限，因此雖然大致聽懂他在說什麼，但不敢確定。

直到拉第米手上拿出兩張計分表，又伸出大拇指表讚，喬治李才確信他是在說：「喬治，你打的移動靶和固定靶分數一樣！」

喬治李點頭，笑得有點得意，眼前浮現的卻是車城陸戰隊訓練基地楊教官的臉。

他刷卡簽字，和管理員道了晚安，駕車回到「寶島餐廳」時，餐廳已經打烊，廚師的車位已空。

他停好車，正要上樓，看見石階上有一個碩長的人影。他停下腳步一看，一個人背光坐在石階上，身旁立著一個手拉行李箱，一動也不動地望著自己，那人的面孔在暗影中看不清。

喬治李心中一緊，飛快地閃過一個念頭：「這人衝著我來，如有敵意，我長槍已拆，只好先拔腿就逃。」

他正要喝問，那人已站了起來，一個熟悉的聲音傳來：「喬治？是我，安德烈！」

「哈，安德烈，接到你的電子郵件知道你要來找我，可你怎麼這時候來？嚇了我一大跳。」

「我改了行程，先去聖彼得堡一趟，今天飛機大誤點，七點半才到基輔。我叫計程車到水上公園寶島餐廳，那個司機一知半解，不知道什麼寶島餐廳，說方圓五公里內就只有一家中國餐廳，就把我送到這裡了……我打電話你怎麼不接？」

喬治上前和安德烈擁抱，感覺安德烈胖了不少，兩人都穿得有點厚，抱起來很覺臃腫。喬治一面用力拍對方肩膀，一面解釋：「我在靶場練習射擊，手機關掉了。」

安德烈瞟了喬治的槍袋一眼，道：「當了老闆還在練槍法？」

喬治哈哈笑道：「一日警察，終生警察。快上樓來，我們好好聊聊，冰箱裡有啤酒，廚房裡肯定還有滷味。咱們……欸，咱們多久沒見了？」

安德烈提起行李箱上樓，緩緩地道：「早就記不得了，日子過得糊塗，誰還記得上世紀的事。倒是這麼多年了，你好像沒怎麼變哩，還是那麼年輕，我是已經快變成胖子了。」

「安德烈，我們都步入中年了，我才不信那種屁話。他媽的，我們真正年輕時，有什麼人會說我們年輕？我操。」

「喬治，你的英文愈來愈髒了，跟誰學的？」

「跟美國的警匪電視影集學的……喂，你要去索契當加拿大冰球隊教練？」

「我那夠資格，是去做教練團的顧問，順便帶領兩個隨隊的安全人員，是兩個菜鳥，做點維安的工作。你人在烏克蘭，一定知道的，這邊不平靜，俄羅斯主辦這次冬季奧運，國際間氛圍變詭異的。」

喬治張羅安德烈坐定，拿了兩瓶冰啤酒出來，斜著眼、帶點揶揄的神情道：「人生充滿猜不透的謎，我們在多倫多大學相遇時，我是從台灣來進修的警官，你是冰球校隊的主力中鋒，等我做了餐廳老闆，你倒變成警官了。」

安德烈輕嘆一口氣道：「其實我是個坐辦公室的，管計畫，管文件，管和國際刑警聯繫協調，倒是麥可……還記得麥可嗎？麥可．休斯？」

「啊，你那個愛打網子老輸錢的撞球球友？他怎麼了？」

「對，麥可反而成了真正的皇家騎警，今年剛升上警司。」

「也是怪，我們幾個先後都走上警察這條路。哇，麥可．休斯警司，這官大不大？」

「這麼說吧，皇家騎警裡除了領導高層外，指揮行動的部門有各地方的總警司，總警司下有警司，全國大約一百位左右，也算是個不小的頭目了。」

喬治點頭，暗忖道：「嗯，四十歲幹到二線三星，馬馬虎虎啦！」他暗中換算成台灣的警官官階。

喬治去餐廳廚房找下酒菜的空檔，安德烈很快地把喬治的起居間巡視了一番。大約兩百平方米的一整層樓地板只隔成三房兩浴廁；兩間臥室，一間帶餐桌的客廳，地上沒有地毯，牆上沒有掛畫或照片，傢俱少得說話有回音，只玻璃窗前有一架附腳架的望遠鏡。

靠牆那邊有一張書桌，桌上空無一物，只孤零零地立了一個相片框。

安德烈趨前細看，照片上三個身著迷彩軍服的年輕人，手上都拿著一支狙擊槍，中間的咧嘴而笑，認得出是喬治，左邊一個健壯的小伙子，跟喬治差不多身高，右邊是個漂亮的女兵，笑得很嫵媚，很吸睛。

喬治端了一個木盤，盤中兩碟菜一瓶酒，兩隻玻璃杯，笑嘻嘻地從樓梯走上來。

「我有兩樣好菜下酒，一碟滷牛肉，是半筋半肉的，一碟『台灣魚子片』，料你沒吃過；酒嘛，你快把有尿味的啤酒喝乾了，咱們換『台灣伏特加』。安德烈，你比比看，烏克蘭的魚子醬、伏特加，和咱們這兩樣有沒有得比。」

安德烈仍在仔細看那張照片，他心想：「喬治不長住這裡，所以四壁空空，但這張照片肯定是他隨身帶在身上走的，讓我來問問……」

「喂，喬治，這張照片拍得很棒，你笑得好開心，你們都穿軍服啊？」

喬治把酒菜放在桌上，瞄了那張照片一眼，道：「沒錯，我們穿的是中華民國海軍陸戰隊的軍服，那時我們在陸戰隊基地受射擊訓練。」

「嘿，你左邊的帥哥是誰？」

「安德烈，帥哥干你屁事？你是問右邊的美女是誰，對吧？」

安德烈面不改色：「好，就算你對，那右邊的美女是誰？」

喬治心中流過一種很難形容的感覺，那種感覺，每次他望著這張照片懷舊時，就會偷偷地爬出來在他心裡停留那麼一時片刻。他搖頭微笑：「我們的特勤小組裡，論射擊我排名第二。」

安德烈回過頭來，一臉驚訝地看著喬治：「這美女是你們的第一射手？」

喬治用力點點頭道：「沒有爭議。來，安德烈，你先試試我們的伏特加……」他把瓶身上貼有兩條金龍圖案的酒瓶打開，安德烈立刻就聞到濃郁的高粱酒香，金門的黑金龍陳高。

「哇，好東西！幾度？」

「五十八度，不嗆喉，不上頭，絕無宿醉。」

安德烈深吸一口，道：「好香，用鼻子評分，先勝伏特加一分……喬治，你說這是台灣魚子片？」

「不錯吃，和蘿蔔片夾在一起吃，配高粱酒剛好。」

兩盤下酒菜吃光了，一瓶金門陳年高粱所剩無幾，兩人都沒醉，但是都喝得酒意盎然，一身熱汗，滿腔豪情。此刻，好男兒世上再無煩惱。他們舉杯將杯中一口高粱乾了。

喬治很久沒有喝得這麼痛快了，這些年他每天忙著在陌生的國度打拚事業，心裡的鬱和悶沒個去處，悄悄地在他身體內沉積，晚上上床一個人，早晨醒來一個人……這時藉著老友重逢，好像全都找到了宣洩的理由和出口，那些陳年的壓抑隨著如焚的體熱與如漿的汗水一瀉而出，和五十八度的酒精一起揮發在他的客廳空氣裡。

安德烈只覺得菜美味、酒過癮，看上去心滿意足地躺在長沙發上假寐，粗重的呼吸和劇烈的心跳使他一躺就不想爬起來，口中含糊地說：「喬治，今晚我就睡沙發。」

喬治隨手抓了一個椅墊丟地上，就在地板上躺下，糊裡糊塗地回答：「我打地鋪，那……那誰去睡床？」

他連問了兩次，安德烈才回答：「我……我不知道，你是主人，你怎麼問我？」

客廳靜了下來，只有沉重的呼吸聲此起彼落。門窗緊閉，空氣中全是酒味，再香醇的美酒，喝下肚再呼出的酒氣都一樣難聞。兩個人都沒眞睡著，也沒眞醉了，只是酒精在激烈地作用，然後漸漸地消退；陳年高粱果然不上頭，兩人漸漸恢復了。

酒意退了以後，喬治忽然感到一陣空虛，一股揪心的難受，那感覺愈來愈強烈。他睜大了眼望著天花板，感覺上像是回到了台北，士林士東路上那間汽車旅館的小房間，同樣地喝了好多高粱酒，躺在床上瞪天花板，那感覺好熟悉，連房裡的酒精味也那麼相似。

下午他在士林地方法院辦完了離婚手續，一個家，妻子和女兒，現在就剩下手中一張紙。他站在法院門口看著月娥牽起十歲的小琳頭也不回地離去，只小琳回頭望了一眼，卻看不清她小臉上的表情，她們母女就這樣消失在人群中。

月娥是學中文的，有些多愁善感，愛浪漫文藝的她站在大男人李嶠之身旁，顯得格外地「小鳥依人」。他們結婚時，嬌美的月娥緊依著雄壯的嶠之走上紅地毯，所有見證的親友同事都由衷讚歎天作之合。

但那只是外表看起來如此，月娥渴望的安全感在婚後的生活中很快地不見了。她無從想像一個維安特勤小組警官的工作是如何的日以繼夜、日復一日，所有婚前期待的、嶠之承諾的浪漫生活沒有一樣出現；生日、結婚紀念日、過年過節，嶠之該出現的時刻他總是在忙，忙公事、公事、公事……還有別人的私事。就算終於回家了，總是在月娥睡著之後。

小琳出生那天晚上，嶠之在桃園竹圍抓走私毒梟；結婚十週年紀念日那天訂好了浪漫情人餐，嶠之臨時帶了三個霹靂小組成員在三芝鄉對武裝綁架歹徒攻堅……月娥終於不再能忍受，雖然她仍愛著這個曾經最能給她安全感的男人，但是現實生活使她陷入從未有過的低潮。

月娥不知道的是，嶠之在這次行動中左眼受到嚴重灼傷，視力大為受損。嶠之強忍著傷殘造成的身心雙重痛苦，在家裡瞞住家人，在隊上強作瀟灑，一句「特級射手射擊時那有用兩隻眼睛瞄準的」，贏得長官及同事無數的讚美欽佩。眼淚，只能往肚裡流。

這時，她忽然發現嶠之身邊出現另一個女人，他的同事梁菊。

梁菊是月娥決心分手的主要原因，是壓垮他們婚姻的最後一根稻草。無論嶠之如何解釋，甚至告訴她梁菊已去了外國也沒有用。月娥總覺得他愈描愈黑，每一個解釋裡都有點蛛絲馬跡證明嶠之說謊欺騙她，於是她不再猶豫。

李嶠之仰對天花板，喃喃地說：「妳在庭上控訴我的種種都是眞的，但我們離婚的理由卻不是眞的，我和她眞的沒有……」

四壁寂然。四周靜得聽得見自己的心跳。

忽然一首曾經好熟悉的英文歌飄入他的耳中：

「戰爭開始　亨利離開家園　離開他親愛的莫莉和懷中的寶貝

如今戰爭結束　新生重啓

莫莉倚門看他歸來　亨利

再聽到妳的聲音眞好　莫莉

再感到妳雙臂緊抱著我眞好　莫莉

啊　如果我能再看到妳　只要一眼　我會多高興　莫莉

莫莉　請別哭啊　妳

……」

是那首越戰時最溫柔的反戰歌，戰後歸家的亨利雙眼已盲……是滯留在嘉義水上機場等待返國的美國飛行員們愛點唱、演唱、自唱的老歌，在機場俱樂部打工的他，多少次曾和半醉的老美把臂合唱過……那是好久以前的事了……

∞

安德烈躺在長沙發上看天花板，心跳如鼓。他回想初遇喬治那時，年輕的他是多倫多大學的校隊中鋒，成百女性粉絲爲他瘋狂，打完每一場比賽後，都有好些年輕貌美的女生用各種方法把聯絡電話或宿舍房號偷偷遞給他。他的床上從來不少各色佳麗，女生們明知他花心，仍然投懷送抱。他是球場上的明星，球場下的浪子。

他直直挺在沙發上，凸起的肚子不因平躺而消失，二十年的歲月他成就了什麼？除了處理不完的公務文書和開不完的協調會，留給自己的只有這一身增加了三十多磅的體重。

和他同居的幾個女人先後離他而去，在異性眼中他不再有當年的吸引力。更令他沮喪的是，兩年前開始，他的性能力大幅減退，如今已到了必須隨身攜帶「威而剛」的地步。

那天在聖彼得堡（St. Petersburg）的糗事又回到他的眼前……

安德烈喝完了最後一口威士忌，落地窗外的雪天已經暗了下來，他收起滿腔的往日情懷，正要起身去付賬，一個甜美的英國腔調英語在他耳邊響起：「安德烈．布洛克，果然是你！我看了好一會兒，不敢確定……」

他一抬頭就看見一雙湛藍的眸子，不敢相信天下竟有這樣的巧事，剛才回憶中的娜塔夏．拉婷妮娜像個精靈般突然就出現在眼前。「娜塔夏，果眞是妳？不可思議！我正在想妳，妳就出現……妳還是老樣子，沒怎麼變呢。」娜塔夏略顯豐滿，穿著時髦，肩上掛著一只LV包，顯得風姿綽約。

「安德烈，你怎麼胖了那麼多？剛才我真不敢認你哩。是不是運動員停止運動就胖得特別快？」

「說來話長，一言難盡……能見到妳太高興了，我們去好好吃一頓俄羅斯大餐！」

坐在聖彼得堡最有名的俄國餐廳裡，點了菜，安德烈目不轉睛地盯著娜塔夏，心中可沒懷著好意。他望著那一雙清澈的大眼，想的是二十年前他從醫院出來，傷還沒有全好，整日窩在娜塔夏的小屋中享受美人溫柔的甜蜜往事。他們一夜做愛多少次已不復記得，但他記得優雅活潑的娜塔夏在床上的狂野。

「你在想什麼？眼中有些邪惡的光影。」

「我在想年輕的我們是多麼放浪形骸。」

「你別胡思亂想。這回到俄國來是爲了冬季奧運，你是加拿大冰球隊教練團成員？」

「嗯，我是冰球隊教練團的顧問……妳怎麼會知道？我並不是正式的球隊教練……」

「我在大會的原始資料中看到你的名字。怎麼不去索契，反而跑到彼得堡來？」

「來懷舊，來回憶和妳在一起的美好時光，皇天不負苦心人，居然就碰到了妳。」

「說謊！乾杯。」

吃完美食，兩人依偎著像一對情侶走回安德烈的旅館，關上門兩人就熱烈地抱在一起，娜塔夏將肩上的ＬＶ包摔在地毯上，一面脫外衣，一面熱情送吻。

十幾分鐘的熱情動作還是無法讓安德烈振作，他一進屋始終沒有機會從盥洗包中拿一粒威而剛。娜塔夏顯然對徒勞無功感到喪氣，她停止動作，呼了一口氣，拿起衣服衝進了浴室。安德烈暗自懊惱，早知會碰到娜塔夏的話，就會把藍色小丸子帶在身上。

又過了十幾分鐘，娜塔夏著裝重敷脂粉而出，她抓起外衣和地上的ＬＶ包，在安德烈的臉上親了一下，溫柔地道：「親愛的，你今天太累了，我們到索契見。」

她開門輕盈地閃出。安德烈呆在床邊滿面驚愕，因為娜塔夏丟在地上的ＬＶ包，被他看見包中有一本露出一半的小冊子，封面上有「ＳＶＲ」三個字，而他知道，「ＳＶＲ」是俄國對外情報局的縮寫。

剛才趁她在盥洗室時，他飛快地抽出冊子翻閱了幾頁，似乎全是人名、時間、地點以及潦草的速記符號……

∞

「妳在庭上控訴我的種種都是眞的，但我們離婚的理由卻不是……」喬治忽然用英語喊出這兩句話，響亮而清楚。

「你說什麼是眞的……不是眞的，喬治？」

喬治不答，躺在地板上瞪著天花板，他的眼眶漸漸充滿了淚水，視線漸漸模糊，梁菊出國前夕和他道別的情景，又一次偷偷地爬出他記憶的黑盒子。

梁菊把手從李嶠之粗大的手掌裡抽出來，忽然雙臂環上他的頸子，輕輕地貼著他的臉說：「我去加拿大了，以後不再見。哥，讓我親你一次。」

喬治瞬間關上記憶的黑盒子，他閉上眼，淚水流了下來，這回是用中文喃喃地道：「唉，月娥，其實……我們離婚的理由也是真的。」

安德烈坐起身來，看著地板上的喬治，喬治說的話他不懂，但是他自覺同理心讓他懂得了喬治的心，想到三天前自己的糗事，感到痛心疾首，於是輕輕喊道：「喬治，喬治……」喬治轉過頭望了他一眼，安德烈長嘆一聲道：「喬治，做男人其實很苦啊。」

喬治沒有答腔。忽然之間，他如一隻豹一般敏捷地竄起，兩大步跨向窗邊，「啪」的一聲關了燈，然後將百葉窗簾拉開一條縫隙。

安德烈吃了一驚：「喬治，怎麼回事？」

「噓，槍聲！」

「槍擊？你確定？」

喬治沒有回答。這世上有一種聲音李嶠之絕不會弄錯的，就是槍聲。他將百葉窗簾稍微拉開一點，從窗邊窺視出去，只見窗外早已沒有半個人影。左邊停車場的照明燈光斜射而下，和著空中繽紛的雪花一道灑在地上，地面早已鋪了一層數吋厚的白雪，上面印著一些凌亂的腳印，雪落得緊，腳印很快就要辨識不清了。

喬治伸手將窗邊架著的單筒望遠鏡拿過來，仔細察看了一下雪地上的腳印。這時候，停車場後面一大片樹叢中突然衝出一個黑衣人來，低著身軀，疾速向一輛白色的ＢＭＷ奔去。從這人的奔跑姿勢就能看出，他是個訓練有素的好手，彎腰蹲腿在雪地以S形能跑那麼快，已很不簡單；他一面跑還一面開槍，動作流暢無比。

黑衣人跑到ＢＭＷ車旁便繞向車後，這時左方「砰」的又傳來槍聲，黑衣人撲倒在地，喬治瞧得眞切，只見後車箱不知何時已打開。「砰」，又是一槍聲傳來，那黑衣人匍匐滾向了停車場外一個淺溝。

安德烈輕呼：「他手上多了一支狙擊槍！」

喬治低聲道：「不錯，他剛才從ＢＭＷ後車箱中拿到的，好快的身手……」

話聲未了，那黑衣人已朝左邊枯樹林開了一槍，就只一槍，一個身著白底迷彩滑雪裝的大漢在樹叢中應聲而倒。

喬治讚道：「好槍法！」

窗外恢復寂靜，開槍擊中敵人的黑衣人伏在淺溝中不見任何動靜。安德烈伸手要過望遠鏡，對準倒地的大漢細看，只見那人背朝上倒在樹林邊的雪地上，鮮紅的血從上半身底下流出，顯然是胸部中彈，一槍斃命。

窗外一片寂靜，足足過了三分鐘仍然沒有動靜。這時，躲在停車場旁淺溝中的黑衣人終於緩緩站起身來，他雙手端著長槍才跨出第一步，那「死」在地上的大漢忽然就原姿勢連發三槍，黑衣人中彈倒地，但他長槍再發兩彈，雪地上的漢子終於不再動了。

喬治目擊這一場槍戰，熱血爲之沸騰，他壓低了聲音道：「那滑雪裝的漢子持手槍匆忙中出手，還能打中五十米外的目標，我目測估計三槍打中了兩槍，厲害啊！」

那中了彈的黑衣人爬起身來，似乎並未被擊中要害，他衝進白色ＢＭＷ，轟然發動引擎，以超大的馬力疾馳離去，激揚起漫天的雪花漸漸落地，雪地上留下急速轉彎的深深輪胎痕跡。

窗外終於復歸寂靜，停車場這邊除了喬治的飯店，還有好幾間店家和遊樂商場，卻沒有一個人出來探視，就像什麼事都沒有發生過。

喬治的神色凝重，安德烈正在用他的手機發簡訊，室內沉寂無聲。安德烈發完了簡訊，輕聲道：「那輛白色ＢＭＷ是今年的款式，340iM，從零到一百公里加速只需五秒多。」

喬治點頭沒有說話，安德烈繼續道：「車牌是羅馬尼亞登記的，BN99ZTZ。」

喬治睜大眼睛瞪了他一眼，安德烈微笑解釋：「視力是我唯一尚未退化的本能，尤其在冰雪的背景裡，任何東西都逃不過冰球中鋒的眼睛。」

喬治忍不住笑了，補問一句：「發簡訊給國際刑警？」

「不錯，請求國際刑警支援清查車主，還有，也發給皇家騎警。」

「噢，那當然。中鋒，你眼睛如老鷹，可知道除了我們看到的兩個槍手火拚外，還有第三人？」

「第三人？沒有看見呀，你怎麼知道？」

喬治凝視著窗外的雪地，緩緩地道：「先前雪地上凌亂的腳印屬於兩個人的大腳印，另外還有一個較小的腳印，無法分辨是女子的還是少年人的……」

安德烈連忙湊近窗台望出去，窗外雪花紛飛，先前的腳印大多已被雪掩蓋，無從辨認，只有那個著滑雪裝的大漢屍體還俯躺在雪地上，潔白的雪覆蓋了他全身，地上的血漬也快要看不出了。

「有第三個人？他或她去了那裡？」

喬治想了想道：「讓我出去看看。」

安德烈很堅定地說：「不行，你不能去。不要以爲沒有人在窺看，就像我們倆一樣，我打賭就這邊前排屋的窗簾後面，起碼就有十雙眼睛在偷看。」

喬治打消了出去看的念頭，他當然也想知道躺在外面的死者身分，但他更在意那第三者是誰，現在躲在何處？因爲死人不會再有威脅性，活人才有。

安德烈打開了電視，正在播俄語的基輔地方新聞，聽到第三條新聞，螢光幕上主播人提高了聲音，安德烈聽完後翻譯道：「有一位加拿大的科學家來基輔參加國際會議後神秘失蹤，已經一整天了，警方仍然掌握不到線索；據說這位科學家身上有最新的科技機密，更加引人猜疑。」

喬治聽了搖搖頭道：「新聞裡沒有秀出科學家的照片，對一般民眾提供有用的線索來說，就達不到什麼效果。」

天還沒有亮，外面傳來警車的笛聲，顯然有人報了警。

安德烈從窗簾縫隙看出去，見到來了兩部警車、一輛救護車，兩名警察圍著那個雪人般的屍體，一面拍照一面檢驗，另外兩人就持槍在停車場四周察看。

安德烈看了一陣子，那幾個警察在屍體旁走來走去似乎不得要領，便有些不耐煩了，忽然覺得喬治有好一會沒有出聲，回頭見他正忙著保養他的寶貝長槍，便問道：「喬治，你早餐吃什麼？」

喬治一面把望遠鏡瞄準器揩拭妥當裝回槍管上，一面瞄了一下道：「樓下冰箱有雞蛋和土司，烤箱旁有煮咖啡機，請自便。欸，安德烈，這支槍花了我三千多歐元，瞄準器有夜視功能，還有紅外線雷射測距儀，打起來又穩又準，昨晚你要是早到一刻鐘，就可以看到我打靶的情形……」

樓下門鈴突響，按得很緊促，喬治很有把握地輕聲道：「肯定是警察，只有他媽的警察是這樣按門鈴的，全世界都一樣。安德烈你去開門，我把槍藏好，免生誤會。」

安德烈果然帶了一個又高又胖的警察上來，喬治剛好把槍枝放進右邊的衣櫃中，轉身道：「早上好，警官。」喬治的俄語講得很盡力。

那警察心知這兩個外國人肯定不懂烏克蘭語，便也用俄語問：「夜裡有聽到槍聲嗎？」

安德烈的俄語很管用，連忙回答：「沒有注意到啊，我們喝醉了，門窗又緊閉，沒有聽到哩。」

那胖警察一上樓就聞到濃濃的酒精味，他瞥了桌上的酒瓶一眼，抓起來開瓶猛吸了一口，又看又聞的，顯然被金門高粱的醇正香味吸引，見瓶裡還有一些剩下的酒，居然開口問安德烈：「我，行吧？」

喬治見他的表情已知其意圖，連忙搶著道：「OK, please.」OK和Please是世界語，烏克蘭的條子也懂得，他舉瓶將瓶底剩下的一點高粱一大口喝了，長長「嗯」了一聲，猛點頭，對安德烈說：「昨夜你們兩人喝了這一瓶？眞幸運。這酒來自契丹？」

俄文的「契丹」是「中國」，可能俄國人最早接觸的中國人是一千年前的契丹人。安德烈和喬治齊聲回道：「不，來自台灣。」

安德烈接著用俄語解釋：「喬治從台灣來，是這家中餐廳的老闆，我從加拿大來，咱們二十多年前就認識了。這回我爲冬季奧運而來，順便來基輔看看老朋友……」

那胖警察雖然聞到好酒便有些不顧形象，但卻是個精明的條子，他忽然指著窗前的望遠鏡道：「這望遠鏡是誰的？」

安德烈替喬治回答：「是喬治的。」

「喬治，你在窗前架望遠鏡，你一定看見了些什麼……喔噢，還夜視的哩。說，你看見了什麼？」他變臉如翻書，口氣也立時變成審問犯人的口吻。

喬治不慌不忙地回話，由安德烈譯成俄語：「我觀察野鳥，每年這時節，聶伯河一帶的候鳥開始北飛了。」

「你們不許動，讓我察看一下。」

他走到壁櫃前，打開左面的一扇門，口裡「哈」一聲，從櫃裡拿出一支長槍，脫掉槍套，是支雙管獵槍。喬治暗道：「還好他先查看左邊的壁櫃，要是先查右邊衣櫥就麻煩大了。」

胖警察逮到這支槍，第一件事就是伸鼻子對著槍口猛嗅一番，又在槍機四邊仔細察看，不但沒有聞到火藥味，槍管裡還有一種用保養油擦過放置很久未用的特殊「陳」味，不禁有些失望。

「你持槍，有執照嗎？」

「當然有，拜託，這是支獵槍啊，我過幾天就要到山區去打獵，我申請了狩獵的季節許可證，要不要看？」

喬治從書桌抽屜中拿出兩張證件，那胖警察瞄了一眼並不細讀，只盯住那架望遠鏡道：「你在窗前架了夜視望遠鏡，不要騙我說你們既沒有聽到槍聲，也沒有看見動靜。你不說實話，就跟我回局裡去作筆錄……」

喬治幹了半輩子的警察，那會不知這一套，他用英語說：「安德烈，亮底牌吧。」

安德烈掏出一張身分卡，遞給胖警察道：「兄弟，也許你有興趣看看這個。」

胖警察看了有些吃驚：「你，國際刑警？」

安德烈道：「不錯，加拿大皇家騎警國際聯絡官，大家是自己人，咱們昨晚喝多了，的確沒有注意到外面的事。兄弟，你去查別家吧，待會我就要下去幫忙看一下犯罪現場。」

凡是警察一見是「自己人」，態度就一百八十度改變，胖警察也不例外。

「OK，OK，我去查別家。嗨，我是尤里斯．雅可夫，安德烈、喬治，很高興認識你們。」

喬治問道：「尤里斯，你的外套可有大口袋？」

「有的，問這幹麼？」

「樓下我還有一瓶『台灣伏特加』，見面禮，不要錢。」

胖警察嘿地笑開了：「要就現在去拿，等會不方便了。」

喬治帶著胖警察下樓，穿過走廊到了餐廳的廚房，他開燈從一個酒櫃中拿出一瓶金門高粱遞給胖警察，眼光卻落在冰箱旁矮凳上坐著的一個戴眼鏡的亞裔人。

那人戴著一副深度近視眼鏡，頭髮凌亂，腳上一雙運動鞋，身上穿了一套運動服，很明顯擋不住下雪天的氣溫，哆嗦著正在吃一碗泡麵。

喬治在台灣當了那麼多年的警官，他直覺地判斷這人是同胞，安德烈和胖警察見了這人也並未起疑，顯然以為是餐廳打工的夥計。喬治為避免引起麻煩，便忍著沒有開口，只是用凌厲的眼神瞪著那陌生人。

那人放下手中的碗，用國語低聲道：「不好意思，我闖空門，又偷吃泡麵……」

8

葉運隆駕著他的 TOYOTA PRIUS 混合動力車，以五十五哩的時速舒暢地在伊莉莎白女王快速公路上馳騁，清晨時分這條路上的車子不多，到國際機場要比走「403 國道」省八公里路；

不過再過兩個小時遇到了上班潮，這條通往多倫多市區的沿湖公路就要塞得厲害了。

葉運隆定居大多倫多市區西南的橡樹城已經十五年。當年他從台灣大學機械系畢業，在新竹關東橋營區服完兵役後，就到美國田納西大學深造，得到航太工程博士學位，在田州的橡樹嶺國家實驗室工作了一段時間。當他得知自幼心儀的女朋友從台灣移民到加拿大，他雖然對手上的工作和待遇都覺滿意，但為了女友，他毅然辭去工作，找到一份短期工就移居加拿大，跟女友結婚後便和公司簽了長約，定居橡樹城。楓紅楓綠，匆匆已是十五個年頭了。

十五年來，他在一家規模不大但技術層次極高、獲利率也極高的小公司任職，這家公司和「聯合航太系統」科技公司是密切的生意夥伴，專門供應精密的軍事及航太所需的零組件和系統，葉運隆的工作部門掌握了最先進的精密材料研發能力。

他的英文名字，艾瑞克．葉，在加拿大和美國同行中享有相當的聲譽，連歐洲的航太及材料技術界也都知道這個名字。

車向東北行到加地納快速道路前，向北轉到「427」公路上，已經看到「多倫多皮爾森國際機場」的指標。

這些年來這條路不知走過多少次，因工作需要他經常出差，大多是去首都渥太華（Ottawa）和美國各航太業相關的城市，這一回有些不同，他的目的地是烏克蘭的基輔，需在俄羅斯首都莫斯科（Moscow）轉機。

他去俄羅斯開過兩次會，兩次都在莫斯科。基輔是第一回去，不過它已不屬俄國，而成了獨立的烏克蘭的首都。第一次去的地方他總覺新奇，何況基輔是個歷史名城。二次大戰時，史上最大也最慘烈的裝甲兵團坦克大會戰就發生於此，戰後的基輔成為前蘇聯及烏克蘭的國防科技重鎮。

行前葉太太幫他做了旅遊資訊的整理，列下了一張推薦景點名單：聖索菲亞教堂、洞窟修道院、獨立廣場、黃金之門、國立烏克蘭美術館……葉運隆本人則加上一個必訪之地：車諾比博物館。

3 科學家的綁案

葉運隆要去基輔參加的會議，是一個國際前瞻核能技術的專家討論會，主辦單位選定這個一九八六年震動世界的車諾比核災地做爲會議地點，是有深切的科技和人文的意義。

皮爾森國際機場那熟悉的主航廈已經在望，葉運隆在過夜停車場中找到距離航廈最近的泊車位，五天後回來時好取車。

俄羅斯航空公司飛莫斯科的航班還有一個多小時起飛，葉運隆百無聊賴地坐在貴賓候機室中舒服的座位上，將這次會議的議程拿出來再看一遍。他要參加的討論主題是：「MSR（熔鹽反應爐，Molten Salt Reactor）能成爲廿一世紀無碳能源的主流選擇嗎？」

參與討論的專家大多是熟人，他當年在橡樹嶺國家實驗室工作時的同事亨利．巴克利也在應邀之列，而且是三位主講者之一。「這也難怪，橡樹嶺國家實驗室原本就是『熔鹽反應爐』的搖籃地，我離開橡樹嶺時，那個計畫已要關閉了，我提了好些新構想都進了檔案櫃。想不到過了十多年，MSR又鹹魚翻身，老亨利要走老運了。」他想到自己離開橡樹嶺又搬到橡樹城，好像跟「橡樹」結了不解之緣。

這回他應邀要談的是耐高溫防腐蝕材料的前瞻技術發展，看上去不似一個核能的題目，其實卻是MSR計畫是否能商業化的關鍵所在。因爲MSR要用融熔態鹽做爲反應爐的冷卻劑，什麼材料能在攝氏八百度以上的高溫，不被融熔狀態的鹽滷及核燃料腐蝕？這材料還要能確保反應爐安全至少十年以上？如果沒有這種材料，MSR只能裝在實驗室裡小規模、短時間地運轉，全天候派專人監控著玩玩。

葉運隆是這方面國際公認的專家，他所屬公司在這方面掌握的專利也十分傲人，由他來做這種特殊材料發展的現況分析及未來展望，可以說是最適當的人選。

葉運隆讀著手上的討論會手冊，心思早已飛到他專屬的實驗室中。在這場討論會上，他要發表的是一份十分詳盡的技術回顧及展望，他知道他準備的豐富資料定會一如往常地得到國際專家的肯定，但是他不會報告實驗室最新的成果；那個結果很可能會改變整個現況，提前五年將MSR發展成爲成熟的產品，推入市場。

屆時，MSR必將成爲廿一世紀無碳能源的主流選項——也是這次討論會主題大家期待的終極答案！

但他不會在討論會上報告這個實驗成果。這結果太過神奇，他只重複做過一次，前後兩次都成功，但是他仍需要更多的數據和驗證。

只要想到他發明的神奇材料，葉運隆便心跳如鼓，他手上已有的數據顯示，這種新材料在

高溫抵抗各種腐蝕化學的能力數十倍於現知的最佳材料，更精彩的是，葉運隆找到了將這種材料緊密地「鍍」在超合金高溫材料表面的方法，使「鍍」上去的材料與基材形成一體，可以避免如太空梭表面防熱貼片的問題；太空梭每次飛航常會有隔熱片脫落的情形發生。

他的發明以手頭的數據來看，直比計畫預定的目標還要好，但目前他不會發布，連他的老闆也只知道一個大概。但是做老闆的人考量不同，就在上星期四，老闆逼著他在記者招待會上介紹公司開發的新產品項目，還是沒忘記把這項高溫耐蝕的新材料提了一下。

這回研討會他是受邀講者，大會給了一張商務艙的來回機票，當他走進俄航的貴賓室時，發現只有五個旅客：一對母女，兩個正裝商務人士，還有一個穿得很休閒的紅髮大個子；這使他覺得很不尋常，不知為何從多倫多去莫斯科的旅客如此之少？但立刻他得到了答案。貴賓室門大開，一下進來了二十多位大漢，一律穿著大紅色的厚夾克，胸前一排「CANADA」，右上角還有一片小楓葉。

「哇，加拿大國家冰球隊！」「是奧運代表隊……」原來商務艙幾乎被國家冰球隊包了。左邊座位上的母女兩人接著尖叫：「悉尼，悉尼！」一面奔向一位帥哥球員。那帥哥的紅夾克上有一個大大的「C」字，他是國家隊的隊長悉尼．克羅斯比，來自國家冰球聯盟NHL企鵝隊的主力中鋒，粉絲眾多。

葉運隆笑看悉尼．克羅斯比在兩個粉絲的衣袖上鬼畫符似地簽了大名，那對母女又發現坐在葉運隆鄰座的是蒙特婁加人隊的超級球門員普萊斯，便又尖叫奔過來。站在前方的教練麥克．勒蘭忍不住攔下道：「女士們，請安靜，球隊還有些事要討論。」

葉運隆平時也愛看NHL冰球轉播，他知道普萊斯這個天才是十年一見的頂尖守門員，懂門道的都知道，這回加拿大能否衛冕奧運金牌，關鍵不在鋒線，而是這一位鐵門看守者。

他低聲打招呼：「哈囉，普萊斯，我是艾瑞克葉，是你的粉絲，你是我最佩服的冰球球員。」

普萊斯沒有大牌球星的架子，很隨和地回道：「嗨，艾瑞克，很高興遇見你，要去看奧運？」

「不，我到莫斯科轉機去烏克蘭。」

「基輔？」

「對，到基輔開會。眞希望能多留幾天，就可以去索契看你們的衛冕金牌戰，可惜公司不准那麼多天假。」

「您是從事……」

「研究工作，『世紀新系統公司』的研究部門……」

「啊，對了，前天的多倫多《環球郵報》上看到你們的消息，你們開發了好多種新材料產品，好厲害！那張照片上的解說人是不是你？」

艾瑞克微笑點頭：「想不到我們這種冷僻新聞你也會注意到，我倒是在體育版上幾乎天天看到你，只是總戴著護面罩，不想你本來面目那麼帥。」

「帥？我們的隊長克羅斯比才帥吧。」

「都帥，你比較秀氣。你們到了莫斯科轉機直達索契？」

「對，索契！菲施特奧林匹克運動場、博許俄冰宮，還有，哈，俄羅斯美女、高加索烤肉、伏特加。」

這時播音響起：「俄羅斯航空公司，SU886 飛往莫斯科的班機開始在 A17 門登機，帶有嬰兒及需要協助的旅客請先登機，頭等艙及商務艙的旅客……」

8

俄航 SU886 飛了九小時零十分鐘到達莫斯科謝列梅捷沃機場，這是從多倫多直達莫斯科最快的航班。如果搭乘加航，不論從倫敦、巴黎或法蘭克福轉乘聯營的俄航班機，都得花十二小時以上的時間。葉運隆有過經驗。俄航空中巴士 A330-300 廣體客機輕巧地觸地時，他長噓了一口氣，喃喃對自己說：「眞快，足足省了三個鐘頭。」

旅客進入F客運大樓，這棟大樓主要是俄航的航班在使用，由於到達時間已是深夜，所有國內的連結班機皆在早晨六至十時開航，俄航的旅客全部住入與大廳地下相連的過境旅館。加拿大冰球隊一到，就有奧運會的志工前來招呼。飛基輔的班機要等到明日上午九點半，葉運隆便跟隨大夥一起到過境旅館休息一夜。

到了過境旅館，旅客們經過長途飛行原該歇寢了，但多倫多和莫斯科有八小時的時差，許多旅客了無睡意，於是吧檯及簡易餐廳便擠滿了人。球員們全是年輕小伙子，不但不知疲累，而且個個都似永遠吃不飽喝不夠，不久前才在飛機上吃了一個正餐，現在好像又全餓了。

葉運隆在飛機上只喝飲料和吃水果，幾乎沒有吃任何餐點，除了因爲俄航機上餐點難吃以外，他堅信飛機上不吃東西可以抵抗時差。但此時正是多倫多下午，他忽然想吃點東西，喝杯濃咖啡。

小餐廳中只剩下最後一張空著的兩人座，葉運隆坐下點了漿果派，又要了一塊俄羅斯鹹肉、蔬菜，才啜了第一口咖啡，一個清脆、帶些英國口音的女士走到他的桌前：「先生，介意我和您共桌嗎？全都坐滿了哩。」

「不介意，請坐。」葉運隆抬頭，目光碰上一雙湛藍的眸子，清澈純淨得讓人看著有些發慌。

她一頭金色短髮，面容姣好，看不出實際年齡，也許四十，還是三十幾？眼角有些魚尾紋，也許快五十了？

她手中一杯酒，顯然是點了酒找不到地方坐，吧檯早已擠得插不進針。她坐下後對葉運隆淺笑寒暄：「美國人？」

「不，加拿大人。敝姓葉，艾瑞克葉。」

「娜塔夏．拉婷妮娜。您和球隊一塊的？」

「不，我和冰球隊沒有關係，只不過和他們同機來莫斯科。我要去基輔，明天上午的飛機……」他看了看腕錶，更正道：「其實是今天上午，已過午夜了。」

聽到「基輔」兩個字，擠在隔桌邊上一個年輕的加拿大隊員忽然插嘴道：「誰去基輔？我也要去基輔，教練特准我開賽前去基輔一趟，我五歲離開就沒回去過了。」

他有著一頭黑捲髮，手上一大杯啤酒，看上去恐怕還不到二十歲，對自己單獨去基輔而有人同行似乎感到很高興。雖然是陌生人，但碰上同路就好像是認識的熟人了，於是他伸過頭來喊道：「我是伊列諾夫，加拿大冰球隊的候補中鋒。」

艾瑞克報了名，娜塔夏斜眼瞪著伊列諾夫道：「嗨，小伙子，聽說你是加拿大隊的秘密武器？」

伊列諾夫大吃一驚，咦了一聲：「妳怎麼知道的？哈，是不是秘密武器，還要看教練讓不讓我上場哩。」

鄰桌上坐著三位球員，其中一個大鬍子指著伊列諾夫道：「喂，AK47，不要見到有人陪你去基輔就洩漏國家機密，我猜這位漂亮的女士是ＫＧＢ派來的。」

另一個平頭大塊頭叫道：「菲立，你孤陋寡聞，ＫＧＢ早就解散了，你還活在史恩．康納萊的 007 時代？」

伊列諾夫揚起手中半塊披薩，補上一句：「大塊頭你懂個屁，ＫＧＢ只是名字不見了，卻化成ＳＶＲ，你聽過沒有？」這年輕小伙子，對同隊的資深前輩毫不尊敬，說話大剌剌的。

娜塔夏聞言，瞪了伊列諾夫一眼，伊列諾夫面對年長女性又顯得年輕臉嫩，他有點掛不住，連忙道：「對不起，我們隊員們胡說慣了，請不要見怪……女士，您要轉機去那裡？」

娜塔夏哼了一聲道：「基輔。」

伊列諾夫連聲叫好，艾瑞克也舉杯道：「好啊，我們三人碰到一起，居然都是要去基輔，巧極了。」

娜塔夏轉向伊列諾夫道：「你請假去基輔？」

伊列諾夫道：「我是要去老爸的墳上為我媽送上一束花，我爸上個月去世。我從五歲以後就沒回過基輔，這回一個人去，心中有些不安。」

「啊，真遺憾。」

艾瑞克用完了「下午茶」，道聲晚安，起身走向他的房間。一個戴墨鏡、穿迷彩滑雪裝的男子悄悄地從走廊一角的大盆栽植物後面閃出來，他左右瞟了一眼就尾隨艾瑞克，等艾瑞克進了房間，他趨近看了一眼房間號碼：B106。

等到大夥兒鬧得差不多回房休息時，娜塔夏．拉婷妮娜悄悄地踱到大廳櫃檯旅行服務處，掏出一張電子機票和身分證明，對服務小姐輕聲道：「小姐，我想要改行程……」

服務小姐看了電子機票一眼，問道：「您訂的是早上飛索契的票……」一面在電腦上敲進旅客姓名。

娜塔夏道：「不錯，我要改九點三十分去基輔……」

8

李嶠之拿了一件套頭外套給那位不速之客穿上，見他總算停止了哆嗦，把碗中麵湯一口喝完，便問：「要不要吃些別的東西，冰箱裡還有滷菜……」

「不，我還想再吃一碗泡麵。」

李嶠之才說「沒問題」，那傢伙已熟門熟路從廚櫺抽屜裡拿出一包維力泡麵，上面寫了「一度贊」三個大字，然後在預熱的飲水器中取水，十分流利地處理了牛肉料理包、調味油包……不到十分鐘，一碗金黃飄香的紅燒牛肉麵就告完成，顯然這位不速之客已在廚房踩過底了。

李嶠之微笑注視著，心中暗道：「看這傢伙搞定泡麵的好身手，肯定也是一個老婆不管沒人愛、自力更生的男人。」

望著那人呼嚕嚕地吸了一口麵，李嶠之身後的胖警察咽了一把口水，有點不好意思地對安德烈道：「請翻譯一下，問問這傢伙吃完後，能不能幫我也弄一碗來嚐嚐？」

「你還要吃？」安德烈確實覺得驚訝：「你不是在執行任務嗎？」

胖警察用俄國國罵咒道：「他媽的，這個契丹佬吃香喝辣，一碗接一碗地一人獨享。」

李嶠之雖然俄語有限，大致也聽出是怎麼回事，便用英語說：「既然如此，我們動作要快。」

他十分體貼地從廚櫺下面的櫃子裡拿出三包維力泡麵來，一包紅燒牛肉麵，一包沙茶牛肉麵，還有一包是蔥燒牛肚麵。他知道胖警察正在執行勤務中，不能耽擱太久，二話不說做起大廚來，心知牛肚麵洋人恐怕吃不消，便將沙茶的給了俄國佬，紅燒的給了安德烈，牛肚的給了自己。三碗麵端出來，廚房裡全是泡麵的氣味，熱氣香氣騰騰，一時之間大家變成了一家人，渾忘了外面還有一個凶殺的現場有待處理。

胖警察吃完了一碗沙茶牛肉泡麵，懷著一瓶金門高粱，心滿意足地拍拍喬治的肩膀，轉頭對安德烈道：「請翻譯給喬治聽，他是一個大好人，我會帶朋友來光顧他的飯店。」說完，尤里斯．雅可夫就上樓出門去辦公事了。

安德烈也套上外衣，將國際刑警的名牌掛在胸口，匆匆跟著出去查看現場，廚房裡就剩下兩個人。

李嶠之瞪著那人，沉聲道：「你是怎麼一回事，為何跑進我的廚房來？」

那人站起身來，鞠躬道：「實在不好意思，我是艾瑞克葉，從台灣到加拿大，住在安大略橡樹城，到基輔來開國際會議，莫名其妙陷入追逐及槍殺之中。昨天早上在基輔市區我住的旅館外頭跑步時，竟然有人想要綁架我，但綁架的人又被人開槍打傷，似乎有人在暗中保護我，後來我被拉上一輛廂型車……」

李嶠之揮手打斷他說下去：「慢點，慢點，你說得不清不楚，把我搞糊塗了。我先問你，你在基輔住那一家旅館？」

艾瑞克拉了拉套頭夾克的拉鍊，回答道：「我們參加研討會的，都住在烏克蘭皇宮藝術館附近的新首都旅館。我早上起來有晨跑的習慣，頭一天我就穿過大街小巷往聶伯河畔跑，過了『H09』的橋邊就往回跑，這一來一往大約是六公里左右吧。我平時在家每天早晨都跑八公里，我是用快跑的，八公里不到四十分鐘……」

「哇，你跑得不慢嘛。」

「從年輕時就練習晨跑，多年來幾乎沒有間斷過……」

∞

葉運隆一早起來，穿著套頭運動服，一雙台灣製造的紅白耐吉鞋，今天他想換一條路線，順便多看看基輔市區，於是他研究了一下地圖，決定向白可夫公墓方向跑去。

清晨霧很大，才一出門就發現有兩個晨跑同好跟在後面，他留上心是因為其中一個頭髮泛紅色的大個子似乎有點面熟，卻記不起在什麼地方見過。他暗忖：「是到了基輔之後才遇見，還是以前就見過？」

無法確定，唯一可以肯定的是最近看見過這個人。葉運隆一面跑一面想，到底是在那裡見過這個紅髮大漢呢？跑到米可立街時，他忽然想起，這人是在多倫多機場見過的！

多倫多機場的貴賓候機室，沒有錯！

想到這裡，葉運隆突然感到強烈的不安，這人和他同機從多倫多飛到莫斯科，又一同轉機到基輔來住進同一間旅館，現在又跑在同一條路上，這……未免太多巧合了吧？

葉運隆不禁想道：「也許這人也是來參加研討會的？」

但是他立刻否定了這個可能性，面色凝重地想：「不是，我們的研討會是小型的閉門會議，參加者不到二十人且我都認識，這個紅頭髮絕不是來與會的。」想到這裡，他開始感到恐懼：「這個人是跟蹤我而來的！他要幹什麼？」

靠近白可夫公墓時，晨霧更濃了，葉運隆回頭一瞥，霧中看不清楚，估計後面兩人在五十公尺外。

他加快速度跑了一百公尺，感覺上後面兩人也在加快腳步，公墓附近這段路在晨間十分清靜，前後除了他們三個晨跑者不見其他行人。

葉運隆開始全速向前跑，後面兩人顯然跟不上了，然後他聽到一人用英語叫道：「站住！」他不理會，那人又叫了兩次。葉運隆決定不理他，反向跑回旅館既不可行，索性向前加速，想要找條小路右轉往克羅夫斯卡捷運站方向跑去，心想：「那邊人多，他們便不敢造次！」

想到這裡，他施展開平日勤練的長跑功夫，大步狂奔，暗想那兩人已在一百公尺之外，那知道就在他想右轉時，槍聲響起，而且是兩響，聽上去似乎發自不同的方向。葉運隆無暇細想，到了岔路決定不往右轉，反而朝向左轉，因爲他依稀看到左轉後不遠處就是一個公墓的入口。

大霧中的墳場裡一片寂靜，只見迷濛中墓碑重重不計其數，不遠處還有幾幢小石屋建築，看來正是藏身的好所在。葉運隆估計身後的兩人和他的差距，只要自己快速奔入墓園，在矗立如林的石碑和十字架之間潛伏，等追逐者趕到，自己的身影必已消失在濃霧之中，可以得到暫時的安全。

葉運隆伏在草地上匍匐前進，在眾多墳墓及石碑之間蛇行，然後他找到一塊大石碑的背後，屏息趴了下來。四周靜極，這時節連蟲蛙叫聲皆無。白色的霧好像在飄動又好像在緩緩下沉，四面環繞著各式各樣的墓碑，不遠處是個樹林，只是在霧氣中都朦朧看不清，更別說在群塚之中刻意躲藏著的一個身軀，葉運隆知道追兵一時找不到自己了。

他伏地一動也不敢動，足足十分鐘過去了，沒有任何動靜，難道追他的兩人把他追丟了？不可能，對方既不見他的蹤影，必然也躲藏在墓園中某處，靜待自己做出任何移動，或發出任何聲響。眼下他只能維持不動，靜察四方。

經過這一番快跑，他的運動衣裡已經汗濕，這十幾分鐘伏著不動，漸漸感到全身冰涼。平日這時候，他肯定是在享受晨跑後的熱浴，而此刻他只能咬緊牙根和刺骨的寒意抗衡。

東方天空漸現陽光，葉運隆暗忖：「太陽出來就會暖和些，可是……可是太陽出來霧就漸散了。」

他深深瞭解目前的形勢，敵我雙方都完全處於黑箱之中，對於對方藏匿的地點全然不知；這時自己如果能悄悄移到左邊的一間小石屋後，再設法藉石屋掩護，快速移向北方，也許有機會從方才進來的原入口爬出去，對方一定料想不到這一招。

這個想法相當冒險，但眼看太陽漸漸露臉，只要霧氣一散，自己藏在這墓園中的危險性就會大增。他伸手摸了摸身前的墓碑，上面刻了一個大十架，觸手處感覺到十字之上仍有浮雕，忍不住好奇心，便冒險伸手摸了一下，認出是受難的耶穌基督。在台灣時，葉運隆從小就經常由褓母帶著在附近教堂出入，稍長就受洗成了虔誠的基督徒，他暗忖：「想不到東正教的墓地裡也有基督教徒的墳墓……啊，是了，這是個公立的墓地，所以不同宗教的教徒都能葬進來。主耶穌保佑，阿門！」

滿足了好奇心，他開始規劃潛進左邊小石屋的路徑。其實他估計成功的機率，是基於對方沒有特別盯住自己的藏身處，最多只像自己一樣，躲在暗地裡四處張望而已。「對方急於知道我藏在那裡，而我此刻不必管他們躲在那裡，悄悄爬出去就拔腿往東跑。」

經過一片長草叢，葉運隆小心翼翼地利用東歪西倒的老墓碑掩護，神不知鬼不覺地匍匐前進到了一面古老石屋的牆基，才一抬頭，感覺到一道陽光刺眼，原來就這麼一會兒，太陽已升起，晨霧開始散了。

葉運隆暗自慶幸自己安全爬到石屋的背光面，而且牆角邊全是長草，確定比原來藏身的地方更加隱密，現在他可以定下心來四處察看一下，再決定下一步的行動。

長草外的一區全是些老墳墓，有的墳墓已經殘破，青苔遮蓋了大部分碑文，顯然長時沒有人整理，看來基輔市政府對公墓的管理沒有多少經費，長草叢生也沒有修剪。

一道陽光照在不遠處一座新墳上，葉運隆眼睛爲之一亮，只因那新墳的墓碑前有兩束特大的紅玫瑰花束。葉運隆知道這個季節的玫瑰花都是溫室培養的，見這兩大束漂亮的紅玫瑰，每一束都至少有一百朵，在多倫多買的話起碼要兩百元加幣。

葉運隆從小就是個好奇心極強的人，看到什麼就想要究其原委，目前雖然身處危境，看到這兩束上百朵鮮紅玫瑰放在四周都是荒墳敗碑之間，覺得說不出的詭異，終於忍不住悄悄爬近，一探究竟。

那新墳的墓碑打造得十分樸素典雅，碑頭是一個典型東正教的十字架，碑上刻的名字是俄文，葉運隆只認得名字下面的 1950-2014，墳墓裡的人活了六十四歲。

其中一束玫瑰花上插著一張卡片，葉運隆考慮了一下，還是忍不住好奇心，爬上前去拿起那張卡片，意外地發現上面寫的竟是英文。

「親愛的爸爸：我從加拿大來，媽媽要我爲您獻花，三十五年前您爲了不願加入蘇聯國家冰球隊而躲到烏克蘭來。爸，今天我加入了加拿大的國家冰球隊，我們不爲政治比賽，而是爲運動比賽，爲奧林匹克精神而比賽，您會爲我感到驕傲吧，就像我從小以您爲榮一樣。」

署名是「彼得」。

葉運隆眼前浮出加拿大冰球隊中那個一頭黑捲髮的小伙子，心想：「原來他老爸葬在這裡，眞巧啊。」

他悄悄潛回原處，追蹤他的那兩人始終沒有任何動靜，他不禁有些懷疑自己的判斷是否正確。就在此刻，墓園外來了一輛計程車，停在入口處的路邊，車上走下來一人，快步朝著葉運隆藏身處走來。那人完全沒有注意周圍，一直走到那座新墳前，俯身看了一會，在草地上跪了下來。從背影上辨認，正是伊列諾夫，加拿大國家冰球隊「候補中鋒」，隊友叫他 AK47，那位金髮女士稱他爲加拿大隊的秘密武器。

葉運隆在暗處望著，過了五分鐘，伊列諾夫輕輕撫摸著碑上父親的俄文名字，站起身來道：「爸，我要去趕飛機了，請爲我加油……也爲俄羅斯隊加油，我聽說俄羅斯國家隊各方面和當年蘇聯國家隊已經有天壤之別了。」

他最後看了碑前的兩束玫瑰花一眼，轉身離開，向墓園入口走去，計程車還在路邊等他。

葉運隆當機立斷，他起身快步追到伊列諾夫身後，輕叫道：「彼得．伊列諾夫，是我，艾瑞克葉。」

伊列諾夫顯然嚇了一跳，停步轉頭道：「嗨，艾瑞克，怎麼是你？你怎麼會在這裡？」

艾瑞克拉著他快步往前，同時在他耳邊道：「你要去機場，能不能載我一程？我要去旅館，新首都飯店，在皇宮藝術館附近，其他的我們在車上談。」

彼得．伊列諾夫是個十九歲的大孩子，和大夥兒一起時，話又多又囂張，但是脫隊一個人到基輔來上墳，心中就有點害怕，當時和艾瑞克在機上作伴同行，心中已把艾瑞克當作是「老友」了。他啥也不問，就拉著艾瑞克上車，司機見他一個人進了墳場，十分鐘後從墳場出來竟多了一個「契丹」人，覺得十分神奇。

計程車發動，伊列諾夫用簡單俄語告訴司機先到「新首都飯店」，葉運隆才噓了一口氣；剛才他的打算是，有彼得作伴，計程車停在路邊，如果追逐他的兩人仍然埋伏在白可夫公墓之中，多半不敢公開對他動手，看來這個想法是對了。

「艾瑞克，現在可以告訴我，你為何出現在這裡……」

計程車才離開米可立街，一輛出租的白色賓士車悄悄地跟了上來，駕車的是位金髮女子，她皺著眉喃喃自語：「不是要趕去機場搭飛機嗎？怎麼又往市區裡走？」

新首都旅館前一個街口，計程車停下來，艾瑞克滿懷感激地跳下車來，冰冷的雙手緊握伊列諾夫。

「彼得，祝咱們加拿大隊衛冕成功，你射進致勝球！」

伊列諾夫熱烈地回應：「那還用講！艾瑞克，認識你眞好，你千萬要小心，不要再落單了，那天我會到多倫多來找你。」

葉運隆看著計程車在大街上噴出一團白氣揚長而去，他用手掩鼻，正要走向前面的旅館，心中想著好好沖個熱水浴，忽然一聲尖銳的煞車聲發自身邊，他還沒有意識到是怎麼回事，已經被一股大力一面按住他的口鼻，一面強拉上了一輛灰色廂型車。

他叫不出聲來，那輛廂型車飛快地馳離鬧區，轉入一條橫巷後，強制他上車的手才鬆開。葉運隆轉頭吸氣，卻沒有叫出聲音；只見車上除了司機，另外兩人正是清晨在他身後跟蹤的「晨跑同好」，強拉自己上車的是那個戴著一頂鴨舌帽的紅髮大漢，另一個膚色黝黑的瘦子肩前衣服上滲出血跡，似乎受了傷。

他暗叫倒霉，從發現這兩人將對自己不利，自己就一路小心謹愼，自以爲終於安全回到旅館，想不到竟在旅館之前仍然落入這兩人之手，想來懊惱之極。

這一切發生得極快，街上似乎沒有人特別注意到，就在廂型車匆匆駛離現場時，一輛白色賓士車正好跟來，車上一位金髮女士用手機拍下了一段錄影。

∞

「你們憑什麼將我關在這裡？」葉運隆被布條捆在座椅上怒極大吼，挾持他的兩人對他的吼叫全不理會。那個紅髮大塊頭從壁櫃裡找出消毒藥水及紗布，正忙著替另一個瘦子處理傷口。

兩人低聲交談，所用的語言葉運隆完全聽不懂，但他確信那不是俄語。遠看那個瘦子的傷似乎是槍傷，他猛然記起晨跑時背後的槍聲，不禁大感詫異：「難道那槍聲不是針對我，而是另外有人開槍打傷了這個瘦子？」

他再次大聲吼叫：「你們是誰？為什麼要挾持我？」

那兩人仍不理他，他又叫道：「回答我！你們聽不懂英文嗎？」

那紅髮大漢轉過頭來，用英語冷冷地道：「你再亂叫，我要用膠帶貼封你的鳥嘴！」

葉運隆聽他講的英語有一種特別的口音，一時想不起是什麼，但確實是他認識的特殊口音。

那紅髮大漢替瘦子胡亂包紮完畢，兩人又交換了幾句，聽來有點像是在爭論，葉運隆似乎聽到一個熟悉的字眼重複出現了四五次。他腦中靈光一閃，忽然想到住在橡樹城他家隔壁的沙欣醫師，從土耳其移民來的，他每天早上出門時，都用母語對他老婆說：「我去醫院啦，拜拜！」

這兩人在爭論中說了五次「醫院」——他們是講土耳其語！

葉運隆腦子飛快地運轉：他們多半是在爭論要不要去醫院，看來受傷的瘦子想要去醫院好好處理槍傷，大塊頭不准。

那紅髮大塊頭從抽屜中找到一捲膠帶，看來他真要將葉運隆的嘴貼封。葉運隆情急之下，忍不住叫道：「我認得你！你從多倫多一路跟蹤我到基輔，你到底要什麼？」

紅髮大塊頭似乎吃了一驚，回頭對那瘦子說了一句話，然後走到葉運隆面前，惡狠狠地道：「看不出你這臭中國佬倒是蠻精明的，我問你……」

這時他的手機響了，接聽時他只低聲嗯了幾句，面色漸趨凝重。關上手機，他牽了一張椅子坐在葉運隆的對面，狠聲問道：「你的筆記型電腦藏在那裡？快說！」

「留在旅館裡……唉呀……」

葉運隆的左頰挨了重重一記耳光，眼鏡差點被打飛。大塊頭怒道：「不要騙我，我們的人已經搜過你的房間，找不到你的電腦。你說，藏在那裡？」

葉運隆大聲道：「我一大早就這一身離開旅館，筆電就放在手提箱裡，我不騙你……唉唷……」

大塊頭在他左頰上又給了一記耳光，然後右頰也一記，左頰又一記，葉運隆的眼鏡被打落，嘴角鮮血長流。大塊頭還要再打，葉運隆忽然很冷靜地對他道：「大個子，你們是土耳其人，為什麼要綁架我？你們要我的筆電幹什麼？」

紅髮大塊頭似乎又是一驚，怔了一下，這時他的手機又響了，他接起連聲稱是，掛了電話，轉身對那瘦子嘰哩咕嚕講了一串，然後匆匆開門離去。

那瘦子掏出一把手槍，將坐著的椅子移上前來，用英語冷冷地道：「葉博士，乖乖待著不要動，你敢耍花樣我就殺了你。」

葉運隆按捺下滿心的恐懼，儘量讓自己的聲音平靜不激憤，他對那瘦子道：「我是一個科學家，你們用暴力挾持我的目的是什麼？我的筆記型電腦確實放在手提箱裡，我發誓絕對……」

那瘦子打斷他：「我相信你說的是實話，就因爲你說的是實話，事情變麻煩了。」

葉運隆一怔，但想一想也就懂了，他「啊」了一聲道：「你是說，有別人先一步進入我房間，就把它拿走了？」

那瘦子冷冷看了他一眼，便不再理會，自顧自打開電視機，抓著遙控器不停地換台，似乎沒有任何一台的節目能引起這個瘦子的興趣。

葉運隆這才環目打量了一下這間沒有窗戶的密室，四面牆壁漆成了深灰色，燈光就顯得格外黯淡，照在瘦子原就生得有些倒霉兮兮的臉上，更增添了一些沮喪的神情。方才兩個暴徒押著自己下車走進這幢房子時，用黑布蒙住了他的眼睛，但他知道向下走了二十二階，中間轉了一個彎，這是一個地下室的房間。

瘦子切換電視台足足轉了兩輪，仍然沒有找到中意的節目，便開始咒罵，一口痰吐在桌上，態度壞到極點。葉運隆從小的教育就極注重良好生活習慣，看桌上那一口痰實在噁心，竟忘了自己身爲人囚，忍不住抱怨道：「喂，你不要吐痰在桌上，有一點水準好嗎？」

瘦子聽了居然沒有暴怒，只瞪了葉運隆一眼，關上電視又咒罵了一長串，葉運隆只聽懂最後一個字，好像是英文的「四個字母」國罵，看來這個髒字已經完全國際化了。他見瘦子個兒矮小，脾氣似乎比那紅髮大漢好一點，便再度搭訕：「土耳其語聽起來很有味道，蠻好聽的，可惜我聽不懂。」

那瘦子忽然笑了起來，指著葉運隆罵道：「中國佬就愛自作聰明，我們講的不是土耳其語，土耳其語難聽死了，有個屁味道！我講的是庫德語，你一輩子也沒聽過吧。」

葉運隆嚇了一跳，心想難道我的鄰居沙欣醫師竟是庫德人？庫德族好像和恐怖組織有點什麼關連，自己好好來烏克蘭開會，怎麼會落到恐怖分子的手中？心中又驚又怕，腦子反而更清楚了。他盤算了一下，然後用極為關心的口吻對瘦子道：「老兄，你肩胛上還在流血哩，剛才的止血處理十分不及格，要不要我幫你重新弄一弄……一直流血可不是鬧著玩的。」

那瘦子其實一直在擔心自己的傷口，那顆子彈好像卡在身上什麼地方沒有穿出來，他瞪大雙眼喝道：「你這中國佬怎麼這麼多話，比我媽還囉唆，叫你閉嘴你就閉嘴！」

葉運隆想到剛才糾正了這瘦子教養差，瘦子居然沒有暴怒，恐怕是從小他媽媽也經常這樣糾正他，這個聯想才讓他忍住了怒氣。想到此，便再次苦口婆心地道：「老兄，聽我說，我受過急救訓練，幫你處理一下傷口，保證比那個紅頭髮傢伙搞得好。看來一時三刻你還不能去醫院，那麼第一時間的傷口處理就極重要，不要搞得發炎你麻煩就大了……我看那個赤髮鬼粗手粗腳，連他自己雙手也不消毒就在你傷口上幹活，我瞧著就擔心……」

說到這裡，葉運隆忍不住露出一絲笑容，原來他說到「赤髮鬼」，便想到《水滸傳》裡的赤髮鬼劉唐，還好瘦子沒有察覺。

「赤髮鬼劉唐，一百零八好漢中排名第二十一的天異星。」

葉運隆在心中飛快地閃過這一句。他記性特好，出國後就養成習慣，利用入廁時間記憶背誦詩詞、古文和各種稀奇古怪的資料，嫻熟於胸的有五、六百首詩詞和佳文，至於雜資料如梁山泊好漢們的星屬、排名、渾號，當然是如數家珍。

瘦子原來就急著想要去醫院，無奈紅髮大漢不准他去，這時聽到葉運隆好心的關切，不禁有些心動。葉運隆善知人意，看這情形便再補一句：「我是看你流血不止，好意想幫你處理傷口，絕不會藉機逃走。再說，槍在你手上，我手無寸鐵，你怕什麼？」

瘦子考慮了一下，便上前將綑綁葉運隆的布條解開。葉運隆活動了一下手腳，就在壁櫃中找出幾個藥瓶、一捲紗布、一大袋藥棉。

他熟練地將紅髮大個兒胡亂包紮的繃帶和紗布解開，傷口已呈暗深紅，甚至有些地方開始發黑了，一看便知處理得很不理想，葉運隆做出十分專業的表情，搖頭罵道：「媽的，這種搞法實在外行之極，你傷口不發炎才怪。」他一面拿把剪刀把瘦子的袖子從肩膀處剪開，一面拿把鏡子給瘦子自己察看傷口，然後拿起一個藥瓶對瘦子道：「要搞乾淨就要強力消毒，你是好漢不怕痛？」

瘦子自己看了傷口的情形，心知十分不妙，便咬牙切齒地道：「你快弄吧，我阿布要是叫一聲痛，就不是眞主阿拉的好僕人。」

他才說完就慘叫一聲，不過一叫出聲就強行忍住了，喊痛聲戛然而止。原來葉運隆把一瓶雙氧水淋在他傷口上，槍彈造成的血洞周邊一些被燙焦的皮肉組織和雙氧水起了劇烈作用，冒出氣泡來。這種消毒法很恐怖，但聽說相當徹底有效，須是「好漢」才挺得住。葉運隆自己可從來沒有試過。

葉運隆在雙手上擦了碘酒，快手把消炎藥粉敷在瘦子阿布的傷口上，再塗上消腫止痛的藥膏。阿布感覺一陣清涼，疼痛稍減，咬牙道：「這個藥好，多塗一點。」

葉運隆包紮的動作倒是有點職業水準，然後從小瓶中倒出一粒止痛藥要阿布服下，前後不過十分鐘，清潔溜溜。

「阿布很勇敢，只叫了一聲痛就忍住，我在台灣參加過救災訓練，曾經處理過比你更嚴重的傷口，不過不是槍傷……」為了加強效果，葉運隆心想我索性再吹吹牛。

「台灣？你從台灣來？」

「我叫艾瑞克葉，從台灣到加拿大，現在是加拿大人。你的槍傷經過這樣處理，應該可以撐到去醫院，等會那個紅髮大笨蛋回來，你一定要堅持立即去醫院，說不定還有彈頭需要開刀取出。」他一副完全站在瘦子阿布立場的模樣，希望阿布有感。

阿布的疼痛減輕了不少，顯然對葉運隆有點感激之情，便揮揮手上的槍，示意他坐回原椅，卻不再用布條綑綁。葉運隆感覺出阿布對自己有些放鬆的心態，便隨口問道：「你們是庫德族？我對庫德族瞭解得很少，還以為和土耳其人沒有什麼差別。」

阿布「呸」的又吐了一口口水，不過這回是吐在地上，他臉上帶著不屑的神情道：「土耳其人？不錯，我們現在是土耳其人，可是不久以後，我們就要獨立做庫德斯坦國的庫德人！」

葉運隆逮到機會就見縫插針：「怎麼？土耳其人對你們不好？」

「我們庫德人是山區最古老的游牧民族，那像土耳其人的祖先是西遷的突厥人和蒙古人等混雜而成，晚了我們不止幾百年。我們人口有三千萬，在土耳其境內就有一千四百萬，在伊朗、伊拉克都有幾百萬，在敘利亞也有一、兩百萬。我們本來就該是一個完整的庫德斯坦國，卻活生生被惡毒的西方強權搞得四分五裂，流落在各國之間飽受欺壓，但我們建國的日子就要到來，阿拉和先知都在引導我們走向成功的道路……」

一說到庫德人的民族問題，阿布侃侃而談到渾然忘我，葉運隆投其所好地補一句：「你說的『惡毒的西方強權』，就是指英國吧？」

阿布有亂吐口水的壞習慣，他又吐了一口在地上，回答道：「不錯，一開始的壞蛋是英國人，現在換成美國人，但我們的兄弟姊妹不怕他們，先知明白地預言，他們的報應快到了。」

葉運隆一面苦思脫身之計，一面繼續表示對阿布的關心：「阿布，你身上的槍傷是誰開槍打的？」

「你不知道？我們在公墓那邊追你時，有個你的同夥躲在右邊樹林裡打他媽的冷槍……」

「打冷槍？我的同夥？」

「你還要裝傻！你的同夥躲在右後方打黑槍，我猜是瞄準跑在後面的『紅頭』的，卻沒有打中他，我他媽倒霉，被那個狗娘養的打中肩頭。」

瘦子阿布雖然受了槍傷，但手上握著的一把槍絲毫不放鬆，葉運隆實在想不出任何辦法可以脫身。就在這時，樓梯口鐵門打開，那紅髮大塊頭帶著一個身穿黑色皮衣的男子進來。那黑衣人腿長膀闊，身材結實健美，像是個職業網球選手，雙眼淩厲得精光閃閃，又像是電影裡的職業殺手，一走進來，立刻就有一股「老大」的氣勢，咄咄逼人。

阿布回頭招呼：「奇各達，你總算回來了。嘿，『鷹眼』親自出馬，準備要開打了啊？」

紅頭奇各達道：「這小子的旅館已搜遍了，還是找不到那台鬼電腦，老闆認爲電腦已經被人捷足先登拿走了。鷹眼傳話，老闆要親自審問這小子，說電腦不在人腦還在。」

阿布道：「老闆要親來基輔？還是我們把這小子送過去？」

紅頭搖頭道：「老闆已經動身了，我們去老闆的別墅會合……咦？你怎麼把這小子鬆綁了？」顯然他發現葉運隆兩手自由地坐在椅子上，綑綁他雙手的布條不見了。

阿布道：「這小子有些急救傷口的技術，是他幫我把槍傷重新消毒包紮……他媽的，照你紅頭原先的搞法，我的傷口肯定發炎，說不定已經開始灌膿了。對了，既有鷹眼親來，我可要去醫院了，那顆子彈說不定還卡在我身上。」

紅頭怒道：「你就是貪生怕死，居然不聽我命令就把這小子鬆綁。這小子要是跑掉了，看老闆砍掉你腦袋。」

阿布回罵道：「你給我命令？不要臉，你算老幾？我阿布加入組織時，你奇各達還在……」

阿布還待繼續罵下去，卻被一個冷酷的聲音打斷：「你們兩人都不要吵，聽這新聞！」

從進入地下室就未發一言的黑衣男子「鷹眼」，不知何時打開了電視，這時螢光幕打出「突發新聞」的字幕，主播報道：「經常舉辦國際會議的新首都飯店前，今天上午發生當街綁架的暴行，一名疑似外國旅客遭不明人士挾持帶走，挾持經過被全程錄影，本台獨家……」

螢光幕上接著就放出在新首都飯店前的場景，一個身著運動服的男子正在路上走，忽然一輛灰色廂型車停在他身邊，一個頭戴鴨舌帽的大漢跳出車來，飛快地抓住他強行架上車，廂型車猛然加速逃逸。整段錄影前後只有十幾秒鐘，重複放映了三次。被綁架者背對鏡頭，看不到他的面貌。

螢光幕上記者繼續報導：「……根據本台獨家深入調查，新首都飯店內，目前有三個國際會議在進行，被綁架者可能是來此開會的國際人士。警方十分關注此案，已經啓動全面偵查，不過據警方稱，目前尚無進一步消息。」

地下室內所有的人都傻了，葉運隆雖然聽不懂烏克蘭語，但卻認得出螢光幕上自己的背影。只有那綽號「鷹眼」的黑衣人注意到一個細節，他低聲道：「你們有沒有注意到，錄影片的最後一個畫面右下方有一行字：『彼得堡論壇報提供』。挾持事件發生在基輔，新聞卻首見於《彼得堡論壇報》，錄影帶也在他們手上，是不是很奇怪？」

紅頭奇各達猛點頭道：「鷹眼說得對，這事奇怪得緊！咱們這裡離事發現場太近，不能再待了！」

瘦子阿布道：「那輛廂型車已經曝光不能用了，我們外面有別的車？」

鷹眼想了想，吩咐道：「我和紅頭都有車，我們分開走。我帶阿布先去醫院，然後大家各奔前程，到老闆的別墅會合。」

紅頭聽他說完，拔出槍來，上前抵住葉運隆的腰部，喝道：「你跟我走，敢出一點聲音我就一槍轟掉你的蛋兒！」

那鷹眼駕一輛白色的ＢＭＷ，扶著瘦子上車後，就緩緩往勒西烏克蘭大道方向轉去。紅頭的車是一輛藍色的奧迪，他押著葉運隆打開車門，令葉運隆先上車，正要關門鎖上，忽然一輛越野吉普車猛衝過來，「碰」的一下，將奧迪的車門撞飛，紅頭也被撞倒在地。他慘叫一聲，顯然受了傷。

那吉普車上坐了一個身穿迷彩滑雪裝的男子，臉上戴了一副墨鏡，對著葉運隆喝道：「快上車，我來幫你！」還連吼兩次。

葉運隆聽他的口音好像是美國人，這時別無選擇，連忙跳下奧迪，跨上吉普車的後座，還沒有坐穩，吉普車引擎一聲怒吼，已經加力向前衝去。路邊的行人嚇得疾躲，吉普車冒著濃濃白煙飛快地離去。

紅頭奇各達被吉普車撞了一下，傷得不輕，大腦有點受震盪，待他爬起身來，掏槍已經來不及，於是他掏出手機，急忙通知鷹眼。

不出三分鐘，那輛白色的ＢＭＷ呼嘯飆回來，戛然一聲煞車，鷹眼喝道：「阿布下車，你和紅頭去醫院，我去追！喂，紅頭，他們往那個方向去了？」

紅頭忍著傷痛道：「一輛越野吉普車，往植物園方向去了……」

引擎怒吼，白色BMW在路人尖叫走避下，在大馬路上極力加速，幾秒鐘便加到時速一百公里，絕塵而去。

葉運隆坐在吉普車後座，冷得他全身發抖，還好車上有一條墊毯，他抓起來裹在身上，感覺稍微好一些。駕駛座上一身滑雪裝的男子一面飆車，一面大聲道：「葉博士，我是美國的特勤人員，特別趕來助你脫險，你要和我合作。敝姓麥坎錫，大衛．麥坎錫。」

葉運隆哆嗦著回答：「眞謝謝你，麥坎錫先生。你可知道挾持我的是些什麼人？爲的是什麼？」

「他們屬於土耳其東南部搞獨立運動的庫德人革命組織，首領之一是一位曾在美國讀書工作十年的核子工程專家……他們挾持你，當然是因爲你的新發明呀。」

吉普車的引擎聲音太響，葉運隆裝傻，大聲回道：「我那有什麼值得他們綁架的新發明？我的研究工作都在研討會中公開報告過了，他們會不會搞錯對象了？」

前座的大衛皺了皺眉，也大聲道：「我的訊息是，你在研討會報告的都是些技術匯報及未來發展的預測，一個字也沒提到你的新發明，反而是你們公司在多倫多的記者會上提到了你發明的新材料，這就是大家感興趣的東西，也是有心人不擇手段想要得到手的東西。」

葉運隆暗暗吃驚，這個大衛．麥坎錫出現得好神秘，來歷既不清楚，對自己的事知道得可還眞多，他暗忖：「我現在走投無路，只好跟著他走，但這人究竟是什麼底細，大有可疑之處。我可千萬要小心，不要躲過狼牙又入虎口……待我探他一下。」

葉運隆是個頭腦靈光又有膽識的人，「愈是在困境中，問題愈嚴重，他的頭腦就愈冷靜，下決定愈果斷」，這是他公司老闆對他做研究的評語。葉運隆略微思考，便對大衛道：「他們一面挾持我，一面在我住的旅館房間大肆搜索我的筆記型電腦，但是那部電腦卻失蹤了，他們幾個人為此大為惱怒，認為被別的有心人捷足先得了。」

他從前座後視鏡中的反射，看到大衛神色自若的表情，暗忖：「他聽到我說筆記型電腦被人捷足先得了，竟然無動於衷，難道他對筆電中的東西全無興趣？這……這不太合情理，除非……他已知道筆電失蹤的事情，甚至，也許捷足先得的人就是他……」

葉運隆想到這裡，不禁心中一緊，這個自稱「美國特勤人員」的大衛．麥坎錫究竟是什麼人？自己眼下跟著他一路跑，是福還是禍？他駕著吉普撞車又撞人的動作有如黑道打手，也不太像是政府人員的行為。

吉普車轉上一條僻靜的小路，路面失修而顛簸得厲害，右邊是斜坡，左邊好像是個墳場。天氣愈來愈冷，郊區積雪未融，天空又開始落雪了，而且愈下愈大。葉運隆一身運動衣褲，雖然裹了一條毯子，還是漸漸撐不住了，他大聲叫道：「大衛，拜託暖氣開大些好嗎？」

車內暖氣開到最大，葉運隆比較好過一點，車外的雪卻愈落愈緊，能見度變差，車速不得不慢了下來。這時忽然聽到車後快速飆車的聲音，大衛凝視後照鏡一眼，大聲叫道：「艾瑞克，有人在追我們，你綁好安全帶，我要加速了。」

葉運隆回頭向後看，只見一輛白色的ＢＭＷ飛馳接近吉普車的車尾，他剛綁好安全帶，車子已轟然往前衝出，四輪帶動的吉普車底盤高，在不平的路面上奔馳如魚得水，一下子就將白色BMW甩開。

葉運隆暗忖：「白色BMW！駕車的應該是那個叫鷹眼的傢伙，瘦子阿布不知是否還在車上？他的槍傷不能再拖了……」不知為何，葉運隆竟在這緊張關頭關心起阿布來。

大衛的吉普車猛然右轉，速度太快，輪子在雪地上打滑，他輕帶煞車，雙手全力把住方向盤和輪子打滑相持，突然車後傳來兩聲槍響，緊接著吉普車陡然向右傾斜。

葉運隆大叫：「他擊中我們的輪胎，兩個輪胎都爆……」前座傳來大衛的吼叫聲：「弓身抱住頭……」說時遲那時快，吉普車「轟」的一聲衝出路肩，向斜坡下滾落。

4 橡樹城葉太太

吉普車滾落幾十公尺終於停了下來，頭下尾上地傾斜摔落在深厚的積雪中。靠著安全帶和應變姿勢保護得宜，車上兩個人都沒有受到嚴重的傷害。

後座的葉運隆掙扎著爬出吉普車，迎面寒風刺骨，他看見大衛・麥坎錫在駕駛座上被困住爬不出來，當下顧不得積雪沒脛，雙手並用地從雪堆中打開了車門，幫助大衛脫困。

兩人全身疼痛，抬頭上望，公路在三、四十公尺之上，吉普車摔落之地顯然是路坡下的一個小谷地。大衛低聲道：「追兵馬上就到，我們不能留在這裡，快往谷底跑。」

葉運隆卻堅決地搖頭道：「不行，谷底是空曠的積雪地，往下跑我們兩人就像雪地上的兩隻兔子，追來的鷹眼兩槍便要了我們的命……」他看到反方向有一大片人造林，雖然大多已樹葉盡脫，但是遠看枝幹還相當茂密，可能是較佳的藏身之處。於是他指著那片林子道：「往反向跑，跑進那片樹林找藏身的地方……」

話才說完，他已拔足開跑。大衛略微一怔，但事急不容猶豫，便也跟著快跑過去。

逃命的時候就顯得葉運隆跑步訓練有素了。積了雪的野地很不好跑，他先跑出十幾步，儘量調適腳步後便開始加速，渾忘了全身酸痛，一腳高一腳低地大步跑。大衛跑得卻是跌跌撞撞，還好大雪下得磅礡，幫了兩人大忙，不但能見度極低，雪上腳印也很快就被掩蓋無痕。

葉運隆跑到樹林裡，發現林子的枝幹果然十分密集，藏身其中的確不易暴露。大衛努力從後面跟上來，倒在一堆枯葉和積雪之上，氣喘如牛地悄聲道：「艾瑞克，逃命和躲藏你確實有一套啊。」

葉運隆聽了這話，心中一動，低聲問道：「在白可夫公墓旁開槍打傷那個瘦子阿布的可是你？大衛？」

「我可沒想一槍要了他的命，不過也足夠嚇他們一陣子……你躲在墳場裡？」

葉運隆點頭道：「謝謝你，大衛。」

他們從密集的樹幹空隙看出去，漫天大雪中果然模糊地看到一個黑衣人，正在小心翼翼地從公路邊坡上往下走，由於雪大坡陡，他的行動大受影響。

大衛還想多問一些：「艾瑞克，你那失蹤的筆電中究竟藏了什麼寶貝？……」

葉運隆打斷他：「我們不能歇在這裡，趁鷹眼還在雪坡上掙扎，我們趕快繼續往反方向跑。我看這樹林起碼有七、八百米，穿過這片樹林，看看前面有沒有辦法繞過這條公路，找條小路脫離危險！」

大衛輕嘆一口氣道：「他媽的，我的手機留在車子的充電座上，不然也可以呼叫人來救援，現在只好聽你這個逃命專家擺布……咱們跑吧……」

葉運隆忽然擔憂地道：「糟糕！你的手機留在車上，如果落在鷹眼手上，你的資料就全曝光啦？」

「糟糕個屁，我的手機登記的也不是我名字，是用臨時卡，每天換一張，今天這張卡裡面什麼資料都沒有，那個鷹眼拿到手也是空歡喜一場。」

他們低著身子向前快走，葉運隆心中暗嘆：「你不在意把手機留在車上，我卻在意把那條毯子留在車上了，不然包在身上擋一擋寒風，也可聊勝於無。」

∞

大雪下下停停，葉運隆不愧是逃命高手，他整日未進食物，一路上靠大衛給他的一條SNICKERS巧克力撐住，口渴就抓一把乾淨的雪往口裡塞，居然帶著大衛繞過公路，跑到了聶伯河岸。

天色雖暗，葉運隆猛然認出四周的景物，知道自己已經跑到「H09」公路橋頭；他來此地第一天晨跑時，就是跑到這裡才折返旅館。

正要跑到橋邊，大衛忽然猛抓住他手臂，拉他躲在樹後，只見橋上一輛白色ＢＭＷ緩緩地從反方向開過來；距離接近時，葉運隆看到駕駛座上只有鷹眼一人，他一面駕車一面兩側張望，車子走走停停。葉運隆暗驚這鷹眼有如陰魂不散，但也感到一陣莫名的安慰：「啊，阿布不在車上，一定去醫院動手術去了。」

「鷹眼駕車在這兩條路上來回搜尋我們，我們索性過橋往前跑。」他見橋下出現陸地，是聶伯河中央的一個大島，便和大衛從橋邊跑下去，往島上一座停車場跑去。他心想，只要到了停車場，就可以遇到前來開車的好心人，載他們脫險。

那知道停車場上一片死寂，他們不敢暴露，便潛入停車場外的樹林藏身，兩個人目不轉睛地盯著停車場，希望有人來開車。

期待來開車的人始終沒有出現，停車場的寂靜終於被一陣刺耳的引擎聲打破，一輛車從遠方呼嘯疾馳而至，一個急轉彎，就正好停在一個空格的正中央，駕駛人的技術無疑是一流的。問題出在，那輛車是輛白色的ＢＭＷ。

大衛和葉運隆傻了眼，逃了那麼久，兩人都跑得去了半條命，竟然還是沒有甩掉鷹眼。大衛有些火大了，悄聲在葉運隆耳邊道：「你先跑，這傢伙只有一個人，我不怕他。他們的目標是你，但打死你就得不到他們所要的，他們頂多開槍嚇唬你。你只管跑，如果跑回旅館就鎖上門，等我搞定了這傢伙再來找你。記住，我敲你門三下再兩下，連續三次，然後報名。」

葉運隆覺得有理，想起在墳場邊被追逐時的兩聲槍響，一槍是對手對空開槍，威脅要自己停止奔跑，另一槍就是大衛打傷阿布，現在都瞭解了。他記住了敲門的暗號，道聲「小心」，猛吸一口氣，拔足就跑。

葉運隆一面跑，一面對自己說：「我一整天不停地跑，不是我愛跑，不跑實在冷得受不了。」

他在林叢中跑了半個鐘頭，竟然沒有跑出這片樹林，實在已跑不動了。林中的小徑錯綜複雜，正覺得自己迷失了方向，就聽到不遠處傳來槍聲，他暗忖：「大衛和鷹眼幹上了……我跑了半個鐘頭竟然仍在附近……這林子裡的小路像八卦陣……」

果然，當他終於看到林子的出口，竟發現又回到了停車場的外緣。他潛身走出林子，想靠近一排停著的車輛，槍聲又起，嚇得他趕快逃回樹林，雪地上留下一行凌亂的腳印。

然後他又聽到連續的槍聲，接著是好一會沉寂，他從樹林邊偷望，黑暗中正好看到遠方那輛白色BMW厲聲呼嘯而去。他暗呼不妙，大衛糟了！

既然鷹眼沒有死，大衛就糟了。他再次伏身出林察看，一眼就看到倒在地上的大衛．麥坎錫，看上去似乎已經死了。

他忽然感到一種絕望的揪心，倒不全是因爲哀痛大衛的死，其實他對大衛的身分和動機也有疑慮，而是自己無端捲進這一場撲朔迷離的挾持追逐之中，莫名的驚恐籠罩他的身心，雖然他機智冷靜地應對，到此時仍能全身無恙，但身心已疲，更加饑寒交迫，實已瀕臨崩潰。

他全身哆嗦，再無力氣跑動，漸漸地，在刺骨的寒意中他覺得完全絕望了。難道就這樣倒下去凍死雪地？

就在此時，他的眼光忽然落在停車場斜對面的一排矮樓上，有幾間商店的招牌燈仍亮著，有的用霓虹燈，也有用LED發光三極管的，在雪夜的黑暗中依稀可見，自己一直沒有注意。

這時他發現其中竟然有一個店招上寫著四個漢字：「寶島餐廳」。

「繁體字，從台灣來的！」他在心中狂叫。

∞

安德烈·布洛克耐著嚴寒，在雪地上協助基輔的警察處理槍殺現場，大家都在等鑑識科的警官到場，他以國際刑警的身分指東指西，顯出一副很專業的樣子。基輔的警察基本上專業不是很強，再加上胖警察尤里斯·雅可夫在旁對他執禮甚恭，眾人便都聽他的指揮，東拍幾張、西拍幾張照片，雖然覺得平時辦案最優先的不是亂拍照，但也沒有人敢多問。

鑑識科的專業警官終於姍姍來了，雖然現場一個閒雜人等都沒有，他仍立刻下令先拉上繩線，封鎖現場，再命令其他警察幫忙尋找彈殼。鑑識官叼著香菸，檢視了屍體中彈情形，比照四周地形，確定凶手開槍位置，對可疑的地、物拍攝近距離照片，動作十分熟練，行事態度卻不太按照專業規矩。安德烈嗯哼了幾聲，退到一邊。尤里斯也隱約發覺安德烈先前指揮得似乎不得要領，他看了安德烈一眼，雖然沒有開口，但想問的話不言而喻。要是他知道安德烈其實是皇家騎警的文職官員，恐怕更要哭笑不得了。

好不容易現場證據均已蒐集好，編號留證完畢，安德烈才和尤里斯等人道別，雖然也沒有幫上什麼忙，仍然覺得有點成就感。他大步回到「寶島餐廳」樓上，發現那個在廚房裡吃泡麵的打工仔，竟然和喬治對坐在客廳裡大剌剌地喝酒。那傢伙身上加了一件套頭外套，兩杯烈酒下肚，臉上慘寒之色盡褪，不再是廚房裡那副狼狽的樣子。

安德烈脫下厚外套，抖落衣上的雪花，抓起桌上一瓶伏特加，自助倒了一杯，喝了一大口才開口問道：「喬治，這裡是怎麼一回事？」

喬治和艾瑞克同時站起身來，喬治爲彼此介紹道：「安德烈．布洛克警官，加拿大皇家騎警；葉博士，艾瑞克葉，來自安大略橡樹城的科學家。剛才基輔電視台的頭條新聞報導了新首都飯店前綁架案的新發展，警方已查明葉博士的身分……」

安德烈猛然記起，先前在聖彼得堡機場候機室的電視上，看到當街擄人的錄影畫面，不禁長吸一口氣，指著艾瑞克叫道：「原來是你，新聞上說的被綁架的『國際旅客』就是你……噢，老天，外面的槍戰難道也是因爲你，葉博士？」

艾瑞克一面伸出手來和安德烈握手，一面點頭稱是。安德烈脫下手套，握完手笑道：「葉博士，你的手很溫暖，現在比較像是個科學家了，先前在廚房裡那狼狽的樣子，有點像街上的無家遊民。」

艾瑞克微笑道：「其實還眞和街友遊民差不多哩。我摸進廚房之前，一整天沒有吃東西，靠一套運動服撐著在冰天雪地中跑了幾十公里，那還能像個科學家？」

等艾瑞克將自己的背景和這一天的親身遭遇說完，安德烈彷彿聽傻了。他低頭沉思，一言不發，腦海中又出現了娜塔夏，那天她丟在地毯上的LV包，拉鍊開口處露出的小冊子，上面有「SVR」三個縮寫的字母。

聖彼得堡的那一夜，娜塔夏從盥洗室出來，衣裝重整過，臉上也補過妝，輕輕地在安德烈臉頰上親吻一下，道：「親愛的，你今天太累了，我們到索契見。」

娜塔夏開門走出房間，退縮在極度尷尬中的安德烈驀然清醒過來，他衝向房門口，想要問娜塔夏在索契如何聯繫，才一推開門，他就縮了回來……因為他瞥見娜塔夏正在走廊轉角低聲講電話。

他把房門留一條空隙，豎起耳朵竊聽，娜塔夏的聲音很低，俄文講得又快，安德烈極力傾聽只勉強聽到斷續的幾句話。

「……已經查到，SU886航班從多倫多到莫斯科……沒錯……」

「……可是，我們要瞭解，很多人都在打他的主意……」

「老闆，耐性點，請給我一點時間……急也沒用……什麼？難道要我綁架他……」

這些斷斷續續的隻句片語一一回到安德烈的腦海裡，當時聽了也不明其意，現在腦中卻像是響了一聲「叮噹」。

「原來是這樣，原來SVR也在後面打你的主意……」

「打誰的主意？」艾瑞克一頭霧水。

「打你的主意呀！SVR是俄羅斯國際情報局。」喬治幫忙解讀。

安德烈點頭沉吟道：「庫德族、美國、俄國……還有加拿大……已經有四方人馬進來了。當然，我說加拿大進來是要保護你的發明。對了，葉博士，你來俄國時搭乘的班機是？」

「二月二日俄航SU886從多倫多到莫斯科，怎麼了？」艾瑞克懷疑有什麼不對。

安德烈聽了點點頭，沒有回答。他暗自思量：「這就是了，娜塔夏的目標一定是葉博士，難道她也到了基輔？」

他掏出手機，輸入一個網站密址，然後按下自己的密碼「ANDREBROOKECANMTP2101」，手機面板上立時出現所有國際航空公司的清單。他進入俄航，再點入二月三日俄航從各城市飛到基輔的全部航班，右下角出現一個紅框，安德烈將「Nattasha」輸入進去，SU235 航班從莫斯科飛基輔的乘客名單跳了出來，娜塔夏．拉婷妮娜的名字出現在其中。

「她追到基輔來了，果然是爲了葉博士。但是……爲什麼是從莫斯科起飛而不是從聖彼得堡？」

喬治耐著性子等安德烈將手機收起，立刻問道：「安德烈，你滑了半天的手機，可有什麼新消息？」

安德烈道：「我查出了……俄國 SVR 的幹員，爲追逐艾瑞克確實已到達基輔。」

喬治皺了皺眉，抱怨道：「這個消息有什麼營養？需要你花那麼多時間去蒐查？如果連美國都捲入了，近在咫尺的俄國人不動手才是怪事。」

艾瑞克在冰天雪地的異國經歷了一整天的恐怖逃亡後，見著來自本國的皇家騎警，心中對安德烈產生了極大的依賴感。他衝著安德烈說道：「布洛克警官，我的手機留在旅館，恐怕已被人拿走了，能不能請你用警用的通訊網通知橡樹城警局，請他們等那邊天亮後，給我太太報個平安？我太太的電話是 905-847……她的名字是 Ju Liang。」

喬治聽了一怔，暗忖道：「Ju Liang？難道是……」

安德烈一面將號碼輸入，一面對艾瑞克道：「沒有問題，但是目前我要請烏克蘭警方護送你到安全的地方……」

「什麼安全的地方？」

「送你到基輔的加拿大大使館。」

喬治皺著眉，忽然插嘴問道：「艾瑞克，你還沒告訴我你的中文名字？」

「葉運隆，我叫葉運隆。」

喬治心跳突然加速，深深地看了葉運隆一眼，暗道：「啊，果然是你。」

安德烈撥了基輔警察局的電話，請求派警員到水上公園「寶島餐廳」來護送葉博士去加拿大大使館，接電話的值班警察驗明了安德烈國際刑警聯絡官的身分，回答道：「警車三十分鐘後到。」

安德烈接著又撥了一通電話到大使館，電話鈴響了十九聲，才有人懶洋洋地接起電話，一聽到安德烈說基輔警方要將國際綁架案的主角葉博士送來大使館，接電話的秘書馬上在電話裡歡呼起來。最後，安德烈透過警方秘線，發了簡訊給橡樹城的警局。

喬治等他打完電話，好奇地問：「安德烈，你不過是通知基輔的警察來護送艾瑞克到加拿大大使館，直接打給尤里斯．雅可夫就好，爲何要繞這麼大一個圈子？」

安德烈嘴角露出一絲得意的笑容：「尤里斯是個好人，但不是個好警察，我看他辦事不很牢靠，還是正式請警局派人來比較放心。再說，我撥的電話是基輔警局國際刑警的秘密聯絡號碼，用的是歐盟 INTERPOL 共用的保密系統，通話比較安全。」

喬治聽得一愣一愣，但熟稔最新通訊科技的艾瑞克聽了，不禁在肚中暗笑：「歐盟警方這一套頻率跳躍和隨機派遣的保密技術已經算不得先進，美國軍方早就不用了。」

∞

一場大雪足足下了整夜，西安大略湖畔積雪超過十五吋，對湖邊的城鎮而言相當少見，也許是全球氣候變遷的緣故，今年冬天的冰雪超過常年甚多。

加拿大皇家騎警 RCMP 的麥可．休斯警司的手機響起，他的鈴聲設定是席琳．狄翁的〈告訴我爸〉，法文歌，極有韻味，節奏兼具叫人起床的功效。

電話來自歐洲國際刑警的聯絡站，睡眼惺忪的他一看號碼，就知是安德烈．布洛克打來的；由這個聯絡站轉撥，安全保密而且公家付費。

「安德烈，你這時候吵醒我，先報告你的行蹤。」

「嘿，麥可，你這是什麼態度？跟我打官腔？我人在基輔，你那邊橡樹城有個華裔科學家葉博士，艾瑞克葉，從台灣來的移民，在基輔開會時被不明人士追蹤挾持，幸好這傢伙機警又會跑，居然脫身跑到我這裡……」

「你這裡是那裡？」

「我這裡是喬治的餐廳，喬治李，你記得嗎？」

「什麼喬治的餐廳？亂七八糟！喬治李我當然記得，你講清楚一點。」

「喬治在基輔開了一家中餐廳，叫做『寶島餐廳』，我在他這裡原本待一天就要去索契，而葉博士為了逃避追捕，也躲到這間餐廳來。追捕他的好像是庫德人，而且不止一組人馬，有人要綁架他，有人似乎在保護他，他們之間已經幹起來，餐廳外頭就打死了一個人，烏克蘭警察正在處理……我是說，這件案情很不簡單，俄國ＳＶＲ的人也出動了，我想……」

「等一下，葉博士究竟是何方神聖？各方面都對他有興趣，這豈不成了加拿大之光？」

「麥可，你不要胡扯，這案子十分嚴重。葉博士是橡樹城『世紀新系統公司』的重量級研究員，此次是到基輔參加『國際前瞻核能研討會』，聽說他最近發明了什麼具有戰略價值的偉大東西，引來各方人馬競相覬覦……俄羅斯和烏克蘭的媒體都已報導，烏克蘭的電視台曾播出一段不明人士綁架擄人的錄影，被擄者就是葉博士……」

「你是說現場剛好有人拍到？不可思議……」

「更不可思議的是，葉博士被綁走後又逃了出來……哈囉，你聽得清楚嗎？我說，我就要趕去索契，國家冰球隊已在那邊等我，喬治李也沒辦法久留此地，我們決定將葉博士交給烏克蘭警方護送他去加拿大大使館，同時我也將我這邊的資訊通知了國際刑警。請你立刻報告上面，儘速通知外交單位，這邊可能需要支援，ＲＣＭＰ能派位幹員來最好。」

「立刻辦！外交部門多半已經接到報告了，我們老闆接獲我的報告後，一定會和外交部會商，而我們掌握了葉博士的最新一手消息，老闆在外交部人員面前可要出風頭了……哈哈，我說得沒錯呀，葉博士變成加拿大之光了……」

「麥可，正經事你總要『牛屎』兩句，我要掛斷了。」

麥可．休斯關上手機，半夜被吵醒再也睡不著了，他乾脆閉目養神等待天亮。忽然席琳．狄翁的〈告訴我爸〉鈴聲又響起，他瞥了手機面板一眼，顯示的是「未知號碼」。

「哈囉，多倫多警察局山德森副局長，是麥可．休斯警司嗎？」

「是我，請講。」

「抱歉吵醒您。我們接到橡樹城區域警察站通報，位於該城的『世紀新系統公司』在凌晨遭不明人士強行侵入，保全守衛兩人被擊傷綑綁，公司研究部門的資訊系統遭侵入後嚴重損壞，目前全部損失究竟有多少仍不明。據保全人員報告，侵入者爲外國人，無法判斷他們之間講的是何種語言，我們請求RCMP協助。」

麥可．休斯暗暗心驚，他立刻聯想到葉博士正是這家公司的科學家，這兩通電話講的可能是同一回事，於是他嚴肅地答道：「瞭解。我們已有情報，此案可能牽涉複雜，我們的人會儘快趕到現場會同處理，目前請儘量對外保密，我們需要掌握更多訊息，不要在此時刻讓媒體追風捕影。」

山德森副局長暗忖：「RCMP的人就會臭屁，他媽的這案子才發生，你就知道什麼牽涉複雜了？皇家騎警唯一的專長就是裝神弄鬼。」他道了謝就「咔」地掛上電話。

麥可．休斯一大早趕到橡樹城「世紀新系統公司」時，多倫多警察局的山德森副局長及公司的執行長羅斯先生都在簡報室等候他。

聽完了公司安全部主任梅森和警方的簡報後，麥可故作沉思一番，然後請羅斯和山德森先發表看法。羅斯皺眉道：「公司除了資訊系統遭侵入外，沒有其他損失，可是研發部的資訊系統是公司最高價值的資產，幾乎所有的商業及技術機密都在裡面……」

「你們存檔的不會是裸資訊吧？」

「當然不會，所有資訊都加了密。但是，你知道的，無論你加什麼密碼，總有辦法破解，只要有這方面的高手和足夠的時間……」

麥可心中暗罵廢話，口中問道：「你們覺得會是商業上的敵手所為嗎？」

羅斯想了一想，道：「其實我也不知道。本公司是一間特種高科技公司，我們供應的產品大多屬於航太、國防、能源產業中一些關鍵性的系統，我們的顧客幾乎全是加拿大和美國的政府單位，而且我們一向低調，商業上合作的夥伴有之，競爭的敵人可以說少之又少。這次有操外國語的暴徒侵入，破壞我們研發部的資訊系統，我個人認為可能不是商業敵手所為……」

山德森冷哼了一聲，道：「低調嗎？你們上週不是才開過一個記者會，報上登得好大。」

安全部主任梅森想回答卻欲言又止，山德森瞪著等他說下去。執行長羅斯終於很含蓄地道：「事關我們與政府的合同，預算遭到反對黨國會議員的無理杯葛，攻訐政府的航太和能源部門為何年年要跟一個默默無聞的小公司辦特許採購，董事會的老闆們才破例叫我們開一次記者會，展現一下實力。唉，我認爲十分不妥，一直反對開那個記者會，可是……可是老闆永遠是『對』的，這回可不對了……」

麥可對山德森問如此膚淺的問題嗤之以鼻，他也冷哼一聲，瞪著山德森。山德森對這個沒有禮貌又有挑釁性的RCMP警司感到不爽，便冷笑道：「看來休斯警司另有高見，何不說出來教育大家一下。」

麥可耍足了派頭，這才點點頭，似乎對山德森帶譏諷的話全都認了，然後問道：「羅斯先生，貴公司是不是有一位研究員葉博士，艾瑞克葉？」

羅斯睜大眼睛答道：「不錯，我們研發部的資深研究員，材料科學組的首席科學家。」

「他的研究室有沒有遭侵入？」

梅森搶著回答：「他的研究室和實驗室是被侵入破壞最厲害的地方，葉博士的桌上電腦被侵入強行下載，還好他的工作是本公司最高機密，他的電腦一經旁人侵入，立即全面當機，無法再啓動。警司您問他……是因爲……」

麥可慢條斯理地再問一句：「葉博士現在在那裡？」

羅斯回答：「艾瑞克出差到烏克蘭基輔去參加國際會議，您問……」

麥可打斷他，用一種十分權威的聲調宣布：「在基輔有人企圖綁架他，雖然目前並未得逞，但他仍在危險之中，綁架他的人不止一批，來歷不明的國際組織都在追蹤他……這裡發生的這件事，絕對和葉博士的事有密切關連。呵，對了，梅森先生，你方才說凌晨侵入的歹徒口操外國語？」

梅森正要回答，簡報室外有人敲門。梅森走到門口，一個年輕的警官低聲向梅森說有事要報告山德森副局長。山德森上前聽取報告，只見他不住點頭，隨後走回原座位，對麥可道：「被綑綁的保全人員中有一個鬟機靈的，他暗中用手機錄下了歹徒們的一段對話，沒有人聽得出是那一種外國語。於是我們送到多倫多大學去求助，中東語系的教授聽出是庫德語，內容是在談論要趕快找到那個中國佬的研究室，其中一人特別提到要竊取電腦資訊的事，詳細的對話直譯文已經在我辦公桌上。這個訊息對你有用嗎？」說時得意之情形於言表。

麥可默然沒有回答，看起來山德森副局長扳回一城。其實麥可是在暗中盤算：「果然兩件事是同一回事。聽安德烈說，基輔那邊對葉博士動手的也是庫德人，還好他們想要的機密沒有得手，葉博士的性命就有一層保護……」

他抬眼看著山德森有些得意洋洋的表情，便哼了一聲，故意隨口問道：「副局長，您知道庫德斯坦在那裡？」

山德森怔了一下，回答道：「好像是阿拉伯半島上的一個小國。」

麥可噗嗤一聲，笑道：「庫德族眞要感謝副局長的金口了，人家到現在建國還沒成功呢！」

山德森的出身是個滿腦子只有地方事務的警察，別說遙遠的中東和西亞，恐怕走出了北美洲，中南美洲有那些國家就搞不清楚了。他聽麥可這樣說，毫不羞愧地道：「他媽的，那一帶亂七八糟，不能怪我不太熟悉。」

麥可不再理他，轉向梅森問道：「歹徒後來怎麼撤離的？」

梅森道：「根據我們的保全描述，歹徒在公司研究部門到處搜查，足足搞了一個多鐘頭，直到其中一人誤觸警鈴，防盜系統大作他們才倉皇離去……」

麥可猛然想到一事，臉色大變，大聲對梅森問道：「葉博士他的家住那裡？家裡有些什麼人？」

「就在橡樹城裡，家裡只有葉太太，沒有小孩，怎麼……」

麥可對山德森道：「歹徒既未得手，極有可能會去葉博士家中搜尋，我們要趕緊派人保護葉太太！」

山德森倒是劍及履及，掏出手機一面問葉博士家的地址，一面撥號橡樹城警察局。

∞

多倫多大學聖喬治校區休倫路旁，矗立著「拉許米勒化學館」，大樓的東翼較矮，三層樓都是教室。屋頂上有個供應簡單餐點及飲料的小咖啡店，雙層玻璃窗外是個布置雅致的屋頂花園，夏天時是教授和研究生們利用中午享受一個小時陽光和聊天的好去處，只不過現下堆滿了白皚皚的積雪。

才過中年就白髮蒼蒼的阿倫．喬伊教授，特別喜歡光顧這家店，他的研究室和辦公室就在三樓西側。他是英國劍橋大學的化學博士，畢業後到美國德州萊斯大學做了兩年助理教授，在有機金屬發光體的研究方面發表了一系列六篇很受注目的論文，就被正在補強此領域陣容的多大化學系看中，用很優渥的條件聘到系上。

來到多倫多後，不到十年就升爲正教授，他平時除了學術研究，也熱衷於化學以外畢生的最愛——射擊活動。他參加安大略業餘射擊俱樂部已近十年，在幾次全國性的聯誼競賽中，得分居然達到了加拿大奧運選手的入圍標準，從此他就成爲加拿大國家射擊隊的志工「星探」，幫忙在全國各業餘俱樂部中發掘有潛力的好手，介紹他們加入奧運選手培訓。

今天他約了一位最近偶然發掘的射擊好手，就在「拉許米勒化學館」的簡易餐廳中見面。用過了火腿起士三明治，他端了兩杯自助沖泡的熱咖啡，走向坐在靠窗座位上的客人。

「葉太太，不好意思，系館的餐點極簡陋。喝杯熱咖啡吧，沒加糖和牛奶。」

「喬伊教授你太客氣，我平時吃得更爲簡單，有時候一碗沙拉，甚至一顆蘋果就打發了。」

喬伊博士坐下啜了一口咖啡，繼續他先前的話題：「葉太太，說實話，我不是當面恭維妳，妳是我幾年來見過最棒的女射擊手。如果妳願意測試一下，成績一定遠超越奧運的入圍標準，妳會給我們的國家選手隊帶來新希望，絕對的！」他說話時充滿了熱情，一副恨不得掏心掏肺的樣子。

「但是，喬伊教授，奧運競賽用的槍枝和我慣用的步槍很不一樣，我從來沒有用競賽槍打過靶，這裡面一定有非常大的差異……」

「聽我說，葉太太，用槍雖然不同，但氣步槍更輕，後座力更小，射擊的要領是一樣的。我這大半生練習射擊的經驗告訴我，最重要的固然是射擊手的準和穩，但準和穩的極致其實繫於心態，如何在射擊時使心態進入一種……一種物我渾忘的境界……」

「『禪』的境界，我明白你要說的。」

「看妳，妳天生就有，不錯，禪的境界！這種境界，要嘛天生有，要嘛永遠沒有；相信我，我看多了。」

葉太太偏著頭沉吟了一會，窗外一縷陽光正好灑在她的臉上，四十多歲的人看起來只有三十幾，身材維持得有如運動選手，短髮襯著她俊俏的面容，三分嫵媚中有兩分妍麗，還有一分歲月累積的成熟之美。

「好吧，我可以試試，先讓我熟悉一下氣步槍的特性再做決定吧。喬伊教授，這回你可要看走眼啦。」

喬伊博士大喜過望，舉杯邀慶，叫了「乾杯」才發現手上是杯咖啡，不禁啞然失笑。

「葉太太，謝謝妳了，我深信不久以後，我們加拿大的國家射擊隊將要出現一位超級女選手！下一屆奧運奪牌有望了！」他興奮激動得說話聲音提高了二十分貝。

葉太太帶著一絲不知如何拒絕的苦笑，很難想像他一個英國人竟然如此熱愛他的國家——加拿大。

「教授，聽你口音像是英國人……」

她尚未說完問題，喬伊教授已爽朗地接口道：「不錯，我來自英國曼徹斯特，在美國待過兩年多再到加拿大；從小唱『天佑女王』，到美國就唱『星條旗』，來到多倫多我就唱『噢！加拿大』，我現在就是百分之百的加拿大人。」

葉太太聽得十分有感觸，暗思：「英國人在英語國家中移民眞是如魚得水，沒有文化上認同的障礙；今天是英國人，明天就是加拿大人。我來到加拿大的時間比喬伊教授還長，若是有人驟然問起我的國歌，我直覺的反應搞不好還是『三民主義』，要經過大腦思考過，才會回答『噢！加拿大』……」

喬伊教授不知她在想什麼，帶著極大的好奇問道：「葉太太，容我冒昧請問，妳這麼棒的超級射擊術是那裡訓練出來的？」

葉太太微笑答道：「那裡有您說得那麼『超級』，我只是熱愛射擊，多年來自我要求，練習的功課從來沒有間斷過。多倫多的射擊同好不少，場地設備都非常好，也就是中文諺語說的『熟能生巧』吧。」

喬伊教授顯然沒有得到他心中想要的答案，便再問一次：「您完全是自己練習？從未受過專業的訓練？」

葉太太微笑道：「啊，這樣說吧，我從台灣來，我曾是中華民國的特勤警官……唉，那是很久很久以前的事了。」

顯然她並不想多談，喬伊教授「咦」了一聲，硬生生將一肚子的驚奇咽了下去，他回到主題：「我們是不是約一個時間，讓我帶妳去奧運選手培訓的練習場，妳可以先試試比賽用槍枝的感覺。」

葉太太從手提袋中拿出手機來察看她的日程表，從一早去射擊練習場時就已將手機關了，這時一打開手機，嚇了一跳，除了一通未知號碼的電話外，「世紀新系統公司」的秘書貝蒂打了三通電話給她，什麼事找得這麼急？

∞

橡樹城楓葉街葉運隆的家座落在靠樹林的小山坡下，前面不遠處有一條小溪流過，秋高氣爽的時候，這裡上有藍天白雲，下有清澈蜿蜒的流水，背後有整片的楓紅，景色絕美。不過眼前這一切都覆蓋在一層厚厚的白雪下。

葉家門前的車道上停了兩輛警車。葉太太駕著她紅色白頂的「迷你庫帕」匆匆趕回家時，老遠就看到門前的警車，她的心立刻揪成一團，直覺感到會不會是葉運隆出事了。

她從車上跳下來，兩名警官立刻迎上前來，她很快地辨識了一下，是兩個身材高大的本地警員，都戴了一副墨鏡，左邊一位很禮貌地行禮問道：「葉太太？」

葉太太按捺住滿心的忐忑不安，強作鎮定地答道：「是的，我就是葉太太，出了什麼事？」

「關於葉博士的事，早上我曾打過一通電話給您，沒有通上話，事情……有點複雜，安大略警局和皇家騎警的長官都親自來了……」他指了指身後門前台階上的兩位上級警官，繼續道：

「是不是麻煩葉太太開門，讓我們到屋內談一談。」

葉太太找出鑰匙，開門迎客，到了這時，她已經鎮定下來，十分冷靜地和兩位長官一一握了握手。

「TPS副局長山德森。夫人您好！」

「麥可．休斯，RCMP警司。」

「各位請坐，抱歉我關上了手機，直到剛才開機才看到貝蒂的留言，害你們久候了。」

山德森副局長一面在沙發上坐下，一面開門見山地發問：「葉博士去基輔後有沒有和妳聯繫，葉太太？電話、電郵、簡訊，或任何其他通訊？」

葉太太冷靜地回道：「通常艾瑞克出差只有到達時和離開時會和我聯絡，我們的老習慣，用電話報平安，用電話確定回程的到達時間……」

「打電話？你們越洋聯絡仍用電話？『貝爾加拿大』（編註：加拿大電信公司）要感動死了。這回出差，葉博士最後一次和妳通話是何時？」

「他到達基輔的當天，照說他今天應該會打電話給我……副局長，你還沒有告訴我，艾瑞克究竟發生了什麼事？」

山德森望了麥可一眼，麥可接過來道：「在基輔有人企圖綁架葉博士……」

∞

TPS山德森副局長和RCMP休斯警司離開葉宅時再三交代，綁架葉博士和闖入「世紀新系統公司」的應該是同一票人，他們想要的東西兩邊都沒有得逞，肯定不會就此罷休，要求葉太太加倍小心，警方會派兩名便衣幹員在葉宅附近保護。至於葉博士，此時應該已經在基輔的加拿大大使館中了。

山德森留了他的手機號碼，麥可又叮囑：「對方要的就是葉博士的新發明，妳既然確定他的技術資料從來不會帶回家來，對方即使到府上搜尋也是徒勞無功，但只要他們不放棄，遲早會找到這裡來，對葉太太而言總是很大的威脅。我們會增加外面的巡邏，也請妳再考慮一下，如有需要，警方可以派女警住進家裡保護……」

葉太太說謝謝，有需要時她會提出。

警官們辭去後，她泡了一壺阿里山凍頂烏龍茶，坐在沙發上將今天發生的事好好整理一遍，首先令她略感寬心的，是葉運隆在基輔目前安全無恙。

她喝了一口茶，噓了一口氣，想到方才自己說艾瑞克出差總是用老方式——電話聯繫，山德森戲謔地說「貝爾加拿大」會感動死了。其實不會。他們兩人之間打越洋電話，貝爾公司是賺不到什麼錢的；葉運隆在新竹科學園區的朋友新發明了一種「超級漫遊」的電話系統，隨便在那裡打電話，電信公司最多只能收到市話費。他的朋友送了一套試用的原型軟體給葉運隆，好用得很。

她又想到休斯警司三番兩次盤問她，問葉運隆的發明資料會不會有一份存放在家裡的電腦上？她斬釘截鐵地說沒有，但這時她想起葉運隆出國前一晚，忽然鄭重其事地將一條蘋果充電線交給自己，要自己藏好但不要用，也不要給任何人看到。當時她問：「不過就是條充電線，幹麼那麼神秘？你自己爲什麼不帶在身邊給筆電充電？」

她回憶起葉運隆很嚴肅地說充電器他已帶了，這條線有特殊的重要性，千萬收藏好。難道那條充電線上有什麼秘密？

她走到窗邊，把窗簾掀開一條縫隙望出去，院子裡一切正常平靜，只對街停著一輛藍色的克萊斯勒廂型車，再沒有看到其他的人或動靜。她快步走進臥室，扣上門，從抽屜中拿出一個木盒，裡面塞了一把各式充電線、連接線，有蘋果的、HTC的……

她嘆口氣道：「就不懂這些公司，爲什麼每種產品的充電線和連線插頭都做得不一樣，對消費者眞不夠友善。」

她一眼就認出葉運隆鄭重其事交給自己妥藏的那一條白色蘋果充電線，當時只是隨手放在這盒中，想到上一回兩人用「超級漫遊」通話時，葉運隆還提到這條充電線。現在想想，還是換個安全的地方吧。

於是她將這條充電線捲好，放在一個裝首飾的紅色小包裡，再把小包塞進一件黃色的舊外套口袋中。

她回到客廳，喝了口茶，忖道：「屋外有警員護著，我兩天不出門，阿隆就該回來了。」

她看了看時間，基輔時間應該是晚上七點，她要用「超級漫遊」和葉運隆通個電話。但是撥了兩次都沒有撥通。

「照說這時候他已經打開了超級漫遊啊？難道……阿隆又遇到麻煩了？」

她注視著窗外水塘四周的楓林，不久前楓紅倒映在塘水中還是那麼絢麗，曾幾何時，木葉盡脫，塘邊積雪，塘中水倒沒有結冰。

她凝視著窗外，忽然就想到故鄉那個水塘……

新竹樹林頭眷村西側有一個水塘，面積不大，水質也沒有受到太多污染，塘裡有多樣的水生植物，塘外四周有許多樹木：樟樹、欒樹、羊蹄甲、苦楝，近水處還有兩棵斜向水面的烏桕樹。三月天羊蹄甲熱鬧地迎春；夏日還沒有發威之前，苦楝已頂著一頭淺紫色的婚紗要做五月新娘；水塘裡的荷花開始凋謝時，欒花就黃遍了林子；寒流過了，烏桕青色菱形的葉片轉成了紅橙紫色，映在水塘裡富麗堂皇。她好喜歡那小水塘，忘不了那裡四季的顏色，也忘不了帶著樟木清香撫面而過的微風。

媽媽騎著她那輛50CC的「買菜車」，小梁菊站在前面的踏板上，夾在媽媽的兩腿兩手之間，感覺上特別安全。葉家的寶貝兒子就坐在後座，雙手緊抱住梁媽媽。

天氣好時，梁媽媽偶而會騎摩托車載這兩個娃兒四處逛逛，附近不遠的這個水塘是最喜歡去的地方。

葉運隆大她三歲，爸爸是最早一批返國創業的「歸國學人」，媽媽也有圖書館學的碩士資格，在園區附屬實驗中學擔任雙語班的教師，這個寶貝兒子就交給梁媽媽照顧。梁媽媽有時讓兩個孩子玩在一起，可以同時照看，也讓孩子彼此有個伴。運隆的父母起初覺得有點不妥，後來看梁媽媽充滿愛心，照顧運隆無微不至，她女兒也乖巧漂亮，加上小運隆十分喜歡這個玩伴，也就不講話了。其實更實際的原因是，他們夫妻兩人忙得不可開交，眼下之所以能夠沒有後顧之憂地拚事業，全靠有梁媽媽照顧寶貝兒子，便也不敢過分要求了。

葉太太閉上眼睛，卻看見藍天上白雲一朵朵連成一串，初冬時節水塘裡荷花已殘，有幾枝莖上結了蓮蓬。

小梁菊掙脫媽媽的手，快步追逐跑在前面的運隆，兩人跑到水塘邊時，梁媽媽還落在後面停放機車。

梁菊指著池塘中的蓮蓬道：「阿隆，聽說新生的蓮蓬頭很好吃，這裡沒人看見，我們要不要摘一個來吃看看？」

運隆從小知識豐富，他一本正經地道：「不是蓮蓬頭啦，蓮蓬頭不能吃，是裡面的蓮子好吃。」

梁菊不服氣道：「你又沒有吃過，怎知蓮蓬頭不能吃，只有蓮子好吃？你敢不敢去摘一朵來吃看看？」

運隆道：「好，我就去摘一個，妳吃了就知道。」

「快，趁媽媽還沒過來……這水深不深？……」

話還沒說完，運隆已脫了鞋靴，涉水將那最近池邊的一個蓮蓬摘了下來，梁菊正要叫好，運隆忽然大叫一聲，塘底全是軟泥，他雙腳開始下陷。耳後聽到梁媽媽的尖叫聲，回頭看時，只見梁媽媽沒命地飛奔過來，兩隻拖鞋都掉落草地，她光著腳丫衝到池邊，一把抓住運隆的左臂，用力將他拉了上岸。她大聲喝叫：「夭壽喔，誰要你們摘蓮蓬，阿菊，是不是妳的主意？」

梁菊見梁媽媽來得凶，有些膽怯了，但忍不住還是回嘴：「這蓮蓬野生的，摘一個又不會怎樣？」

梁媽媽怒氣沖天，大聲叫道：「你那知道，這池塘看起來水淺，池底全是軟泥。阿隆，你要是掉到軟泥裡去就會淹死，我怎麼向你父母交代？」

運隆生性善良，不敢辯解，低聲道：「對不起，下次不敢了。」

梁媽媽掏出一條毛巾替運隆擦乾兩腳，用手搓著，怕池水凍著了他。梁菊見危險風暴已過，伸手將運隆手上的蓮蓬接過，剝出三顆蓮子分給三人試吃，自己先咬了蓮蓬一口。

「阿隆，你說得對哩，這蓮蓬眞不能吃。」

葉太太至今還記得第一次嚐到新鮮蓮子那清脆爽口的滋味。

「從小阿隆就對我好……」她想到這裡頓住了，心裡暗想的是：「可是不知爲什麼，從小我就不是那麼喜歡阿隆。」

阿隆是她的玩伴和鬥嘴的對手，可是阿隆太優秀，功課好，品行端正，雖然聰明而點子多，但想的點子都太正經八百，不好玩，鬥嘴也不有趣。但阿隆就是對她特別好，開始時她有些得意，隨著兩人年紀漸長，便不再覺得窩心，有時候竟覺得阿隆好到令她心煩。

原以爲阿隆台大畢業，服完兵役去了美國，自己也進了警官學校，兩人就會漸漸疏遠了，沒想到阿隆硬是念念不忘她這個青梅竹馬的女朋友，越洋的信件和電話從關心問候變成情話綿綿，可是，她不止一次對自己說：「不知為什麼，我沒有同等的熱度哩。」

直到認識了李嶠之，梁菊第一次感受到那種「熱度」在她身體裡燃燒起來。也許是她天生外向活潑的個性加上情竇初開，第一次對一個男人動心竟是如此激烈澎湃，而李嶠之卻冷靜理智，始終待她有如大哥對小妹，直到她知道李嶠之家裡已經替他定了親，她才驀然清醒過來。服役規定期限一到，梁菊便決心退役，徬徨之際，她中學好友從溫哥華得知她的情形，便勸她去加拿大發展……

那一夜，她和李嶠之在異國重逢，兩人都是「自由人」的最後機會，她是如何大膽地把自己交給了最愛的男人，她轟轟烈烈地奔放，一生唯一的一次，所有的束縛都解放了，沒有悔憾……

好多年前的事了，激情早逝，回憶只帶給她一絲甜甜的澀味；她愛一個人獨處時回味一些昔日的點滴，尤其在練習射擊完畢一個人默默擦槍的時候。

梁菊不是不愛葉運隆，但總是缺乏一點那種「熱度」，好在結婚那麼多年了，就算有熱度大概也冷卻得沒差了。運隆除了熱愛他的工作，還是對她百依百順，總體來說，梁菊的生活算是幸福的。但有時候冥思起來，總覺得心裡有個地方有點空，只有在練習射擊的時候，那一隙的空就不見了；也許是在射擊的一剎那，她整個人都放空，心裡那點空自然就感覺不出來了。

方才她對喬伊教授說「心入禪境」，那是一種渾然忘卻周遭一切的經驗，漸漸地連自己正在射擊這件事也忘了，震耳的槍聲影響不了她，有沒有打中靶心也影響不了她，直到最後一發打完，她會忽然重回到現實世界，這時，靶上經常是百發百中的滿分。

射擊練習完畢，她就在休息室清理她的愛槍，只有在這時候，李嶠之才會悄悄出現在她的腦海。

∞

「到這裡就好了，我的行李不多。喬治，再看到你眞好，我們就此說再見……」

「不，安德烈，你先下車去辦行李 check-in，我去停車。離你的航班起飛還有一個半小時，我們再找個地方喝杯咖啡。」

安德烈堅持道：「喬治，眞的不用了，這次能在基輔和你喝酒聊了一夜，於願已足。記得上次在多倫多機場送你上飛機時，你告訴我一句中文諺語：『天下沒有不散的宴席』，我只希望下一個宴席不要再隔十三年。」

「好吧，安德烈，我再教你一句中文的諺語：『送君千里，終須一別』，咱們就此別了吧。」

「媽的，你們中文好像每件事都事先藏有一句諺語，煩不煩呀？OK，你好好照顧自己，我走了。」

喬治緩緩開著他的賓士 280 從機場回來，心情還在送別老友的氛圍中，他熟練地把車停在「寶島餐廳」的專用車位上，從車上就看見餐廳前有五六個客人正在等候帶位，心想：「今天並非週末，生意居然不錯，怪了！」

他從另一扇門上了樓，拉開窗簾，泡了一杯立頓紅茶，坐在落地窗前往外看，想到從昨天起發生的種種，到現在仍覺不可思議。他暗忖：「葉運隆到了加拿大大使館，應該萬無一失了。想不到在基輔鬧得火紅的科學家竟然是他！唉，人生如戲，只是劇情發展還眞不好預料……不管怎樣，葉運隆不久就回家，梁菊，妳可以放心了。」

這些日子很少想到梁菊，其實他無法眞正忘記兩人之間的點點滴滴，記憶的表面總是像淡淡的一團霧，一進入其中便愈走愈觸目驚心，所以這些年來，李嶠之每想到梁菊，總愛在「霧團」外徘徊，不願深入那迴腸蕩氣的深霧中。

那時他還年輕，生命的豪氣讓他滿腔沛塞著無畏，不論前途如何不可知，反正船到橋頭自然直，雨過之後必然又是一片青天。

他把所有的積蓄全給了月娥，買了一張單程飛機票，帶著一個簡單的行李箱和五百美元現鈔，就隻身到了多倫多。由於時間晚了，便搭巴士到附近的機場旅館過夜。

從離開台灣，一路上入境、提行李，再交運、轉機，李嶠之的神經始終緊繃著，直到住進旅館，終於有一扇門把他隔離在完全私密的小房間內，他才鬆懈地坐在躺椅上噓出一口氣，長長的一口氣。

房間有點悶，他拉起窗簾，半開玻璃窗，屋內暖氣夠強，雖然一股冷冽空氣飄進來，仍然維持舒適的溫暖。

時差的緣故，他全無睡意，躺在椅上緊閉雙目，像是睡熟了，二十分鐘之久他動也不動，其實只有一個問題縈繞心頭。

什麼難題困擾著果決豪邁的李嶠之？

心中有一個電話號碼，他在想一個問題：「要不要撥這個電話號碼？」

終於他拿起電話，調亮了檯燈，讀著電話座上密密麻麻的「撥話須知」。這家旅館的顧客多爲停留一夜的機場過客，旅館爲這些一夜客提供了貼心的優惠，打室內電話五分鐘只按「市話」費率收費，不外加旅館費率。

「打市話用市話費率，算什麼優惠？」李嶠之喃喃自語。他不知道的是，從他第一次到加拿大之後，曾幾何時旅館對房客打電話的外加收費已經貴到不可思議的地步。

他終於還是撥了那個號碼。

梁菊走向這間房間時心跳如鼓，也不過就是老友重逢的場面吧，自己又不是初出茅廬的菜鳥了，有什麼好緊張的呢？但是自她接到那通電話，心跳加速一直到此刻，就像是個要去冒險做什麼「壞」事的小女孩……她終於站到房門前。

按了門鈴，門開了，梁菊見到了一臉風塵的李嶠之。他們好一陣子沒講話，然後梁菊才怯怯地輕聲道：「李大哥，我可以進來嗎？」

小房間內的溫暖加上兩杯熱紅茶，兩人之間的矜持便消失了，別後的事有一句沒一句地聊完了，梁菊問：「大哥，你這裡的工作安排好了？」

一句話就回到現實，李嶠之腦中忽然閃過在台灣時梁菊喚自己從「李大哥」、「大哥」到「哥」的過程，他望著對面依然美麗而帶英氣的梁菊，不禁有些啞然失笑，暗忖：「這稱呼的變化難道要重來一次？」

梁菊見他不答，不禁爲他擔心起來。

「你來之前沒有工作的准許，如何拿到簽證的？」

「我以前在多倫多大學進修時的教授葉茲博士，爲我安排了一個鑑識實驗室的工作，屬於計畫性質的，我明早就要去找他報到。葉茲博士信上說，犯罪鑑識工作的待遇不好且工作時間長，偏偏近年加拿大犯罪案件激增，像這種計畫項目內的臨時專業人員缺得很……」

「那你做一年半載就能成爲正式職員？太好了。我移民過來上了幾個月的密集電腦課，才在市內圖書館找到一個不用大腦的工作，幹得沒啥意思，但一時還想不出換什麼工作好，總算是安定下來了吧。大哥，說實話，加拿大還眞是個好地方，空氣好，自然生態美，社會安全和福利一級棒，人民又友善，薪資雖然比美國低些，生活品質其實比美國好很多……只除了天氣太冷……」

「我還不知道？不過說到天氣冷，靠著安大略湖的調節，冬天溫度比起一些美國北方的都市來還算好的，就是太長了一點。」

「大哥……眞高興，我們居然又見面了，嫂子和小琳……」

李嶠之長嘆一聲道：「唉，別提了，她帶走了小琳，三個人的家，突然就剩下我一個人。

我……把一切都留給了她們，我就遠走高飛，重頭來……」

「我很遺憾……」梁菊用英語說，低下了頭。身邊的立燈照著她，有點昏柔的光灑在她的頭髮和臉龐上，粗心的李嶠之這時才發現梁菊留了長頭髮，她深邃的輪廓和長睫毛在光影中格外動人；接著，他又發覺梁菊抬起的眼睛中閃動著一層薄薄的光芒，像是淚光，又不像。

有一隻小蛾子圍著檯燈飛舞，想來是方才打開窗子才飛進來追光取暖的，李嶠之抓起桌上一疊信紙，啪的一下，就將飛蛾拍落地毯上。梁菊輕叫一聲：「幹麼呀？是隻吉普賽舞蛾，別打死牠。」

她蹲下身來，小心翼翼地把待在地毯上裝死的小蛾子撥在紙片上，走到窗邊，一抖手，小蛾子飛走了，她順手關上窗，拉上窗簾。

這時候，她感覺到李嶠之就站在她的身後。

她緩緩轉過身來，李嶠之就把她擁入懷抱了。

距離家鄉已遠，那個在兩人心裡都會產生道德壓力之地已在一萬二千公里之外；斗室中，曠男怨女終於重逢，梁菊最愛的男人終於沒有了婚姻的束縛。

5 荒田少年

李嶠之的書桌上除了一幀舊照片外別無他物，照片裡三個身著迷彩野戰服的槍手，中間笑得很開懷的是他自己，左邊的帥哥是沈正雄，右邊的梁菊美得特有韻味，令人看一眼就難忘。

他手握一杯紅茶，盯著照片，不自覺地喃喃低唱，沙啞的聲音有點像在呻吟；那是六零年代百老匯音樂劇Camelot中的老歌"I Love You Once in Silence"。

那夜，他在這首歌聲中昏昏入睡。

那夜，機場旅館小房間內，兩人的熱情無止境地高揚，是那麼的狂野，卻又是那麼自然。在他們墜入慾火深淵的邊緣時，梁菊曾想懸崖勒馬，但只一瞬間她便放棄了，當她全心擁有最愛時，感覺是那麼的妥適，她不由自主地把一輩子的自己一點一點地釋放出來，直到不剩下一滴。終於，她回到了真實世界，激情也漸漸褪燒。

她溫柔地親吻李嶠之，然後輕輕地推開他，站起身來，用燕子呢喃般的聲音耳語：「哥，早些睡吧，明早去報到，要在這裡開始你全新的生活哩。報到後，明天中午我們約在海灣街上的道明銀行見面，我幫你開個戶頭。」她穿好衣服，輕手輕腳地去了。

李嶠之望著她謎一樣的身影消失在門外，久久不能自已。激情時全然忘了時空，這時看腕錶，已是凌晨。明早之約是九點半，第一天報到不能遲到，他將床頭的鬧鐘設定在六點鐘，不小心按在FM的開關上，正是多倫多大都會無線電台的「深夜老歌」節目，茱莉．安德魯絲動人心魂的歌聲響起，“I love you once in silence……”。

「曾經默默愛你

盡識苦難滋味

此情不肯說破

卻不知

你也愛我……」

開車回家的梁菊，在車上正聽到同樣的這首歌，聽著聽著，便有一種迴腸蕩氣的哀傷，一點一滴地侵蝕她的心。她試著想明天，想現實，漸漸地，茱莉．安德魯絲的歌聲不再那麼穿透了，於是她關上收音機，喃喃對自己說：「阿隆下星期就來多倫多了，我們的婚事……」

8

多倫多道明銀行是加拿大全國第二大銀行，海灣街上的分行頗具規模，中午時分附近的上班族到銀行來辦事的絡繹不絕。李嶠之和梁菊約在這裡開戶頭，約有十來個顧客在排隊等候辦理。

李嶠之看了一下隊伍的長短，皺了皺眉頭。梁菊道：「頭一回必須親自帶證件來辦理，以後大部分的業務都可以在線上作業了。」

銀行辦事員效率很好，只一刻鐘李嶠之就排到最前面，只等一位黑人女士辦完就輪到他了。

「不許動，你們全部雙手放在頭上，讓我看得見！」

「這是搶銀行，不干你事的乖乖蹲下不准動！」

「櫃檯裡的人雙手舉高！我不希望殺人，不要逼我開槍！」

三個蒙面大漢持手槍大聲喝叫，其中一個身材瘦長的一腳踢開櫃檯門進入檯內，將一個帆布袋丟在檯上，對處理現鈔的三名行員喝道：「你們三人，快把所有的現鈔給我放入帆布袋，快！還不快……想找死嗎？」

他一面喝叫，一面衝到後排一把揪住經理，用槍抵住他的太陽穴，狠聲道：「我數一到五，你不打開保險箱，就轟掉你的腦袋。一、二……」

那個經理嚇得全身發抖，顫顫地打開保險箱，那高瘦漢子把一紮紮的鈔票掃進他的帆布袋，然後反身到櫃檯前抓起另一個半滿的帆布袋，丟給右邊持槍監視的壯漢。

李嶠之和梁菊蹲在地上雙手抱頭，兩人互看對方一眼，忽然有點想笑，因爲他們同時想起小時候在學校被老師體罰交互蹲跳的姿勢，在這緊張時刻，兩人的眼中竟然同時閃過一絲笑意。

這時側門忽然走進一個身穿制服的警察，他手捧一杯星巴克咖啡，另一手提了一個紙袋，袋上印著「提姆荷頓甜甜圈」。顯然這位身材高大的警察渾然不知歹徒正在搶劫銀行，他也是利用中餐休息時間來辦事的。

「砰」，「砰」！兩聲槍響，警察中彈倒地。眾人尖叫聲中，受傷的警察躺在地上掙扎著想要爬起身來，那瘦長個子提著一袋鈔票，叫道：「兄弟，閃人啦！」拔腳就往街上奔去。

提著另一袋鈔票的壯碩搶匪快步從梁菊身旁跑過，梁菊本能地伸出「絆馬腿」，那矮壯漢子「啊」了一聲跌倒在地，帆布袋中的鈔票紮滾了出來，起碼一半散落在地上。壯碩漢子狂怒，對準梁菊就連開三槍。李嶠之在梁菊一腿掃出時，就搶先抱著她滾向櫃檯角落，三顆子彈都落空。搶匪正要再開槍，李嶠之已經躍起施展近身搏鬥術，一個肘鎚，一記短拳，擊中搶匪右脅及右腕，乾淨俐落，力道威猛。那人手槍被擊飛，落在三公尺外的地上。

壯碩的搶匪見對手不好對付，當機立斷，顧不得撿起手槍，抱著半袋鈔票拔腿就跑。那個開槍打傷警察的傢伙見狀也抽身逃走，衝出銀行。

李嶠之捨命救了梁菊，兩人抱在一起，親眼看到倒地的警察掙扎著站起來，按住腹部傷口，鮮血從指縫中流出來，但他毫不猶豫踉蹌地追出銀行。李嶠之一把拉起梁菊，低聲道：「快追出去支援這個警察！」

他倆跑到人行道上，只見警察已不支跪倒在地，三個歹徒一個已跑得不見蹤影，第二個壯碩歹徒也已跑到十字路口，第三個槍傷警察的歹徒察覺到警察追了出來，慌忙地朝身後放了一槍，打中銀行門口的大理石柱。那受傷的警察跪在地上瞄準，開了兩槍，第一槍將傷他的歹徒打倒在地，第二槍打中正要轉彎向橫街跑去的壯碩漢子的後腦，那人當地倒下，半袋鈔票飛出三公尺外，落在馬路上，引起一連串緊急刹車聲。

負傷的警察終於不支躺下，梁菊正要上前急救，李嶠之一把抓住，低聲道：「增援的警車來了，我們趁亂閃人，免惹麻煩。」

警車笛聲刺耳，銀行裡外一下子聚集了大批民眾，七嘴八舌之中，李嶠之和梁菊早已閃進防火巷裡消失了。

下午，他們出現在丹達斯西街上，梁菊拿著一張報紙，按照廣告上的地址幫李嶠之找住的地方；這裡交通方便，唐人街近在咫尺，華人很多。

李嶠之還在想中午的事，低聲道：「看來搶匪是三個『豎仔』，頭一個跑出的傢伙抱了一袋鈔票上接應車就逃了，完全不顧另外兩個同伴，眞沒江湖道義。」

「那個加拿大警察的槍法很有兩下子，歹徒先開槍打傷了他，他蹲在地上只兩槍就幹倒兩個歹徒，明天報紙會捧上天了。」

「洋警察的槍法固然了得，但眞正厲害的是他們的體格。梁菊妳看，那傢伙恐怕有六呎三四吋，起碼也有二百磅，挨了兩槍居然還能追敵，重傷之下彈無虛發，我看台灣的警察大概做不到。」

「不錯，警察要有這種體格，對付歹徒才有嚇阻力。我們的個兒都不夠……」

「在台灣還可以吧，女警像妳這般身材，也算『孔武有力』了。」

梁菊嘴角帶著一絲微笑，低聲道：「打架打不過洋人，用槍就不見得了。」

他們終於找到了報上廣告吉屋出租的地址。房間在三樓，一房一廳，加起來差不多十坪大小，帶傢俱，有簡單的料理台，兩個小電爐，可以煮點簡單的食物。房間很舊，採光不錯，老房間倒是沒有那種住久了的各種陳年「人」臭。房東是台山來的老華人，英語和國語都很勉強，台山話則超強。

房租每週一百一十元加幣，李嶠之算了算自己在鑑識實驗室的薪水，覺得也還ＯＫ，當場就付了押金租下。

李嶠之打開窗戶，讓外面的冷空氣吹進來，站在五、六公尺見方的三樓房間往下看，異國的街道上來往的竟然多是華人。他好像有著重回當年來多倫多讀研究所時的感覺，只是自己心境已老，雖然不斷鼓勵自己一切要重新開始，但當年那分打拚的銳氣已消磨殆盡了。

這時他聽到梁菊在背後叫他：「大哥……」

他回頭看到一張欲語還止的俏臉，像是做錯事的小女孩不知說什麼才好，這那裡是在道明銀行勇敢伸腿絆倒搶匪的霹靂女警？李嶠之驚訝地問道：「梁菊，妳怎麼了？」

梁菊抬起頭來，雙目正視李嶠之，鼓起勇氣道：「哥，下星期阿隆就從美國來，我們準備到市政府公證結婚。」

「阿隆？……」

「嗯，我媽從小帶大的那個男孩葉運隆，他……他從小一直對我好，中間好些年他去了美國，總還是惦著我。年初他得知我在加拿大，便辭去美國的高薪工作追到加拿大來，我……我已經答應了他……」

李嶠之有些吃驚，也有些失落，但更多的是錯亂。他想到自己對梁菊的感情，似有似無，時濃時淡，花非花，霧非霧，竟是說不出個踏實的感受。淡的時候也會思念，濃的時候反而有些不敢消受的怯意，直到昨夜在機場旅館裡，兩人有了全新的關係……忽然梁菊就告訴他：我要結婚了。

他一直以爲自己是個理智的大男人，也沒有要在這時候定下來成家的想法，只是梁菊和他有了一夜的激情，卻立刻要棄他而去，他感到有一點受傷，一時說不出話來，只睜大眼睛望著梁菊。漸漸的，他從梁菊眼中看到的不止是痛苦，還有著更多的無奈。他有一點言不由衷地道：「阿菊，妳要想清楚，這眞是妳想要的？」

梁菊沒有回答，過了一會，她點點頭低聲道：「是的，我考慮了好久……」

李嶠之有點懂了，他終於從梁菊的心情來思考這件事。「這些日子以來，梁菊隻身在異國打拚，總算等到她青梅竹馬的男友爲她從美國追到加拿大來；葉運隆有高學歷，又有高薪的工作，尤其難得的是愛梁菊的心十多年來不變，這是何等不容易的事。我……我此刻孑然一身，能給梁菊什麼？再說，梁菊的年齡也不小了……」

他輕輕點頭。但是，另一個念頭悄悄地冒了出來：「她既然已經準備和對方結婚，爲什麼……爲什麼昨天晚上……？梁菊不會扭捏作態，但絕不是隨便的女人，她在婚前給了我，是要告訴我，我是她一生的最愛。這樣的深情，我如何消受得起？」

想到了梁菊這一番情意，李嶠之心中百感只剩下一感，就是無以言喻，也無以報答的感激。他本就不是特別善於表達的人，這時更覺詞窮，只能勉力說道：「啊，恭喜恭喜，我……葉運隆對妳那麼好，妳終於找到眞心愛妳的人，梁菊，我由衷爲妳感到高興。」

梁菊伸出雙手握住李嶠之，臉上勉強帶著笑容，聲音卻顫抖了：「大哥……」

李嶠之用力握了一下她的手，輕聲在她耳邊道：「妳不用說什麼，我……我全瞭解。」

梁菊深深地看著他，低聲道：「大哥，你永遠是我最親愛的大哥……」

李嶠之想打斷她說下去，這時忽然有人敲門，敲得碰碰有力。李嶠之聽那敲門聲來得十分放肆，不禁喃喃自語：「難道是警察？」打開門，果然是兩名警察。

「先生、女士，我是馬考警官，請問兩位中午時是否在海灣街的道明銀行？」

李嶠之和梁菊對望一眼，暗忖：「來得眞快。」

李嶠之還在思考，梁菊已經回道：「沒有錯，我們是在那裡……」她乾脆再補一句：「那裡發生了搶劫和槍擊。」

兩名警察都露出一絲微笑，馬考警官身後那一位警察脫下帽子道：「我是費許巡佐，你們兩位在銀行被搶劫時協助捉拿歹徒，這位女士還伸腿絆倒其中一個……我們循目擊者的指認，從銀行監視器中列印出兩位的相片，一路追查過來，才查到這裡。」這費許巡佐年紀頂多二十出頭，帶著些頑皮的笑容道：「兩位身手厲害，是中國功夫的高手？」

李嶠之有點哭笑不得，便恭維道：「你們追蹤的本事眞厲害，這麼快就找到我們。」心想先送一頂高帽子給這位小朋友肯定不會錯。

費許巡佐果然受不得捧，立刻得意地道：「你們後來到丹達斯西街這邊的道明銀行開戶，你知道，市內所有道明銀行的監視器在總部電腦上都連線的，你們在開戶的時候，我們已經在螢光幕上看光光了……」

馬考警探用嚴厲的眼神瞪了費許一眼，費許也覺得自己的話太多了，便戛然止住。馬考很客氣地對這兩位見義勇爲的市民道：「兩位願意隨我們去局裡作一些筆錄嗎？完全只是爲了協助我們還原當時的現場，這種重大的案子，我們需要完整的書面報告。銀行資料顯示您是喬治李，這一位是？」

李嶠之點點頭道：「我是喬治李，她是梁菊，我們願意盡所見所能，幫助你們重建現場。歹徒三人和被槍擊的警察的相對位置，以及他們重要動作的時間點，我們都看得清楚，但是請警方答應我們一個條件……」

馬考警探對李嶠之的話講得內行感到驚訝，問道：「什麼條件？」

「我們可以全面和警方合作，可是我們不願在媒體上曝光，請保護我們的隱私。」

馬考點頭表示理解：「我們追查兩位到此地，完全沒有媒體知曉，我會請警局特別注意。」

梁菊插口道：「我們樂意就在這裡作筆錄，費許巡佐可以請局裡傳一張現場的空間圖，我們可以在筆電上給你們標示重點人物的位置。」

馬考警探更加驚訝了，他知道梁菊是不放心去警局作業，警局——尤其是刑事警局的內外，總是布有媒體、線民、好奇的民間業餘偵探等閒雜人等，只要去了局裡，兩人的身分要保密恐怕就難上加難了；這個身材姣好的東方美人講的話還真到位。他再也忍不住了，便問道：「喬治、梁女士，你們的職業……」

李嶠之很低調地回答：「梁菊在圖書館工作，我在多倫多大學建教合作的鑑識科學中心工作。」

馬考警探想了想，再追問道：「容我請教，兩位到加拿大之前從事什麼工作？」

李嶠之和梁菊對望一眼，忽然之間，兩人的心跳都莫名地加速起來，梁菊努力用最平靜的聲音回答：「我們曾經是台灣的刑事警官！」

∞

李嶠之手中一杯紅茶已涼，他一口也沒有喝。

小屋外是一整條街的夾道楓樹，從他房間的窗子看出去，鮮紅的楓葉佔滿了窗框，藍天只從濃密的楓葉空隙中透出，反而成了點綴。

他到多倫多快兩年了，一年前他從唐人街搬到鑑識中心的單身宿舍，工作和生活都漸入佳境，但是造化弄人，半年前葉茲博士在晨跑時竟然被酒醉駕車的青少年撞倒碾過，送醫不治。葉茲博士不在了，他的計畫也就中止，李嶠之頓時失業。

開始找新工作，他才領教到經濟不景氣。無論是投函還是親自上門求職，三個月下來沒有任何機會。銀行裡的存款所剩不多，他搬住到麥迪遜街上這幢老舊分租屋的公寓，一間小房間每週七十元，每一層樓的房客共廚、共浴廁。

李嶠之自從搬離鑑識中心後就不再和梁菊聯繫，梁菊打了兩通電話、發了三封簡訊要李嶠之搬到橡樹城暫住她家，李嶠之只接了第一通電話，謝謝她的好意，堅持表示留在多倫多城裡找事比較方便，以後就不再回覆了。

失業的男人才知道日子難度，他不願搬到梁菊家最主要的原因，其實並不是因爲不願見到葉運隆，而是每天必須面對來自梁菊的關心，甚至一句安慰鼓勵的話，都會讓他覺得無地自容。他寧願一個人孤單地度小月。

住得便宜，吃得簡單，開支減到最低，存款還能撐幾個月。白天裡他除了找工作，就在公園和圖書館裡閒坐，他暫時不去想未來，奇怪的是，眼前這樣混日子的生活，竟然給了他一種從未經驗過的寧靜輕鬆的感覺……

他坐在窗前，凝視麥迪遜街上的秋色，嬉戲的孩童在落葉上跑來跑去，老遠看見住一樓的兩個印度留學生和一個西藏留學生匆匆走來，他們手上扯著一條白布，上面用英文寫著「自由！給西藏自由」。他住的這幢舊屋的一樓和地下室，已經成爲多倫多大學校園裡「自由西藏運動」的活動中心，他們在公寓老房子門口扯起文宣布條，掛上一條條的經幡，常常晚上十點後還傳出聚會活動播放的藏族音樂，房東已經三番兩次警告他們，甚至威脅要他們搬家，但是顯然無效。今天是週末，他們又有活動了。

上午白跑了半天，找工作的事仍然碰壁，李嶠之已經考慮放棄找白領工作，明天他要到唐人街一家香港酒樓去應徵「服務員」。

「勞動吃苦我可不怕，我李嶠之又不是養尊處優長大的……什麼苦日子難倒過我？」

∞

南台灣夏天七月分的太陽最毒，十六歲的李嶠之天剛亮就從床上爬起，揉著惺忪的睡眼走出山坡下的土角厝，從對面的竹棚裡捧了一大盒的飼料去餵雞。這盆飼料裡面有地瓜、花生殼、雜草，還有酒廠廢棄不要的酒糟，全是李媽自己發明的配料，有時候還到鎮裡市場去揀些蚵殼回來，打碎了摻在其中。

李家在梅山守著一片山坡地，阿公過世分家時只這塊不好種的坡地沒人要，只有嶠之的阿爸捨不得這塊祖業就守了下來。嶠之十二歲那年，爸爸在民雄鄉和朋友合夥開的機車修理店倒閉了，欠了十幾萬的債，朋友逃到台北去，債務就落在老實人的背上。阿爸左拼右湊仍是還不起這筆債，便到嘉義市一家餐廳裡打工，存下工錢來還債。那曉得禍不單行，年前一個冬天夜，客人吃山羊鍋喝酒搞得晚了，他爲了多賺一點小費，侍候客人到深夜，回往住處的彎路上，竟然被一輛超載的砂石車撞倒，送醫院急救無效，冤枉地走了。

李嶠之只好輟學，幫媽媽在田裡工作。所謂田，就是這片沒法子種水稻的山坡地。可是李媽是個個性堅韌又會想法子的女人，她死了男人就哭那麼一次便不再掉淚，就這片地她種起麻竹筍來。三分地種竹筍的收入有限，她又種了些香蕉，林子裡面就養雞；放山雞在餐館裡賣的價錢比飼料雞好很多，她養的雞每天早上餵一次，其餘就讓雞滿山坡跑跳覓食，雞屎就是竹筍和香蕉的肥料。

就這樣，她拉拔著李嶠之過日子。嶠之非常懷念每天可以去上學的日子，雖然早上天沒亮就得起床，走兩個小時的山路才能到學校，但是每天有阿母相陪，他只覺幸福。阿母摸黑牽著他的小手上路，走出山坳才有其他兩個小朋友作伴一起去學校，每天阿母走到相同的地點，就會對他說：「阿母要回去啊，自己去學校。莫驚喔，你愈走天愈光。」

李嶠之原來的名字是李佼子，從小老被同學叫「餃子」，一個外省人老師就替他取了「嶠之」這個文謅謅的名字，發音接近，意義就從一顆包肉的麵皮變成一座峻峭的山峰了。他國中三年成績名列前茅，尤其難得的是他的體育成績也是甲等，老師們都指望他能去省中念高中。他不負老師期望考取了省立嘉義中學，但是因爲家庭變故就輟學了。

李嶠之雖然想上學，卻不忍看阿母一個人爲家計拚到骨瘦如柴，便主動堅持挑起大部分的粗重工作；天亮就起來餵雞，然後就去田裡工作，直到阿母揹著食盒送早飯來，才略微休息。

李媽眼看十六歲的少年郎在田裡做工不能上學，一面覺得心疼，一面也爲自己有這麼一個好兒子感到欣慰。山坡下的荒地開墾起來十分辛苦，石塊和砂礫瘠土要整理著實吃力，母子兩人只望種植面積能擴大到五分地，收成好時便可維持家計。李嶠之人小見識高，他常抽空到農會去找專家，請教增產及改良品質的訣竅，小小年紀已經懂得如何把一年四季的工作擇要分配好，就母子兩人體力所及的範圍有效地改進生產成果，連農會的老師都對這個認眞打拚的少年郎稱讚不已。

吃了兩碗飯，母子兩人開始工作，冬天時開墾的新地要翻土培土，收採後的老地要去老竹清盤，接著就是除草、施肥，然後才能栽植竹苗。有的一年生，也有兩年生的，施肥都有最適量，全都仔細記在嶠之的筆記本裡，做熟了漸漸就記在他的腦子裡了。

生長中的竹子還得要不斷地根部灌注，竹根附近的土壤要活化，有機養分充足，鬆實適中，物理性良好，竹筍就會發更多，而且節省肥料。

這天一個上午的農作，到了中午時烈日高照，曬得全身發燙，雖然戴著斗笠還是被曬得頭昏，嶠之正要停下休息，抬頭看到阿母被曬得暈倒在地上。他大叫一聲「阿母」，衝過去將阿母抱到竹林裡，見阿母呼吸急促，四肢抽搐，出現半昏迷的狀態。

嶠之知道媽媽中暑了，他將阿母放平躺在蔭涼處，兩人的塑膠水瓶裡都還有半瓶水，便用濕毛巾蓋在阿母的頭臉上，把剩下的水都灑在她的頭上，一面用斗笠猛搧，一面大聲喊「阿母」。一番折騰，竟然把阿母救醒過來，嶠之在媽媽耳邊道：「阿母無要緊，我背妳返厝睏一刻就好。」

媽媽漸漸從中暑恢復，躺在竹床上睡了。嶠之一個人呆坐在厝門口，他想了很多，最後唯一的結論是這種日子沒辦法過下去。他對自己說：「這樣不行了，我難道一輩子就這樣？我要回學校讀書，只有讀書才能讓阿母以後的日子好。」

他想到黃老師。黃老師曾爲他的輟學十分惋惜，說有困難可以去找他，嶠之不知道黃老師能幫什麼，但是他在孤立無助、一籌莫展的時候，總要試一試吧。他喃喃自語：「明天我要去找黃老師。」

黃老師帶著嶠之去校長室的那一刻，就是改變李嶠之命運的一刻。

黃老師對校長詳述了嶠之的情形，又強調嶠之前兩年在校的表現，請校長看看有什麼辦法，能給這個肯上進的孩子一個機會？

說也湊巧，校長桌上正放著一封剛拆封的教育廳來的公文；九年國教後，不久就要實行省辦高中、縣辦國中，省裡給本校補了兩名額外的獎學金，專爲清寒特優子弟而設。

黃老師聽了極爲興奮，連忙拿了嶠之的成績單給校長看，極力爲嶠之爭取這個突來的大好機會。校長望著嶠之，嶠之心跳得像要從胸口跳出來，他想說什麼卻不知該怎麼講，情急之下眼淚幾乎要流出來。

「李嶠之，你的成績很好，但要得到這一份獎學金，你必須是班上前三名，你能做到嗎？」

嶠之聽了這句話，如獲至寶，口齒並不流利的他這時用最堅定的語氣回答：「校長，我一定做得到，請……請給我機會！」

就這樣，李嶠之輟學兩年後又復學了，有這份獎學金加上在校工讀，他在嘉義市上學最低的生活費用算是解決了。他告訴阿母，竹筍少種一點，多養幾隻放山雞，他寒暑假都會回來幫工，收入能夠勉強顧阿母一個人就好。

台灣的經濟在這時開始轉型起飛，李嶠之從窮鄉僻野來到嘉義市這個有三百年歷史的南台灣城市，一切都覺得新奇而繁華，城市裡有些地方甚至讓嶠之驚爲「紙醉金迷」。他雖然是個樸實的少年，多少也受到城市學生的時尚影響，他開始迷上西洋流行歌，上英文課最大的誘因在於能聽懂流行歌曲的歌詞。

那是「披頭四」、「賽門與葛芬柯」、「木匠兄妹」、「麵包」、「黛安娜．羅斯」……的時代，嶠之和兩個迷西洋流行歌曲的同學經常交換偶像歌手的錄音帶，只苦於大夥手上的都是廉價的翻錄帶，品質低劣，但原版的帶子對他們來說是天價，可望不可及。

有一個高中同學的父親是空軍，家住「水上機場」附近的眷村，他常溜到空軍基地的俱樂部去聽現場演唱西洋歌曲。那時越戰將近尾聲，空軍基地裡的美軍仍不在少數，應他們要求，俱樂部聘請了台北的西洋歌手來演唱，有時駐唱一個月，那個同學常在班上吹噓聽現場如何如何過癮。

有一回這個同學帶了嶠之去開洋葷，居然遇上從清泉崗機場來的黃鶯鶯在演唱，一首"Will You Still Love Me Tomorrow"和"Rain Drops Keep Falling on My Head"讓老美軍官們爲之瘋狂，嶠之也完全被迷住了。

終於他設法在機場俱樂部找到一個打工的機會，從 waiter 開始，三個月後變成調酒師的助手。老美軍官在台灣領美金花台幣，只要侍候得好，給起小費來，個個出手大方，生意好的時候，嶠之在俱樂部打零工賺的小費居然比他的獎學金還要多。

他仍然有空就回家幫農，一把零鈔用橡皮筋綑紮了帶回家去孝敬阿母，阿母笑得嘴合不攏。嶠之回家，她最享受的便是整理那一紮鈔票，一張張地點數、折好，再綑好收起，眼睛瞇成一條縫；而嶠之最感安慰的，就是在昏黃的燈光下看阿母樂呵呵地數鈔票，那開心的笑容，眼角瞇出的皺紋……永遠銘鏤在他的心上。

∞

麥迪遜街上的行人車輛漸稀，遊戲的兒童都回家了，街燈亮了起來，李嶠之仍然坐在窗前。二十多年前的往事大都已經模糊不清，就只那零零星星的幾個場景一一浮現眼前，揮之不去。

當年在梅山鄉下，他爲了不餓肚子捨命打拚；想不到二十多年後，阿母辭世，去國萬里，他李嶠之還是在爲生活的壓力感到徬徨，他深深感到情何以堪。

那年在絕望時去找黃老師，校長桌上的一紙公文給了他新的希望，他心念忽然一動，放下手中的冷紅茶，從衣袋中掏出一封來自維也納的航空信。

「嶠之老弟：來此已經數月，新計畫進度緩慢，想來萬事總是起頭難，但望能儘快漸入佳境。此計畫亟需外語好又熟諳安全作業的好手，忽然想到老弟在加國，如果手上工作非屬長期性，未知能否儘快結束來歐助老哥一臂之力，盼速賜回音。」

下面的署名是「潘全」。

李嶠之眼前浮出那個相貌堂堂的中校教官潘全，陸戰隊射擊教官第一把手。多年來不常見面，只有在過年互寄賀卡時略微知道對方的近況。半年多前，潘全忽然來了一封短函，除問候外，只有一行「奉派赴歐，近日啓程，後情再述」，然後就沒有音訊，直到幾天前多大鑑識中心的秘書轉來這封寄自維也納的信。

李嶠之的心思從車城鄉陸戰隊訓練中心回到現實，他將手上的信又讀了一遍，忽然一個想法跳了出來：「就像嘉義中學校長桌上的那封公文，這封信說不定又將帶給我另一段人生！」

李嶠之天生豪放，果決無羈，這思想一起，便再也不會坐困愁城。窗外最後一線夕陽照在麥迪遜街的楓樹上，紅豔得令人讚歎，看在李嶠之眼裡，卻感到有些淒美。他喃喃自語：「紅葉雖好，終非久留之地。」

他從屋角的書桌抽屜中找出信紙，提筆回信給維也納的老教官。

∞

葉運隆坐在基輔警局的警車上，左邊一個長髮飄飄的年輕警官英語說得不錯，只是帶有一些不知是什麼腔的口音。駕駛的矮壯警察留著濃濃的翹鬍子，專心開車一語不發。

車行近三十分鐘，仍然沒有到達加拿大領事館，而是愈來愈走向城郊，葉運隆不禁疑心大起，他問身邊的年輕警官：「警官，我們不是要去加拿大領事館麼？」

那長髮飄飄的年輕警官聽若未聞，並不回答。葉運隆急問：「警官，我們要去那裡？」

他連問了兩次，年輕警官只是裝聾作啞。警車愈開愈快，駛入一條上山的小路，葉運隆這下幾乎可以確定，這輛警車大有問題，他大聲喊道：「停車！我要下車！」

那年輕警官這時才開口道：「葉博士，我們不去什麼領事館了，老闆要見你。」

他坐得近，衝著葉運隆一股酸臭味迎面而來，葉運隆暗忖這個警官年紀輕輕就有嚴重的牙周病，也不去治療一下。

「老闆？是庫德人的同一個老闆？」葉運隆心中一驚，又忍不住好奇心，他這人只要好奇心一起，便恨不得立刻得到答案，其他的事就擺在一旁。

「瘦子阿布和紅頭奇各達的老闆，也是你這個警官的同一個老闆？」

那長髮警官忽然笑出聲來，他把胸前的警徽拔下，洋洋得意地道：「不要自作聰明！什麼警官？我們全是冒牌貨，連警車也是假的，可笑那個菜鳥國際刑警親手把你葉博士送上車，哈哈，可笑極了。」

葉運隆腦中飛快地聯想：「我親耳聽到安德烈用秘密通信系統，請求警方派人護送我去加拿大大使館，這消息立刻就被這批庫德人得到，這只有一個可能，警方內部埋伏了庫德族的同路人，這……太可怕了！」

他一旦猜到了答案，立刻就回到現實。但現實是，他又被綁架了。

警車忽然慢了下來，駕駛很小心地把車轉入一條崎嶇小道，顛簸了好一段彎路，駛進一個隱密的樹林中，樹叢旁邊停著一輛銀白色的休旅車，車頂上覆蓋了一層枯樹枝葉。警車停了下來，那長髮年輕人和駕駛都把警察制服脫下，從休旅車後車箱中拿出便裝換上。那年輕人揮揮手，翹鬍子司機是個身高膀闊的大漢，他從厚夾克中掏出一個黑布袋，不由分說就罩在葉運隆頭上，然後將他推上休旅車。

銀白色休旅車開動，葉運隆被蒙在黑布罩中，只能感覺到上下顛簸和左右急彎。他問了兩次要押他去何處，綁架的年輕人不但不答，還隔著黑布袋打了他一記耳光，他便不再問了。

黑暗中他仔細回想，來時一路上警車並未過橋，在一些能看見聶伯河的路段上，聶伯河總在右邊，他確定車子是馳向南方。這時黑布罩頭，他什麼都看不見，而梁菊的倩影卻浮現在他眼前。

8

多倫多警局的山德森副局長和皇家騎警的麥可．休斯警司正在爭論，他們知道夜闖「世紀新系統公司」的不速之客是庫德人，也懷疑在基輔綁架葉博士的一票庫德人是同一路的。山德森副局長決心把手上已有的情資告訴葉太太，休斯警司則主張暫時瞞著，他擔心會引起葉太太的情緒震撼甚至崩潰，但是山德森認爲葉太太是當事人唯一的家人，應該在第一時間得知事件的最新情況。

「如果你堅持要現在就告知葉太太，你們就一定要派女警跟著她，還要有醫療小組隨時待命。」麥可搖頭仍表示不以爲然。

山德森道：「我從旁觀察這位葉太太，覺得她堅強異於常人，據我手下一位叫馬考的警官報告，這個葉太太移民來加拿大之前在台灣幹過刑事警官，我猜她一定能應付這個狀況。」

麥可聳聳肩道：「你是副局長，你說了算。」

梁菊在警局聽到葉運隆又失蹤了的消息時，表現的冷靜和沉著確實令麥可大爲驚佩；她沒有尖叫也沒有驚慌，只低頭思考了一會，就開始問幾個問題：「消息來源是什麼？」

麥可答道：「我們皇家騎警的國際聯絡幹員安德烈．布洛克，他本人就在基輔，是他親自打電話告知，那時葉博士就在他身邊，他們決定請基輔的警察護送葉博士去加拿大大使館……」

「這一段我已經知道了。」梁菊很酷地打斷麥可。

「問題就出在這之後所發生的事……很明顯有什麼意外的事發生了，使得葉博士又失蹤，大使館那邊確認沒有接到葉博士，而基輔的警察局則聲稱，收到從國際刑警總部轉來護送葉博士的要求後，立即派車去接他卻撲了一個空。烏克蘭警方十分緊張，一面在查葉博士的下落，一面透過國際刑警在查綁匪如何能掌握 INTERPOL 內部的保密系統。最新的消息是，警局在基輔南方一百多公里的森林裡，發現了一輛僞裝的警車，當地警方認爲歹徒多半是僞裝成警察將葉博士接走，在那處森林中換車逃逸，從現場判斷，歹徒換車後可能繼續向南逃……」

梁菊打斷道：「那麼你們的研判呢？」

麥可道：「我們的人，安德烈．布洛克原已去了索契，RCMP 的長官下令要他立刻趕回基輔待命，同時我們這邊即刻派幹員前往支援，明早搭第一班俄航班機直飛莫斯科再轉基輔。這就是目前的情形，我們會隨時將最新的發展通知您，不知您還有什麼其他的意見？」

梁菊聽了這些說明，似乎陷入沉思，一時沒有反應。山德森副局長插口道：「看這情形，綁匪既然膽敢再次劫走葉博士，我們非常擔心這邊強行侵入『世紀新系統公司』的歹徒也會對您的住處侵入搜索，我局裡一位優秀的女警官正在待命，可以住進您府上，貼身保護……」

梁菊好像沒有聽見山德森的話，忽然對麥可道：「休斯警司，我想要跟你們的幹員一同去基輔！」

「什麼，妳要去基輔？妳是不是腦子壞了？」

梁菊十分鎮靜地道：「我的腦子好得很，我要去基輔。請相信我，我有處理刑事案件的專業訓練，也有與綁匪談判的經驗，讓我去基輔參與營救我丈夫，這是我應該做的事……」

「可是妳是一個老百姓，怎能參與警方行動？」

「我有刑事警察的專業，陸戰隊的訓練，我現在雖然是平民，但是我懂得紀律，絕對不會給你們添麻煩！」

麥可和山德森面面相覷，一時說不出話來。過了半晌，山德森道：「葉太太，我們知道妳的背景，但是妳的要求是違反我們的規定的，上級絕不可能答允……」

梁菊好像沒有聽見，自顧自地道：「還有，我能在五百米外連五發打中人頭靶，想來RCMP的頂級射手也不過如此吧！」

麥可這下被嚇到了，他舔了舔嘴唇，望著眼前這張臉，雖然已入中年，但依然嫵媚動人，歲月的痕跡不損她的美麗，而此時更顯現出一種堅毅之色。他低聲問道：「妳是狙擊手？」

梁菊微微點了點頭。

麥可有些心動了，他暗忖：「帶這個女狙擊手去，似乎不是個壞主意；她有辦案經驗，又孰悉丈夫的習性，必要時還能和人質對話安撫他的情緒，何況她還是遠距離的特等射手……只是，不知上級是否能批准這個瘋狂的主意？」

他想了想，對梁菊道：「葉太太，妳的主意聽起來夠瘋狂的，但我願意去請示一下，半小時後給妳答覆。妳先回家去做好準備。」

梁菊開車回家，便開始收拾行李，第一件事就是把藏有那條蘋果充電線的外套放入行李箱，又挑選了一些必需的東西。回到臥室就聽到門鈴聲，她走到客廳的窗前，將窗簾拉開一條縫往外瞄了一眼，看到隔壁的沙欣太太站在門口，手中捧著一個蛋糕，熱氣騰騰的，應是剛從烤箱烤出來的。

梁菊心中有些嘀咕，沙欣太太這時候來訪，而她正忙著整理自己該攜帶的私人物品，實在沒有時間和鄰居「話家常」——她堅信皇家騎警的上級主管定會批准她的請求，准她隨同幹員去基輔救援丈夫。明天一早就要動身，現在有好多事要準備。

沙欣太太進屋來，放下蛋糕就和梁菊擁抱，說剛才的「新聞特報」報導了艾瑞克在烏克蘭基輔神秘失蹤的消息，警方已經證實，但沒有進一步的說明。

梁菊暗中吃驚，但心想紙包不住火，這件事遲早總是要在媒體上曝光，因爲俄羅斯和烏克蘭的媒體都已經報導了。

她謝謝鄰居的關心，其實無心多談，這時手機鈴聲響了，是麥可．休斯警司的電話。

「警司，有進一步消息嗎？」

「葉太太，我和長官談過了，長官原則上同意妳和我同行……」

「同行？您也要去？太好了！」

「我向長官主動請求去基輔辦這個案子，此刻在那邊的RCMP同事安德烈．布洛克是我的老搭檔，長官已命令他立刻從索契趕回基輔。」

梁菊嗯了一聲道：「他是最後見到艾瑞克的人，是吧？」

「不錯，不過還有一個重要的人證當時也在現場，那人名叫喬治，喬治李……」

「什麼？他……他是華人嗎？」

梁菊這樣問，是因為「Lee」也是英國人的姓。麥可在電話裡笑了起來：「忘了講清楚，喬治是基輔『寶島餐廳』的老闆，妳說他是不是華人？」

梁菊聽了，忽然感到一陣暈眩，她伸手扶住沙發椅背，好一會說不出話來。她在心中狂呼：「李嶠之，終於得到你的消息了。」

電話那邊傳來麥可的聲音：「葉太太，妳怎麼了？我說這位喬治李先生也來自台灣，妳的先生既然去他的餐廳找他，也許你們認識他？對了，喬治多年前曾經在多倫多待過，他在多倫多大學鑑識科學研究所進修，我也認識他，算是老朋友了。」

梁菊回過神來，回答道：「好極了，明天幾點的飛機？」

麥可道：「這些妳都不必操心，明天早晨五點鐘我來接妳。但是現在請妳再到警局一趟，有兩份文件要妳親自來面談後簽署。」

梁菊猜想：「應該是簽署自願參與行動，後果責任自負之類的文件。」

「還有一件事，妳不准帶武器。」

「您是說我不能帶我的長傢伙……」

「別說長的，短的也不准！」

梁菊極爲失望，呆了一會沒有出聲，但立刻她就微笑了，因爲電話那邊傳來麥可刻意壓低的聲音：「但是我可以帶一把長槍，雖然我不慣用長槍。好，妳快過來，我等妳！」

梁菊從行李箱抓出那件黃色的外套，披在身上準備出門，對沙欣太太揮手道：「沙欣太太，對不起我有急事，謝謝妳的蛋糕，麻煩妳走時把門帶上。」她抓起桌上的一串鑰匙，快步走向停在車道上的紅色白頂的迷你庫帕。

梁菊在警察局簽好自願書回到家來，一進門發現好心的沙欣太太還在客廳，她站起身來道：「我看妳只披一件薄外套就匆忙走了，大概很快就會回來，就在這兒坐坐幫妳看家，等妳回來。」

梁菊上前抱了她一下，感激地道：「妳是我的好鄰居，眞不知怎樣謝妳。」

沙欣太太安慰她道：「不謝不謝，鄰居就是相互照應，不然我們要鄰居幹麼？妳放心，葉博士一定沒事的，妳有任何需要，我們就在妳隔壁。」

梁菊摸摸口袋，忽然一個念頭閃過：「這條充電線艾瑞克自己不帶在身邊，卻鄭重地交我保管，我此去不知會遭遇什麼樣的情況，還是不要帶在身上比較安全。」她脫下身上的黃色外套，掛回一排舊衣之中。

6 克里米亞韃靼人

雅爾達是世界聞名的歷史古城，十二世紀時就已屹立於黑海之濱，如今是克里米亞半島南端的度假、休閒、療養勝地。居民中超過一半是俄羅斯人，街頭上也以俄語爲主要語言。

由於它位在克里米亞山脈一些小山丘形成的凹地之中，氣候十分溫和舒適，冬季雪降很少，夏季則有海風吹散暑氣，全年都適合旅遊。

喬治李駕著他的賓士 280，從基輔希德羅水上公園的「寶島餐廳」出發，一路沿著聶伯河往東南行，彎彎曲曲地走了四百多公里到達聶伯城（Dnipro），找了家乾淨又不貴的旅舍過一夜，然後轉道向南，直奔雅爾達的公路。

這條路他走過多次，沿途有那些風景極佳的觀景點，那些城鎮可以憩息打尖，他都瞭然於胸。中午時分他駛進了雅爾達城，在一條臨海的街上找到一個付費停車場，把車子上了加力鎖，一面舒展久坐的筋骨，一面安步當車走向一公里外的雅爾達「寶島餐廳」。根據經驗，他知道這時候他的寶島餐廳專用停車場一定全滿，他寧願將車泊在付費停車場裡，入夜後再來牽車。

喬治李在雅爾達的餐廳生意極好，主要因爲此地即使是冬季，遊客依然絡繹不絕，他的大廚是從香港來的，幾道粵式海鮮確實有他的眞功夫，在當地頗負盛名。

喬治李推門而入，店裡竟是座無虛席，結賬櫃檯上是個當地女孩，棕髮大眼，巧克力色的皮膚襯得一頭短髮下的俏臉格外年輕健康。她一眼認出喬治，驚喜地叫聲：「老闆，是您！」

喬治微笑點頭道：「嗨，妮娜。」他很喜歡這個爽朗勤快的女孩，妮娜最近才加了薪，也難怪她見到老闆就一臉的高興。

喬治的眼光被店中央圓桌上的一群顧客吸引。爲了顯示中餐館的特色，雖然在雅爾達這種華人稀少的地方，喬治還是堅持在餐廳中央放一張十至十二人的圓桌，裝潢師一再表示在雅爾達很少有機會用到這麼大的圓桌，只是連喬治自己也想不到，這圓桌竟成了顧客的最愛，每天都有人訂位，不過以八至十人的飯局居多。

這時圓桌坐了八個年輕大漢，桌上杯盤狼藉，桌下一塑膠箱的啤酒全剩空瓶，客人手裡都持著一大杯伏特加酒，從他們大聲喧鬧的情形看來，幾個人都已有了五分醉意。

喬治特別注意這一桌年輕大漢的原因是，他一眼就看出他們全是軍人。雖然身著便衣，但八人裡有六人留著平鏟頭，加上俐落豪邁的肢體語言，已經說明了他們的身分；尤其其中一位年紀稍長、面貌英俊的高個子，一舉一動十足就是個資深的士官長。

他們大聲嚷叫，全是俄國人。

喬治心中嘀咕，俄羅斯以冬季奧運的維安爲由，趁機派遣了不知多少穿民服的軍人進入克里米亞，他敏銳地預感，冬季奧運舉辦過後，這些軍人未必會撤回俄國。屆時俄、烏兩國恐怕將要形成嚴重的對抗，這種對峙發生在爭執不斷的克里米亞，再加上歐盟和美國的介入，爆發軍事衝突不是不可能的事。

這時妮娜已經通知經理「老闆駕臨」。經理伊凡．薩芬是克里米亞的韃靼人，頗有語言天分，除了會說俄語、烏克蘭語、韃靼語、英語外，土耳其語及庫德語也能應付。他地頭熟，外面的關係複雜，喬治找他來做這家餐廳的經理，開始時有點冒險，但是薩芬工作十分投入，兩年來業績成長，和地方上各路人物都處得不錯。

雅爾達是克里米亞最重要的度假勝地，表面上十分繁榮亮麗，歷史古蹟保護良好，更兼魚子醬、各色海鮮、肉類供應豐富，俄式、烏式、歐式，甚至韃靼式的風味餐廳都能吃到，然而地下商業中的利潤，有很多掌握在黑社會幫派的手中。在過去蘇聯時代，這些幫派多少受到控制不至於太過囂張，蘇聯解體後，烏克蘭政府就漸漸罩不住了，更兼不少前蘇聯的情治特務人員在解體後搖身變爲黑幫老大的打手，行事風格愈趨凶暴，生意好的餐廳當然成了這些黑幫的勒索對象。

薩芬憑著他八面玲瓏的本事，能在複雜的環境中將「寶島餐廳」經營得有聲有色，喬治對他相當滿意，因而也十分授權；每年只有這時節來此，名爲視察業務，也許狩獵更是他的優先選項。

「哈囉，喬治，猜想你這時節也該南下了，就不知道你到底何時大駕到臨，昨天還在想念我們仁慈的好老闆，今天您就到了。您還是老習慣，事前不通知，要給我們驚喜。」

喬治暗忖：「多肉麻的話出自這傢伙口中，聽起來就還好，這個韃靼人眞有一套。」他口頭上也儘量熱情回應：「薩芬，你好啊！看你把這餐廳管理得生意興隆、井井有條，眞要感謝你，不簡單哩……」

話還沒有說完，一個粗暴的聲音發自喬治身後：「伊凡·薩芬你這狗娘養的，找了你三次你都躲起來，今天總算遇上你了。」

喬治回頭一看，只見三個高大的壯漢從門口走進來，一式的平頭，一式的套頭開司米羊毛衫，室外冷到零度，這三人從外面進來居然不穿厚外套，雙頰都凍得通紅，顯然是習慣了，並不怕冷。

薩芬低聲對喬治道：「麻煩來了，老闆你避一下……」轉身用俄語道：「那裡的話，我那裡會躲著你們？三位有什麼事，先坐下喝一杯熱茶再好好講……」但環目四顧，餐廳內竟找不到空座。

三人中一個皮膚黝黑的漢子指著薩芬道：「你這個死韃靼鬼，上次移花接木，挑撥我們和土耳其人幹起來，你以爲我們不知道是你搞的鬼？」他一面說，一面動手就要抓薩芬的衣領。

薩芬個子小，身手倒靈活，見對方一上來就動粗，一閃身反而向外跑。他這動作除了大出對方意料，也是爲了怕在餐廳中打鬥而財物毀損不貲。喬治看了暗讚，只這一個動作就看出這個韃靼人的機警靈活。

三人見他往外跑，一個臉上有疤的伸手要抓薩芬，卻只抓到他一件外套的袖子，薩芬一扭轉就把外套脫了，人已閃到店門口。另一個個兒特高大、戴著一副墨鏡的漢子罵了一句粗話，抓起身旁餐桌上的啤酒瓶就對薩芬砸過去；那張桌上坐了一對老夫妻，半分鐘前才開瓶的啤酒一口都還沒有喝，就被人抓去砸人，嚇得尖聲大叫。

那瓶啤酒沒砸中薩芬，卻砸在一個站著的客人頭上，那客人立刻倒地，鮮血從頭上冒出。那大漢心中恚怒，一拳打在身邊餐桌上，那對老夫妻好不容易等到的一盤又香又熱的炸鯷魚和一盤蔥薑烘大蝦全都飛到空中，落了一桌一地，有一隻大蝦不偏不倚地落在大圓桌一位客人的衣袖上，醬汁淋漓。這位客人怒叫道：「三個野種給我滾出去，老子在吃飯看清楚沒有？」

他一揮手，立刻有兩名同伴跟著站起來，這三個俄國便衣軍人一哄而上，每人抓一個對手就幹起來，一面吆喝，一面笑得樂不可支，似乎很久沒有打架，總算找到機會可以舒舒筋骨。

那個像是士官長的沒有起身，只大聲叮嚀：「你們出去好好打，不要損壞了店家的財產。」

「蓬」、「蓬」兩聲，六個人都衝出了飯店，反而薩芬像沒事人般指揮妮娜替倒地的客人止血，一面向所有客人道歉，一面衝向廚房，經過那一對老夫妻時還鞠躬陪禮道：「抱歉之極，您的啤酒、炸鯷魚、蔥薑烘大蝦，立刻叫廚房補送上來，外加一份魚香肉絲，免費奉送的！」

他跑到廚房門前，轉身對客人們大聲宣布：「難得本店的老闆喬治李先生今天從基輔來到，他要送大家每人一杯免費白葡萄酒，以對剛才發生的事表示歉意……喬治李先生！」

他未經喬治同意就來上這一招，眾客人高興得來個滿堂彩，喬治只好上前微笑，對大家一鞠躬，連聲用俄語向大家道謝問好。

於是餐廳裡又恢復了熱呼呼地飲食歡笑，似乎沒有人再注意剛才在店裡準備幹架的六條大漢衝出店門後又怎麼樣了，喬治卻不能釋懷，他緩步走出店門。

一出門就發現那三個尋釁的漢子很不經打，已經被那三個俄國大兵捉對兒按在地上捶打。三個俄兵完全不顧地上對手的服輸告饒，只是興高采烈地對他們拳打腳踢，樂而不疲。周圍沒有多少人圍觀，大多數過路的行人似乎對這種情形司空見慣，甚至有人從近處走過也不多瞧一眼。

喬治怕再打下去會打出人命來，便上前用他生硬的俄語道：「停止，停止！我請你們喝伏特加。」

豈料那三個俄國軍人扁人扁得興起，一時那裡肯停手，連請喝伏特加都請不動，喬治只好回到店裡，對坐在圓桌那位像士官長的俄國軍人道：「官長，請你叫……你的人……停止，快……死人了。」

「咦？你怎麼知道我是官長？我們……我們是平民，這裡沒有誰是軍人。」

他話還沒說完，一個半醉的弟兄就衝著喬治豎起大拇指，叫道：「哈哈，你這個契丹人還眞厲害，班長自以爲穿套老百姓衣褲就是平民了，可笑呵……哈哈……被契丹人一眼就看破！」

那官長怒目道：「諾米迪不要胡說八道，我們全是俄國旅客……好吧，我就出去瞧瞧。」

他出門只看一眼就知道要出人命了，立刻大喝一聲：「住手！集合！」

那三個正在捶人的俄國「平民」聽到命令立時停手，也不顧地上的人奄奄一息，唰的一下起立，跑到班長面前站好。喬治看得好笑，暗忖道：「平民是這樣一個命令一個動作麼？這批冒牌平民也太扯了。」

他對著那「班長」拍手叫好：「請到……店裡，我請……喝伏特加。」

回到店裡，只見薩芬正拿著啤酒敬全體客人，圓桌的客人七嘴八舌地吹噓他們的弟兄如何了得，這種情形喬治看多了，拿兩瓶伏特加往圓桌上一放，俄國兵大聲叫好。喬治懶得再理他們，便拉了薩芬一把，兩人悄悄走進廚房。

「剛才那三個殺胚說什麼你移花接木，害他們和土耳其人幹起來，這是怎麼一回事？」用英語講話，喬治就流利起來。

薩芬道：「這一年來，雅爾達的地下活動愈來愈複雜，那三個烏克蘭黑社會的小角色搞不清楚狀況，還在海濱這一帶橫行霸道，收保護費，白吃白嫖，以爲他們的老大和保加利亞的黑幫結盟就可以保住地盤。殊不知許多地下組織已經被各地的恐怖組織滲透，連雅爾達這種旅遊勝地的地下勢力都可能要大洗牌了，有些不懂事的混混以爲還能夠跟以前一般魚肉鄉民……後來我略施小計，讓土耳其的庫德人打了他們一頓……」

喬治點點頭，低聲道：「這些人很多是前蘇聯時代的情治人員，蠻橫慣了的。」

薩芬嘆了一口氣道：「前蘇聯時代，這些人就像是國營黑幫的成員；現在蘇聯解體，這個國營黑幫就民營化，剝削良民更有效率。今天讓這幾個俄國軍方的特勤人員修理一頓，其實是人心大快的。」

喬治想到方才在店外看到民眾們的反應，點頭道：「薩芬說得一點不錯。你剛才提到各方恐怖分子的事，又是怎麼一回事？」

薩芬沒有直接回答，反而問道：「老闆，你在雅爾達還要待多久？猜想你是來看看業務，順便打獵對不對？狩獵許可季節已經開始，你每年這時候都會來這邊的山區試試手氣。」

喬治笑道：「不錯，我是帶了狩獵的裝備來這裡。」

「那我們不急，您的問題等今晚飯店打烊以後我們詳談。」

∞

薩芬來自克里米亞一個工人的家庭，父母都是克里米亞韃靼人。克里米亞韃靼人的血緣史十分複雜，原來是定居於此地說突厥語的民族，有匈奴人、保加爾人、阿爾瓦人、欽察人等族的血統，後來又與威尼斯人和熱那亞人混血，戰爭、貿易和遷徙造成的民族融合，使當今的克里米亞韃靼人自己也說不清種族的歷史。

他們祖先的領袖，就是蒙古帝國率先信奉伊斯蘭教的東察合台可汗禿花帖木兒。從十四世紀起，他們曾被土耳其人、俄羅斯人征服，但是強悍的韃靼戰士也不斷地襲擊烏克蘭、俄羅斯等地，手段殘暴血腥。歷史上某些時期，克里米亞韃靼人主要的生計就靠襲擊別國，把每次襲擊的戰利品稱爲「草原的收成」。

二次世界大戰中，部分韃靼人和德軍合作，戰後遭到蘇聯殘酷的報復；史達林將他們集體流放，薩芬的祖父母被迫離開田園，帶著十歲的兒子蘇巴流放到西伯利亞挖煤礦。十年後，十歲的兒子長成粗壯的礦工，父母卻雙雙得到矽肺死在冰天雪地中。蘇巴奇蹟似地獲釋放並遣送回克里米亞，但是他家的田莊早已被烏克蘭人佔據，蘇巴只好赤手空拳從頭幹，靠著強壯的身子和一肚子的力氣到處打工，三十多歲成家後，生下薩芬這個獨生子。

薩芬從小不愛讀書，高中念了兩年就輟學，但這孩子有語言天分，隨著老爸四處遊走，烏語、俄語、英語、土耳其語都講得流利，更兼天生個性隨和，好與人為善，雖然韃靼人在各地或多或少仍受歧視，但是薩芬所到之處都能結交一些好朋友。他老爸蘇巴也發現這個孩子是個做生意的料子，便鼓勵他離家走江湖，希望能搞點出息來，兩老年邁了也有個依靠。

薩芬和三教九流一起做生意，門路愈做愈廣，終於涉及了一個利潤豐厚的行業——軍火交易。自從前蘇聯解體後，整個烏克蘭和濱黑海、地中海諸國的各方地下勢力迅速發展，有些勢力漸漸走向武裝組織，軍火的需求量直線上升；供應軍火的商人固然一本萬利，負責運送交貨的地下運輸公司也是生意興旺。薩芬從這些交易中賺了一些錢，但是也惹上了麻煩。

有一批軍火是烏克蘭一間商號向奧地利的製造商下的單，由克里米亞一家貨運公司負責偷渡押運。由於貨品要穿過斯洛伐克國境，很多地方都要跟斯洛伐克的警方和地下組織打好交道，才能一站一站順利運進烏克蘭，貨運公司便派了一個小組，分別到奧地利及斯洛伐克去打點，薩芬便被派到維也納。

他在維也納的接頭人名叫金正丸，是個韓國人，在軍火買賣的圈子裡是個很活躍的掮客。

薩芬和他打過一次交道，覺得此人城府頗深，是個極有心機的狠角色，但他人頭熟，各國偷運走私的路線上都有他的朋友，薩芬不得不借重這個韓國人的人脈。

這筆生意在斯洛伐克的山區路上出了事，一支武裝游擊部隊劫了這批軍火，據押運的人說，是土耳其的庫德人幹的好事。金正丸懷疑是薩芬串通了他的朋友監守自盜，便約他在維也納一個韓國人開的酒吧中「談談」。兩人言語衝突愈來愈激烈，最後演變成動手動腳，立刻有另外兩個韓國人一擁而上，將薩芬拖到牆角邊痛毆。薩芬被一陣拳腳打斷鼻樑和肋骨，倒在地下慘叫。一個韓國光頭大漢舉起一根棒球棒，死勁往薩芬打下去，眼看這個八面玲瓏的韃靼人就要死在高麗棒子下，酒客們全都逃出酒吧，有兩個顧客一出門就拿起手機報警。

只有一個酒客沒有逃，那人像一支箭一般從吧檯座位上射向牆角，一把抱住了要行凶殺人的光頭大漢，然後一個橫摔，硬生生將光頭大漢扯開數步。那光頭大漢回目見是個東方人，雖不識得，想來是自己人，便喝道：「你放開手，讓我教訓這個韃靼鬼！」

那東方人用英語大叫：「你們不要打出人命來，警察馬上就會到場！」

光頭大漢忽然回肘猛擊，掙脫那人的抱持，接著又揮棒朝地上的薩芬左肩打下去，看來這回他也不想出人命，但決心廢掉薩芬的左臂。

但是出乎意料的事發生了，光頭大漢的雙脅忽然同時遭到猛擊，他狂叫一聲，手上球棒竟然脫手飛出，砸中左後方的酒櫃，砰砰碰碰一陣亂響，打碎了一整排酒瓶，一時酒吧裡充滿了各種酒香。光頭大漢迴轉身軀，對準「偷襲」他雙脅的那東方人的臉上就是一拳，卻不料自己的臉上先挨了兩記重拳，頓時嘴鼻鮮血狂流，頭暈軟倒，整個人爲之氣衰委頓，再無鬥志。

金正丸沒有料到是這樣的結局，正要上前盤問這個陌生的韓國酒客是什麼來歷，一副好身手卻怎麼從未見過？這時店外傳來警車的蜂鳴器笛聲，金正丸憑聲判斷一分鐘後警察就會趕到，他低喝一聲「走人」，轉身對那韓國酒客道：「老兄，今天算你狠，你不要想在維也納混了。」說完便帶著兩個幫手，從吧檯後的暗門通到防火巷，匆忙開溜而去。

警察趕到酒店時，看到一片狼藉之中，一個大漢正蹲在地板上幫一個躺在血泊中的人急救止血。

「不許動，把雙手放在頭上，慢慢轉過身來，慢慢地……」

那大漢高舉雙手，緩緩轉過身來，用英語道：「我是喬治李，台北駐奧地利的官方維安人員……」

∞

寶島餐廳打烊時已近午夜，薩芬拎著一袋燻魚和魚子醬，另一手抱一瓶「尚馬克XO」伏特加，笑容可掬地出現在喬治的面前。

「忙完了？今天不是週末，客人還那麼多，很不容易啊。」

「老闆當年有眼光，選中這裡來開店，您從香港請來的大廚黃師父和他的手下，兩人的手藝實在不錯。」

「說實在的，薩芬做生意的手段也是不錯的。」

薩芬聽了樂得張嘴笑，他把伏特加和下酒菜往桌上一擺，得意洋洋地道：「還行啦。雅爾達這個各方好漢聚集的地方，沒有三兩下子確實應付不來……」

喬治笑道：「我教你一句中文諺語，這叫做『臥虎藏龍』。」

「啊，我曉得，前幾年李安拍的電影，那個叫張什麼的女俠又漂亮又帥……啊，各路好漢在暗地裡相持，這就是『臥虎藏龍』的意思。」

他一面打開那瓶伏特加，替兩人各倒滿了一杯，一面用力點了點頭道：「說到這個，我們這裡還眞是臥虎藏龍哩！」

喬治和他碰了碰杯，一口吞下「尙馬克XO」，哈一口氣道：「說也奇怪，這伏特加明明是俄國佬發明的，但市場上頂級的產品，譬如說你這瓶『尙馬克XO』，卻是法國佬做的，你說怪不？」

「一點也不怪，當年俄國佬發明喝這玩意兒，是爲了對付他們那鬼都要哭的寒冬，坐在溫暖的屋裡細細品味九次蒸餾的佳作，那是很久很久以後的事了。」

喬治嚐了一片燻魚，點頭稱許：「老黃一個廣東佬，做的燻魚竟然是道地的上海味，這魚也不知道是什麼『番魚』，不輸給草魚呢。」

「聽不懂，但知你的意思。」

「對了，你說說這裡的地下勢力和恐怖組織的事。」

薩芬一口吞下伏特加，吃了一杓魚子醬，讚歎一番，又喝了一大口伏特加，這才細細道來。

「這兩年來，克里米亞的黑社會從獨尊俄羅斯黑道老大，漸漸變成各方勢力角力，形成一種恐怖平衡。這裡面，烏克蘭的軍火走私客最爲猖獗，因爲各方人馬都在擴大武力。這種情形已經存在了一陣子。薩芬我跟各路人馬都有一些交情，主要是我會儘量幫他們一些小忙，巴結幾個有頭有臉的首領，大致上還能罩得住，但是激進的地下組織滲入以後，情形就變得很難掌握了……」

喬治對這種情形不會完全不知，但是到底沒有薩芬每天面臨這般複雜局面而必須巧爲應對的經驗，所以他極願意多聽些薩芬的意見。

「多虧了薩芬各方面機警靈活，請你再說說恐怖組織的情形吧。」

薩芬又乾了一杯，額上見汗珠，頸上見青筋，情緒更高昂了。他敲了敲桌面道：「在這裡活動較多的主要有三股力量，一是老牌的俄羅斯黑黨，也就是前蘇聯時期遺留下來的殘餘勢力，最近式微了一些。第二是烏克蘭人爲主的『大黃蜂黨』，原來是烏克蘭的本土黑幫，以走私販賣人口爲主，蘇聯解體後，加入一些原本幫KGB做打手的流氓分子，最近又與東歐黑社會勾結，透過保加利亞，將烏克蘭美女販賣到中歐、德國；從到這裡度假的保加利亞黑幫分子看起來，加盟的似乎是保加利亞信仰伊斯蘭教的少數族群，他們可能是中世紀曾經威風過一陣子的保加爾人的後代，我發現這些人相當激進凶悍……」

喬治雖然來到中歐和東歐已有相當一段時間，但是對這一帶極爲複雜的歷史及文化仍然弄不大明白，現在聽這個韃靼人一番分析，不但沒有搞清楚，有些地方與他原來的瞭解頗有不同之處，反而更覺混亂了。

他忍不住打斷問道：「你的意思是，烏克蘭黑幫——也就是『大黃蜂幫』，因爲和保加利亞的黑社會結盟，引入了強悍的暴力作風。但是，難道『大黃蜂幫』的人口販子原來就不用暴力？」

薩芬想了一想，回答道：「這些保加爾人的祖先是泛突厥人，據說有匈奴人的血統，信奉伊斯蘭教，直到十三世紀鄂圖曼興起才被納入帝國。大部分的保加爾人都與巴爾幹當地的原住斯拉夫人混種了，改信東正教，但仍有少數族群維持了祖先的宗教信仰和語言。烏克蘭的人口販子當然也是犯罪暴徒，但他們幹的主要是綁架和賄賂，而這些激進分子就不同了，他們甚至膽敢襲擊警察，殘殺無辜的平民。」

喬治點點頭道：「還有第三種勢力呢？」

薩芬道：「第三種勢力雖是地下組織，卻不隨意介入殺人的犯罪行動，他們的主要活動是在地下擴張實力——經濟實力及武裝實力。他們一面做生意，用合法的買賣掩護非法以牟取暴利，另一面就買武器訓練幹部，建立地下武裝部隊。換言之，他們的潛在敵人是政府，他們想要建國！」

喬治有些明白了，插口道：「你是說庫德人！庫德人居然發展到烏克蘭來？他們的勢力也出現在克里米亞？」

薩芬搖頭道：「其實這些勢力並沒有以克里米亞為基地，只是這個半島的位置是中東到歐洲的中繼點，政治上有點半獨立狀態，或者應該說是俄、烏爭執的焦點；更加外圍是歐盟、土耳其、巴爾幹、中東各方勢力和利益的重疊區，有點恐怖平衡的味道……」他吸了一口氣，接著道：「還有美國的勢力，別忘記。」

喬治微笑道：「當然，老美是無所不在的，他們講的是全球治理，掌控大數據，咱們『寶島餐廳』賺多少錢繳多少稅，他們都有辦法知道。」

薩芬道：「至於這裡——雅爾達，其實這個度假勝地的地下利益也不是特別大，就一般的賭、色、毒品、逃稅私貨而已，但黑道老大們喜歡這裡的氣候和文化，是他們度假最喜歡的地點；既然頭子們常來，小嘍囉就跟來，打架鬧事什麼的就少不了。」

「那些黑幫頭子這些年來這裡，只是度度假，從來不辦『正事』？」

「也不見得全然如此，有時老大們藉度假為名，約好了在這裡商量大事。」

「不錯，就像羅斯福、邱吉爾和史達林這些大老們，約好了在這裡一邊度假，一邊商量怎麼出賣中國。」

「什麼？你是說……」

喬治打斷道：「不說這個，這段歷史你是不會懂的。剛才你說黑幫頭子除了愛這裡的氣候，還愛這裡的文化？」

薩芬點頭道：「不錯，如今有些地下組織的首領是很有文化水準的，他們品味高，能欣賞文化中的精緻面，但鬥爭起來卻絕不手軟，可不能以一般的凶殘暴徒視之。」

喬治嘆了一口氣道：「這個世界變化得又巨大又快速，尤其這一兩年，美國和伊拉克、敘利亞、伊朗無休不止地惡鬥，加上俄羅斯插手，俄、烏的緊張牽動了歐盟和土耳其，克里米亞也不平靜，這裡面有的是宗教派系之鬥，有的是石油及資源之爭，還有的想要趁亂建國，他媽的夠亂的了。」

薩芬意猶未盡，他將手上的半杯「尚馬丁ＸＯ」一口乾了，一本正經地道：「我還知道有一個庫德人的地下組織，它的首領常來雅爾達度假，有錢得很，有人說他在雅爾達附近有個私人別墅，可我從來沒有見過此人。還有一個伊朗的軍火大亨阿里，生意做得大，關係人脈廣，也在山區擁有豪華別墅，這人我倒見過一次。」

喬治聽得入神，插口問道：「你怎麼見著這伊朗人阿里？」

「就在咱們餐廳呀。那天是一個叫『哈塞』的軍火商作東，哈塞我是認得的，混過軍火生意的大概都認得他，我敢說他不止做軍火買賣，還兼做販毒生意，是地下買賣圈內大家又敬又畏的大咖，所以他帶朋友到餐廳來，我就多留一分心。」

「他請的朋友就是那伊朗大亨？」

「不錯，他請了兩位客人，一個是伊朗大亨阿里，另一個是很年輕的庫德斯坦工人黨員，就是最近鬧得很凶的ＰＫＫ恐怖分子。」

喬治忍不住打聽：「記得他們談些什麼嗎？」他這樣問，乃是知道這個機伶的韃靼人的本事；只要他留上心，不可能一無所獲。

果然薩芬面露得色地道：「他們吃喝很多，都是很貴的菜和酒，也聊了很多，我雖然聽得有些零碎，但還是讓我聽出一點名堂。那哈塞說，他和一個叫『鷹眼』的人合夥做生意很是賺錢，但他不滿鷹眼為人做事太霸道，他希望以後和伊朗人阿里多合作，又說他在伊拉克、敘利亞都吃得開，如果要買美軍的武器，要多少他都有辦法。阿里顯出很有興趣，兩人談得很投契，最後他們約好去阿里的豪華別墅談生意細節。」

喬治問道：「你說『鷹眼』？我倒曉得有一個鷹眼，槍法厲害得很，難道是同一個人？」

薩芬又一口乾了杯中酒，叫道：「賓果！就是他！因為另外那個年輕的客人好像叫古克爾的，也是個神槍手，哈塞介紹時稱他是ＰＫＫ裡第一槍手，阿里就問：『聽說鷹眼是圈子裡最負盛名的狙擊手，不知古克爾和鷹眼比，誰的槍法更勝一籌？』」

喬治的興趣來了，他也把杯中伏特加乾了，問道：「他怎麼說？」

「那古克爾說，除非兩人對幹一場，究竟誰厲害連阿拉也不知道。但他補了一句：『還好我們兩人都是庫德人，不會對著幹的。』」

∞

基輔加拿大大使館座落在市中心的科斯特納街上，距離聶伯河不到一公里，躲在米開里斯卡大街的東邊，可以說是鬧中取靜。

大使館的安全官和基輔警局的刑事組長正在會客室接見兩位從多倫多飛來的特別客人，一位是皇家騎警麥可．休斯警司，另一位是葉太太——失蹤科學家葉博士的夫人。他們寒暄過後，一面喝咖啡，一面等候皇家騎警國際刑警的聯絡官安德烈．布洛克。安德烈是從索契奧運會被緊急召回。

基輔警局刑事組長把艾瑞克葉失蹤的情形簡述了一遍，安全官比爾．潘恩一面聽，一面暗中抱怨警方，平常透過他們辦的案子不但效率低，而且常有消息走漏的情況發生，就以葉博士這回被人冒充警察擄走而言，只不過是請烏克蘭警方護送葉博士這麼簡單的事，竟然也走漏了消息，害得葉博士遭綁架，而警方到現在為止還不知道是那一個環節出了問題，簡直愚不可及。

就在這時，安德烈跨進了會客室。

安德烈見到麥可．休斯著實大為驚喜，麥可站起來為他介紹了葉太太。五個人坐定後，為了方便，大家就用英語討論案情。

比爾．潘恩首先感謝大家趕來緊急會商，他毫不隱瞞地說：「這件案子在加拿大媒體上雖然尚未大肆報導，但政府已經高度重視，我們大使接到渥太華的命令，務必要在三天之內找到葉博士的下落。三天後國會能源安全委員會就要開議，總理辦公室的人警告我們，如果屆時仍然沒有葉博士的下落，反對黨的議員極可能要逼總理做出承諾，限時救出人質，到那時媒體必然大肆渲染，事情就鬧得不好收拾。」

基輔警局的刑事組長道：「在歹徒偽裝的警車上，我們採到一枚很不完整的指紋，一個

Fanta飲料空罐，鑑識組正在處理中，不過他們要我別抱太大期望。另外，葉博士第一次從綁匪手中逃出時，那位助他一臂之力的美國人，在水上公園停車場槍戰中被擊斃，他身上沒有任何可以證明身分的東西，到目前爲止仍然查不出此人身分，最後只好求助於美國大使館。他們的安全官從我們這裡要走了所有的案情資料，但到現在也沒有回音。死者可眞是一個神秘客……」

他歇一口氣，繼續道：「好，回到綁架案。據研判，綁匪換了車子後向南逃逸，以我的猜測，有可能逃向克里米亞自治區，那邊政治和治安情況都十分複雜，有利於匿藏人質；雅爾達是國際旅遊勝地，有利於出海逃往他國，這些都將增加辦案的困難……」

梁菊聽到這裡，忍不住插嘴道：「對不起，請教一下布洛克聯絡官，您是現場目擊人？」

「叫我安德烈就好，葉太太。當時我是在槍戰現場附近的中國餐廳裡，餐廳老闆是我在多倫多的舊友……」

「喬治李？」

「不錯，妳知道他？我們在餐廳樓上聽到槍聲，目擊了一部分的槍戰，死者身穿雪地迷彩外套，凶手穿一身黑皮衣，雖說只短短幾分鐘就結束，相信我，這兩人都是頂尖好手。和我在一起的喬治李，對那兩人的槍法也稱讚不已，你們知道，喬治本人的槍法也是一流的。」

梁菊很小心地問：「喬治李現在……在何處？也許可以邀他加入我們的營救行動，畢竟他也是當時目擊現場的人。」

「妳說『加入我們的營救行動』？他，一個老百姓？」

梁菊嚴肅地道：「我到這裡不是來旅遊，也不是來打探消息的，我可也是一個老百姓。」

安德烈看了麥可一眼，麥可聳肩攤手，卻沒有說不。安德烈點點頭表示理解，便道：「喬治已經從基輔去了雅爾達，現在多半待在他那邊的飯店裡。」

基輔警局的刑事組長起身，自助加了一杯咖啡，一面點頭道：「如果歹徒確實逃向克里米亞，你們去雅爾達查一查，倒不是壞主意，不過……」走回座位時，他忽然冒出一句：「我們烏克蘭警方和皇家騎警共同辦案，乃是通過國際刑警的合作協定，可不包括雙方的民間人士。如果貴方有民間人士參與，恕我們是不可能承認的。」他這話是衝著安德烈說的，因爲安德烈是加方的國際刑警聯絡官。

麥可怕安德烈沒有進入狀況就貿然附和對方的說法，便搶著道：「葉太太自願來基輔，行前已簽署了一切後果責任自負的文件，我方才同意她以民間專業身分參與救援行動。」

安德烈一聽就懂了，當下回話：「葉太太是我方帶來的，當然一切由我們負責，她參與幫助我們，發生任何事，都不會出現在雙方的正式文件中，貴司可以放心。」

刑事組長並不就此放過，又補一句：「聽你們的口氣，那個什麼喬治李也要來幫忙，他也有簽你們的自願免責文件嗎？」

安德烈轉眼望向麥可，麥可聳聳肩沒有說話，意思就是沒有，安德烈一時不知如何回答。

梁菊按捺不住了，衝著刑事組長道：「我來此地只有一個目的，就是援救我的丈夫脫難，其他的我都不管，你們的官樣文章裡最好不提一個字。如果我幫上了忙，功勞全是你們的，我感激不盡；如果因參加行動我受了傷甚至丟了命，那是我自找的，與你們一點關係都沒有。至於喬治李，他雖然沒有簽什麼後果責任自負的文件，但請相信我，他的想法和我一無兩樣。我們不就是兩個民間的熱心人士罷了。組長，您們辦刑案時，我就不信從來不用民間線民的？您就當我們兩人是免費線民，行吧？」

這一席話說出口，在座所有的人都驚呆了，那刑事組長一時說不出話來，大使館潘恩安全官暗自佩服，但他還是要撇清：「葉太太說得好，可是妳卻不能替喬治李承諾這一切呀！」

卻不料梁菊連想都不想，便回答道：「我可以！我保證喬治李的想法是一模一樣……」說出了這句話，忽然一個疑問悄悄地從梁菊的心頭冒上來，她就打住了。

「十多年沒見了，他……他結婚了嗎？有了孩子嗎？他還是……以前的他嗎？」

「自從我和艾瑞克結婚，他就避跟我見面，如今……他會不會願意出手救艾瑞克？」

她默然了，腦海一片空白。漸漸的，眼前浮現了李嶠之的臉孔，她似乎又看見了只有哥兒們才看得到的「大哥」的眼光，於是她篤定地對自己說：「他……他肯定會，大哥他肯定會的。」

這時一個警官敲門進來，遞了一張紙給基輔警局刑事局長，他花了幾分鐘仔細地看了兩遍，臉上神色有些疑惑。

潘恩安全官問：「壞消息？」

「難說。美國大使館的回覆來了：死在雪地上的美國人雖不知姓名，美方從屍體照片做了專業處理後，得到此人生前的模擬大頭照，比對了全國所有的現役情治人員，共有十七人相似度超過七成，經過一一追蹤篩選，十七人無一失蹤，所以美方十分肯定，此人不屬於中情局或任何美國政府的情治單位。」

麥可道：「我們能確定他確是美國人嗎？」

安德烈道：「葉博士在喬治的餐廳樓上曾告訴我們，那傢伙親口告訴他，他是美國的特勤人員，要葉博士跟著他，他可以幫助逃離歹徒的追捕。」

梁菊仔細聽了，想了一想問道：「艾瑞克有沒有說那人的姓名？」

「那人自稱是大衛．麥坎錫。」安德烈接著道：「據葉博士說，大衛．麥坎錫告訴他，跟蹤並企圖綁架他的是庫德人的革命組織，首領之一是個擁有美國核工博士頭銜的專家。」

梁菊聽到「核工博士」，立刻想到丈夫臨行前交給她的那條蘋果系列產品的充電線，雖然他沒有說明究竟是什麼，但她總覺得這條充電線和艾瑞克的發明有密切的關係；艾瑞克擁有他的發明，變成了綁架目標，還好自己沒有把它帶在身上，否則自己也有可能成爲追綁的對象。

安德烈道：「如果美國大使館這份資料屬實，那麼大衛．麥坎錫這個人難道是私人機構的安全人員？從他的槍法和身手來看，他的確是受過專業訓練的特勤人員。」

「私人機構？」梁菊心中又是一動，暗忖：「艾瑞克也是私人公司的科學家，竟然成爲革命組織的綁架對象，這當然是『匹夫無罪，懷璧其罪』。但是麥坎錫犧牲生命也要搭救他，又是什麼樣的『私人機構』的人？」

潘恩安全官已經在爲這場會商做結論了，他對大家道：「我們分頭進行吧，希望基輔警方那邊的鑑識工作能儘快有結果，追查歹徒車輛和過濾恐怖組織的事還請貴局費心，克里米亞、雅爾達那邊也請通知當地警察給予必要的協助。我們這邊即刻南下，有任何消息和情報，我們即時互通，我這邊就是一個聯繫的平台，二十四小時 stand-by。」

安德烈、麥可和梁菊回到旅館，三人住連號的隔壁房間。安德烈體貼地道：「葉太太，妳一路來都沒有睡，剛到此地又有時差，我建議妳趁這個空檔睡一覺，我們下午出發南下，有事我會叫醒妳。」

麥可打了一個呵欠道：「我也該補一兩個鐘頭的睡眠。」

梁菊道了謝就走進房間。麥可也關上自己的房門，一進門就看見桌上電話的留言燈在閃，他抓起電話按鍵，竟是剛才分手的使館安全官比爾・潘恩的聲音：「哈囉，麥可，這是潘恩留話。你才離開，我們就收到從機場送來通過安檢的行李，我已請使館安全人員羅賓森送到旅館來，大約一刻鐘後到達。你見過他，會記得的。」

十五分鐘後，麥可接到羅賓森的電話，是從大廳的客房內線打上來的。麥可下樓，一出電梯就認出安全人員羅賓森原來就是一早從機場接他和葉太太的司機；他手上提著一個長形的皮袋，衝著麥可點頭，示意到大廳角落去說話。

羅賓森一面把皮袋交給麥可，一面低聲道：「一長一短兩支槍，透過外交豁免協定都通過安檢，請你簽收。另外，在旅館 B3 停車場十七號車位停了一輛灰色的 PASSAT，是給你們用的，這是鑰匙。」

麥可接過車鑰匙，連聲道謝，同時接過一紙，在上面簽收了。

羅賓森把聲音壓得更低，幾乎有如耳語：「你們離開大使館後，烏克蘭警方傳來消息，他們接到一個市民的電話，聲稱在基輔城郊發現那輛僞裝警車的地點，他三天前經過那裡，曾經看到一輛銀白色的休旅車藏在林深隱密處，車頂覆蓋枝葉，他覺得可能是輛贓車，就用手機拍了一張照片，上面有車牌號碼……」

他拿出一支手機來交給麥可，續道：「照片已傳到手機裡，這支手機就交給你用。我們遍查各地加油站的收銀紀錄，掛這個車牌的車子的行蹤已被發現，你猜在那裡？」

麥可搖頭不知，羅賓森道：「就在奧德薩交流道的加油站電腦檔案中，加油時間完全吻合歹徒從基輔南下的里程。」

「奧德薩在那裡？」

「奧德薩在黑海邊上，距克里米亞邊境不遠……」

麥可精神爲之一振，低聲道：「謝了，羅賓森，也替我們謝謝潘恩安全官。我們立刻退房動身！」

8

麥可駕著一輛灰色的 PASSAT 房車，從 B3 停車場十七號車位駛出，他繳了停車費，開上克爾斯卡街，按照 GPS 地圖上的指示路線向南加速。

葉太太坐在他的旁座，安德烈坐在右後座，他將手機打開就「啊」了一聲道：「麥可，收到你傳來的銀白色休旅車照片……」

梁菊道：「請給我瞧瞧。」

安德烈把手機遞給梁菊，他認識喬治李多年，深曉喬治的能耐，這個葉太太據喬治說槍法更厲害，所以他從一開始就直覺這位退休的女警絕非等閒。

安德烈查看了一下谷歌地圖，「咦」了一聲道：「奇怪！奧德薩位於克里米亞之西，他們爲什麼要繞遠路？」

梁菊想了想沒有答案，只道：「我們到奧德薩交流道的加油站加油，問清楚那輛休旅車的細節，如果運氣好，說不定有人記得車上駕駛者或乘客的情形……」

忽然她下意識地壓低了聲音，轉臉對麥可道：「麥可，我怕我們被跟蹤了……」

「妳說後面那輛白色小豐田？」麥可從後視鏡仔細查看車後。

「不，小豐田後面不是有一輛中巴嗎？我懷疑跟蹤我們的是中巴後面一輛紅色的小飛雅特，好像是今年出的飛雅特 500，它從城裡開始就一直閃閃躲躲地跟著我們。」

麥可忽然猛加油門，一口氣超過三輛車，然後從前面一個十字路口處突然右轉，停在一輛路邊貨櫃車的前方。他對後座的安德烈道：「我的行李袋中有望遠鏡。」

安德烈找到望遠鏡，側身向後觀看路口，他看到那三輛被超過的車一一馳過，過了一會，那輛小豐田和中型巴士也馳過，但是等了將近三分鐘，卻沒有看到那輛紅色飛雅特。

「飛雅特去那裡了？」

「再等一會看看。」

又過了三分鐘，仍然不見那輛紅色飛雅特，麥可有些不耐了，他重新發動引擎，身旁的梁菊道：「我猜那輛飛雅特正停在路邊等待我們回到原路，然後他們就繼續跟蹤。」

安德烈問道：「妳說剛才我們隔著四輛車突然右轉，竟然沒有騙過那輛飛雅特？」

「那飛雅特的駕駛既要躲在後面跟蹤，就會儘可能靠右行駛，所以從後視鏡中麥可不容易看到他，我卻可以斷斷續續地看到它閃躲的車頭；反過來說，我們突然右轉也有可能被他看到。我推想一定是坐在右座的人看到的，所以飛雅特上不止一人，他們正耐性地等我們調頭回到原路，他們好繼續跟蹤。」

麥可點頭，他開車跟蹤或甩脫跟蹤的經驗多，想法和梁菊的分析一致。

安德烈把望遠鏡放下，點頭道：「有道理，葉太太妳推想的很有可能。」

梁菊道：「要是換了我們在跟蹤別人，我就會專注盯住右邊，前面的車想要花樣，如果不是要搞得交通大亂，他就只有突然停靠路邊或突然右轉這兩招，都逃不過我的眼睛。要是換了我，我就會這樣做。」

麥可沒說話，心中暗暗佩服，不過他可也沒閒著，他已將GPS地圖查清楚，猛一踩油門，PASSAT快速向前衝出。他斜瞄了梁菊一眼，道：「誰說我們要調頭回原路，我換條路走，讓那輛飛雅特繼續等下去吧。」

8

原路邊一棵老菩提樹下停著那輛紅色小飛雅特，車上坐著兩個人。駕駛是一個淺髮的年輕人，他右邊坐著一個東方人，兩人的身材都很高大，坐在小飛雅特裡顯得有些侷促。

年輕人看了看腕錶，低聲道：「快要五分鐘了，他們沒有轉回來。你說他們用右轉來甩脫我們，藍第，你有沒有看錯啊？」

藍第用英語答道：「絕對錯不了，那輛灰色的 PASSAT 一度超過三輛車就突然右轉，我瞧得清楚……這種甩跟蹤的招數我看多了。我敢保證他們右轉後正停在不遠處的路邊，車上人正在奇怪爲什麼我們不見了。傑克，你要有點耐性，這回我們跟蹤的不是常人，他們車上全是查這件案子的警察，我們要小心應付，不要像大衛一樣，事情搞砸不說，還賠上了性命。」

「唉，大衛．麥坎錫眞可惜了，那麼好的槍法和身手，竟然莫名其妙地死於對手槍下，照研判對方也只是一個人幹的，什麼高手居然能一對一把大衛幹掉？」

「老闆十分懊惱這回讓人捷足先登，動手綁架的是庫德人，我們在烏克蘭很少聽到庫德人的事，他們主要的活動範圍都在土耳其，這回怎麼會跨越黑海，神不知鬼不覺地幹一票？從大衛失手的情形研判，來的確實是一流的高手。」

傑克握在方向盤上的雙手不停地輕敲，顯得百無聊賴，他又看了一下腕錶，低聲道：「已經十分鐘啦，我猜他們不會回轉了，難道他們不是要去克里米亞？」

「不，我猜他們只是換一條路、兜幾個圈，甩掉我們就繼續南下，他們要去克里米亞不會錯，這是老闆從老大哥處得到的消息，高科技竊聽偵測到的消息絕對可靠。其實這一段路我們大可不必跟他們，他們自以爲甩掉了跟蹤，我們索性先一步趕到雅爾達，在前面等他們。」

傑克早就不耐，一聽此言大爲贊成道：「好主意，我們這就全速奔向雅爾達。公司給我們的『跟蹤手冊』裡寫得清楚，如果能預知被跟蹤者的目的地，最佳的跟蹤辦法是『跟』在對象的前面。藍第，你完全正確。」

小飛雅特重新上路，藍第一面仔細四方偵察，一面道：「那輛灰色 PASSAT 裡面是加拿大皇家騎警，他們才從加拿大飛來，立刻就決定趕往雅爾達，肯定有重大的情報，而且可能是我們所不知道的情報。所以只要到了雅爾達以後緊盯住他們，這輛 PASSAT 說不定能帶引我們找到葉博士。」

傑克一面飆車，一面自覺聰明地提醒藍第：「查查看這輛飛雅特的租車公司在沿途何處有服務站，我們說不定需要換一輛車。」

他們沒有料到的是，PASSAT 行前得到情報，轉去奧德薩追查那部銀白色休旅車了。

7 奧德薩緝凶

奧德薩（Odessa）位於黑海之濱，是個靠貿易起家的海港城市。南下的公路一直延伸到海邊，距海還有十幾公里，就可以看到無數鷗鳥在天空飛翔，濱海的濕地淺湖中生態豐富，水鳥群集。

天色將暗，西方天上的落霞將水面染上一層生動的色彩，波光閃動反射出胭紅、金黃和粉紫的流光，美麗耀目，可惜很快就隨著落日餘暉而黯落了。

一輛灰色的 PASSAT 駛進交流道旁的加油站，駕駛座上已換成安德烈，他用俄語對服務員道：「加滿。」

那服務員揮揮手，要理不理地道：「自己加。」

安德烈一面開門下車，一面覺得奇怪，既然是顧客自助的加油站，加油機旁何須站著四個閒著的服務員？只見兩個在聊天，一個在滑手機，另一個就是要安德烈自己動手的那個胖子，他一直走來走去，一派無所事事的悠閒。

安德烈加滿了油，準備付錢時對那胖子服務員招招手，胖子叫道：「你可以刷卡。」安德烈堅持付現鈔，胖子只好走到管理間的收銀機前。

安德烈把胖子收銀員叫到一邊，亮出證件，低聲道：「欸，兄弟，我是國際刑警布洛克警官，你怎麼稱呼？」

胖子看了那張證件一眼，臉上有點肅然起敬的表情：「酷。」

大學主修斯拉夫語文及文化的安德烈，對這些民族的性格略有研究，他曉得陌生人向他們問話時最好不要一上來就顯得自己知道很多，這樣他們很可能就不肯開口了。於是他點出手機上的照片給胖子看，用試探的口吻請教：「我們在找一輛這……這個車牌號碼的車子，前一天好像在你們這裡加過油……」

胖子打斷道：「銀白色的休旅車？基輔警察局已經來查過了，奧德薩的警察也來問過，現在不得了，連國際刑警也來問，這部休旅車到底有什麼了不起？」

安德烈拍拍他肩膀，好言道：「你們應該有監視器留下加油客的錄影吧？」

「我們這裡有監視器沒錯，可是已經壞了三個月都沒有經費換新，我說修一修湊合著用，上司又不肯。我們跟上頭反應，萬一有人來劫鈔，沒有錄影警方就不好破案，你猜上面怎麼說？他說上半年經費透支，沒辦法，還好搶劫案也不常發生，撐到下半年再說。」

另一個在閒聊的服務員聽到了，就插嘴道：「幹，國營事業全是這樣沒效率。這下可好，警方要辦案，找不到現場錄影，只找到付款收據上的車號有個屁用！」

安德烈想了想，暗忖：「至少證明這輛車到了此地，這已經大有用處了。」便點點頭道：「你們這幾位，不會剛好有人是替那輛車收費的吧？」

胖子服務員咧嘴笑了起來：「先前本地的警察也問過同樣的問題，我說我們每天忙得要命，那裡記得那麼多，就打發他走了……」

「你們忙得要命？老天。」

胖子面不改色，也不直接回答，指著他的同伴繼續說下去：「後來我們幾個人一琢磨，這小子竟然記起來，那輛銀白色休旅車付油錢的是個長頭髮的年輕人。尤金，你來講。」

那個叫尤金的漢子長得一副精明的模樣，他有點得意地道：「我想起來是因爲兩件事，第一，那個年輕人長髮披肩，長得有點像耶穌；第二，我找錢給他時不小心瞄了車內一眼，他立刻很不客氣地對著我吼叫：『看什麼？』哇噢，口眞臭，有點像腐爛死魚的味道，還好他很快地搖上窗玻璃，我好像看到後座有一個人的頭上蒙了黑布，不過只一個照面，說不定眼花看錯也是有的，當時便沒有放在心上。事後大夥兒聊起，我忽然就想起來。」

安德烈聽了如獲至寶，急忙問：「尤金，你有通知警方嗎？」

尤金大剌剌地道：「我幹麼要通知他們？我討厭條子，天下的條子大多討人厭，奧德薩的條子尤其可惡；他們不問，我何必主動通知他們。」

胖子在一旁笑咪咪地聽尤金敘述，這一段他聽過不止一次，還是忍不住加一句：「尤金還聽到駕駛座右邊一個翹鬍的漢子說了一句：『這樣一耽擱，見到老大恐怕要明天半夜了。』我們是看你這個外國來的國際條子人好像不錯，便主動給你講了。」

安德烈一把抱住胖子道：「你說得沒錯，我是個好條子，謝謝你們的情報。等這個案子破了，我一定申請官方獎勵，答謝你們提供協助！」

那精明的尤金急忙搖手道：「千萬不要，這樣大家都會知道我們竟然做幫助條子的事，會被人瞧不起！」

安德烈滿心歡喜，一面開車門，一面對兩人道：「當然是秘密地獎勵，我會特別交代不得公開！」

他跳上車對梁菊和麥可道：「葉博士在休旅車上！我們直奔奧德薩，讓那輛跟蹤我們的紅色飛雅特追個空吧。」

車快到奧德薩時，坐在後座閉目養神的麥可忽然想起一件事：「葉太太……」

「叫我梁菊，Liang Ju，會發音嗎？」

「好，梁菊，我帶來的長槍給妳用，妳要不要找個地方試打幾槍？」

黑暗中梁菊笑了，她「嗯」了一聲道：「先讓我研究一下你的槍，然後再找機會試射，皇家騎警的制式長槍肯定是好貨。」

麥可有點心虛地道：「未必。」接著他若有所思地道：「希望一切順利，妳用不到這把槍。」

梁菊奇道：「爲什麼？」

麥可道：「你若眞開槍打死什麼人，恐怕還有法律問題要處理。」

梁菊坦然道：「我可不怕，在多倫多簽的那一紙文書上有一句話，允許我善盡各種手段協助加拿大警方完成救援人質的任務。我若開槍打死綁匪，那就是善盡必要手段而已，法律上有什麼問題？」

麥可想了想就點頭道：「妳說的也有道理……且不管它，皇家騎警有很好的律師。」

這時麥可的手機響了，他喃喃自語：「潘恩！」打開手機，果然是大使館安全官比爾．潘恩打來的，麥可看了看手機上的時間，六點二十分。

「比爾，什麼好消息？」

「你們現在在那裡？」

「快要到奧德薩了。」

「還記得嗎，有一輛藍色奧迪車，在基輔被那個自稱美國特勤的傢伙駕車撞落了車門？」

「噢，記得的，基輔刑事組長簡報時提到，那傢伙好像是駕著一輛吉普車，連人帶車對準藍色奧迪撞了過去，將葉博士救上車……」

「沒有錯，剛才接到基輔警方的鑑識報告，在那輛藍色奧迪車上採到幾組指紋，經過比對，其中有一組竟然屬於夏哈蘭．格巴第。」

「夏哈蘭．格巴第是什麼人？」

「夏哈蘭．格巴第是土耳其庫德族建國組織中的領袖之一，是個核子工程專家，曾在美國得到核工博士學位。我們這邊沒有他的指紋檔，透過 INTERPOL 從美國移民局檔案中才找到……

麥可你想一想，庫德人、核工專家、葉博士，這幾樣加在一起，你覺得是什麼？」

麥可福至心靈，大聲道：「原子彈！庫德人要造原子彈？」

電話那邊傳來一聲長嘆，接著麥可聽到：「你腦子有病啊？葉博士參加的討論會主題不是『熔鹽式核子反應器』嗎？夏哈蘭．格巴第要造MSR，這才對葉博士的發明有興趣呀！」

麥可有些不好意思，支吾一兩聲道：「不錯，也許你說的對，庫德人要建MSR……關於那個夏哈蘭．格巴第，你有資料嗎？」

「這人的資料不多，他行蹤飄忽，常不待在土耳其，他的組織也沒有牽涉在任何恐怖攻擊事件中，我這裡……說來不好意思，我這裡的資料還是靠美國大使館提供的。可是有一件事，這傢伙似乎有錢得很，不知道他的錢從那裡來？」

麥可道：「我這是一頭霧水，不過我們在奥德薩交流道的加油站問到了消息，那輛銀白色休旅車的確到了奥德薩，而且葉博士好像就在車上，頭上被蒙了黑布罩。」

比爾在電話中喜道：「好極，先盯住它，能直接找到艾瑞克葉是正辦，其他的再說！」

麥可道：「載了葉博士的休旅車將引導我們找到那個什麼夏哈蘭．格巴第，我們此去要救出葉博士，順便把格巴第抓一抓，比爾，這麼幹如何？」

聽麥可講得輕率，好像所有的事都稀鬆平常，比爾沒輒，停了一會才沒好氣地回答：「皇家騎警萬歲。」

前座的安德烈忍不住道：「麥可，潘恩安全官又沒有得罪你，你幹麼一定要胡說一番，像是在戲弄他。」

麥可笑道：「那有戲弄他，我是認眞的。」

梁菊忽然一本正經地道：「麥可，我喜歡你說要救出艾瑞克，順便抓一抓那個庫德人。請告訴我，你準備要怎麼辦？」

麥可沒回答，因爲他心中毫無章法，只暗道：「媽的，這個女人眞會掃人興，我們可是在努力打救妳丈夫，何況我還把我的長槍帶來借妳用。」

安德烈也在思索下一步要如何辦，車上就安靜下來了。過了一會，麥可老起臉皮道：「梁菊，妳說我們下一步該怎麼幹？」

梁菊微笑道：「要是我的話，我先去奧德薩當地的警察局，把我們在加油站得到的消息和他們分享，看看能不能幫忙找一下這輛車的下落。如果沒有線索，我們就去租車店打聽，有沒有符合描述的人前來租車，因爲要是我的話，我會換一輛車去見夏哈蘭．格巴第，免得被人跟蹤……」

麥可道：「不錯，我覺得梁菊推想得有道理。如果他們是要把葉博士送去見夏哈蘭．格巴第，就一定要防著有人跟蹤直搗那格巴第的老巢……」

安德烈笑道：「麥可，剛才你不就是對比爾吹噓要這樣幹的嗎？」

麥可轉移話題道：「前面好像是諾瑞科街，根據我的谷歌地圖，過了諾瑞科第二條橫街處就要左轉，警察局在右手邊。」

奧德薩警察局的外形是典型蘇聯時期公家建築的設計，造型霸氣而粗糙。門前草地上矗立一尊列寧的銅像，烏克蘭獨立後，此地沒有人打掉它，但也沒有人打整它，列寧頭上落了不少海鳥的糞便。

安德烈是三人中唯一能用俄語溝通的人，他一馬當先走入警局，對值班警察亮出國際刑警聯絡官的證件，要求見局長。心想：「已經七點多了，局長肯定下班回家了。」

值班警察是個年輕小伙子，面對一個國際警官有點緊張，結結巴巴地道：「局長在開會，要半小時後才有空。各位是否在會客室等候？」

安德烈暗忖：「想不到七點多了局長還在開會，眞是勤奮啊。」

所謂會客室，就是大門左側的一間小房間，幾張座椅，一張咖啡桌，簡單樸素。

三人坐了下來，不到十分鐘，忽見從局裡面走出四個穿著和言語都很「粗獷」的漢子，對值日的警察大聲說話，似乎在抱怨什麼事情。值日警員一面安撫他們，要求一個一個慢慢講，一面用桌上電腦記錄，看他按鍵飛快，就懂得這年頭值日服務台上一定得用二十幾歲的小伙子，年紀愈大，手指愈慢。

梁菊聽他們爭先恐後地說得很是激動，卻完全不知所云，便抬眼望了望安德烈。安德烈在大學主修東歐和俄羅斯語文，但以俄語爲主，碰到這些人七嘴八舌地講烏克蘭語，皺著眉頭顯然罩不住了。

不過他還是聽懂了幾個關鍵字，心驚之餘不敢確定自己有沒有聽錯，便暫不發言。

那幾個漢子終於先後在一張紙上簽了名，然後離開警察局。安德烈正要上前詢問，警察局長從樓上走了下來。

那個值日警察起立報告，講的是俄語，安德烈就能聽懂了。只聽到那年輕警察向局長問好，接著報告：「『奧德薩階梯』旁第二碼頭，昨天半夜來了一艘土耳其籍的漁船，靠岸後沒有船員上岸，只停在碼頭等天亮，十分不尋常。今天早晨港警上船查問，見船上滿載漁獲卻無捕魚船員，只有船長和一個機電操作員，看上去不像是會捕魚的。」

安德烈知道，烏克蘭的「奧德薩階梯」是奧德薩著名景點，從上而下直通向海邊，他聞名已久一直很想去看看，卻苦無機會，這回辦案辦到它旁邊，希望可以一睹現場風貌。

局長聽得不耐煩，喝道：「細節不要講那麼多，快講重點！」

安德烈卻聽得十分受用，暗道：「拜託，細節講得愈多愈好，而且最好慢慢講！」

年輕警員加快報告：「總之，船長說他們在等大盤魚商來收取漁獲，港警查他的船籍資料、靠岸許可等文件樣樣俱備，一切合法，就要船長填了進出碼頭的時間便離開不管他了。岸上有幾個閒漢，就是剛才離去的那四個人，他們中午時分見那條船沒有任何動靜，便爬上船去踩盤子。據他們陳述，船長室緊閉，船上沒有一個人，這四個傢伙起了盜心，便下艙去偷取魚貨，每人都拿了一大箱冷凍魚鮮，正要上岸時，又有警察到了。」

局長聽得入神，問道：「是我們局裡的員警？」

「是原子能委員會的環保警察，他們會同我們的人一同上船，先把這四個偷魚賊捉住，那個環保警察拿出偵測器，在船上測量輻射線強度……」

「輻射線？你有沒有聽錯？」

「不會錯，環境部接到土耳其那邊的通報，說這條漁船上載有具戰略價值的放射性金屬，違犯原子能委員會的『放射性物資管理法』及『環境安全法』，要求立即登船搜查。我們局裡的同仁趁他在各處偵測時，撬開了船長室的門，赫然發現船長和唯一的船員倒在地板上，一大攤血跡，兩人都遭到槍殺！」

這一下不但局長傻了眼，安德烈聽了也大吃一驚。他回到會客室，三言兩語把所聽到的對兩個同伴簡述一遍，然後走向局長表明身分，互通姓名，並引見麥可和梁菊。

安德烈用俄語道：「厄爾局長，剛才聽了報告，發現我們來貴地查的案子，似乎和值日警官描述的凶殺案有些關連，請恕我們冒昧插話……」

厄爾局長一面細看安德烈和麥可的徽章及名片，一面點頭道：「皇家騎警？國際刑警聯絡官？嗯，歡迎你們。」

安德烈對那值日警員道：「警官，想跟你確認，你剛才有說放射性金屬？對不？」

那值日警員道：「不錯，原子能委員會的環保警察要求我們派員協助登船偵查，公文上就是這樣寫的……」

安德烈還待再問，值日警員已繼續報告：「我們的同仁把那四個偷魚賊帶回問了口供，認爲他們暫時沒有涉嫌殺人，便準備要他們具結再回去聽候傳詢，不料其中一人忽然說漏了嘴。原來中午之前，他看到有一輛銀白色的休旅車緩緩駛到漁船邊停下，車上有一人登上了船，約十五分鐘後，船上傳來四聲槍響，過了一會，登船的那人手中提著一個看上去很重的箱子，飛快地從漁船奔下來，跳上休旅車，匆匆向南駛去……」

厄爾局長打斷他，問道：「那休旅車的牌照？那傢伙有看見車牌號碼嗎？」

「沒有，我有問他，他說當時心中害怕，沒有想到要記下車牌號碼。他想了好久，終於忍不住好奇，便找了其他三個夥伴一同登船、偷魚，然後被抓，覺得十分倒霉。」

安德烈問道：「那登船行凶的傢伙長什麼模樣？休旅車上有幾個人？」

「他都不記得，問不出什麼名堂……布洛克警官如果有需要，我們可以再請那傢伙回來，給你好好問……」

厄爾局長皺眉道：「布洛克警官，你們追查的是？」

「我們在查一件加拿大科學家葉博士被綁架的案子，你在媒體上看過這案子吧？」

局長呵了一聲道：「何止看過，我們應基輔方面的要求，還派人去加油站查過，但沒有進一步消息。不過，科學家綁架案怎麼會跟漁船上的凶殺案有關？」

安德烈解釋道：「葉博士發明的東西有核能的戰略價值，綁架他的人也一定和核能有關連，而剛才你們說那艘漁船上可能載了具戰略價值的放射性金屬……說得更清楚一點，我們正在追蹤那輛銀白色的休旅車，我們認為葉博士就在車上。」

「OK，你們有理由到此地辦案，很公平。你手上有個國際科學家綁架案，我這裡有個漁船殺人凶案，綁架的車輛又可能帶走了船上偷載的核子戰略原料，這些事加在一起，我會猜測有人想製造原子彈？有聽說什麼恐怖分子想要製造原子彈的？」

麥可聽他說到「原子彈」，用的是英文，還聽到兩次，猜也猜得到局長在說什麼。想到自己頭一回聽到這些資訊時也猜是有人要造原子彈，結果遭潘恩安全官恥笑，這時便對這位烏克蘭警察局長大起知己之感。

他忍不住用英語道：「局長，非常合理的猜測，不過據說葉博士發明的是戰略性的能源材料，卻不是有關核武器的發明。安德烈，拜託翻譯一下……」

「不用翻譯，我懂英語。」厄爾局長操一口俄腔英語道：「既然這兩件案子可能有關連，我們應該把雙方的資訊彙整一下，說不定可以有些新想法。」

正在這時，一個資深警官從局內走出來，手上拿了一個公文夾，對厄爾局長道：「報告局長，原子能委員會的環安偵測報告出來了。船長室桌上發現微量放射性金屬粉屑，從其放射線及光譜分析，發現那金屬是釷，來自土耳其沒有錯。土耳其的釷儲量在全球是排前幾名的國家，只是沒有聽說他們有大量開採啊？」

局長接過公文看了一下，搖搖頭表示看不懂，便交給安德烈，安德烈也看不懂。他身邊的麥可讀了一遍，問道：「釷能不能做原子彈？」他居然還沒有放棄他的推想。

梁菊也讀了一遍，道：「原則上沒有人用鈈做核彈，但是可以做爲核能發電的燃料，尤其如果用在MSR熔鹽式的反應爐……諸位，我幾乎可以肯定這兩個案子其實就是一個案子。現在歹徒手上有艾瑞克，又有鈈，只要查出是誰製造MSR誰就是嫌犯；只是，只是我不懂……」

麥可搶問：「不懂什麼？」

梁菊道：「我不懂爲什麼要殺人？搞得像是劫貨殺人的樣子。」

厄爾局長聽得口瞪目呆，他原搞不清楚梁菊的身分，原以爲大概不是秘書就是助理之類，這時有點囁嚅地問道：「這位女士……」

麥可道：「對不起，剛才忘了說明，她是葉夫人，失蹤科學家艾瑞克葉的太太。」

「她也是核能科學家？」

麥可想了一下，便爲梁菊編造身分道：「不，她是……她也是國際刑警，特種射手，不過退休了。」他暗自想硬拗：「台灣的刑警說成『國際』刑警也說得過去吧。端出『特種射手』這張牌，我們大有面子。」

安德烈忽然問：「那輛休旅車去了何方？」

值日警員查看他的桌上電腦，然後回答道：「根據目擊者的口供，只知休旅車向南駛去，不知去了那裡。」

「南方是那裡？」

「向南兩百多公里，就到了羅馬尼亞邊界……」

安德烈喃喃自語：「會不會去了羅馬尼亞？」他看了一下掛在牆上的地圖，問道：「從此地到羅馬尼亞的康斯坦察有多遠？」

康斯坦察（Constanta）是羅馬尼亞在黑海岸最大、也是最靠近此地的城市。

「走快速公路，大約五百多公里。」

安德烈掏出手機，撥了國際刑警的密碼，用簡訊報了銀白色休旅車的車牌，請求羅馬尼亞警方協助追查，並建議從烏克蘭和羅馬尼亞的邊界往南查。

「彈殼全找到了，四顆托卡列夫7.62毫米子彈，一顆卡在船長屍體胸部，三顆射穿身體後分別彈射入木牆和木門栓，都已起出來比對無誤……」一個鑑識組的刑警走過來報告，忽然他發現有安德烈等三個外人在場，便停了下來。厄爾局長道：「繼續報告。」

他行了一個禮，補充道：「採到多枚指紋，初步辨識，屬於死者以外的多達十個人，想從其中辨識凶手指紋不容易。另外地板上採到一個血鞋印，似乎是屬高檔的網球鞋，我們還在進一步比對。」

厄爾局長似乎很滿意下屬的效率，頻頻點首道：「幹得好，鑑識資料透過國際刑警的資料庫比對，希望明日上午能把所有的情資做一次簡報。」

那鑑識警官行禮離開，厄爾局長請大夥到會客室坐下，麥可把加拿大使館安全官比爾・潘恩的聯絡電話給了厄爾局長。

「潘恩安全官在大使館建立了多方聯繫的平台，從這個電話你可以得到我們正在追查案子的最新資訊，希望你這邊這件凶殺案的資訊也提供給這個平台。」
厄爾局長是個矮胖的中年人，他打個哈欠大聲道：「現在如何？」
麥可想耍一下幽默，故意一本正經地道：「等待和希望。大仲馬如是說。」
厄爾局長道：「我是說，如何解決晚餐問題？」
安德烈也賣弄道：「在等待和希望時，要吃得好。中國《易經》如是說。」
梁菊有些驚訝地瞟了安德烈一眼，安德烈悄聲道：「根據喬治李的說法。」

∞

厄爾局長中年喪妻，但他卻是個好吃好喝的美食者，終日外食培養出他的身材，而他所推薦的海產店實在精彩。
厄爾局長點菜流利內行，夥計招呼殷勤巴結，一看便知局長是個常客。案情不明朗，梁菊心中雖然焦急，但現實的情況是急也沒有用；羅馬尼亞的警方恐怕要午夜前後才會有回訊，這段時間，就放開來好好吃一餐吧。
丟開公事的厄爾是個極爲健談的胖子，他先自我介紹道：「我生在奧德薩，我的父母都不是當地人；老爸出生在羅馬尼亞，老母出生在基輔。我老爸二戰時還被抓壯丁參加過軍隊攻打奧德薩，而我現在卻當上奧德薩的警察局長，世事的演變有時相當荒謬……不過，我的任期只剩最後幾天，下週我就要調去雅爾達了……」

大學時期學東歐及俄羅斯語文的安德烈大感興趣，立刻問道：「羅馬尼亞軍隊曾攻打過奧德薩？那是什麼年代？」

厄爾道：「一九四一年，德軍聯合了羅馬尼亞的軍隊攻打奧德薩，包圍此城整整兩個月零八天，守城的蘇聯軍頑強抵抗，納粹軍隊付出慘痛代價才攻下奧德薩。就在這一場著名的奧德薩包圍戰中，造就了紅軍一位女英雄，綽號『死亡女士』的柳德米拉．帕夫里琴科……」

麥可把一小杯伏特加一口乾了，再吃一口黑海魚子醬，據說這種吃法的綜合滋味接近天堂；他聽到厄爾的話，立刻打斷道：「啊，帕夫里琴科，我知道，史上最偉大的女狙擊手！二戰時她曾來過加拿大，當時威廉．金總理還送了一把加拿大造的狙擊槍給她。」

厄爾道：「帕夫里琴科在奧德薩之戰時還是個二十四歲的女兵，就在奧德薩附近，兩個多月裡她狙殺了一百八十七個納粹，後來在克里米亞保衛戰中又狙殺了一百二十二個敵人。二戰的官方紀錄，三百零九個敵人死在她的神槍下，其中包括三十六個德軍的狙擊手！」

梁菊聽得睜大了眼，「哇」的叫出聲來：「三百零九！包括三十六個德軍狙擊手！不可思議啊！」她十分瞭解狙擊手們有多擅長利用地形地物隱藏自己，射殺狙擊手是何其困難，這個帕夫里琴科實在太厲害，難怪有「死亡女士」的綽號。

厄爾愈講愈得意，指著梁菊道：「葉太太，我打賭妳一定喜歡下面我要講的故事。」

梁菊興味盎然地道：「快講啊！」

厄爾揮揮手先問梁菊，他推薦的小龍蝦味道如何？梁菊說好極，他才娓娓道來：「奧德薩保衛戰打了兩個多月，德國和羅馬尼亞聯軍死傷六萬人，還好我老爸一上陣就受傷下了崗，要不然世上還有沒有我這個局長也不曉得了。不過奧德薩終於淪於德軍之手，接著兩軍又在克里米亞的海軍基地塞瓦斯托波幹起來，帕夫里琴科又幹掉一百多名敵軍官兵。後來她為迫擊炮彈的破片所傷，傷癒後，上級政委覺得她這般戰功彪炳的女英雄，不宜繼續留在第一線戰場廝殺，應該代表蘇聯出使美洲，爭取美國、加拿大的援助，便把她升為少校，送到華盛頓和渥太華去做戰時特使。」

說到這裡，厄爾覺得放下盤中美食太久了，就連忙又吃又喝，著實補了一陣子。梁菊催道：「快講下去啊。」

厄爾局長用餐巾抹了抹嘴，繼續道：「帕夫里琴科在白宮受到羅斯福總統夫婦的歡迎，但是她被美國記者的問題惹火了……」

梁菊奇道：「他們問她什麼問題？」

「華盛頓的記者沒有人理會她帶來蘇聯人民抵抗納粹、孤軍奮戰的訊息，反而批評她的裙子太長、軍服臃腫、身材太胖，結果她在芝加哥對群眾演說時終於爆發出來了……」

梁菊更感興趣了，緊問道：「她怎麼爆發？」

「帕夫里琴科對芝加哥的美國人說：『我今年二十五歲，已經殺死三百零九個法西斯侵略者。先生們，你們還要躲在我背後多久？』」

「哇！她這樣說？」

「對，她這樣說！聽眾呆了片刻，然後爆出震耳的掌聲及吼聲，整個場子被她弄翻了！」厄爾說到這裡，停下來四面顧盼。

「帥啊，太過癮了！」梁菊舉起酒杯一口乾了，喝得太急，被嗆得一陣猛咳。

厄爾十分滿意，帕夫里琴科的故事他不知講過多少次，每次講到最有力的這一段，必要停下來仔細觀察聽眾的反應，尤其是女性聽者的反應。

梁菊的反應超過他的預期，因爲梁菊不只是女性，尤其剛才聽說她也是一位特級射手；厄爾滿意極了。

梁菊記性好，接前話問道：「局長，你剛才說要調去雅爾達，怎麼回事啊？」

厄爾搖搖頭，嘆了口氣道：「不想提，只怪我脾氣大，上個月爲部下的事幫腔，一連大罵我頂頭上司兩次，氣得老闆開臨時人評會，調我去雅爾達當局長……」

「雅爾達？好地方啊。」

「好個屁啊，奧德薩人口一百萬，雅爾達呢？他媽的，加上觀光客最多二十幾萬人吧。」

這時，厄爾局長接到一通電話，是邊境警察傳來的最新訊息，一輛銀白色的休旅車被發現棄置在烏克蘭和羅馬尼亞邊境維爾科沃的海邊，車牌被拆掉，車上空空如也，除了一袋空汽水罐，什麼都沒有。

安德烈和麥可對望了一眼，不約而同從褲子口袋中掏出手機，在谷歌地圖上查奧德薩到邊境維爾科沃的距離。

厄爾局長腰袋中的手機又響了，他接聽之後皺眉考慮了一下，抬眼就看到大家都在低頭查谷歌地圖，便微笑道：「到維爾科沃有兩百多公里呢，有幾處正在修路，所以路況不很好，開車要三、四個小時。」

麥可聞言睜大了眼道：「三、四個小時？」厄爾這才道：「剛好我局裡有一架直升機，我要去追查漁船凶殺案，說不定可以給你們搭一趟免費便機，你們瞧怎樣？」

麥可一面道謝，一面向安德烈指了指外面，安德烈十分乖巧地起身去會賬，這頓晚餐雖不算便宜，但比起搭直升機節省下來的寶貴時間，再貴一倍也值得。

8

二十分鐘後，一架歐洲直升機公司製造的 EC135 從奧德薩警局屋頂的停機坪起飛，除駕駛員外，機上坐了六個人，厄爾局長和兩名鑑識組的員警、安德烈、麥可和梁菊。安德烈等三人將行李都帶在身上，麥可的長槍已經交給了梁菊，梁菊隔著皮囊撫摸了一下，直覺覺得是一把好槍，不過還是要找個機會試它幾槍才有把握。

EC135 的飛行最大半徑約六百五十公里，巡航時速約二百五十公里，經過五十分鐘的飛行，直升機降落在維爾科沃邊境巡警隊的停機場。

值日警員首先就要求厄爾局長填寫一大堆申請越區辦案的文書，厄爾雖感不耐，但這是例行的作業，只好搖頭嘆氣，坐下來填寫。好不容易填完一張，那員警用俄語道：「不好意思，要填五張。如果是跨國刑案，透過 INTERPOL 就簡單多了。」

安德烈猜想是因爲此地處於邊境，跨國案件頻繁，簡化手續有利雙方作業之故，便掏出國際刑警的徽章和名牌，往桌上一放，歪著頭問道：「國際刑警聯絡官安德烈．布洛克，兄弟，這管不管用？」

那員警仔細檢查了徽章和名牌，一言不發，到抽屜抓出一張表格道：「行，你們就由布洛克警官填申請表吧，可以省掉四張，夠意思吧。」

巡警隊派了一輛中型吉普車把六人送到港區，轉了好幾個彎，終於停在一個看上去頗爲荒涼的碼頭邊。陪同的巡警名叫迪米，他指著前方道：「這裡原是漁人碼頭，夏天還有些遊客，這時候又冷天又黑，鬼都沒有一個……」

他用手電筒照亮帶路，走了約八百公尺，果然在一片砂石堆後面看到那輛銀白色的休旅車。

梁菊心中一陣激動，想到不久前葉運隆就被押在這輛車內，她強抑滿腔衝動，跟隨在麥可之後，走到車旁。迪米把一疊橡膠手套遞給大夥，低聲道：「我們巡警隊鑑識專業有限，僅有一位鑑識同事已經做過蒐證工作，但爲小心起見，大家還是戴上手套，儘量不要破壞現場。」

梁菊問道：「迪米，你們初步的鑑識結論是？」

迪米道：「車上乾淨無比，我是說鑑識上的『乾淨』，沒有留下任何指紋，可想見要不是車上人都戴了手套，就是經過特別清理。只除了一樣，有一個空汽水罐，上面留下一個相當完整的大拇指紋，十分奇特。我們正在全面比對中。」

梁菊心中一動，想說什麼卻忍住未說，反問道：「他們爲什麼要棄車？去了那裡？」

厄爾局長道：「如果不是因爲有什麼緊急情況，他們棄車極可能是在此地改乘水上交通工具走了。」

「你說他們走水路？這個碼頭如此荒涼，一定是事先約好有船躲在這裡接應，問題是他們從水路去了那裡？」安德烈一面發問，一面對著休旅車用手機拍照，即時傳到基輔的加拿大大使館。

迪米小心翼翼地把前後車門打開，讓六人輪番上車查看；這六個人中，三個加拿大人在辦綁架案，三個奧德薩來的警官在查殺人案，交點落在這輛棄置邊境的休旅車上。

麥可一進入車後座就大聲道：「迪米，你說這輛車鑑識『乾淨』，乾淨個屁呀，這裡就有一個鞋印，顏色雖然淺，還算完整哩。」

迪米笑道：「我們隊上的同事在車裡整整搞了一個小時，這個鞋印早就拍照採樣建檔，就等厄爾局長點收。休斯警司，不要太小看我同事的專業。」

梁菊沒說話，只用手機拍了幾張照片，查了一下油量，對身旁的安德烈道：「只剩下不到百分之十的汽油。」

厄爾局長搖了搖頭道：「這車上沒有什麼了，能不能到貴隊去簽收你們採到的樣本？我們儘快帶回局裡做進一步的鑑識工作。」

迪米道：「正要請你們去隊上，實物採樣可請你們點收帶走，電腦檔案就交給維爾科沃警局存檔；畢竟相關的案子是發生在奧德薩。」這位巡警頭腦口齒都清楚，厄爾局長點頭暗讚，謝了又謝。

∞

回到奧德薩警局裡，兩相對比之下，休旅車上的鞋印與奧德薩碼頭行凶漁船上的血鞋印完全符合，證明漁船上的殺人凶手確實在這輛休旅車上。雖是意料中，但能得到直接證據，厄爾局長認為很有價值。

梁菊提問：「汽水罐上的指紋比對出來了嗎？」

簡報警官答道：「電腦跑到現在仍然沒有找到符合的底樣……實在可惜，汽水罐上的指紋清晰又完整，可是查遍我們的建檔就是沒有……」

梁菊靈機一動，對安德烈道：「要不要透過潘恩安全官的平台，從加拿大移民局調出艾瑞克的指紋比對一下？我猜測汽水罐上的指紋是艾瑞克暗中故意留下的，清晰完整，他就怕我們比對不出來，這比較像是艾瑞克會做的事。」

安德烈聞言覺得有理，立即聯繫基輔大使館的潘恩安全官。

半小時後，潘恩安全官將葉博士的檔案指紋傳來，只花了五分鐘就比對成功：汽水罐上的指紋確屬葉博士的，符合率幾達百分之百。

厄爾局長喜道：「果真如葉夫人所料，汽水罐上的指紋是葉博士故意留下的。我們快把車上取來的東西讓葉夫人仔細查看，看看葉博士有沒有故意留下什麼其他的線索？」

鑑識官請示道：「局長，是否乾脆請葉夫人一起到鑑識實驗室去查看比較方便？」

厄爾局長點頭道：「爲了加速取證，我特許葉夫人進入本局的證物鑑識實驗室，其他幾位貴賓就不方便進去了。」

警方的證物鑑識實驗室是刑事辦案重地，非鑑識科人員不得擅入，大家都是警務人員，對這一層能夠充分諒解，不過比較稀奇的是，獲准進入察看的卻是三人中唯一的平民。

二十分鐘後，鑑識官快步走回，後面跟著梁菊。厄爾局長起身相迎，口中急問：「有沒有新發現？」

鑑識官白皙的臉頰因興奮而泛紅，他一面行禮，一面叫道：「有，有，請葉夫人來解釋。」

梁菊不慌不忙地向大家點點頭，鎮定地道：「諸位，我想我們要立刻去一趟雅爾達。」

「綁匪去了雅爾達？」麥可問。

「凶手去了雅爾達？」厄爾問。

梁菊點頭，解釋道：「我在一袋垃圾紙團中找到一張用來指嘴的紙餐巾，紙上有人用茄汁寫了一個中文字：『李』！」

在座諸人中安德烈第一個聽懂，他大叫一聲：「啊，喬治李！」麥可接著也弄懂了，他也叫道：「不錯，喬治李……其實葉博士要告訴我們的是『雅爾達』！」

其餘的人便聽不懂了。鑑識官忍不住興奮地解釋：「葉夫人說：『李，代表喬治李，葉博士的朋友喬治李在雅爾達開中國餐館。他在綁匪監視下，只能趁吃飯而對方不注意時用手指蘸著茄汁寫下一個字。』」

安德烈補充道：「不錯，他寫的中文『李』字，是指『喬治李』，是寫給我看的，因爲我才知道喬治目前正在雅爾達。其實就算我看了，也不能那麼快就瞭解這個字的意義，卻沒有料到葉太太也來到了現場，他們夫妻心意相通，看一眼只花三秒鐘就看懂了意思。對吧，梁菊？」

梁菊含蓄地微笑道：「不對，足足花了五秒鐘才搞清楚。」

眾警官大笑。厄爾局長眼見在他努力追查下案情連連有進展，覺得十分有面子，他看了看腕錶，哈哈笑道：「如果休旅車上的人是搭船從海上去雅爾達，我們說不定可以在雅爾達港口等他們的船到岸哩。」

安德烈點頭望著厄爾局長道：「再借您的直升機一用，我們一起趕去雅爾達，你抓殺人凶手，我們抓綁匪救人質。」

厄爾局長嘴上說：「不錯，我們快動身！」心中卻暗自咒罵：「媽的，難道上帝要我提前去雅爾達警局報到？」

二十分鐘後，那架 EC135 直升機加滿了油，載著六人起飛，以全速向克里米亞半島的雅爾達飛去。

麥可坐在安德烈旁邊，正準備閉目養神一會，耳邊聽到安德烈大聲叫道：「不對喔，有一件事不對！」

直升機引擎聲相當震耳，不用喊的即便鄰座人說話也聽不到，麥可也大聲喊道：「安德烈，什麼不對？」

安德烈道：「時間和油料不對！他們一定還去了別的地方……」

麥可道：「什麼？你說這直升機的油料不對？」

「不，我是說那輛休旅車的油料和時間不對。」

麥可不知所云，安德烈道：「我計算給你看！」他拿出一本小拍紙簿，掏筆在紙上寫著：

1. 休旅車在奧德薩附近加滿了油。
2. 次日中午前，休旅車出現在奧德薩碼頭行凶。
3. 約八小時後，休旅車被警方發現棄置在維爾科沃海邊。
4. 休旅車的油箱中剩下不到百分之十的油量。

安德烈補充道：「休旅車在奧德薩市郊加滿了油，豐田 RAV4 油箱容積是六十公升，平均大約可行駛七百公里，從奧德薩到維爾科沃的公路距離只有兩百多公里，所以油箱中不可能只剩下不到百分之十的油料。」

麥可認真地讀了拍紙簿上寫的四行字，面色嚴肅地點頭道：「所以，休旅車中間去了另一個地方，來回可能數十至數百公里，那要看他有沒有第二次加油，只從油箱剩存的油量是不能斷言的。」

安德烈點頭道：「麥可，你說得對。」隨即陷入沉思。

∞

雖然罩在黑布中，葉運隆清楚地知道，車子時快時慢，有時平坦有時顛簸，大約三、四個小時，終於到了一個海邊的地方，然後就被押著上了一條小艇。幾分鐘後，快艇發動引擎向黑海中駛去，感覺中船速蠻快的。

自從被兩個冒牌警察押上那輛休旅車，他一直戴著黑布罩，只有在停車吃東西時才將黑布罩揭開讓他透一口氣，但是他早已失去方向，停車處多為荒野路邊，讓他看了也不知身在何處。

現在他靜靜地躺在船艙裡，今夜的海象雖屬平靜，但船小速疾，顛簸依然厲害，平躺可以稍微抵抗暈船。

兩個綁匪自從上船後，一個在駕駛艙和開船的司機說話，另一個就留在艙內看守葉運隆，感覺上似乎是那個長髮的年輕人。

他試著把這兩天的「旅程」摘要在腦海中回顧一下，以免忽略或忘記了任何重要的細節；他知道如今的情況，任何一個細節都可能攸關他的生死……

從基輔被綁架南下，估計車行五個多小時後加了一次油，他聽到那長髮年輕人和加油站的服務員惡言對罵了幾句。天黑時車進入了市區，停在一個公共停車場中休息了一陣子，綁匪在服務站買了一些食物充飢就上路，這回感覺上是向西行，也可能是向西北，無法確定。

行約兩個多小時，車停下來，他聽到兩個綁匪對話中說到Motel這個字，猜想是停在公路旁的汽車旅館外。他以爲要在這裡過夜，但只有一個綁匪下了車，他和另一個綁匪窩在車上等了將近一個小時。

車再發動，這回直覺上感到是走回頭路。果然兩個多小時後回到市區。車停在公共停車場，猜想有可能就是先前那個停車場，不過只憑感覺不敢確定。

停車場中休息了許久，兩個綁匪不再交談，似乎在閉目養神，葉運隆也昏昏睡去。

車再發動，葉運隆驚醒，從黑布罩下方感覺到強光，猜想已近中午，過了一會車子駛近海邊，葉運隆聞到了海水的氣味。車停下時，他聽到海浪拍岸的聲音。

長髮年輕人下了車，四周一片寂靜，過了一會，他好像聽到四聲槍響，聲音有些悶，聽起來似乎有些遠，但也可能是錯覺……果然，坐在身旁的翹鬍子綁匪一拳捶在座椅墊上，狠聲咒罵。葉運隆運用想像力構思，暗道：「大概那傢伙出去與人起了爭執，竟然開槍，車上的夥伴又急又怒……嘿，那個長髮年輕人脾氣還眞壞。」

他開始暗中期待有警察聽到槍聲來此巡邏，說不定是個脫險的契機，他坐在後座動也不動，全身緊繃著準備應變。

過了一會，那年輕人回來，一面跨上車，一面嘰哩咕嚕對同伴述說，聲音抖得厲害，似乎極爲激動。同伴怒聲斥問，他先解釋了兩句，然後就爆發惡言，把手上提著的一個金屬箱子重重地交給後座的夥伴。夥伴便不再講話，只將金屬箱小心地放在腳墊上，感覺上那金屬箱似乎相當沉重。

車重新發動疾駛離開現場，葉運隆感覺海在左邊，車在南行。

過了將近一小時，路面變得非常差，車行不得不慢下來，也許綁匪們覺得已經遠離槍擊的現場，兩人便開始交談起來。葉運隆暗忖：「剛才停在海邊，那長髮年輕人下車去，四聲槍響後，他提著這個金屬箱子回來，難道這兩人在綁架我的途中，又犯下了搶劫案？說不定還殺了人？」

耳中聽到兩個綁匪的交談中不時提到英文 boss 這個字，葉運隆極力仔細傾聽，希望能從中再聽懂一些隻字片語。

果然，他用力聽到兩人提到了「雅爾達」，而且有四五次之多。葉運隆又開始用想像力來構思：「難道他們要把我押到雅爾達去？去幹什麼？見他們的 boss？」

8 熔爐核反應器與水裂解

葉運隆把這一段時間的經歷點點滴滴在腦海中「複習」了一遍，他覺得自己憑想像力猜的情節倒是合情合理，暗中嘆道：「我在基輔失蹤，繞了這麼大的圈子，現在這條船要去雅爾達，警方能找到我的可能性愈來愈低了。」

想到雅爾達，就想到了喬治李和他的餐廳。他暗思，還好神不知鬼不覺地在那休旅車上留了條線索給警方和安德烈，希望安德烈能設法認出「李」字，然後就聯想到雅爾達……

他從回想中回到現實，感覺上那個留長髮的年輕人不停地在船艙中走動，船行顛簸，他步履有些蹣跚，但是仍不斷地走來走去，顯得有點焦慮。

一連幾個浪衝，船身跳起又落下，幾個起落，那長髮年輕人受不了，似乎要嘔吐了。葉運隆忙道：「你快躺下，躺下深呼吸會好很多！」

長髮年輕人發出一聲可怕的「呃啊」欲吐之聲，趕快平躺下來，用力深呼吸幾次，果然舒服多了。

葉運隆又要管閒事了，他忍住這年輕人呼出的氣味，好心地建議：「我要是你，就去找牙醫治療一下牙周病。」

那人沒有理會他，但也沒有動怒，葉運隆心想：「以這傢伙的壞脾氣，居然沒有動怒，恐怕我的好心建議他有聽進去。」便又加一句：「牙周病治療並不麻煩，我在多倫多有一個朋友患了嚴重牙周病，口臭跟你有得拚，他去牙醫那裡……」

話還沒有講完，那傢伙爆怒了：「好了，你有完沒有？我要是你，就多擔心自己的老命吧，你以爲你還回得了多倫多？」

葉運隆鍥而不捨：「我要是你，船到雅爾達後就去看牙醫，以免全口牙爛掉……」

「你說什麼？誰告訴你我們要去雅爾達？」

「你們要押我去雅爾達見你們的boss。」

長髮年輕人著實吃了一驚，暗忖道：「這個中國佬有些古怪，難道他聽得懂我們的語言？」其實葉運隆總共只聽懂兩個字：「雅爾達」和「boss」，但在這節骨眼上，這兩個字就夠了。

年輕的綁匪顯然有些經驗不足，他想了一會才發狠道：「你不要自以爲聰明，自作聰明的結果是吃更多皮肉之苦……你還是乖乖閉嘴，再多囉嗦，我就將你嘴巴貼封條。」

葉運隆忖道：「看來猜得沒有錯，他們確實是要押我去雅爾達。」

8

雅爾達港日落之後依然景色怡人，岸上五顏六色的燈光在港灣裡搖曳閃亮，帶著些鹹味的海風輕輕吹過，遊客在沿港的各種特色餐廳享用了美食後，三三兩兩散步回到住宿之地，這個克里米亞半島東南端的旅遊勝地漸漸靜了下來，黑海之夜已經降臨。

深夜裡，在港灣某些地方仍有一些不尋常的動靜，有人正耐性地躲在隱密之處靜靜地等候。

港東的大停車場上遊客車輛散去後十分空曠，一輛紅色的小飛雅特在停車場中顯得有些孤零零。入口處通往一號碼頭的車道邊有一個廢棄待拆的瞭望塔，約有三、四層樓高，因爲廢置已有相當時日，塔壁上長滿青苔，塔頂上已長出長草，在這季節早已枯萎。枯草在寒冷的港風中一叢叢地頂著白雪帽子，顯得格外荒涼。

塔上藏著一個人。

這人手上抱著一支長槍，是個高大的淺髮年輕人。他在枯草叢中找到一處極爲隱蔽的地方，從塔下肯定看不見他，就算有人從上方攻擊他，譬如說，從直升機上開槍，也因頂上有一塊水泥的遮板而安全無虞，而他自己卻可以從塔邊的水泥護屏口看下去，港口的主要道路全在他的射程之內。

他很滿意地撥開耳掛無線電通話器，低聲道：「藍第，傑克已就位，Over。」

「Roger。」

「射擊位置A+，不可能更好。」

「仍須加倍小心。」

「瞭解，緊急撤離時你從塔後方衝過來，我直接跳上車。」

「Roger，傑克。」

傑克朝停車場看過去，他透過狙擊槍上的望遠鏡看得清楚，藍第，他的夥伴，一個高大的韓裔坐在那輛紅色的飛雅特車裡。這時一架直升機低空從塔上方飛過，天色頗暗，傑克無法辨認直升機的型號，也無從辨識是屬於警方或民間？甚或是架軍機？

EC135直升機低空盤旋了半圈，竟然在空曠的停車場降了下來，這顯然違反港務局的交通管理規定，除非是機件出問題要求緊急降落得到特許，否則是極其嚴重的違規行爲。但這架直升機顯然並無機械故障，飛行一切正常，它卻毫不猶豫地、大剌剌地降落在停車場上。

傑克的耳機中傳來緊急的聲音：「傑克，停車場降落了一架直升機，六個人從機上走下來，看來是警方。」

∞

那架直升機放下乘客後立即起飛，轉了一個大彎，向海港外飛去。

從直升機下來的六個人快速走向港警局，警局門口有員警迎接，六人進入局內第一件事就是和直升機上的駕駛通話。

「奧德薩天馬，局長找你，Over。」

「收到，天馬正在港灣上空偵察。」

「油料還能飛多久？」

「一小時不成問題。目前外港並無進港的船隻。」

這時，港警局的普特金副局長從樓上走下來，他和厄爾局長原是舊識，兩人相見先擁抱了一下。

「副局長，我爲奧德薩漁船殺人案，追到你老兄的地盤來，請包涵。」

「厄爾局長不要客氣，這邊就等您來上任，馬上您就是我的老闆了，歡迎都來不及。這幾位是……」

厄爾連忙一一介紹了。安德烈將手機關上，他剛才已把最新情況通知了基輔的大使館，噓一口氣道：「報告兩位，我們從時間及距離來估算，如果綁匪們棄車登船後三小時之內那輛銀白色休旅車就被發現，我們仍有機會比他們的船先抵達雅爾達……」

副局長是一位結實矮壯的中年人，有些禿頂但雙眼目光銳利，一看便知是個精明幹練的角色，他接口道：「接到你們從空中要求支援的訊息後，本局已派出巡邏船在港口內外巡視，到目前爲止沒有發現任何可疑船艇駛進港灣。」

「綁匪應有二至三人，按我們的猜測，應該是庫德人，也許僞裝成警察；被綁架者是華裔加拿大人，名字是艾瑞克葉，講英語及華語。」

「這些資訊已傳到巡邏艇，不過不知有多少用……」

「抱歉，我們此刻無法提供更具體的資訊。對了，還有一事貴局可以協助的，請幫忙查一輛紅色的飛雅特500，車上至少有兩人，可能也是庫德人……」

副局長想了一下道：「這個嘛……不容易，如果它停在公共停車場也許還比較好找，要是它停在街巷或私人車庫就困難了；雅爾達雖然不大，周邊算算也有近三百平方公里，居民也有二十幾萬。」

厄爾局長抓起電話，一面撥號一面道：「我們可以請直升機在港口附近偵察一下公共停車場，停車場晚上都有照明的……」

「天馬，這裡是局長，請空中偵察港口公共停車場，尋找紅色飛雅特500，Over。」

「Roger that.」

安德烈讚道：「局長，好主意！紅色飛雅特若是爲同一件事而來，極可能停在港口附近的停車場內。」

梁菊心中卻想：「仔細回想過程，最早提到要來雅爾達，是在基輔的大使館內，爾後的情資卻引導我們去奧德薩追那輛銀白色休旅車，從那時候起，這輛飛雅特便沒有再跟在我們後面。這回我們搭直升機從天而降，他們更不可能跟蹤來到雅爾達，那麼現在這緊要時刻花力氣去查這輛飛雅特，恐怕不是當務之急！」

然而就在這時，電話響起，天空傳來了答案：「奧德薩天馬報告局長，發現紅色飛雅特，停在港灣停車場東側，就是我們降落的那個停車場，Over。」

「瞭解並謝謝！」厄爾局長回答的聲音中透出興奮，他掛上電話，正說道：「我們找到它了，它就停在港口停車場，顯然……」

他身邊的麥可臉色大變，因爲他終於想到了一件事：「如果這輛飛雅特是同一輛車，它既然不是尾隨我們而至，又怎麼可能事先預知，先跑到雅爾達來候著？除非他們知曉了我們在基輔大使館的談話內容，這……這怎麼可能？」

「太可怕了！」他忍不住自言自語。

厄爾離他最近，問道：「什麼太可怕了？」

「如果是同一輛飛雅特，就表示他們早就得知我們要來雅爾達。我是說，我們在大使館中的談話被他們知道了。」

梁菊接著道：「你是說，基輔的大使館中有竊聽器？難道是……烏克蘭政府？」

厄爾局長望了普特金副局長一眼，然後面色嚴肅地道：「不可能，絕無此事！這話不能亂講，要引起外交糾紛的！」

麥可冷笑道：「局長，你不要太肯定，你們政府情報單位做的事，你這個地方警察局長未必會知道。」

厄爾局長漲紅了臉，極力辯解：「我說不可能就是不可能！加拿大是和平友善的國家，對我們完全無害，烏克蘭情報單位發了瘋，才會去竊聽你們大使館……」

安德烈插嘴道：「倒也不一定說是你們幹的，我瞧最有能力用先進的遙感技術監聽外國情資的，是美國和俄羅斯。」

厄爾口中附和道：「不錯，我同意……」心中卻暗暗不爽快，他覺得安德烈的話表面上是幫忙開脫，其實話中的話是說烏克蘭未必有那麼先進的科技，但此刻也無從發作，講了一半便打住。

梁菊提醒道：「不管是誰在竊聽，目前最重要的不是飛雅特如何來到雅爾達，而是那艘可能載有艾瑞克的船是否要來雅爾達？何時進港？」

麥可道：「一點也不錯，我們坐直升機過來，多半跑在那艘船的前面，就等空中和港灣巡查結果的回報吧。」

這時守在港警局外的值日員警帶了一個人進來，安德烈最先看到，叫道：「喬治，你來得好快！」

「接到你的簡訊，我的餐廳就在臨港路的中段，開車到這裡只十幾分鐘……」

他忽然停住，一股熱血直湧上頭，使他感到一陣暈眩，因爲他看到了梁菊。

梁菊也看到了他，兩人像著魔似的互相盯住，但畢竟都已是成熟的中年人，也就那麼幾秒鐘便恢復神色自若。

「嗨，梁菊，沒想到妳也來了。」

「喬治，很高興……眞高興見到你。」

喬治轉眼認出了麥可，高興地叫道：「麥可．休斯，是你沒錯吧？」

麥可上前一把抓住喬治的肩膀，笑道：「喬治，好多年了，想不到在這裡和你再見，你……」他一時想不出這種場合下該講什麼場面話，竟然無厘頭地問道：「餐廳生意好吧？」

喬治呆了一下，不知麥可這樣問有何深意，但他立刻意識到麥可只是詞窮了，什麼意思都沒有；他還是當年那個無厘頭的麥可．休斯。

厄爾指著兩個同事介紹道：「我是厄爾，奧德薩警察局長，這兩位是局裡同事，普特金是雅爾達警局副局長。喬治李先生，聽說你目睹庫德人凶手在你基輔的餐廳外行凶？」

喬治一面點頭稱是，一面暗忖：「怎麼奧德薩的警長親自出馬，跑來雅爾達辦這個案子？」

安德烈解釋道：「歹徒冒充警察帶走了葉博士後，人車都到了奧德薩，又在當地一艘漁船上行凶殺死兩人，我們懷疑歹徒往雅爾達這邊來了，厄爾局長是來辦凶殺案的。」

喬治這才轉向梁菊，用中文道：「梁菊，我很抱歉，葉運隆逃到我餐廳裡，原本以為安全了，不料又被綁匪帶走，我們沒有保護好……」

「喬治，不怪你的……」梁菊立刻察覺其他人都不懂中文，便改用英語繼續道：「艾瑞克留下了一條線索，他用茄汁在一張紙巾上寫下一個中文『李』字，我直覺判斷他是要告訴安德烈，歹徒們要到雅爾達這裡來。」

喬治道：「啊，他真聰明！那天我和安德烈談到要來雅爾達看看我另一間『寶島餐廳』，他竟留上了心。梁菊，妳放心，歹徒要的是葉博士的秘密發明，他們絕不會傷害他的性命，我們總有辦法把他救出來的……」說到這裡，他轉向安德烈道：「喂，安德烈，你們可准許我這個餐廳老闆加入救援行動？」

麥可搶著道：「梁菊來此之前簽了一份文件，一切後果責任自負的文件……」

喬治道：「不錯，要簽什麼文件快拿給我簽，我願意加入救援，如有生命財產損失，全都是我自願的，絕無怨言。」

梁菊聽了覺得滿心感動，麥可卻自作聰明地打諢道：「喬治，你以為你說得英雄豪邁，可惜梁菊早就替你保證過了，竟然和你說的一字不差呢。」

梁菊不禁大窘。

還好安德烈腦海中立刻浮現他在基輔喬治的住處看到的那張照片——喬治、梁菊和另一個夥伴，三人身著迷彩軍服、手執狙擊步槍的老照片，他很能體會喬治和梁菊之間的「革命情感」，所以不致有其他的聯想；其他幾個奧德薩來的警官則是聽得有些「霧煞煞」。

梁菊發現大家並沒有注意到自己的窘狀，自慚有點作賊心虛，就迅速恢復常態，很大方地對喬治道了一聲謝。

這時港外巡邏艇傳來了訊息：他們在港外西側發現了一艘可疑的小艇，正在要求停船接受檢查。

厄爾大感振奮，立即通知直升機前往支援。大家聽了也都感到一陣興奮，尤其是梁菊，但接著是滿心的緊張；追蹤萬里，答案即將揭曉。

又過了一會，值日港警博瑞斯進來報告，巡邏艇傳來最新的情況：那小船是一艘動力及速度都很優良的俄製快艇，被發現時已經熄火在海上漂泊，目前海象十分平靜，小艇靜得有如棄船，巡邏艇靠近登艇查看，駭然發現艇上有三具屍體，全是遭槍擊而斃命。登艇的同仁回報，三人中只有倒在駕駛座上的男子有身分及職業證件，其他兩人身上沒有任何文件。此外，三人的面貌都像是中東人。巡邏艇已準備將那艘小艇拖回警方專用的碼頭。

梁菊等人聽說死者裡沒有東方人，都鬆了一口氣，但是緊接著麻煩的問題來了：艾瑞克如果原來在這艘小艇上，現在爲何不見蹤影？或者，他原來就不在這艘船上，這只是一樁不相干的海上凶殺案，那麼要追尋艾瑞克又更加渺茫了。

厄爾局長的眉頭鎖得好緊，他和兩個部下是來查漁船凶殺案的，凶手沒有抓到，倒是又有三人被殺了，這是怎麼一回事？他暗中咒罵：「馬上要離職了，奧德薩出個漁船凶殺案，這邊還沒上任，又是件快艇凶殺案，他媽的我怎麼那麼霉？」

∞

「藍第，藍第，聽到我嗎？」

「傑克，響亮而清楚。」

「巡邏艇拖了一條小船靠在警用碼頭……船上有人下來，咦，是條子抬了人下來……一個、兩個……一共三個，全都放在地上，沒有人去急救，看上去是三具屍體……」

「什麼？三具屍體？傑克，我沒聽錯？」

「沒有聽錯，是三具屍體，Over。」

「請確認，葉博士在其中否？請確認。」

「好像……好像沒有……但我無法確認。等一下！直升機降了下來，探照燈打開了，啊，這回看清楚了，確認躺在地上的三具屍體裡沒有華人。」

「條子們有何動靜？」

「三名條子蹲在地上搜查屍身……」

「傑克，我們是否趁機撤走？」

「老闆的情報說葉博士在船上，看來情況發生了大變化，我們快閃。」

∞

厄爾局長和他帶來的員警在三具屍體上仔細搜查，開船的司機頭上中了一槍，左胸中了一槍，身上的職業證件顯示名字爲尼爾．莫哲夫，職業是二級船舶技師。一個長髮的年輕人和一個翹髭的大漢也都是頭上中彈而亡，身上無證件，但都持有一把托卡列夫手槍。長髮年輕人的八發槍匣還剩三發子彈，翹鬍子大漢的槍則彈匣已空，看來他射了九槍，7.62×25毫米的子彈貫穿力強，在五十公尺內殺傷力極大，合理推測這兩人一共發射了十五槍，卻不敵對方四發子彈就要了他們三條人命。

對手是恐怖殺手！

厄爾局長看了這情形十分震驚，一時說不出話來。喬治仔細察看了死者傷口，竟是被同一型子彈所殺，那開船的頭上中槍從後腦穿出，子彈一定仍留在駕艙座附近。

船艙蒐證的麥可在船上找到了十多顆手槍彈殼，還揀到一顆子彈頭，拍照存檔後，拿出那顆子彈頭來秀給大家看。

梁菊和喬治對望一眼，梁菊低聲道：「北約 0.50BMG？」

喬治點頭道：「也可能是 12.7×108 毫米俄國彈頭。總之是長射程狙擊槍慣用的彈藥。」

梁菊改用英語道：「船在海上從何處遠程狙擊？除非有另一艘船！」

普特金副局長點頭道：「妳是說另一艘船上的狙擊手射殺了這三人，劫走了葉博士？」

安德烈道：「合理的推測。」

厄爾局長腦中閃過一個念頭，他緊皺眉頭一言不發，整張肉臉看起來有點像一隻含怒的老虎狗。

梁菊替他說了出來：「局長，如果猜得對，死者中可能有那個在奧德薩碼頭漁船上殺人的凶手……您追查的凶案，恐怕就追進死胡同了。」

厄爾暗忖道：「這娘兒的腦子動得眞快，還眞把我手下比下去了。」

他斜眼瞪了梁菊一眼，沒好氣地回一句：「他媽的，你們要追的葉博士也追進死胡同……」

忽然想到葉博士乃是梁菊的丈夫，這句話回得實在太沒風度，便硬轉個彎：「……不過，我剛才已命直升機立刻起飛，在發現小艇的四周仔細偵察，看看能不能找到那另外的一艘船。」

梁菊並不以爲忤，抬眼看去，那架 EC135 果然再次起飛，朝港口外飛去，便低聲道：「謝謝，希望有好運氣。」其實她心裡有數，此刻找到那另一艘船的機會幾乎是零。

∞

葉運隆被抓上了另一艘快艇，混亂之中定眼一看，不禁苦笑，這快艇上三個綁匪都是「熟人」：抓住他雙臂的是「紅頭」，手上持狙擊長槍的是「鷹眼」，還有在駕駛座上的是瘦子阿布。

阿布衝著葉運隆咧嘴笑道：「哈囉，葉博士！很高興又見到你。」

葉運隆哭笑不得，他沒理會阿布，反而盯住鷹眼。鷹眼回瞪了一眼道：「你看什麼看？不認得我了麼？」

葉運隆再也忍不住了，厲聲喝道：「你憑什麼亂殺人？你一口氣殺三個人，我還以為……」

「哈，你還以為我們是來救你的？警方的突擊隊？想得美啊，笑死我了。」

葉運隆鼓起勇氣道：「我還以為船上那三人是你們同夥的，你竟把三個人都冷血謀殺了。」

「笑話，你沒聽到是他們先開槍，起碼打了十幾槍，你看看我們船上挨了多少子彈？可惜都沒打中，老子一共開四槍就遊戲結束了。」

葉運隆恨恨地道：「加上那個大衛．麥坎錫，你已經殺了四個人了。今天你殺的三個人不都是你們庫德人嗎？你們不是要建國嗎？」

紅頭插嘴進來道：「庫德人又怎樣？這些伊拉克什葉派的叛徒……」

鷹眼瞪了紅頭一眼，紅頭的話就縮了回去。鷹眼用槍管指著葉運隆，發狠道：「你再敢逃，我還要多殺幾個人！」

葉運隆飛快地思考：「這個鷹眼顯然是領袖，他不說『我就殺掉你』而說『我還要多殺幾個人』，可見他們雖然綁架我卻是不會要我性命的了，我且不慌，再想辦法。」

那抓住他雙臂的紅頭將他用力按坐在一張椅子上，臉上表情既凶狠又嫌惡，十分不屑地道：「嘿，你不是很會跑嗎？這裡四面是海，你跑呀，我還想看你怎麼跑。」

鷹眼冷冷地道：「別跑了，去見見老闆，說不定老闆對你好得很，你會很意外的。」

那瘦子阿布有點白目，他一面駕船一面搭腔：「紅頭，你要小心防著，這個契丹人說不定游泳也有一手哩。」

紅頭一怔，用庫德語道：「搞不好阿布說得有理，中國人大都怪怪的，我還是要小心一點……」他想了一下，接著道：「不過這個姓葉的說是來自台灣。」

阿布在駕駛座上接腔：「我聽說從台灣來的更怪。」

紅頭默許這意見就沒有說話，過了片刻忽問道：「阿布，台灣到底在那裡？你知道嗎？」

葉運隆只聽懂「台灣」這個字，知道他們在談論的與自己有關，但不知他們到底談什麼。

感覺中船速愈來愈快，深夜的黑海靜得如死海。

「阿布，你的槍傷好了？」他試著搭訕，而且他的確對阿布的傷勢一直關心。

阿布道：「好多了，謝謝……」鷹眼瞪了他一眼，他就不說話了。

也不知過了多久，船行慢了下來，終於停下。靠岸的地方只是個天然的小碼頭，一長條岩石伸出，在海水中呈弧形，正好可供小船停靠。那靠岸的一邊水深達數公尺，停靠他們這條快艇綽綽有餘。

鷹眼和紅頭押著葉運隆上了岩岸，阿布打個招呼，調轉小艇加速離去，動作十分熟練，似乎不是第一次利用這個地方停靠上下。

三人在黑暗中走了約一公里半，一塊巨大的土石堆後面緩緩駛出一輛黑色豪華轎車，司機一聲不響地將車停在三人身邊，鷹眼上車坐在前座，紅頭押著葉運隆坐在後座。鷹眼和司機打了招呼，這輛車就載著三人向前方黑暗中疾駛而去。

葉運隆只覺顛得厲害，前頭出現了一些燈光，他正要仔細看看窗外，紅頭「嘿」了一聲，一隻黑布頭罩已經落在葉運隆的頭上。

「不要東張西望，遮上了眼好好養神。」鷹眼坐在前面居然體貼地丟了這麼一句過來。

∞

黑色轎車終於到達目的地，天已全亮。葉運隆被推下車，扶持著走了一段向上的階梯，進入室內。碰的一聲，一扇厚重的金屬門關上後，他頭上的黑布罩終於被拿下，雙目驟遇燈光，好一會才調整視覺看清楚了四周。

他處身在一間布置優雅的書房裡，兩面牆壁都是書櫃，架上放滿了書籍，很多是使用過的舊書，不像是有錢人家的文化裝飾品，看來這書房的主人是個讀書人。

書桌背後的牆上掛著一幅油畫，畫中一個包頭巾、留大鬍子的老人正指揮一群武裝民兵在山地進行戰鬥，那個領袖的眼神畫得很出色，堅毅的內在精神呼之欲出。從畫中民兵們手執的槍械來推測，這幅畫的歷史背景至少在上個世紀四零年代之前。

「亞拉拉特山（Mount Ararat）事件，賽德酋長領導的反抗土耳其暴政起義！」

一個帶著美國口音的聲音發自身後，葉運隆轉過身來，看見一個身穿休閒服的中年人靜靜地站在五步外的地毯上。來人面帶微笑，態度友善而從容，他伸出手來致意：「歡迎，葉博士！我希望這一趟旅程沒有讓你太辛苦。」

葉運隆感受到此人有很濃重的學者氣息，很難把他和綁匪頭子連在一起，便伸手和他握了一下，但沒有回答。

「我的名字是夏哈蘭．格巴第。你也可以叫我格巴第博士。」

從這位格巴第博士的英語中聽不出任何東歐或中東人的口音，葉運隆腦中轉得飛快，決心猜一猜：「格巴第博士，你在美國待很久？念過大學？」

格巴第博士哈哈笑道：「厲害，給你猜對，我在康乃狄克州和紐約州待了八年半，壬色列理工學院的核子工程博士。」

葉運隆點了點頭，自我報名道：「艾瑞克葉。我也曾在美國……」

「田納西大學航太博士，橡樹嶺國家實驗室工作過，加拿大安大略省橡樹城『世紀新系統公司』的首席材料科學家……」格巴第一口氣講到這裡，葉運隆知道自己的底細已經全在對方手上，他忽然感到一陣莫名的寒意，不知為何，他竟然開始為遠在橡樹城的老婆擔心起來。

「葉博士，我們從基輔請來你的大駕，目的就是要請教你幾個專業的問題，希望你不吝賜教。」格巴第說得客氣，遣詞用字十分文雅。

葉運隆心想：「這人多半在美國讀大學，才會有那麼好的英文。」通常非英語系國家的外國學生，如果到研究所才留學美國，講英語不但有口音而且字彙也有限，主要是因為在研究室中用到的英文多屬專業領域，能和教授及研究生同學溝通就好，英語程度也就不再進步。

他聽格巴第這樣說，便回道：「格巴第博士，我不知道有什麼重大的問題需要用綁架的方式將我擄到這裡來『請教』……這裡是那裡？」

格巴第笑容可掬，並不直接回答，卻問道：「我們知道葉博士有一台筆記型電腦在基輔旅館房間裡不見了，我們要談的就是你筆電中的資訊，既然找不到筆電，便只好找到你，親自來請教了。」

葉運隆冷笑了一聲，心想是福不是禍，是禍躲不過，這傢伙看起來人模人樣，也許是個講理的人，便道：「跟你說你也不相信，你就算得到了我的筆電，裡面也沒有任何機密的資料。好，事到如今，你便問吧！」

格巴第卻突然換了話題的方向：「葉博士，我是學核子工程的，你雖然不是核工專家，但是這一次在基輔開的研討會，邀請的大多是核能科學家及工程師，頭一天上午你們花了不少時間討論未來核能的發展方向，下午的討論中『熔鹽式反應爐』尤其是個重點，是不是？」

葉運隆嚇了一跳，這傢伙難道也參加了討論會？他仔細回憶與會的專家學者，確定沒有見過眼前這號人物，但是何以這人對開會的情形知道得一清二楚？

格巴第見他猶豫不語，便笑道：「放心，我沒有被邀請參加討論會，可是我有朋友參加，你們談什麼我就略知一二。艾瑞克，就叫我夏哈蘭吧，大家免去客套稱呼好講話。我個人對MSR——『熔鹽式反應爐』特別有興趣，我認爲這是新一代世界能源的最佳選擇；試想，如果分散式中小型的釷燃料MSR普遍安裝了，世人就有廉價普及、超安全、超乾淨的能源可用，二氧化碳的排放大幅減少，地球暖化的危機得以控制……艾瑞克，你知道這一切不需要我多解釋的……」

艾瑞克點頭。夏哈蘭見艾瑞克同意，便繼續說道：「不錯，用『釷』取代『鈾』做核反應原料，一來地球上釷的儲量比鈾豐富數百倍，二來用MSR在高溫反應，產生的核廢料較之現行的反應爐大幅減量，最麻煩的『鈽』幾乎完全被銷耗用於產生能量，而最終的廢料全是短生命期的分裂產物，儲存短期後就可永久處理。基本上，核反應爐的廢料問題就簡化了。更有利於安全的是，MSR溫度過高時，核反應速率自然變緩，這些好處使MSR不可能發生如車諾比或福島那種核子大災變……」

夏哈蘭望著艾瑞克，接著道：「這些好處你我皆知之甚詳，其實，美國的科學家早就知道了。據我的猜想，上世紀五零至六零年代時，美國決定採用輕水式反應器而摒棄了熔鹽式反應器，乃是因爲兩件事：一是高溫之下長時間抵抗熔鹽腐蝕的材料不存在，二是……」說到這裡，他停了停。

艾瑞克心中有個看法，亟待夏哈蘭的說法印證，他好奇心一起，渾忘了身處險境，熱切地問道：「第二個原因是爲了什麼？請講！」

夏哈蘭看他忽然變得急於知道答案的表情，不禁覺得好笑，便接著道：「……第二是戰略考量，他們選『輕水式反應爐』乃是看中它會產生戰略物質『鈽』，鈽能做原子彈。這是當時的考量。現在的考量又不同了，幾個強權擁有的核子彈頭足夠毀滅這個地球好多次，可也沒有人敢眞正打核戰，然而我們只有一個地球，環境破壞和全球暖化這些才是眞正會毀滅這個地球的潛在凶手，所以幾十年前被拋棄掉的MSR又敗部復活了。」

他的說法和艾瑞克心中所想的不謀而合，艾瑞克聽了不禁興起些許知音之感，心態便不自覺地鬆弛了一些，微笑道：「不錯，我們的說法是『鹹魚翻身』了。」

夏哈蘭頭一回聽到這種說法，想了一下才領會，便笑道：「我們母語的說法是『死了的烏龜又伸出頭來』，比起來還是你們的說法比較厲害；你們的魚不止死了，都已做成鹹魚了還會翻身。」

艾瑞克不禁也笑了起來。夏哈蘭接著道：「做爲一個核子工程師，我最有興趣的是將熔鹽式核電與『水裂解』氫能源這兩種科技結合。如果這兩種技術都成熟商轉了，人類未來用不完的潔淨能源就找到答案了……」

技術層次的事艾瑞克聽得懂，但他很想聽夏哈蘭多說一些，以便瞭解他之所以綁架自己，背後是否還有什麼其他的動機？便裝出有點不解的表情。

果然，夏哈蘭解釋道：「化學家已經從理論和實驗裡證實了好幾種在高溫進行的化學熱力學，演示有可能循環地裂解水——將水裂解成氫氣和氧氣，再用所產生的氫氣當作燃料，燃燒後產生大量最淨潔的能量，而燃燒的產物就是回到水。生生不息的循環，人類就有取之不盡、用之不竭的淨潔能源……」

艾瑞克故作恍然大悟的樣子，道：「原來如此，由於這些水裂解的化學反應必須在高溫進行，而熔鹽式反應爐正好提供了長期不斷的高溫熱源……」

艾瑞克雖然聰明，但是演技實在不佳，他裝無知的表情演過了頭，夏哈蘭打斷道：「別裝傻了，我不相信你沒有聽過這些。」

艾瑞克有點不好意思，勉強遮掩著道：「說實話，我對化學眞的不太懂，你說的道理我當然聽過，但是你說已經有證明可行的實例，我就不知了。」

夏哈蘭道：「是啊？好，我就講其中一個實例給你聽。有人在實驗室中已經完成一連串的反應，在攝氏八、九百度的高溫將硫酸分解，再加入碘，只要陸續加入水，就能產生氧氣和氫氣，而硫酸和碘則可循環利用，不會被銷耗掉，這個循環反應就是有名的『碘硫酸循環』，Iodine-Sulfuric Acid Cycle，簡稱ＩＳ循環。據我所知，已經有人在嘗試大量製造了。」

艾瑞克忽然笑了一聲，夏哈蘭有點不高興，板起臉孔問道：「我說的不對嗎？什麼好笑？」

艾瑞克一本正經地道：「我覺得簡稱『ＳＩ循環』比較好，『ＩＳ循環』讓人聯想到恐怖組織。」

夏哈蘭哈哈大笑道：「對，艾瑞克你說得對，是該叫做『硫酸碘循環』的。」

艾瑞克故意提到ＩＳ恐怖組織的名稱，就是要試探一下夏哈蘭對「恐怖組織」的反應是什麼。「看來這夏哈蘭至少自認不是恐怖組織……」艾瑞克暗忖，便點了點頭沒有說話。

夏哈蘭繼續說道：「因此，在熔鹽的高溫之下，用釷做燃料，核子反應可做到滋生增殖、安全而潔淨，水裂解反應產生氫氣能做到生生不息，再加上一些太陽能、風能，這個地球上從此不再需要燒煤、燒石油，不但能源不缺，環保永續，強權也不必爲了搶石油而四處去別人的國土製造戰爭災禍，世界豈不更美好？」

這番話從一個「綁匪」頭子口中說出，艾瑞克聽得不僅吃驚，甚至有些感動了，他忍住不說話，想聽夏哈蘭繼續講下去。

「但是，這美好的世界缺少了一件東西：我們需要建造大大小小的ＭＳＲ，它們的建造材料要能在高溫狀態下經得起各種極端腐蝕性化合物的浸蝕，也要能擋得住中子及其他放射線的轟擊，而且至少要能維持安全無虞長達十年、甚至二十年以上。這種材料在那裡？艾瑞克，你是頂尖的材料科學家，你告訴我這個問題的答案！」

夏哈蘭睜圓了雙目瞪住艾瑞克，艾瑞克感受到夏哈蘭目光的銳利，不禁有些心慌，他深吸一口氣，緩慢地回答：「據我所知，這樣的材料，世界上還沒有製造出來。」

夏哈蘭搖頭，忽然之間，他暴怒喝道：「艾瑞克，不准騙我！這個材料已經在你『世紀新系統公司』的實驗室裡了，你敢再騙我一次，我會教你生不如死！」

夏哈蘭突然之間從一個學者變成暴徒，艾瑞克嚇了一大跳，他看到夏哈蘭眼中閃出乖戾的神色，不禁感到寒意，想到在基輔綁架自己的紅頭等人，暗忖道：「原來就是一批暴徒，我倒被這個格巴第博士給唬了。」

他覺得自己多說多錯，便默然以對。夏哈蘭喝聲更是嚴厲：「你說，回答我的問題！艾瑞克！」

艾瑞克只好答道：「我實驗室中是有一些初步成果，但是重複性不高，數據也很不一致，實在不能說已經做出了這種材料……」

夏哈蘭道：「不管你說什麼，我要你交出全部的製造程序和測試數據。說，你把你的筆記型電腦藏到那裡去了？」

艾瑞克觀察到夏哈蘭的理智在暴怒暴吼後似乎恢復了一些，便儘量用很誠懇的口氣道：「我眞不知道，而且筆電裡沒有科學機密。那天早上我一身運動服，什麼都沒有帶就出旅館去跑步，此後就沒有回過房間，我怎麼知道是誰將我的筆電偷去了？夏哈蘭，我若是你，我就問你的部下，只有他們進旅館去搜查過我的房間。」

「你的手機呢？」

「手機和筆電都放在手提箱裡。」

「在基輔開車衝撞我手下的人是誰？」

「他已被你的手下射殺了，我怎知道他是誰？」

夏哈蘭凝視著艾瑞克沒有說話，過了一會，冷笑道：「你在世紀新系統實驗室的電腦中一定有我要的東西，我總有辦法拿到手。你最好合作一點，免得我把你交給手下的弟兄們來請教，你就麻煩大了。」

艾瑞克見他已經恢復平靜，就很誠懇地道：「格巴第博士，我很誠實地告訴你，我的研究工作雖有一些成果，但是離實用還差得遠，至於商業化那差得更遠，你得到這些不成熟的實驗數據，是沒有什麼用的……」

夏哈蘭搖手打斷他的話，抓起桌上的遙控器，鍵入一串密碼，很嚴肅地道：「你看！」牆上五十吋的電視螢光幕上立刻出現一片荒野的景致，影片是從空中拍錄的，只見荒野深處的山丘旁有一座水泥平台，看上去像是直升機的停機坪，然後鏡頭拉近，螢幕上顯出一陣雜訊，看不到任何東西，接著影像就切換成了室內。艾瑞克看了一眼，震驚得幾乎叫出聲來。

他看到的是一個龐大的地下廠房，正中央有一座正在建造中的反應爐，十幾個技術人員在反應爐的周圍進行組裝設備及量測工作。艾瑞克看得目瞪口呆，他強烈的好奇心又起，渾忘了恐懼，居然興味盎然地問道：「MSR核反應器？好厲害！是那個……那個國家在建造的？」

夏哈蘭得意地冷笑道：「是一個未來的國家建造的MSR。」

艾瑞克一怔，隨即想起瘦子阿布曾經說過庫德族要建國的事，忍不住冒出一句：「你是說庫德斯坦國？」

夏哈蘭滿意地點頭道：「不錯，這個世界最先進的MSR核能發電機組正是屬於庫德斯坦共和國，一百五十兆瓦的發電量，模組式的設計，可以拆裝在任何地方，可用釷或傳統核電廠的廢料當燃料，一年產生的放射廢料只有現存輕水式反應器的五千分之一。就我這個設備來說，運轉一年產生的高輻射廢料只有四公斤，而同樣發電量的傳統機組，每年至少要產生二十噸的廢料。艾瑞克，你說棒不棒？」

「太棒了……」艾瑞克發現影片中的技術人員好像並不全是庫德人，至少看到有兩個金髮男子是西方人。他忍不住心中的好奇，不揣冒犯地問道：「看起來技術人員不全是你們庫德人呢？」

夏哈蘭倒不以為意，反而點頭道：「沒錯，國際上有很多人同情我們建國的夢想，也有不少科技專業人士認同我們建造革命性新能源的理想；不過領導設計這個計畫的就是我本人！」

艾瑞克道：「恭喜你，你們的反應爐工程都已經在進行中了，還要綁架我作甚？」

夏哈蘭哼了一聲道：「我們的反應爐和第二熔鹽冷卻系統，用的是目前世上最佳的耐高溫抗腐蝕的材料，但是從實驗數據加上計算顯示，如果溫度維持在八百度以上，最多支撐三年就要停爐換新，這在經濟上及操作上都不夠實際，我們需要你的材料……」他手上遙控器一切換，螢幕上竟然出現不久前「世紀新系統公司」在多倫多舉辦記者說明會的現場。

「……本公司在耐高溫、抗腐蝕的新材料開發方面也有突破性的發展，我們的新材料推出時，將改變世界能源供需的現狀。這部分就由本公司材料科技部的首席科學家艾瑞克葉博士來說明……」公司的副總兼發言人約翰生博士走下講台，螢幕上出現了艾瑞克的臉。

艾瑞克的說明反而顯得比較簡略而保守，他表示「世紀新系統公司」研發的新材料在耐高溫、抗腐蝕及持久性各方面都超過現有所有的材料，材料本身的成分及製程屬商業機密不便公開，但他特別提到他的實驗室發明出的新方法，能把這種新材料製成與傳統基材相容性高的表膜，可以在高溫及強蝕的環境中長時間地保護基材……

畫面中有記者聽得一頭霧水，就提問：「葉博士，能否請你用英文說明白？」引起其他記者的哄笑。艾瑞克知道這是一句俏皮話，只是抱怨聽不懂他講的科技內容，並不是眞的聽不懂他的英文。

類似的場面艾瑞克以前也經歷過，對媒體說明科技性的東西常常遇到這種情況，他有備無患、故作幽默地微笑道：「約翰生博士是發言人，我確信他的英文比我好，就請他來補充說明。」約翰生是老油條，接過麥克風就宣布：「今天的記者會到此結束，如果一些科技性質的內容及用詞對你們某些朋友比較陌生，我們備有書面的說明供各位參考，謝謝各位光臨。」

螢光幕上畫面被切斷，夏哈蘭按鍵關了電視。

艾瑞克看了心中很覺震撼，他回想記者會那天在加拿大的電視新聞中，各電台都是幾秒鐘的畫面配上記者的口頭說明，而剛才看到的錄影片段都是未經剪接的現場實況，顯然是來自從頭到尾錄下的全程影帶，是誰提供的？難道是加拿大的電視公司？

「你怎麼說，艾瑞克？你們的發言人說得好，你的發明將要改變世界能源供需的現況，如果不是指你的材料應用在MSR技術上，那麼指的是什麼？你說？」

艾瑞克腦海中忽然閃過一張臉孔，暗忖道：「原來如此，橡樹城的鄰居沙欣醫師確是庫德人，那天沙欣太太在記者會出現，一定是她在現場錄了記者會的全部過程……」想到這裡，他一顆心猛然往下沉，沙欣夫婦若是夏哈蘭的人，那……梁菊豈不危險了？

他抬起頭來，對夏哈蘭道：「我知道你這記者會的錄影帶是誰提供的。」

夏哈蘭有些意外，艾瑞克就是要他也意外一下，這個庫德人從頭到尾佔盡上風，自己的一切他瞭若指掌，而自己對這人卻是一無所知；他故作神秘地看了對方一眼，卻不馬上回答。

夏哈蘭有些不耐，喝道：「你知道個鬼。你說，誰提供錄影帶給我？」

「沙欣醫師！我在橡樹城家的鄰居蘇墨．沙欣醫師，原來他是庫德人！我一直以爲他是土耳其人……」

夏哈蘭對艾瑞克的推理反應之快甚爲驚訝，艾瑞克又補了一段編造的話：「我太太早就跟我爭辯過，她說沙欣夫婦是庫德人，我還不相信。我說沙欣告訴我他們來自土耳其，我太太說，土耳其境內有四百萬庫德人……」

其實梁菊那知道這些，他故意把數字說錯，果然夏哈蘭立刻糾正：「一千四百萬人！土耳其有一千四百萬，加上伊拉克、伊朗、敘利亞等地的庫德人，共有三千萬人。」

艾瑞克和他鬼扯的目的只有一個，他要夏哈蘭知道，葉太太是知曉底細的明白人，你們對我太太不要輕舉妄動。其實，他也知道這只是自我安慰，就算梁菊眞曉得沙欣醫生是庫德人，也不會無緣無故特別防範她的鄰居。

只是艾瑞克作夢也料不到，梁菊已經親自到了雅爾達，一個由烏克蘭警方、加拿大警方，加上退休的台灣刑警所組成的臨時部隊已經成軍，正展開全面的救援行動。

∞

EC135直升機飛到油料將盡，才回到雅爾達港警局。駕駛員報告：「一無所獲。」他在半徑十公里的海面低空盤旋了三圈，沒有發現「另一艘船艇」；不過飛行員也承認，機上夜間照明及雷達設備有限，如果船隻小，或是隱藏在海岸線間行駛，也有躲過搜索的可能。

厄爾局長喃喃咒罵：「媽的，悠悠地去了。」

他要向港警局賒燃油，普特金副局長慨然答應。值班的港警道：「順便請問，你們這架直升機是用航空煤油吧？那要等明天才能送來。如果是航空汽油的話，我們這裡有存料。」

駕駛員道：「EC135用航空煤油。」

喬治拍手道：「眼下反正走不成了，不如全體到我餐廳去休息。忙了大半夜，天都要亮了，喝一杯，明天繼續幹活。」

除了梁菊外，大夥聽了都覺得精神一振，只是礙於任務未達成而不好意思歡呼，不過仍有幾人面露喜色，麥可和安德烈也對望了一眼，疲憊的眼神中都有笑意。

喬治這時走到梁菊面前，低聲道：「梁菊，妳放心，我們總能救出他的。」

梁菊點頭，眼中泛著淚光。喬治看她揹著的槍袋，含笑問道：「妳帶了傢伙來？他們准妳帶武器？」

梁菊搖頭，低聲道：「不，這是休斯警司的槍，他借給我用的。還沒有機會試槍哩。」

「妳一直有練習射擊？」

「一天都沒停過。」

「梁菊，射殺這三人的是同一把槍，槍手是從另一艘船上開的槍……這傢伙槍法相當可怕。」

「不錯，雖然從海上射擊難度增加，不過今夜海象平穩，上下起伏不大，大哥，我猜你也辦得到。」

厄爾局長對著地上的屍首沉思下一步該怎麼辦，同來的一位資深警官忽然「啊」的叫了一聲，快步上前對著三名死者拍了十幾張近距離的照片，然後報告：「局長，這三具屍體，除了駕駛小艇的司機已確認身分外，其他兩人，一個長髮年輕人，一個留鬍的大漢，恐怕就是在奧德薩漁船上殺人的凶手，我們先拍照存檔再說。」

厄爾暗暗苦笑：「真虧你總算想通了。」他點頭對另一位同來的警官道：「幫忙採這三人的指紋，明日你們兩人要協助這邊的刑警做好所有的鑑識採證，漁船凶案發生在我們那邊，今天的命案發生在雅爾達外港，兩案可能有密切的關連，明天我們合組一個專案協調小組……」

普特金副局長點頭稱好，他對著一直在滑手機的值班警員喊道：「博瑞斯，你聽到嗎？」

博瑞斯一面把手機關掉，一面大聲答：「是，副局長！明天就辦。」

於是八個人擠兩部車，沿著臨港路駛進停車場，雅爾達「寶島餐廳」的LED燈在夜空裡顯得十分眩目。

∞

氣溫雖低，上午的陽光還是帶來一絲難得的溫暖，落地窗外一片銀色世界，陽光被反射得十分刺眼。落地窗的玻璃是最先進的防紫外線變色玻璃，這時已經變成深褐色，但室內的兩人還是戴著墨鏡。

一個身穿鵝絨休閒服的短髮中東人士，口中啣著一枝古巴雪茄，在軟厚的波斯地毯上踱著，昨晚他接到港警局員警博瑞斯的簡訊，報告了他三個手下遭槍殺、人質被劫的壞消息，居然能維持冷靜，還細問了那邊的情況，然後不動聲色地關上了手機。此時他對面沙發上坐著的東方人，身著一件韓版高檔皮草夾克，手上握著一杯熱咖啡。

「老金啊，這次辛苦你親自到土耳其辦成了這樁交易，本來應該銀貨兩訖了，卻不料我那艘快艇竟在海上生變，被強盜上了船殺人搶貨，我損失了三個人，花大把鈔票買來的那一箱『金屬』也被人劫走。按照合同，貨沒有運到，老金你還是得負責。」

「哈老闆，這次我去土耳其可是費了極大的力氣誘勸對方，又花大錢打點，才讓土方偷了一箱金屬粉末給我，對方也是冒著犯法的風險做這筆生意。你老兄跑到雅爾達來悠哉，我卻住到摩爾多瓦邊境上一個發臭的小汽車旅館裡恭候你手下的大駕，交代他們上船的時間、定點、密碼口令，還有傳達新命令——你老兄臨時改變計畫要他們到維爾科沃乘船走水路。土耳其方面的漁船提前就到位了，誰曉得你的手下竟然開槍打死土方的人，他媽的，明明是提個貨而已，竟被你們搞成凶殺案，你教我怎麼負責？和你們這些恐怖分子做生意，眞倒了一輩子霉……」

哈老闆涵養佳，絲毫不動氣，只嘆口氣道：「昨天夜裡，我埋伏在港警局裡的人傳簡訊來說，快艇海上遇難，人死貨不見了。老金，會不會是賣金屬給我們的土耳其人幹的？他們的消息和動作有那麼快嗎？」

他心中閃過一片陰影，其實他知道不會是土耳其人，他們沒有那麼快，但是如果是……如果是夏哈蘭的手下，那就麻煩了。他暗思：「就是要瞞著夏哈蘭的手下，我才臨時下令改從維爾科沃走水路，想不到仍然在海上被劫，難道眞是鷹眼他們幹的？他們怎可能……」

這時老金搖頭道：「你的手下在漁船上殺人，他們卻在雅爾達外港遭人凶殺劫貨，現世報眞快。唉，我也不知道是誰幹的，只知道以後土耳其那邊如果要報復，我金正丸首當其衝，哈老闆，你以為突厥人是好惹的？」

哈老闆修養雖好，這時也忍不住提高聲音，口氣也變壞：「我花了大錢，又損失手下性命，現在連是誰幹的、下一步該怎麼走都一概不知。說過一切沒有問題，撥款後貨就到手，現在這個樣子，你總不能置身事外吧？」

金正丸也火上來了，他把咖啡杯在桌上重重一擱，指著哈老闆道：「哈塞，你不過損失了些錢，至於死了的手下就要怪你自己，那能把這麼敏感的買賣交給你那個口臭又暴躁的嬉皮來執行？我的事業和聲譽都給這一票生意給毀了，未來還要躲避土耳其人的追殺，媽的我才火大！」

哈塞沒有回罵，因爲他心裡有數；在奧德薩碼頭漁船上意外發生凶案之後，他立刻接到詳情報告：他的手下憑密碼口令登上了船，在開箱驗貨後對方突然要求加價，很明顯是送貨人起了貪念想要加一碼，就這樣起了衝突，只是沒有料到他那手下的脾氣竟然火爆到開槍殺人。

沉默了一陣子，哈塞的雪茄已經有一吋長的菸灰，他彈掉菸灰就熄了，重新點燃後猛吸一口，把煙噴向天花板，口中咒罵：「上個月才買的古巴COHIBA雪茄，難道又買了假貨？真霉啊。」心中那片陰影更加擴大，他愈想愈覺得海上動手殺人劫貨的就是夏哈蘭的手下——那個和自己做軍火買賣的神槍手！

他暗自長嘆：「我被出賣了。」他可忘了是自己先出賣盟友，想要私吞「人」和「貨」。

金正丸瞪大眼睛道：「你不要亂槍射鬼影，我的土耳其金屬可是貨眞價實的。」

哈塞敷衍地道：「等我手下最新的報告來了再商量吧，你就在這裡陪我吃中飯。」他心中怨嘆，好不容易抓住了那個核能專家葉博士，又得到一箱鈦金屬，和伊朗大亨阿里談了好價錢，這下全泡湯了，正是有氣沒處出，這個高麗鬼子還怨東怨西，眞煩死人了。

8

基輔加拿大大使館對面有一座二十四層的商業大樓，樓頂上有直升機停機坪，還有衛星通訊的天線。一樓是烏克蘭銀行的商業部，頂層樓有一家美國商行「泛美科技企業公司」，雖然不大，但裝潢得十分講究，無論是傢俱或裝飾都選用相當名貴的質材，使人一進門就感覺出美國公司重視門面的那種氣派。

經理室裡，瑪莉．盧文斯基坐在一張光澤如鏡的楠木辦公桌前，她左邊的窗外可以看到對街的高樓，正前方的長窗外可以看到聶伯河和河東岸空曠的郊區，春夏時這扇窗戶送進來油油的綠野，但此刻只有灰色的天和整片的白雪。

瑪莉是一個四十歲左右的銀髮女子，身材高挑，打扮入時，雖然青春不再，看上去仍然充滿活力；活力和自信讓她看起來比眞實年齡年輕許多，談笑之間自有風韻魅力，尤其一頭發亮的銀髮十分醒目，使人一見難忘。

「泛美科技企業公司」代理多項美國大公司的科技產品及服務，多爲大件的基礎設備，包括資訊、通訊、發電、石化等領域。這間公司門面不大，在當地商圈中行事也很低調，但是曉得內情的業界朋友都知道它背後有龐大的政商實力。

資通訊、發電等大設備外銷到東歐或前蘇聯成員國來，在美國國內及市場所在地都有相當多的安全或政治考量，要想突破重重限制讓生意順利完成，實在不是件容易的事，不過一旦做成，這其中的佣金及利潤也是高得驚人。

「泛美科技企業公司」這十幾年來，表面上不大爲當地媒體注意，但暗地裡國家安全部門卻早就悄悄盯上了，只是該公司生意往來一切謹守當地法律，財務十分健全，也從來沒有和業界或顧客發生任何重大糾紛。烏克蘭的安全單位只能猜測它背後必然有極大的來頭，但是查不出究竟是美國那一方面的力量。烏方也不傻，通常這種情形，猜它背後是情報單位，大概錯的機會不大。

瑪莉擔任總經理之職已是第五年，她能說流利的烏克蘭語及俄語，德語也能通，談吐大有外交官的水準，做起生意十分專業而手法細膩。最近美國搶得白俄羅斯一個新建天然氣發電廠的統包合約，頗讓歐洲業界眼紅，背後大功臣之一，便是「泛美科技企業」這家不起眼的小公司。

上午九點鐘，約好通話的時間剛到，瑪莉的手機鈴聲就響起，她看了一眼手機面板上的顯示，按鍵通話。

「藍第，收到你昨天深夜的簡訊，怎麼回事？」

電話中傳來不太穩定的背景雜音：「老闆，我們現在在公路上，傑克在開車。昨夜情況完全失控，大大超出我們的預想。目標還沒有到岸，雅爾達警方已派人在港口守候，並派直升機在空中偵巡，看來警方也得到情報。可結果是，目標在海上發生變故，小船拖上岸來只有三具屍體，其中一個是駕駛快艇的船員，其他兩個可能是在基輔劫走葉博士的人，而葉博士就不見了……」

「你們如何判定，藍第？」

「探照燈強光之下，傑克從望遠鏡看到屍體中有一個長頭髮的年輕人，我們好像在基輔城郊待命時見過的，但……報告老闆，距離太遠，傑克雖有七八分把握，但不敢確定。能夠確認的是，葉博士不在其中。」

「海上究竟發生了什麼事？」

「老闆，海上發生什麼事變我們不知，但是有兩件事值得報告給妳……」

「請說。」

「第一，警方在檢視過屍體後，那架直升機再次起飛出港，如果他們是去海上追凶，就表示可能有另一艘船在海上殺人後離開了現場，那麼葉博士就是被這一條船劫走了。」

「嗯，第二呢？」

「第二是，在雅爾達港口出現的警方人員中有兩個東方人……如果容許我用韓國人的直覺猜測的話，應該是兩個中國人，一男一女……」

「你是說，這兩個人也是警察？」

「他們沒有穿制服，可是那舉止模樣在我看起來就是警察。老闆請相信我，條子就是有種條子的特別味道，我這輩子專門跟他們打交道，老遠就嗅得出他們的味道，這一男一女就是條子。」

瑪莉忍不住笑了一下，道：「還有沒有其他要報告的？」

「沒了，就這樣。」

瑪莉想了片刻，下令道：「你們暫時在雅爾達待命，最遲明天上午我會有電話給你們。」

瑪莉關上手機，臉色漸漸凝重起來，她喃喃自語：「中國人插手了，這事麻煩大了。」她想了一會，打開桌上的衛星接收器，輸入三次進階密碼後，螢幕上出現「無訊息」的字樣。她關上接收器，秘書小姐正在敲門。

一個年輕漂亮的女子笑容可掬地走進來，她手上捧了兩座獎牌，小心翼翼地放在瑪莉的辦公桌上，嬌聲道：「剛才收到飛遞公司快遞送來的。我們經常收到客戶的感謝狀，但這兩面很特別，我想拿來給您親自看一眼……」這位秘書小姐的打扮舉止，讓人聯想到芭比女孩，只是年紀大了一些。

瑪莉道：「謝謝妳，瑞塔。」看那兩座金光閃閃的感謝牌，一座鐫刻著「攻無不克」幾個大字，下面一行小字「由衷感謝泛美科技企業公司無可取代的貢獻」，最下面是贈送者「西屋電氣公司」。

另一面感謝牌上鐫著「從康乃狄克來的達陣」，小字是「沒有泛美科技企業，我們的球將遭到攔截」，感謝者是總部位於康乃狄克州的「奇異公司」。

瑞塔見瑪莉專注讀著那兩面感謝牌上的文字，便補充一句：「兩面感謝牌是同一個設計，十八K，好重。」

瑪莉暗笑：「這回兩個電機大咖合作無間，聯手得標，他們高層心知肚明，真正要感謝的是我巧妙地讓西門子出了局。」

瑞塔也在暗笑，面上卻一本正經地問：「中餐還是和潘恩先生共進？我仍訂在我們二樓餐廳的小包廂？」

瑪莉頭也不抬地答道：「好，就這樣。」秘書瑞塔退出，瑪莉掏出手機撥號，接通後道：「比爾，是我，中午我們……」

∞

厄爾局長和雅爾達港警局的普特金副局長建立了快速聯絡、互相支援的平台後，就飛回奧德薩了。漁船凶案的凶手在快艇上被人殺了，兩件凶殺案好像是連環套，現在又發現這些都可能是葉博士綁架案的案中案。他坐在直升機上搖頭嘆氣，這輩子從刑警幹到局長，從來沒有碰到過如此複雜的案子，他對身邊隨行的警官道：「你看這案子下一步怎麼辦？」

引擎聲響，那警官大聲回道：「如果奧德薩漁船上的殺人凶手已死，我們就只有等雅爾達那邊抓到海上行凶的殺手才算破案了。」

厄爾大聲道：「是啊？」心中暗忖：「笨蛋，抓到殺手也破不了案，要破了綁架案才能真相大白。」

EC135 在雅爾達港上空盤旋了兩圈，然後拉高到一千五百公尺，越過重巒相連的克里米亞山脈向西飛去。厄爾局長在隆隆引擎聲中暗自發脾氣：「過兩天我又要飛回雅爾達來上任，反正兩邊的凶殺案都是我的事，命真苦啊！」

大約一個多小時後，從雅爾達港背面的山區中，一架淺綠和白色相間的 EC145 豪華八人座直升機出現在白雪覆蓋的山林之上，盤旋半圈後就急速從港口之北飛出，然後貼著黑海的海岸線，向南飛去。

山區的樹林裡，李嶠之和梁菊穿著厚羽絨外套，一紅一藍在白雪覆蓋的大地上極爲顯眼。兩人揹著槍袋，在雪坡往上爬了兩公里路，厚重的雪靴拖得有些氣喘。

梁菊從密密的樹枝之間看出去，正好看到那架淺綠夾白的直升機飛過。

「豪華的直升機。」

「從外形看，怎知它豪華？」

「大哥，你是槍迷，我是飛機迷。我告訴你，這架直升機肯定是空中巴士 EC145，這一型是歐洲直升機中的賓士，客艙八人座，商務機改成四人座，有電視、電腦、音響、冰箱等設備，裝潢全是眞皮和原木……」

「最重要的是價格如何？」

「美金六百萬起跳。」

「啊，我想我還是開我的賓士車在地上跑算了。」

前面出現一片空曠的坡地，下雪之前想來是一片草地，李嶠之停下身來，指著前面道：「梁菊，妳要試槍，這裡就行。」

梁菊向前望去，幾百公尺外有一棵大樹就長在坡地邊緣，估計也有三十多公尺高，樹幹至少要兩人才能合抱。她打開揹袋，把麥可．休斯借她的長槍拿出來，對著那棵樹瞄了一下，回頭對李嶠之道：「大哥，你看看那棵樹上有沒有什麼東西可以當作目標的？」

李嶠之從他的槍袋中拿出了他的寶貝長槍，裝上一個很漂亮的望遠鏡，對準那棵大樹瞄了一會，轉頭對梁菊道：「那樹幹五分之一高的地方……大概就是離地六公尺的地方吧，有一小片樹皮好像脫落了，正好是個人頭大小的長圓形，妳試著拿它當靶子打幾槍看看。」

梁菊舉槍再瞄，抱怨道：「你那槍上是什麼望遠鏡？怎麼那麼厲害，我這裡怎麼啥也看不見……啊，不錯，我瞧見了，是有那麼一小片樹幹顏色比較淺，你要是不提示，我肯定看不出來。」

梁菊的彈匣裡有十發北約制式子彈，7.62×51毫米。她在一個小雪坡上趴了下來，採取一個舒服的臥射姿勢，李嶠之在她左側並肩臥下。梁菊毫不猶豫地連打十槍。噗噗十響，經過滅音的槍聲在空曠的雪地中並沒有引起太大的迴音。

梁菊十槍用了四十三秒鐘，當她射擊時，李嶠之透過槍上的望遠鏡觀測落彈點，梁菊每射一槍，李嶠之就用只有他倆聽得懂的方式報告落點偏差。

「七點十五分。」

「七點十五分。」

「七點十分。」

「十一點二十分。」

「兩點五分。」

「五點。」

「六點。」

「命中。」

「命中。」

「Bulls eye!」

李嶠之報的「X點」是時鐘上的方向，「X分」是偏離的距離，梁菊的前三槍不加修正，結果三彈都落在七點鐘方向偏出目標十至十五公分，因而測試出這把槍的精密度尚佳，但準確度須修正。

此後的七槍她參考李嶠之在身旁報給她的落彈「坐標」，漸漸修正到靶心。

兩人站起身來，李嶠之道：「我們到前面去看『靶』。」

梁菊笑道：「怕有三百多公尺吧。」

「三百二十五公尺。」

他們提著槍，快步滑下了雪坡，走到大樹前，才發現是一棵超過三十公尺高的西北利亞杉樹，樹幹上六公尺高處有一塊三十公分長的圓形，樹皮顏色較淺，似乎是有人曾用白漆塗刷過留下的痕跡。

梁菊仔細檢視十槍的落彈點，按著李嶠之叫出的「坐標」一個個順序度量過去，方才自己射擊時一路微調的過程在心中一一重現，不禁驚佩李嶠之觀測的精準。她望著李嶠之道：「大哥，你好厲害的眼光，叫得一絲不差呢。」

李嶠之微笑道：「妳不知道我這把槍的厲害，尤其是這具望遠鏡瞄準器，光罩裡什麼資料都有……妳看！」他把手上的槍遞給梁菊。

梁菊轉身找個定點瞄準，光罩中出現了測距離的亮點、子彈下墜補償數據、風速風向，還有幾個數字隨目標變換而變動，一時看不懂是什麼。她不禁驚喜叫道：「大哥，你這瞄準器太棒了，是那國的好貨？」

「這是支俄羅斯造的SVU十發狙擊槍，裝上我在維也納的朋友費好大心血才找到的特製PSO-1瞄準器，可精準測距達一千公尺，能夜視，有雷射測距儀，鏡中的微處理器可提供三角函數的轉換。換言之，我只要連續瞄準數個目標，所得數據自動輸入，不但可以測出主目標的距離，同時也可得到其他各目標以及它們相互之間的距離……」

「哇，難怪二次世界大戰時蘇聯狙擊手大展身手，打得德軍叫救命。俄國軍隊特別重視狙擊手的訓練及運用，正規軍中每一班士兵都配備狙擊手。」

「有部電影叫『大敵當前』（編註：Enemy at the Gates），講的就是蘇聯傳奇狙擊手瓦西里·柴契夫的故事，好像是裘德·洛和瑞秋·懷茲演的，我看過兩遍。」

「我在電視上看過三遍，可是三次都沒有看到片頭，總是從伏爾加河畔的大撤退場景看起，聽說片頭是瓦西里小時候跟爺爺獵狼的片段，很好看。」

「梁菊，妳的槍是美國貨？」

梁菊把槍交給李嶠之，點頭道：「其實就是一支舊 M14 步槍改裝而成的，瞄準器可沒有你的特製 PSO-1 那麼厲害。」

「皇家騎警用這種狙擊槍？有點遜吧？」

「我猜麥可自己也不是射擊好手，不需要好槍。」

「這才不是他的槍，他已是皇家騎警的警司。」

「警司很大嗎？」

「兩線三星。」

「那他肯定不用長槍了，想來他是隨便從槍庫裡找一支槍給我。不過剛才測試幾發，好像是一支管用的好槍。」

李嶠之哈哈笑道：「無論什麼槍到妳手上，就是一支管用的好槍。梁菊，不是我恭維妳，妳的槍法好像比以前更厲害了。」

梁菊原來脫了手套試射，手指在樹幹上觸摸彈孔，這時戴上手套轉過身來，脫下了墨鏡和李嶠之面對面，彼此呼出的熱氣凝成一團白霧，眼神也凝聚在一起。此刻兩人腦海中浮現的，竟然都是車城陸戰隊訓練中心的情景，那南台灣酷烈日頭下的日子，紅土射擊坑中的汗水……於是兩人不由自主地擁抱在一起。

「大哥，我心裡好慌。」

「不要怕，梁菊，有我們兩人一起幹，那有破不了的案……」他講到這裡，忽然想到兩人都不再是刑警，說什麼「破案」豈不可笑，就停住不說下去了。

梁菊抬頭看著李嶠之，十多年在異域創業打拚，使他看起來多了些風霜，那隻受過傷的左眼雖然沒有萎縮，卻缺少了右眼的光彩，但是此時在梁菊的眼中，那張臉上的豪邁和剛毅絲毫未減，只是更見成熟，更讓她心生可以依靠的感覺。

梁菊低聲道：「我們雖然不能『辦案』了，可我們是來救艾瑞克的，大哥。」

李嶠之盯著梁菊的雙眸，那熟悉的慧黠背後隱藏著的熱情，使他對梁菊臉上歲月的痕跡都視而不見，他把梁菊拉近，但是這一句「我們是來救艾瑞克的」低語徹底打退了他想要吻她的衝動，於是他放開了懷中人。

「不錯，我們是來救艾瑞克的。」

∞

「艾瑞克葉到底去了那裡？安德烈．布洛克！」麥可把杯中的伏特加酒乾了，有點大舌頭。

安德烈搖頭，他也喝了不少，嘶著喉嚨回道：「麥可你問我，我問誰？」

「我當然要問你，葉博士好好一個人掙扎逃亡到喬治的飯店裡，是你打電話找了兩個歹徒來，化裝警察『接』走了葉博士，我不問你問誰呀？」

這是安德烈這幾日的切切之恨，麥可卻在此時那壺不開提那壺，直白地點出來。安德烈喝得半醉，悔恨之情一剎那間全部化爲憤怒，他大聲吼道：「操你麥可，講點有用的人話好吧，你不會呀？」

麥可把酒杯重重摔在桌上，回吼道：「我操你，還有你們國際刑警，全是他媽的蠢蛋，把逃出來的人質雙手送回給綁匪，像漫畫書上的故事，笑死人了。」

安德烈跳起來要捶麥可，麥可也要站起來，但重心不穩摔了一跤，坐在對面的喬治實在看不過去了，大聲吼道：「你們兩個笨伯不要吵了！我告訴你們，艾瑞克可能還在克里米亞半島上，你們不想想怎麼去搭救，卻在這裡鬧內訌，丟人還不夠？」

這一吼，大家都安靜了下來。

身邊有個人已經醉得趴在桌上，這時好像突然醒了過來，只聽他喃喃地道：「我倒知道……可是你們也不問我……我就不講。」

他的身邊坐著最清醒的一個，梁菊問道：「薩芬，你知道什麼？」

薩芬趴在桌上不答，過了一會又道：「你們不問我，我就不講……」

喬治聽得心頭火起，喝道：「薩芬你……」就被梁菊打手勢止住。她湊近桌面，好言問道：「薩芬，梁菊問你，請問你剛才說你知道什麼？」

「我……我不知道……可是我知道那個葉博士在那裡……」

此言一出，大夥兒酒都醒了，安德烈第一個急聲問道：「葉博士在那裡？」

薩芬趴在桌上，睜開醉眼瞄了安德烈一眼，喃喃道：「你是條子，我不講。」

梁菊湊近柔聲道：「薩芬你看，我不是條子，你告訴我，你知道葉博士在那裡？」

薩芬咧嘴笑開了，衝著梁菊道：「他在一個豪宅裡。」

喬治一把抓住薩芬，大聲問道：「薩芬，快告訴我們什麼豪宅？」

薩芬斜睜醉眼，仔細看了喬治一眼，然後道：「你也是條子，我不講。」

喬治氣壞了，他猛搖薩芬的雙肩叫道：「薩芬，是我啊，我是你的老闆喬治！」

「老闆以前是條子，條子問我，我什麼都不講。」

喬治眞想揍他一拳，但薩芬卻不理他，頭擺向另一邊，趴在桌上繼續睡了。梁菊嘆口氣道：「你們這些人也怪，只要抓到喝酒的機會就要喝到爛醉，但這個薩芬方才透露口風，說什麼豪宅，肯定不是信口說的醉言醉語……只好等他醒過來再問了。」

喬治道：「笑話，待我到外面去捧一把雪來敷在他臉上，看他醒不醒。」

9 別墅突襲

「烏拉巴斯斯，拉契次亞剌馬里！」薩芬一面雙手在臉上亂抓，想將冰雪屑抹掉，一面恨恨地大叫，沒有人聽得懂他說什麼。

喬治道：「他這是用最狠毒的韃靼粗話在罵我，還好我們都聽不懂，就讓他出口氣。」

薩芬坐直了，指著喬治道：「喬治，你欺侮人！」

「拜託，我們只是想早些從你這裡問到葉博士的下落，你卻爛醉如泥，只好這樣子比較快。有點對不住，爲了救人要緊，早一分鐘也是好的……」

薩芬打斷他說下去：「好，老闆你記住欠我的就好。」

麥可見他又停住不說了，急忙問道：「你剛才說到『他在一個豪宅裡』，是怎麼回事？」

不料薩芬又回到剛才的堅持：「你是條子，你問我，我就不講。」

梁菊連忙接口：「薩芬，我不是條子，告訴我什麼豪宅？葉博士怎麼會到豪宅去？」

薩芬瞧梁菊長得好看，在這一屋子人裡算她比較不像條子，便「嗯」了一聲道：「中午我在餐廳裡碰到一個……一個朋友，他說天快亮的時候，他看到兩個中東人和一個戴眼鏡的中國佬，在距半島東海邊一公里多的岩區處，上了一輛黑色賓士轎車，然後向山區開去。那個地方極是荒僻，那時辰不可能有中國遊客出現。後來他看到電視報導葉博士被綁架的新聞，播出了葉博士的照片，他回想起來，那個戴眼鏡的中國人好像就是葉博士……」

大家聽到這裡，全都精神一振，幾個男人醉意全消。梁菊怕他們一開口，這個半醒的薩芬又不肯回答條子的問題了，便趕緊追問道：「那你的朋友怎知葉博士去了一座豪宅？」

薩芬喝了一口水，甩了甩頭，回答道：「你們不知道，我朋友說的那個鬼地方十分偏僻，很少人會知道，更不要說去那裡觀光遊玩了。可爲什麼有一輛豪華賓士轎車出現在那裡？」

梁菊搖頭道：「我完全沒概念，要請薩芬告訴我。」

薩芬對梁菊「謙卑」的態度很滿意，便解釋道：「他說黑色轎車開向山區，那山區便是半島上克里米亞山脈的高地，最高的頂峰有一千五百多米，有一片山背荒無人煙，但卻有一座豪華的別墅依山而建。賓士車既然往那山區裡開進去，肯定就是去了那幢豪宅。」

梁菊緊接著問：「薩芬知道那別墅的主人是誰麼？」

薩芬臉上露出一絲狡獪的微笑，他下意識放低了聲音，悄聲道：「沒有幾個人知道，我正好知道別墅主人是一個庫德族的有錢人，他一年也不一定來住幾回，來去都乘坐直升機。」

聽到「庫德人」，大夥心中都有譜了，安德烈問道：「薩芬，你知道那庫德富豪的姓名嗎？」

薩芬又喝了一大口水，回答道：「我不知他的名字，但我知道他此刻確實在半島上。嘿嘿，沒有幾個人知道，我卻認得他的直升機。」
安德烈一問出口，立刻擔心又犯了薩芬的大忌，想不到這回薩芬竟然好好地回答了「條子」的問題，看來他的酒醉是全醒了。幾位「條子」都放下心中的一塊石頭，於是麥可立即逮住機會問道：「你說那個岩區極是偏僻，那你說，你的朋友爲何會在天亮時刻出現在那個地方？」
安德烈暗忖要糟：「麥可眞是狗改不了吃屎，口氣像是問口供……」
那曉得薩芬一旦清醒了，立刻就回復成那個親切和藹、令人愉快的韃靼小子，他毫不在意地道：「那岩區是在半島東海岸一個隱蔽的小海灣後面，距離雅爾達這邊約五十多公里，不遠處的岩岸伸入海灣中，像是一個天然的小碼頭，可以停靠小型船隻，但普通航行船隻是不會到那裡的，只有……只有，嘿，我的朋友他們會去利用那裡。」他說到這裡就停住，然後對大家笑一下，意思是「都講到這分上了，下面不用講了吧。」
麥可卻仍追問：「利用什麼？做什麼？」
薩芬只好笑道：「利用那裡上下一些私貨。」
「什麼私貨？」
「我那知道，反正是私貨就對了。」
安德烈站起來問道：「從這裡開車去那別墅要多少時間？」
薩芬略爲考慮了一下，回答道：「恐怕得兩、三個小時。」
安德烈道：「我們快去，能不能請薩芬帶路？」

薩芬轉頭看喬治，意思是這要問老闆；喬治卻轉頭看著梁菊，搖頭輕嘆，用中文道：「梁菊，妳告訴他們。」

梁菊臉上帶有憂色，也有些激動，她用英語道：「先生們，多半已經來不及了。」

「什麼來不及了？」麥可跳起來問。

梁菊嘆一口氣道：「他們乘坐一架豪華的直升機，已經離開了。」

「妳怎知道？」大夥齊聲問。

梁菊轉向薩芬道：「薩芬，你說你識得那富豪的直升機，是不是一架淺綠色和白色相間的EC145？」

薩芬叫道：「不錯，妳怎知道？」

梁菊道：「我在山區試槍時，看見它飛出海了，不知去向。」

安德烈「哦」了一聲，極為失望地道：「難道我們剛好又晚了一步？」

麥可道：「就算那架直升機是那富豪的，葉博士也不見得就在機上；再說，葉博士到底是不是被押到豪宅中也無定論啊，薩芬，是吧？」

薩芬酒醒了，頭腦就靈光起來，他想了想道：「我覺得那個葉博士被送到山上豪宅的猜測不會錯，但是……這位警官……」

「休斯警官，麥可．休斯。」

「休斯警官的懷疑也不無道理，我們無法確知葉博士是否一定在那架直升機上。」

喬治沉吟了好一會，這時沉著地發言：「我想要去山上親自探它一探，誰願跟我去？」

梁菊和麥可立刻說願意，安德烈想了一下也說願意，薩芬道：「你們還得我帶路才找得到，這一來豈不是傾巢而出了，有這個必要嗎？」

喬治道：「薩芬說得不錯，我們沒有必要全部出動，我看就我和麥可去，薩芬帶路，安德烈和梁菊留在這裡接應。」

這幾個人經過這一段時間短暫的相處，彼此之間產生了極為微妙的互動關係，喬治好像非常自然地佔住了發號施令的地位。

這可能是因為他是這幾人中唯一和每個人都相識的一員；他是安德烈和麥可二十年的舊識，薩芬的老闆，至於梁菊那就更不必說了。

也可能是他年紀稍長。

但其實最主要的原因，是李嶠之天生的「大哥」氣質，這種氣質可以超越語言和國籍，甚至超越了官方和民間——他在這個案子中畢竟是個沒有公權力的老百姓，充其量只是個民間的熱心人。

但是奇怪的是，他的發號施令立刻為大家所接受，只有梁菊一開始對指派她留守覺得不以為然，但片刻之後她就瞭解喬治這樣安排的深意：薩芬的猜測是否屬實仍未確定，此時上山去摸這個神秘別墅的底，究竟會有什麼結果，可以說完全不可預料，喬治要把己方力量分成兩批，一批在前行動，一批在後坐鎮處理突發狀況，正是首尾兼顧的正確做法。

再者，喬治安排安德烈和梁菊留守有另一層深意，安德烈近可聯絡雅爾達警方，遠可聯絡基輔大使館，甚至國際刑警總部；至於梁菊，不但是喬治的老搭檔，喬治對她目前的戰鬥力已有極爲正面的評估。有這兩人的組合在後方坐鎮，前方便無後顧之憂了。

想到這一層，梁菊便不再要求參加前方的行動組，暗忖道：「大哥就是大哥，那怕做了飯館老闆，行動起來仍是指揮若定。」

喬治看了她一眼，知她已經瞭解，便揮手道：「咱們走，坐我的車，薩芬你來開車！」

薩芬道：「我知道怎麼走能進入山區，但卻沒有去過那豪宅，迷了路不要怪我！」

喬治道：「不怪，不怪你。」

麥可有些興奮地當先走出，經過梁菊身邊時聽到她輕聲問：「麥可，你要不要用長槍？」

「不用，我慣用手槍。那支長槍歸妳專用，回多倫多時記得還我就好。」

喬治用中文輕聲對梁菊道：「梁菊，只要葉運隆還在山上豪宅裡，我一定帶他安全下來。」

∞

薩芬駕著老闆的賓士車向山區開去，開始的一段路面尚稱平坦，深入山區後的道路就愈來愈崎嶇，那種路況對喬治的賓士轎車來說實在不公平。

麥可坐在駕駛座旁，他感到一絲緊張和興奮，直覺告訴他此去可能有機會需要行動，他把手槍拿出來做一番檢查。

那是一把貝瑞塔92FS半自動手槍，9×19毫米的子彈，配用十五發的彈匣。麥可慣用這支槍的原因，是它的套筒和兩端都有保險開關，卸彈匣的按鈕也是兩側通用，這種設計讓不論慣用右手或左手的人都能方便操作；而麥可是個左撇子。

這條山間道路雖然寬度可供轎車行駛，但路面狀況不佳，很難想像一幢豪華別墅的連外道路竟然如此簡陋粗糙。賓士車在路上崎嶇前行，大石塊不時撞擊到車底盤，喬治不禁有些心疼，麥可回頭看了他一眼，罵道：「就算公家沒預算修路，這別墅主人那麼有錢，自己花錢也該把路修好，眞他媽搞不懂。」

喬治坐在後座被顚得七葷八素，不想回答。薩芬嘿嘿笑了一聲，道：「休斯警官有所不知，我瞧這豪宅主人就希望這條路愈難走愈好，省得遊客和附近居民上山打擾他，他反正出入都是乘直升機。」

麥可不服氣地道：「難道他下山去雅爾達港區吃海鮮也乘直升機？」

薩芬道：「怎麼不是？我就見到過一次，那架直升機降在港區西邊的露天足球場上，下了客又悠悠地起飛走了。」

後座的喬治問了一句關鍵的問題：「薩芬，你如何知道豪宅主人是庫德人？」

薩芬不答，他在考慮有些話能不能在這個條子面前講。喬治見他不肯回答，略一思想已知其意，便道：「麥可是加拿大皇家騎警的警官，他來這裡只爲葉博士的綁架案，我們這邊地方上狗屁倒灶的事他不會管。麥可，是不是？」

麥可會意，連忙大聲道：「我辦完案就閃人了，這邊不相干的事我才懶得管哩。薩芬你只管講，我聽了就當你沒講，絕不給你惹麻煩。」

薩芬把緊方向盤，顯出很有義氣的氣勢道：「好，衝著對兩位的信任，我就透露一些，這還是跟軍火買賣有關係……」

「軍火買賣？怎麼扯到這上面？」

「老闆是知道的，我過去在這一帶軍火生意圈內是很熟的，雖然來你餐廳當經理後已不再做這個，但許多當年的好朋友還是有來往的。有一個伊拉克人哈塞老闆，專門賣重武器給這地區的各個游擊隊和武裝叛亂分子，伊拉克的、敘利亞的、伊朗的，也包括庫德自治區裡的激進派。他生意曾經做得十分大。據他說，有個高級的庫德人，學問好，本事大，手下也做軍火買賣，前幾年和他們互搶生意，這兩年他們攜手合作，好多原本賣不進去的地方，這個庫德人總有辦法打通關節……這人經常往來中東和歐洲各國，行蹤十分神秘，不久前在雅爾達山區建了一座別墅。」

麥可道：「建了一座別墅？這種連外道路如何運建材和機具上去？」

薩芬道：「你有所不知，從山脊的對面上來有好走的路，嚴格說起來，我們這是從別墅的背面走上去……總之，這個庫德人十分富有，但很少人知道他的財富來自於賣軍火，也沒有人見過他本人出現在任何軍火買賣的場合，十足的神秘怪客。」

麥可道：「就算他做軍火生意致了富，可他綁架一個科學家幹什麼？難道他想要改行製造軍火，譬如說造個原子彈？」

看來麥可始終覺得除非是要造原子彈，否則葉博士的綁架案就缺乏動機。

喬治坐在後面觀察了一陣子，也思考了一會，這時開口道：「你們有沒有注意到，這條爛路雖然上上下下彎曲蜿蜒，但是始終沒有往高處走，基本上是沿著克里米亞半島東岸走，我猜想我們現在離海面只有幾十公尺高……」

薩芬道：「老闆好仔細，推測得一點不錯，我們離海岸線近得很，我如果一個不小心衝出這條路，滾下山坡就到海邊了。」

「所以，萬一遇到不可抵抗的攻擊時，我們除了後退，還有一條路，就是滾落山坡往海邊走。」

麥可道：「好呀，你這是未敗先找退路。喬治，你覺得我們今天會遇到『不可抵抗的攻擊』嗎？」

喬治沒有立刻回答，薩芬道：「警官，你想想豪宅的主人如果又賣軍火又綁架人，會是好惹的嗎？」

喬治道：「如果他們已搭乘那架直升機走了，我們可能撲個空；但如果別墅主人和葉博士仍在豪宅之中，我預料我們會遭遇到強大的火力。」

結果，喬治猜的兩者都不對。

8

車行將近兩個小時，前面出現了兩條岔路，一條往上爬升，一條向下延伸。薩芬把車停下，跳下車來仔細察看那條向下延伸的路，喃喃地口心相商：「難道這條路走下去，就通到他們押送葉博士登岸的『碼頭』？」

他計算了一下時間和距離，覺得很有可能，便重回車上對兩人道：「我猜我們該從此地往上走了。往下的那條路，多半就是他們押送人質上來的那條路。」

喬治心中暗自合計，也得到相同的推測，便道：「照你那位朋友的描述，綁匪們登岸之地離雅爾達有五十多公里，那是沿海岸線計算的距離。我們一路過來，基本上是在離海岸線不遠的山路盤旋前進了兩個小時。薩芬的猜算應該不會錯，我們就走左邊那條小路向上爬吧。」

這條上山的狹路十分陡峭，賓士車掛上爬坡檔後馬力十足，雖然崎嶇彎多，仍然游刃有餘。一路前行走了約十公里，前面出現一塊較爲平坦的小坪，白雪覆蓋坪頂，也覆蓋了停在坡邊的兩輛車頂。

坡上已可看到那幢別墅，薩芬很小心地把老闆的賓士車停在另一頭的角落，然後熄火。四周死一般的寂靜，薩芬忽然充滿緊張意識，悄聲道：「就這裡了。我們要不要上去看看？」

麥可也壓低了嗓子道：「薩芬留在車上，隨時保持警覺，我們如果要閃人，你要立刻發動接應。」

喬治點頭道：「我和麥可都把薩芬的手機號碼放在我們的手機頁面上，只要按撥號鍵，你就立刻把車開到我們上坡的地點接應……薩芬，你有沒有自衛武器？」

薩芬聽得緊張，但聽到最後一句忍不住笑了起來，他從座椅下拿出一支烏茲衝鋒槍，槍長只二十五公分，他把折疊槍托「啪」的一聲打開，全長不到五十公分。他衝著喬治道：「老闆問得有趣，幹了那麼多年軍火買賣，自己不留點紀念品？我這支微型烏茲打一百公尺的壞蛋槍槍斃命。」

喬治微笑道：「好極了。麥可，我們就從那兩輛車停放處的左側斜坡爬上去，到了上頭再決定下一步行動，誰指揮？」

麥可很自然地回答：「你指揮，喬治。」

經過那兩輛車時，麥可伸手在較大的一輛車尾上抹掉覆雪，輕聲道：「是輛賓士500，黑色的；多半就是押送葉博士的那輛車。」

喬治將另一輛較小的車尾也清理了一下，發現是一輛白色的BMW，他心頭一緊，沒有說話。

其實他們兩個人離開「行動的年代」都很久了，但是當他們的雙腳落在雪地上迅速地朝目標前進時，兩人體內的腎上腺立刻反應，心跳加速，肌肉潛力暴發，身手靈活度大增，整個人像是瞬間變年輕了。

「行動的感覺眞好！」兩個老鳥心中想的竟然是同一句話。

爬到了坡沿，喬治伸出頭往左右掃描兩遍，只見這棟別墅依左面的山壁而建，從這邊坡上去，迎面的是別墅的側後方，正門應該在兩點鐘方向。他輕聲對麥可道：「上去後，儘快衝到前方的花壇後伏下，然後你從側梯潛進去，我摸到正門那邊去看看……」

「行，你說了算。」

兩人翻上坡頂，伏身快速奔向三十公尺外的一座大理石花壇，那花壇底座總有三公尺多寬，正好供兩人暫時藏身。

藏好了身，麥可四面打量了一遍，周遭一片寂靜，除了風聲，沒有任何其他的動靜。他靠近喬治悄聲道：「喬治，這裡好像淨空了呢，我想我們安全ＯＫ。」

「難說，要看那個黑衣殺手有沒有乘直升機離開……」

「什麼黑衣殺手？你怎知道？」

「我看到他的白色ＢＭＷ停在底下。我見過他射殺那個自稱來援救艾瑞克的美國特勤人員大衛．麥坎錫，槍法十分可怕！」

「你怎能確定就是他的車？」

「他的車牌，BN99ZTZ，安德烈透過國際刑警總部查過。」

麥可沉吟了一下，輕聲問：「我們還分頭摸進去？」

喬治也看了看四周形勢，想了一想，然後回答：「改變計畫，你先掩護我衝到前方二十公尺的牆角，我再掩護你摸到正門前，我們交互掩護一起從正門進去，走！」

他彎著身軀飛快地衝向牆角，然而才跑到了一半，槍聲響起，他腳邊的白雪和泥土四濺。喬治向著牆角的方向仆倒在地，兩個翻滾已經到達牆角，他深吸一口氣，確定自己沒有被擊中，估計襲擊他的子彈來自斜前方另一個花壇之後。這時他聽到透過滅音器的槍響——那是麥可在開槍還擊了，果然子彈射中那花壇底部，證明麥可也看清楚了敵人正是躲在那花壇之後。

每當喬治面臨這種緊張危險的局面時，他總是跟著直覺走；這時他直覺判斷，方才襲擊他的人應該不是那個黑衣殺手。

他感到一陣慶幸，如果是那黑衣殺手，說不定此刻他已經掛了，但他心中隱隱然又有一絲遺憾；可惜不是他。因爲不是那黑衣殺手，表示他仍須承受這個可怕殺手躲在未知之處的壓力。那壓力帶給他恐懼。

麥可反而比較沒有這種壓力，因爲他沒有目睹過那黑衣槍手「鷹眼」的本事。他躲在花壇之後，估算從花壇到兩點鐘方向的一棵大樹大約有二十五公尺，如果能躲到那棵大樹後面，對面花壇後的敵人就看不到他，他卻可以從樹幹分叉的空隙來監視花壇，敵人只要一露面他就開槍。此外，那棵大樹斜對著別墅的正門，任何人從正門口出來，或從正面的窗戶後開槍，他都一目瞭然。

那是最佳的攻防點，他蓄勢待發，只等喬治開槍掩護。

「噗」「噗」「噗」，喬治開槍了，三槍都打在敵方花壇兩壁的交界線上，三彈落點幾乎重疊，打得水泥和石塊齊飛，花壇立刻崩了一塊。壇後的敵人才向另一邊移動，兩顆子彈又射向另外一邊。

喬治射出第二槍時，麥可暗讚一聲「好槍法」，同時弓身全速衝向那棵大樹，離樹尚差三公尺，他就用打棒球滑壘的姿勢在雪地上滑到大樹根前，一個翻滾躲到了樹後，滿臉濺的都是雪花和泥土。他正要換個舒服的姿勢，一排子彈呼嘯而至，兩槍打在他頭邊的樹幹上，有一槍擦耳而過。

麥可耳中聽到尖銳的嘶聲，同時左邊整個面頰一熱，如同被火舌迅速地炙了一下，接著鮮血暴流，他知道已經中彈，左耳好像已不翼而飛。

他立即忍痛趴倒在雪地上，完全不知子彈從何方射來。他用手指輕輕將濺到左眼簾上的鮮血揩去，試著回憶方才發生的細節，判斷子彈應來自正門的方向，但是正門前明明空蕩無人，狙擊手躲在那裡？

這和麥可原先的設想完全不同，他原以爲到了別墅豪宅去搜索，就算有狀況發生，都是室內近距離的接觸戰，自己的貝瑞塔九二手槍火力足以應付；不料尚未進入別墅，便開始「野戰」，對方用長槍鎖住自己，一時不知如何是好。

別墅西面的牆角後，喬治要做一個大膽的決定。他從方才的一番行動中研判，開槍襲擊麥可的人可能躲在正門左邊的一根大理石柱後面，那人正好整以暇地抱著狙擊槍瞄準麥可藏身的大樹根，麥可只要一有動作，一串子彈就要把他立斃樹下。

他不知麥可是否仍然安在。「如果仍在，他一定在等我的行動。」喬治飛快地思忖：「我有七成把握，那槍手就在正門左邊的那根石柱後面，我要集中火力攻擊那個地方，讓麥可知道敵人躲藏之處，這樣他也會開始射擊，我就可以衝過去一拚。」

這是他曾經用過的招數；那一次在雲林海邊抓毒梟，他的搭檔是梁菊，當他奮不顧身衝向毒梟老大的躲藏處時，毒梟抬起身來對他射擊，才一露身，梁菊已經兩槍打中他的右肩和右臂，徹底毀掉他用槍的能力，一場追捕戰便即結束。

這一回搭檔換成了麥可，梁菊的狙擊槍換成了麥可的手槍，兩人是否能心意相通也是大問題，喬治暗忖道：「這一招要反過來用，我一陣掃射，賭定敵人躲在柱後，引得麥可也開槍射向石柱，這邊就由我來主攻了。」

這一番思考其實只花一瞬時間，便在喬治腦海中定案。

風險大？的確不小。第一個風險便是敵人躲在左邊石柱後面的判斷是否正確？每遇這樣情境的時候，李嶠之總是對自己說：「有七分把握的事，不賭一下怎會贏？」前些年台灣有條歌〈愛拚才會贏〉紅遍全球華人社會，李嶠之也愛跟著卡拉ＯＫ伴唱機唱它幾句，對他來說，人生中「拚」有時就是「賭」的同義字。

他無暇猶豫，舉槍瞄準那根石柱連射了六發子彈，兩發擊中石柱，四發貼著地面擦石柱邊而擊中柱後的木門，打得石塊和木屑橫飛，聲勢十分驚人，料想柱後人必定被迫向右移動。他又朝石柱的右邊一口氣射了五槍。石柱後的槍手顯然被這一輪子彈壓制住，暫時不敢行動。

喬治就要抓住這一空檔衝出，他銳利的目光在石柱和另一座花壇之間來回掃瞄，正要拔身開步，那花壇後冒出了一個人頭，舉槍從側方射向麥可藏身之處。喬治不給自己任何思考的時間，目及槍及，瞄準那人頭便是一槍，那人叫都沒有叫出聲，便倒在雪地上。

距離花壇不過五十公尺，對喬治這種特種射手來說不可能失手，難的是目標正在行動之中，而射手也是即將起身發難，這種情況下命中率通常會大爲降低，可是喬治向來打動靶和打定靶一樣準，他一槍射出，已經知道那人腦袋中彈，只是有沒有命中眉心就沒有把握了。

他對著大樹的方向吼道：「麥可繼續開槍，不要停！」同時緊貼著別墅的牆壁往正門衝過去。正門前是一座造型典雅的門廊，共有四根大理石支柱，靠裡面的兩根石柱立在木門的兩邊，裝飾的作用大於結構上的支撐，從角度上來看，喬治貼著別墅外牆的方向前進，柱後的人反而不易攻擊，除非他露出半邊上身。

喬治繼續開槍壓制對方，麥可也從大樹後火力支援，直把那根大理石柱打得坑坑疤疤，這時對面忽然飛來三槍，喬治中槍倒地。

喬治中槍前一瞬間已知要糟，因爲他一面開槍一面前進，硝煙之中忽然看到半張敵人的臉，可怕的是這張臉是出現在另一根大理石柱之後——這人不知何時已經悄悄爬到門廊內的另一根柱後，「要糟！」已經來不及反應。

那人顯然顧忌喬治的槍法凌厲，是以只匆匆放了三槍便立刻仆倒柱後，那三顆子彈一顆從喬治臉頰邊擦皮而過，一顆略爲射高，只有一顆射中喬治的右肩。喬治大叫一聲，全力緊握手中的長槍，總算沒有讓長槍被打飛，他倒地後第一件事便思還擊……

槍聲暫停，忽然一個全身黑衣的漢子從石柱後面閃出，喬治試著用左手開槍還擊，一則平時慣用右手，再則左眼視力受損，他射出一串子彈都落了空。側邊大樹後麥可也射了三槍，全失準頭。

那黑衣人身材修長結實，動作十分迅速，他衝出交叉的子彈網，飛快地奔到坡邊，回身對麥可開了兩槍，兩顆子彈都射中樹幹，離麥可頸項只差一吋而已。麥可嚇得趕快趴下，待悄悄抬頭再看時，已不見黑衣人的蹤影。

「麥可，敵人已滾落坡下閃人了，你ＯＫ？」

「我ＯＫ，你中了槍？」

「還好，死不了……快通知薩芬！」

麥可掏出手機正要按鍵，坡下忽然傳來一串槍響，麥可一聽便知是烏茲衝鋒槍在開火，接著又是兩聲單槍響，似是出自那黑衣人的長槍。喬治叫道：「不好，那傢伙和薩芬幹上了！」

麥可壯著膽衝到坡邊往下看，正好看見那輛白色ＢＭＷ在雪地上扭轉倒車，飛快地向正門方向的山路疾駛而去。再看喬治的賓士車，只見薩芬蹲在車旁，手上握著那支迷你烏茲槍。

麥可大聲叫道：「薩芬，你ＯＫ？」

「我ＯＫ，我轟了這傢伙半匣子彈，媽的，好像……好像沒打中……」

「你留神四周，我要看看喬治的情形。」

喬治在這一會已經檢查過自己的傷勢，一顆子彈擦傷了肩膀，幸好沒有打中骨頭及大血管，傷勢不重只是疼得厲害。他對麥可道：「你叫薩芬上來，我車裡有急救箱！」

喬治包紮了肩傷，麥可也簡單處理了耳朵上的傷口——一小片耳朵不見了。

喬治恨恨地道：「是他，黑衣殺手，就是在基輔槍殺大衛·麥坎錫的傢伙。」

麥可講話還有些喘：「這傢伙槍法好厲害，而且極爲機警果決，是個難對付的狠角色。」

薩芬提著烏茲槍從花壇後走過來，大聲叫道：「老闆的槍法也夠瞧的，這個紅髮大漢只挨一槍就斃命了。」

麥可和喬治走到花壇邊查看，只見一個紅髮大漢仰天倒在雪地上，眉心有一個彈孔，子彈從後腦穿出，半邊腦袋被打爆了。麥可看得心驚，喬治面無表情。過了一會，喬治深吸一口氣道：「麥可，你通知安德烈和梁菊。薩芬，你通知警方。我們幹了這麼一大架，總該進這別墅看看吧。」

∞

整棟別墅空無一人，三人清查了全部房間，每一間的傢俱和擺設都十分奢華，但並無發現什麼與案情有關的事物。最後他們回到主人的書房。這間書房布置得十分典雅，兩面牆壁都是書櫃，牆上有一台五十吋的電視螢幕，書桌上放著一本書。最引人注目的，是書桌背後牆上的一幅油畫，畫中一個包頭巾、留大鬍子的老人，正指揮一群武裝民兵在山地上進行戰鬥，那老人的眼神畫得十分出色，堅毅的內在精神在畫面上呼之欲出。

三人都為這幅油畫所吸引，麥可瞧得仔細，喃喃道：「畫中這些民兵的武器，恐怕是上世紀四零年代以前的老傢伙。」

薩芬解釋道：「這張油畫是亞拉拉特山事件。」

喬治知道這個韃靼人見識多廣，便問道：「請教，什麼是亞拉拉特山事件？」

「這是發生在一九三〇年庫德人賽德酋長所領導的亞拉拉特山起義，反抗土耳其的暴政。」

喬治和麥可對這些歷史都很陌生，麥可好奇地問：「抗暴成功了嗎？」

喬治暗忖：「蠢問題，成功了庫德人不就獨立建國了嗎？」

果然薩芬搖頭道：「暴動被壓制，只是引發了稍後……好像是一九三七年吧……更大規模的德錫門（Dersim）暴動，結果引來更大的血腥鎮壓，土耳其政府乾脆用『土耳其化』的手段實行滅族的政策。」

「滅族？」

「土耳其空軍轟炸庫德人的山區，十七天炸死八千人，爾後又消滅庫德人的語言，逼他們遷離，奪取他們的土地，庫德人被趕離居住了數千年的家園……就像當年蘇聯人對我們克里米亞韃靼人一樣……」

喬治注視著油畫上賽德酋長的眼睛，感覺那銳利的眼神中似乎透露出一絲說不出的哀傷，使那老人的神情顯得更加動人；他忽然想起不久前看過的台灣來的ＤＶＤ，不禁感到震動：「在家鄉遠眺那熟悉的高山群裡，那些跨過彩虹橋回到祖靈的人，叫做賽德克族。莫那．魯道率領族人抗暴時，也是這種眼神吧！」「賽德克．巴萊」電影中血腥的抗暴畫面閃過他的眼前。

薩芬叫聲老闆，打斷了他的恍神：「我在地下室發現了一個暗室，要不要進去看看，老闆？」

「什麼暗室？」

「好大一個地下室卻不是方方正正的格局，有一條狹道通到底是一面牆，什麼都沒有。那道牆的後面多半有另一間暗室，這種布局可瞞不過我薩芬。」

喬治和麥可好奇心大起，兩人對望一眼，互相點頭，麥可奉承道：「薩芬請帶路，沒有你，我們今天一籌莫展。」

薩芬心情大好，道：「兩位都掛了彩，可都沒大事，照我們韃靼人智者的說法，凡能度過霉運的人，好運就在等你。我猜暗室中定有値錢的東西，說不定是個寶藏。」

麥可大爲高興，連忙確認那句話：「你們的智者說的？好運在等我？」

喬治忍不住加一句：「中國的智者也有一句話：『大難不死，必有後福。』今天我們兩人都是大難不死的。」

麥可的精神更振奮了，叫道：「韃靼人和中國人都是聰明的民族，你們的智者乃是智中之智。哈，快下去，我們要走運了。」

別墅的地下室冬暖夏涼，四壁是上好的義大利大理石，地上鋪了櫸木地板，一點也不像是一般放置雜物的地下室。薩芬已經來此檢視過，一副老馬識途的模樣，帶領兩人在其中走了一圈，然後就從右手邊下階梯，從一個狹道往前走，那布局似乎暗示前面別有洞天，卻不料走到頂頭只是一面牆。

三人仔細察看，石牆上有一扇小門，但是既無把手也無門鎖。麥可說：「這門沒有鎖，要如何開？」

薩芬用力一推石門，竟然就開了一吋，他咧嘴笑道：「沒有鎖就不用鑰匙，看我的……」他個兒雖不大，力氣還不小，居然就把一扇沉重的石門推開了。

薩芬從褲袋裡掏出手機，點了「手電筒」功能，卻見石門後面不是另一間暗室，只是相隔一公尺半的另一面牆，兩牆之間的空間有一長條書架，上面放滿了書籍及檔案夾。

三人大爲吃驚，沒有想到在如此隱密的地方，收藏的竟然是書籍及文件。薩芬大失所望，咒罵道：「這個別墅的主人不是瘋子就是白痴，把這些沒有用的廢棄物像寶貝似的藏在牆壁裡，我他媽服了。」

麥可道：「我不同意，這些東西你看是廢棄物，在別墅主人的眼中定然是珍寶，我們最好研究一下這個主人究竟在搞什麼鬼？說不定藏寶圖就在裡面。」

喬治道：「這夾層空間太小，薩芬，你進去把裡面的書籍和檔案瀏覽一遍，看看有沒有什麼值得注意的。」

薩芬個兒瘦小，早已進入夾層，他聞言答了一聲：「Yes, Sir.」就開始瀏覽架上之物，並大聲報出來：「全是與庫德人歷史相關的書籍，有英文，有俄文，還有庫德語的……噢，阿拉伯字母和拉丁字母的都有……《一次世界大戰與庫德》、《二戰與庫德》、《土耳其加入歐盟與庫德族的未來》、《建國或自治》，有些書名怪怪的，怕是禁書或絕版書呢……」

薩芬的文化水平不高，唸這些書名唸得很是辛苦，麥可聽得不耐煩，問道：「全是這類書嗎？那些文件呢？」

薩芬也懶得一本一本的書名報下去，便跳到另一端，從架上資料夾隨便抽出厚厚的一本，「啊」了一聲道：「橡樹嶺國家實驗室技術報告，一九五〇～一九五九。」

他抽出第二本，又「啊」了一聲：「橡樹嶺國家實驗室技術報告，一九六〇～一九六九。」

「哇噢，每十年一冊，這傢伙收集了六冊……不錯，一直到二〇〇九年。媽的，『橡樹嶺』是什麼鬼東西？」

麥可道：「橡樹嶺是美國田納西州的城市，以那裡的國家實驗室出名，那個國家實驗室又以造原子彈出名。」他心中暗喜：「果然還是和造原子彈脫不了關係。」

薩芬甚感意外，脫口道：「警官，你還真行啊，從那裡得到這許多知識？」

麥可得意地道：「我看電視。」

喬治忍住笑，補充一句：「在台灣流行一句話，『沒知識也要有常識，沒常識也要看電視』，麥可在皇家騎警辦公室裡一定常看電視。」

薩芬嘆道：「『寶島餐廳』的生意忙，我就是沒空看電視，所以知識有些落伍了。」

喬治努力忍住笑，指著左邊一個羊皮匣裝的資料夾，問道：「那個皮匣子裡是啥？」

薩芬用手電筒近照書匣的背脊，斜著頭道：「這書匣上沒有文字，待我們打開來看看。」

薩芬將羊皮匣抽出書架，反手遞給了麥可。麥可把皮匣打開，匣內一疊舊文件，首先入眼的是一張黑白老照片，照片中三個穿冬大衣的老人並排坐在椅子上，其中一人身著軍裝，背後還有十來個軍人，有的戴軍帽，有的掛勛章，看上去不像同屬一國。

麥可大叫：「啊，邱吉爾、羅斯福、史達林！」

喬治也驚呼：「啊，雅爾達密約！」

麥可翻過第一頁，第二頁仍是一張照片，照片中一排棕櫚樹後是一座白色的豪華建築，下面有一排鋼筆寫的漂亮英文字：里瓦幾亞。

第三頁上印著「雅爾達會議」，下面一行小字「克里米亞里瓦幾亞宮，一九四五年二月四日」。

喬治也掏出手機，把照明設定開了，仔細翻閱了一兩頁。他注視著一行行老式打字機打出的字體，想到這一疊文件記錄了六十九年前的會議歷程，記錄了三個人如何制定大戰後世界的新秩序、如何制定列強分配利益的新遊戲規則、如何犧牲了弱國的利益、如何種下爾後世界的新亂源……他不禁喟然而嘆，麥可不解地望了他一眼。

喬治只「唉」了一聲，低聲道：「這文件恐怕是一九四五年的原始拷貝哩，現在可成了寶貝了。」

薩芬道：「我說這個庫德人不是瘋子就是白痴，沒有錯吧？現在你們該相信我了。」

喬治聽了爲之苦笑，他抬頭對薩芬道：「不，這個人志氣大極了，這一排書籍和資料告訴我們，他心中有兩件大事：建MSR和建國。」

「什麼？」

「建造熔鹽式核子反應爐，建立庫德斯坦國。」

「就這兩件事？」

「這兩件事還不夠偉大？」

薩芬點頭後又猛搖頭道：「我仍堅持相信這別墅的主人不是瘋子就是白痴。」

麥可加入：「我同意。」

喬治想了一會，道：「我也同意。可是葉博士卻落在這個瘋子或白痴的手中了。」

麥可道：「這傢伙乘直升機把葉博士帶走了，他們去了那裡？我們下一步怎麼走？」

就在這時，喬治和麥可的手機幾乎同時收到簡訊，是安德烈發來的，他說「雅爾達警方對你們在山上所做的好事憤怒爆表，已接近發瘋的程度，副局長已經親上山來，要你們待在原地不准動，也不准擅動別墅中任何東西。」又，「大使館那邊有新想法，要求我們立刻啓程回基輔。」

麥可看了薩芬一眼，道：「警方暴怒是可以理解的，他不准我們擅動別墅裡的東西，這句話是衝著薩芬講的。」

薩芬怒道：「你說這話什麼意思？我們流血奮戰才攻下這座別墅，敵人棄守逃走，滿屋子的寶貝都是戰勝者的戰利品。我就不信你毫不心動？你這是假道學，我薩芬最恨偽君子。」

麥可冷笑道：「笑話，我堂堂皇家騎警的警司，豈會對歹徒的財物起侵佔之心，麥可連想都不會去想，這一點和你們混江湖的老百姓大大的不同。」

薩芬還待和他鬥嘴，喬治卻道：「我倒是很想侵佔那個羊皮匣，不過當著你們兩人的面，我下不了手。」

「喬治，你是在說笑。」

「不說笑，麥可。說眞的，我想保有這份珍貴的原始資料，仔細研究當年英、美、蘇三巨頭如何出賣和他們並肩作戰的第四『強』，中國。」

薩芬道：「老闆，你只管拿去。我們發誓不對任何人洩露，對吧，休斯警官？」

麥可居然顯現出陷入天人交戰的表情，他仔細想了一會，然後一咬牙，十分豪氣地道：「好吧！喬治，你冒生命危險掩護我，又一槍擊斃想要偷襲我的紅頭鬼，我看在這些分上，決定昧著良心答應絕不洩露你的秘密。」

喬治見這兩個人瘋瘋癲癲地愈說愈不像話了，不得不宣布：「我是開玩笑的，不過謝謝兩位的好意，喬治心領了。」

想到葉運隆仍然不知去向，想到每一次抓住線索趕到時總是慢了一步，實在是滿肚子的氣憤及無奈；又想到要給梁菊發個簡訊，這才警覺到梁菊還沒有當地的手機。

「下山去第一件事要記得……」

8

EC145豪華直升機將原設計的八人座改為四人，座艙就顯得寬敞舒服多了。氣流很穩定，直升機飛得很順暢，葉運隆坐在舒服的皮椅上，可惜戴了黑布罩，看不見周遭，只在被押上機時看了豪華座艙一眼，一起飛他就被蒙上黑布罩了。

身邊坐著那神秘的庫德人，夏哈蘭·格巴第。自從起飛後，他一直保持沉默，但葉運隆知道他並未睡著。

後座坐了兩個隨員，一男一女。男的孔武有力，是格巴第博士的保鑣，女的應該是秘書。

EC145以每小時兩百四十公里的巡航速度，飛了兩小時又十分鐘就開始下降，終於停在機坪上。

機上四個人都沒有說話，也沒有要下機的跡象，葉運隆感覺中只有駕駛員下了機，和機坪上的人交談了幾句，人聲遠去。過了一會，他鼻中聞到強烈的航空燃油的氣味，那個駕駛員上來說了一句話，就把座艙門打開。身後的保鑣伸手把葉運隆頭上的黑布罩拿掉，在他耳朵邊狠狠地耳語：「乖乖的我就不殺你！」

四人登上一輛高爾夫球場用的那種電動車，駛向機坪側邊的候機室，葉運隆確知他們是停在這裡加油，下面大概還有相當遠的一段航程。

四人被工作人員帶進一間單獨的小房間，保鑣關上房門後，第一件事便是放下遮陽簾，不讓葉運隆看外面的景色，但是機靈的他還是看到桌上一張餐桌紙上印有一行英文字：「歡迎到奧爾杜（Ordu），榛子的故鄉。」

葉運隆暗呼：「啊，我們已飛過了黑海，到達土耳其了。」他聽過這個土耳其濱黑海的港都，榛子產品賣到全世界。如果加滿油還要再向南飛，就要到達土耳其和阿拉伯國家的邊境了，難道夏哈蘭．格巴第的實驗工廠就設在那邊？

他回想在夏哈蘭的別墅中，這個神秘的庫德人如何說服自己助他一臂之力，讓他的MSR早日達到商業運轉的競爭力。他說，「至少就這一點，我們兩人有共同的夢想。」

∞

夏哈蘭詳細述說了他設計的MSR是如何先進而安全，可以爲世界能源帶來嶄新的一頁，也是更符合永續發展需要的能源，因爲它具有核能和氫能的好處，卻只有極少的廢料且不產生二氧化碳，因此它不汙染環境，不破壞氣候生態。

更進一步，如果小型、低成本的MSR能商轉成功，它可以使每個城鎮擁有自己的發電設備，分享自主能源也分擔社會成本，這是更符合社會正義的做法。

能夠符合經濟效益、環境保護、社會正義的能源，這是能夠永續發展的能源。

爲使未來的小型MSR能增長生命期，降低維修成本，關鍵就是材料，能抵抗高溫高腐蝕、超過十年甚至二十年都不必全面抽換的材料！夏哈蘭一口咬定，這個材料已經存在了，就在艾瑞克葉的手中。

艾瑞克聽得有些動容。

夏哈蘭注視著艾瑞克，在電腦中輸入了另一組密碼，螢光幕上出現兩次要求進階密碼的字樣，他一面一一輸入，一面對艾瑞克道：「艾瑞克，做爲一個科學技術研發者，我知道當你手握能造福人類的創新發明時，你不會放過早日讓它實現利用的機會，對吧？我現在就要把我的設計機密全部無私地秀給你看……阿拉會讓你感受到我的誠意……」

他敲下輸入鍵，螢光幕上出現了格巴第博士的「熔鹽式核子反應爐」和「硫酸—碘循環製氫機」兩大創新合璧的全部設計圖。夏哈蘭道：「艾瑞克，我解釋完十張示意圖後，後面有兩千多張比較細部的設計圖，你若有興趣看任何部分的細部設計，我立刻便秀給你看……」

艾瑞克起初只是被夏哈蘭的誠意及無私打動，待他看完了十張示意圖後，那分感動已轉化爲震動及欽服。他雖非核子工程專家，但多年來他和世界上最頂尖的核工專家開過多次會議，見識過各種新銳的設計，但是他從來沒有見過眼前這個螢幕上所顯示的精彩藍圖，其中許多發想完全跳離傳統的觀念。他看得極興奮，不完全理解處就停下發問，一次又一次。夏哈蘭的解釋更令艾瑞克歎服其設想之巧妙。

等到十張示意圖看完、解釋完，艾瑞克不禁對這個庫德核工專家充滿敬意，他搖了搖頭道：「夏哈蘭，我不得不說，這是地獄才有的傑作！」

夏哈蘭按了一個鍵，說道：「艾瑞克，你該看看兩千多張細部設計圖再作結論。」

螢幕上出現了反應爐心的設計圖，夏哈蘭點選了安全設施部分的設計，詳細對艾瑞克解釋，他如何用最簡單的模組結合、被動元件，利用高溫反應的負溫度係數達到反應爐「與生俱有」的安全性。只這一個部分就用了十幾張圖詳細表達，艾瑞克看了細部設計，更爲之折服。

夏哈蘭注意看艾瑞克的表情，用最誠懇的語氣對他說道：「艾瑞克，你看，憑這個設計的優越創新性，我已經說服了五位歐洲一流的專家加入我的團隊。老實說，如果我們就這樣完成我的MSR，使用當今世上存在的最佳技術，我可以大膽地說，這座MSR將可成爲世上第一個成功商業運轉的MSR，不僅安全，造價及發電本益比都好過現存的任何一座核能發電機組。但是能維持運轉多久？三年？五年？」

艾瑞克知道他要點到問題的核心了，果然，夏哈蘭話鋒一轉：「每三、五年大檢修一次，換新反應爐心，我們可以幾分鐘輕鬆做到關機……」

艾瑞克反問：「幾分鐘就輕鬆做到？關機再開機那麼輕易嗎？」

夏哈蘭微笑道：「我的設計在關機時，熔融態的鹽及燃料迅速凝固，低壓之下絕無放射線的氣或水洩出，譬如說，不用擔心有毒的『氚』氣；重新開機時，只要加熱到熔點，就能重啓運轉。就算每三年搞它一次，也許在維修預算及社會成本上勉強能接受。可是，請你想像一下，如果加上你的材料，我們就能運轉二十年！那豈不大功告成、美夢成眞了？艾瑞克，你的夢也是我的夢！」

夏哈蘭講得滿懷憧憬，聲調極具感性，艾瑞克看到這個庫德天才工程師天生具備的另一面，政治領袖的一面。他不得不承認自己已被深深地打動，於是他陷入沉思中。

夏哈蘭按鍵叫出了另一組設計圖，熱切地道：「艾瑞克，請你再看看這一組設計的巧妙，這是ＳＩ循環水分解的設備……氧氣從那邊出來，氫氣從這邊出來……」

艾瑞克卻沒有專心聆聽，他耳中只不斷重複地聽到夏哈蘭那充滿感染力的聲音：「……加上你的材料，我們就能運轉二十年……那豈不是大功告成、美夢成眞？」

「大功告成、美夢成眞……」

「艾瑞克，你的夢也是我的夢……」

艾瑞克終於下了極大的決心：「夏哈蘭，我要去你的現場看一看。」

10 天啓之女

葉運隆在一個沒有窗戶的房間中睡了一夜。醒來後他好好打量了一下這個房間，四壁都是灰白色的石英砂岩塊，地上鋪有地毯，不過已經有點舊了。雖然沒有窗戶，但是空氣的品質良好，想來這房間的天花板四周都有通風槽，連結到屋外的中央空氣淨潔及調節系統。

面對房門，右後方有間盥洗室，設備倒是不久前新換過的，石檯上各種盥洗用具應有盡有。葉運隆淋浴盥洗完畢，換上浴室裡爲客人準備的長袍，對鏡一看，自己像是一個中東客了。

門外有人敲門，原來是一個侍者送來乾淨的衣褲，正符合葉運隆的需要。他換了衣褲，稍微大一號，湊合著穿沒有問題，這時聽到夏哈蘭的聲音：「早啊，葉博士，晚上睡得好嗎？」

夏哈蘭·格巴第帶著笑容站在門前，他已換了一身庫德族的便服，灰色寬鬆肥大的褲子，繫著黑色寬幅的布腰帶，一副輕鬆自在的神情。

葉運隆手上正拿著一條深藍色的寬布腰帶，不知該怎麼綁上腰，夏哈蘭上前一把接過腰帶，示意葉運隆抬舉雙臂，極其流利地三兩下就將腰帶繫好。鬆緊適中，很是舒服。

葉運隆連忙道謝，夏哈蘭哈哈笑道：「不謝不謝，你是客人。艾瑞克，你知道庫德人是世界上最好客的民族，我們有句諺語：『客人是阿拉送來的使者。』」

葉運隆聽了暗自警惕，想到這些人對敵人手段的凶狠，不禁暗中苦笑：「他是提醒我要做他們的客人，不要做他們的敵人。」便也回報以微笑道：「做客的對主人的招待總是感謝的。你千方百計把我從基輔弄到這裡，我也不知道這是什麼地方，目的只有一個，看我對你興建的MSR有什麼幫助。那就讓我先到現場，和實作的主持人拉森博士談一談。」

夏哈蘭的態度和他在那幢別墅時判若兩人，此刻他甚至帶點哥兒們的那種口氣道：「艾瑞克，我就告訴你吧，你現在身處的地方是土耳其和伊拉克邊境的一個秘密基地，拉森博士出差去了，要到明天才回來。他已知道你來了這裡，明天他會率領這項偉大計畫的全體技術團隊和你見面，要做一整天的簡報和討論，用最快的方法讓你瞭解計畫全貌及目前進度，然後才要請教你一些問題。拉森博士本人也是核子物理及反應器材料的專家，他聽到你來此地，興奮得不得了……」

「那麼今天我……」

「今天我要先帶你認識一下庫德族，近距離看看我的族人，和他們的生活。」

葉運隆想搞清楚這個地方究竟是在何處。自從夏哈蘭的態度變得友善，告訴他這裡是土耳其、伊拉克邊境，他就想進一步問清楚，但是想到夏哈蘭的善變易怒，便忍了下來，心想：「慢一點來，不要操之過急，只要他帶我走出這間沒有窗戶的房間，我總有辦法弄清楚此地的方位。」

夏哈蘭見他沒有表示意見，便衝著他道：「我們先吃個簡單的早餐，就動身去一個典型的庫德人村落，在那邊我介紹你認識幾個族人，然後吃一頓庫德午餐。」

早餐就在隔壁房間，葉運隆十分驚訝地發現，夏哈蘭準備的竟然是豐盛的美式早餐：吐司麵包、培根、煎蛋、盤煎洋芋絲、牛奶、咖啡和果汁。

餐後，兩個身著羊毛黑袍、頭包紫色頭巾的女子進來，對夏哈蘭行禮說了一句庫德語，夏哈蘭便介紹兩人給葉運隆認識：「葉博士，這兩位是尹拉和迪芬雅，她們倆今天會陪同我們出去逛逛。」

葉運隆起立向兩位女士鞠躬，尹拉是個較胖的中年婦人，她用英語問道：「葉博士，中國人？」

葉運隆懶得多作解釋，乾脆就回道：「加拿大人。」

迪芬雅長得很漂亮，她微展笑容道：「我是司機，很高興能爲您服務。」英語講得很不錯。

夏哈蘭拿了兩件羊毛的披袍，一件遞給葉運隆道：「外面只有攝氏兩度，披上這個就不冷。」

在如迷宮般的地下甬道裡轉了許多彎，穿過兩道鋼門，終於走到了地面。基地之外一片黃土覆雪，看不到邊際，寒風迎面而來，葉運隆不禁哆嗦了一下。他極目四望，除了數不盡的土坡連綿，目力可及之地不見綠色。

葉運隆心中嘀咕：「這眞是苦寒之地啊，夏哈蘭把實驗基地建在這裡，而且全部放在地底下，我看連衛星都偵察不到，眞夠秘密的。」

一百公尺外的土坡邊上，停著一輛改裝的豐田小卡車 HILUX，它是全球聞名最堅固耐操的傑作，據說游擊隊和恐怖分子愛它勝過裝甲車。

小豐田發動之後引擎吼了兩三聲，在沒有路基的野地上走得極爲顚簸。迪芬雅加速駛過兩個山坡後，就走上一條礫石小路，雖然大部分都覆蓋在積雪之下難以分辨路面，還好路中央有兩道輪胎新痕供依循，順著開就不怕衝出路面。看來這輛車是不久前從外面駛來的。

迪芬雅對這條「路」開得很熟，小豐田愈奔愈快，葉運隆四方觀看，只見莽莽山巒皚皚白雪，就這一輛車孤零零地在大地上疾駛。天空混沌，山區氣溫又下降了一些，雪花開始飛舞。

估計約走了五、六十公里，前面居然出現一段鋪了柏油的好路面，轉過一個大彎，葉運隆看到一公里外有一個小聚落。

這個村鎭有兩條主要的街道，十字路口邊有一家庫德式的咖啡館。迪芬雅把車停在咖啡館前的天然停車場，偌大一片土坪，只停了兩輛車。

咖啡館門口聚集了十來個庫德族閒漢在吸菸聊天，見了迪芬雅和尹拉便親切地打招呼，對夏哈蘭則恭敬地低頭行禮。其中一個花白大鬍子的老者招呼道：「博士，又帶外國人來喝咖啡了？」

夏哈蘭點頭介紹：「葉博士，加拿大的科學家；老人家是哈許米爾，我們這裡的音樂家。他寫過一首波斯古調，柏林愛樂的指揮卡拉揚聽了也讚口不絕。」他指著老人身後一個年輕美目的女子道：「譚雅，老人的孫女。」

進入咖啡館，裡面坐了十多個庫德人，男女並不迴避，男的大都留著鬍子，服裝樸素，顏色多爲灰色或黑色；婦女則紮有各種顏色的頭巾，較之阿拉伯國家婦女的一身黑，要活潑、有生氣多了。

櫃檯老闆招呼客人，特別對夏哈蘭道：「博士，謝謝你常帶客人來照顧我的店，這位是中國來的？」

「葉博士是加拿大來的科學家，我帶他看看我們庫德人的生活情形。」

老闆聽說葉運隆來自加拿大，立刻展現一個大大的笑容，伸開雙臂對葉運隆道：「加拿大來的，歡迎歡迎。我有個內弟移民到加拿大，在多倫多附近當醫師，三年前我女人還去看過他。」英語說得還算可以達意。

葉運隆怔了一下，暗道：「不會那麼巧吧？」連忙禮貌地道：「第一次到貴地來，很多事都不懂，還要請教……」

夏哈蘭爽朗地笑道：「葉博士你不要客氣，我們就先一面喝杯咖啡，一面聽哈許米爾和他孫女的表演。」

原本在門外的哈許米爾拿了一支特長的嗩吶走進來，他的孫女譚雅穿著紅白花飾的厚毛衣，眞實年齡看不出來，但覺很年輕，她手上抱了一隻精美的烏德琴。

夏哈蘭選了一張桌面上有彩色畫飾的小桌子坐下，尹拉和迪芬雅坐在另一張桌邊。

哈許米爾鞠了一躬，嘰哩咕嚕講了一串，夏哈蘭翻譯道：「老人說，剛才我既提到他寫的波斯古調，他就演奏這首曲子中的最後一章，叫做『荒城的鬼魂』。他和他孫女先合奏，那邊有兩位客人，一個打鼓一個吹笛，到後段時加入演奏。」

葉運隆聽得不知所云，但既來之則好好聽之，心中很難想像這個窮鄉僻壤會有什麼樣的音樂能讓卡拉揚讚口不絕。

嗩吶聲起，兩三個長音就帶來了一股濃厚的淒清，咖啡館中就靜了下來。葉運隆從小就不喜嗩吶，小時候的記憶中，嗩吶聲總和死人出殯連在一起，一聽就會想到抬棺木、披麻哭孝的場景，立刻心生莫名的懼怕，恨不得躲在被窩裡蒙上雙耳。

可是這個老人吹出的嗩吶聲，卻是剛中帶柔，亮而不噪，音量、音調和音色都和記憶中的不同，滑音甚至顫音自然而生動，各種變化全憑老人那張嘴巴在控制，簡直出神入化。葉運隆生平第一次欣賞嗩吶聲音的美妙。

一段獨奏後，咖啡館中洋溢著一種淒而不悲的氛圍，這種淒清卻是蘊藏在悠揚而清亮的嗩吶音調裡，那種感受就很特別。嗩吶聲滑了下去終至顫音出現，這時一陣琮琮叮叮的烏德琴弦響了起來，老人的孫女輕攏慢撚，懷抱中的烏德琴音在她巧妙飛動的手指下如陣雨驟臨，跳出嗩吶聲外，漸漸成了主調。

葉運隆從來沒有聽過這種樂器，音色似在吉他和琵琶之間，由於沒有琴格，滑音中有時帶些古箏的韻味。

曲子的後段兩種樂器輪番輕奏，濃厚的中東調裡透出一種從沉靜中慢慢醒來的氣息；輪轉漸快、聲調漸高、節奏漸疾，一旁的笛聲和鼓聲神不知鬼不覺地悄悄加入，逐漸加強，終於四種樂器在嗩吶的帶動下凝成一種奇特的組合，像是沉睡中已死去的靈魂一一甦醒，然後一一加入愈來愈快的旋律裡，把一座已經死去多年的荒城喚醒，漫入一種荒誕的歡樂之中。

葉運隆驚呆了，平時喜愛的西洋古典音樂縱然博大精深，但他從未想過這四件簡單的中亞樂器竟能發出如此豐富的樂音，帶來了靈魂深處的震撼。

「波斯古調」中「荒城的鬼魂」在幾種樂器戛然而止後，只剩下 Doumbek 中東鼓動人心弦的鼓聲，漸漸地鼓聲也沒入寂靜，荒城裡的鬼魂又回到死亡的黑暗中。

咖啡館仍然沉溺在一片寂靜中，過了好一會，才從音樂造成的情境中恢復，奇的是所有聽眾並沒有爆出熱烈掌聲，只是默默地對望著，眼中都閃爍著感動的淚光。葉運隆感到一些恍惚，又似乎有點懂得他們的心；那是城市復活的樂章，生命輪迴的悲歡之歌，庫德人建立自己家邦希望的重現和幻滅，在祖靈的呼喚下生生不息的狂想曲。

他開始體認到爲何卡拉揚會被這首曲子感動。這時咖啡店老闆的咖啡已經煮好，他端著兩杯濃郁無比、連汁帶末的土式咖啡過來，人未到香已撲鼻。葉運隆之前也嚐過土耳其咖啡，並不十分喜愛，這時不知是不是因爲剛聽完了一曲庫德佳樂，他啜了半口熱咖啡，苦香之間覺得恰到好處，再啜一口，忍不住叫道：「好咖啡。」

老闆笑道：「葉博士，庫德人喝咖啡比土耳其人早了幾百年，我們傳統的煮法需要時間較長，但煮出來的咖啡你到伊斯坦堡也不容易喝得到。」

葉運隆頻頻點頭道：「我相信，這咖啡眞的好喝。對了，老闆你剛才說你有個內弟在多倫多行醫，我剛好認得一個庫德族的醫師，不知道你是否認識？」

老闆正要回答，夏哈蘭打斷道：「哈許米爾和譚雅來這裡坐坐，你們演奏得眞棒。」

葉運隆連忙起立鞠躬致敬：「你們的音樂棒極了，我第一次聽到那麼美妙的中東音樂，讓我想起年輕時在老家聽到的中國古調……」

老人的孫女兒譚雅懂得英語，便爲爺爺翻譯了，老人道：「十分高興博士喜歡我的音樂，但我並不驚奇，我們的音樂和中國的音樂有很多相通的地方。」

葉運隆的音樂修養有限，他指著兩人手上的樂器道：「我們的傳統樂器中相似的有『嗩吶』和『琵琶』，音調和外形都相似，恐怕是從你們這邊傳入中國的。」

他說的是客套話，那曉得譚雅卻是個行家，她立刻回答道：「你們叫嗩吶，我們叫『蘇兒吶』，阿拉伯語的發音也類似，一千多年前的確是從波斯傳到中國的。我這把烏德琴正是琵琶的前身，有人說它到中國西域後改變爲琵琶，傳到西歐就演變成吉他了。」

葉運隆大感欽佩，指著老人手中那支嗩吶道：「老人家，你這支嗩吶比我見過的長十多公分，製造得也特別精緻漂亮。」

老人聽他稱讚自己的這支寶貝嗩吶，樂得笑開了，露出一排殘缺的黑牙，口中噴出一股乾菸草的臭味。他撫著烏黑光亮的木管，和泛著暗光的黃銅吹嘴及喇叭，點頭對孫女道：「告訴遠來的博士，這支烏檀木的蘇兒吶是兩百多年前波斯巧匠多摩爾親手造的，我吹了三十幾年了，聲音愈來愈棒，就像三十年的老酒，辛烈已化爲醇厚，回味無窮。」

譚雅翻譯完這一段，忽然問道：「葉博士，我注意到您聽『荒城的鬼魂』到最後一段時，似乎深深掉入我們的音樂中，您的眼神就成爲我演奏靈感的一部分。告訴我，您聽到了什麼？」

葉運隆注視著譚雅深邃的大眼睛，眼裡盡是友善的笑意，他感到一陣恍惚，脫口道：「我聽到一個荒城裡死去的祖靈復活，一遍又一遍地歌唱著建國的狂想曲。」

譚雅流下眼淚來，哈許米爾連忙問：「他說了什麼？這個中國人說了什麼？」

夏哈蘭翻譯了，老人激動地一把抓住葉運隆的手，咖啡館裡其他客人則拍起手來，那個先前打手鼓的青年人又開始重重擊鼓，倒把葉運隆嚇了一跳。他忽然回到身爲人質的現實，忍不住瞧了夏哈蘭的臉色，只看到他一臉的嚴肅和感動，便稍微放心。

這時一個包著紅色印花頭巾的胖婦人端了一大盤食物走過來，人才到，濃郁的香味已挑動葉運隆的食慾。夏哈蘭指著盤中的丸子道：「艾瑞克，你來嚐嚐這丸子，是庫德風味的小吃。」

葉運隆咬了一口，麵粉裹皮的肉丸中有大蒜和洋蔥的香味，還有榛子和不知名的香料，將嫩羊肉的鮮味襯托得十分可口，平時不愛羊肉的他一口氣吃了三粒，連聲稱讚。

譚雅將烏德琴收在琴箱中，葉運隆忽然看見她用來撥弦的撥子的材料有些怪異，好奇心起，忍不住問道：「譚雅女士，能否讓我看看妳的撥子。」

譚雅把撥子遞給葉運隆，他摸上去手感很奇特，硬中帶韌，表面有些粗糙，甚至有點毛毛的，他這個材料專家竟然認不出是何種材料。

譚雅道：「這撥子是一片老鷹的翅膀。」

「老鷹翅膀？」

「不錯，我們的祖先都是用這種撥子來奏烏德琴，現代人大多用塑膠片，可我還是覺得老鷹的翅膀最棒。」譚雅接回撥子，很寶貝地放入一隻小羊皮袋中。

夏哈蘭道：「譚雅的庫德民歌和波斯民謠也唱得頂呱呱。譚雅，妳先不急收琴，唱一首歌讓遠來的客人記得妳一輩子。」

譚雅不好意思地道：「那裡，我隨便亂唱的。」

夏哈蘭道：「我說的就是妳即興唱的民歌。妳看，我們的客人竟然聽出妳爺爺的古調裡的靈魂，妳一定要用妳美妙的歌聲再感動他一次。譚雅，來啊……」

咖啡館裡的客人都拍起手來起哄：「譚雅、譚雅……」

譚雅含笑把烏德琴再次拿出琴箱，她手持老鷹翅撥子，撥了幾下弦，就張口唱了起來。

譚雅的聲音果然極有特色，她音域極寬，加上假音用得收放自如，葉運隆雖然完全聽不懂她的歌詞，但覺她渾厚的嗓音高亢時可裂絲竹，低吟時由顫而微，剩下最後一絲弱音相連卻依然堅韌不破，聽得過癮極了。

每唱完一段，烏德琴聲揚起，咖啡館裡眾人便唱和著沒有特別意義的襯詞，le ley le ley、lo lo，熱烈自在，了無做作。

葉運隆聽不懂，卻感受到譚雅的眼波總在自己身上流轉。她唱到三段尾聲時，音調從委婉轉爲高亢，眾人開始興奮地加入唱和，一首自編自唱的即興民歌就在「達納、達納、雅達尼」重複的合聲中結束。

眾人歡聲雷動，拚命鼓掌爲自己的表現加油肯定，葉運隆也感染了高昂的氣氛，大聲鼓掌叫好。在這一刻他暫時把煩惱或恐懼拋到腦後，眞心地感受著這一群庫德人的脈動。

他對身旁的譚雅表達讚美，譚雅低頭微笑。夏哈蘭解釋道：「譚雅的音樂能力是『天啓』的。」

「天啓？天啓是什麼？」

「她的音樂是靠著眞主的特別賜福，從天上直接傳給她，她從沒有人間的老師。」

哈許米爾見葉運隆面現疑惑，便嘰哩咕嚕補充了一番，夏哈蘭翻譯道：「老人說，他孫女小時候得了猩紅熱，幾乎送了性命；當她病危之時，有一位庫德族的聖者來爲她祝福祈禱，就在這時，阿拉把神奇的音樂才能賜給了譚雅。她大病漸癒時全身脫皮，每脫一次皮，音樂的才能便提升一層，待病全好了，譚雅就變得能歌善舞，各種樂器拿到手上就像天生會演奏。這就是『天啓』。」

葉運隆覺得不可思議，想問譚雅是不是眞的，又怕唐突老人及族人，便忍住沒有問。那個以手拍打中東鼓的小伙子走了過來，他長得英俊好看，有幾分湯姆．克魯斯的味道，操著相當流利的英語道：「葉博士，我是巴贊吉，你聽懂譚雅唱什麼嗎？」

葉運隆搖頭道：「我聽不懂歌詞，但歌聲美極了。」

巴贊吉道：「她唱的是：『遠方來的客人啊，神秘的客人。有人說他從西方來，又說他從東方來。他從西方帶來現代的科學，從東方帶來古老的智慧。神秘的客人啊，神秘的客人啊，他怎能聽懂庫德人的靈魂之音？是眞主派來的使者！我神秘的客人啊，阿拉要你帶什麼來給庫德斯坦？』」

巴贊吉的英語和文才都很好，葉運隆聽他的翻譯，即興的歌詞竟然暗合夏哈蘭強迫自己來此的目的，不禁對譚雅的音樂才能和慧黠心思欽服不已，心中不由得不信：「這女子恐怕眞是阿拉『天啓』的學生呢！」

譚雅睜著大眼睛望著巴贊吉，滿心的讚賞和歡喜全寫在臉上。

巴贊吉熱情地伸手要和葉運隆握手，葉運隆這才看見這個英俊的小伙子頭上戴了一頂灰色的帽子，帽上有深紅色的ＰＫＫ字樣。葉運隆嚇了一跳，他的土耳其相關資訊十分有限，但還是知道這是「庫德斯坦工人黨」的縮寫。

他心中思考：「ＰＫＫ是西方認定的恐怖組織，這小伙子……甚至譚雅這些人都是ＰＫＫ的恐怖分子？」

巴贊吉發現葉運隆注意到他的帽子，便十分大方地把帽子脫下，遞給葉運隆讓他看個清楚，解釋道：「這是『庫德斯坦工人黨』上回開大會時發的帽子，我們ＰＫＫ要建立獨立的庫德斯坦國，這是全體庫德人世世代代的夢想。葉博士不要以爲我們都是恐怖分子，ＰＫＫ裡面的激進派的確用暴力從事政治活動，但是多數的庫德人只是希望在我們祖先居住了幾千年的地方建立屬於自己的國家。我們絕對愛好和平、尊重異己，和伊斯蘭國ＩＳＩＳ不能混為一談，但是在用和平手段絕望之後，我們恐怕也只好走上暴動……」

譚雅接他的話道：「我們的命運是悲慘的，西方列強把我們世居的地方分給了土耳其、伊拉克、伊朗、敘利亞等國，雖然我們還是庫德人，卻變成了四個國家的國民。嚴格來說，是四個國家的低等公民；平時遭受各種不公平、不人道的壓迫，打起仗來庫德人總是被放在第一線，甚至設計要庫德人自相殘殺。譬如說，兩伊戰爭伊朗和伊拉克交惡開戰時，兩國都會援助對方的庫德族在對方國土內從事暴動，而對自己國內的庫德人則百般打壓……」

葉運隆忽然打斷問道：「對不起，提到伊朗，容我打斷一下。譚雅，妳爺爺寫的曲子是『波斯古調』，而我聽妳唱的歌，感覺上有些柯特比（編註：Ketèlbey，英國作曲家）『波斯市場』的味道，你們和伊朗有特別的關係嗎？」

譚雅道：「葉博士問得好，我爺爺原是伊朗的庫德音樂師，一九八〇年兩伊戰爭時，爺爺全家被毀成了難民，只好離家渡過夏特阿拉伯河，逃到土耳其邊界的難民營，我爸媽都因營養不良、缺乏醫療而死在難民營中……後來爺爺抱著我一路逃難到了這裡，稍微遠離戰場，才安定地待下來，沒想到一待就二十多年。」

「對不起，聽到這些真令人悲傷。」

那ＰＫＫ的小伙子巴贊吉深情地望著譚雅，激動地接著道：「還說兩伊戰爭吧，除了兩國地緣的政治霸權、宗教派系的對立外，美國的影響是不可忽視的。巴勒維國王時代，美國是伊朗王室的堅強盟友，一九七九年伊朗革命後，美國就轉向支持伊拉克的強人海珊，透過伊拉克暗中支持伊朗的庫德人反伊朗政府……後來又發動伊拉克戰爭，吊死海珊……」

夏哈蘭打斷道：「唉，過去的事就不提了。前年敘利亞內戰開打，離這裡不遠的敘利亞庫德人接受美國的援助，加入攻擊阿薩德的陣容。那裡形勢複雜，利害衝突因素多元。有一陣子西方大國因受國內政治因素影響，不能派兵進入，只負責空中狂炸敘利亞，而地面上眞正在幹活的只有庫德人的部隊，你說荒謬不荒謬？」

葉運隆想笑不敢笑，反而是巴贊吉乾笑起來，只是那笑聲比哭還難聽，只聽巴贊吉接著道：「最近我們的組織對土耳其政府十分不滿，因爲我們得到的情報和事後證明，土耳其政府在暗助ＩＳＩＳ消滅庫德族人。這個政府一方面積極想要加入歐盟，一方面又對庫德人暗下毒手，ＰＫＫ爲了生存當然要抗爭，我們的武裝活動卻被認定爲『恐怖攻擊』，實在太不公平了……」

葉運隆好奇地問：「平時在媒體上看到的ＰＫＫ都是負面消息，我很好奇，武力暴動在跨四國的複雜情勢之下，對庫德人的建國大業有幫助嗎？」

夏哈蘭長嘆了一口氣，他伸手攔住義憤塡膺想要回答的巴贊吉，翻眼看著葉運隆道：「艾瑞克，你這個問題不容易有簡單的答案，但不論中間牽涉有多複雜，它最終的答案一定是負面的；沒有錯，用武力暴動，尤其血腥暴力的手段從事任何事，即使有崇高的理想目的，都是負面的……」

巴贊吉忍不住抗聲道：「無意不尊敬您，博士。當人們爲理想崇高的事業奮鬥，遭遇惡勢力凶暴地打壓時，他們會革命，不是嗎？革命是暴力的，但革命成功後、理想實現時，就帶來和平、進步的世界……」

夏哈蘭望著巴贊吉，眼光中帶點憐憫的成分，搖頭道：「巴贊吉，你的革命理論太過一廂情願，是危險的，從你們PKK的歷史看得清楚。一九七九年PKK成立時，走的是馬列思想的民族主義，是可以公開活動的左翼政黨，很少參與暴力活動；到一九八四年黨魁被捕後，PKK改變了宗旨，決心擁抱民族自決，一心要建國。你說得好，和平建國如不可行，終致不得不走上武裝暴力的路，我完全理解，其實很多庫德人都默默地支持……」

他停了一下，繼續道：「但是現實是，我們庫德人分屬於四個國家，造反的對象就有四個，彼此之間的利害關係和敵友互動，立刻牽動了四國庫德人的關係和互動，更加上我們之間本來就有不少的矛盾。你們搞革命的力量不足，有時要靠敵國來反本國，有時甚至要靠敵國的敵國，有時爲換取資源而投靠大國，反爲大國賣命。革了幾十年的命，沒有一族庫德人搞得清楚敵人是誰、朋友是誰，整個伊斯蘭世界愈搞愈爛，庫德族人也愈來愈亂。巴贊吉，你們要認清楚，庫德族所在的四國，加上美、俄等大國，沒有誰會准許我們建國，但也沒有誰希望我們徹底消失，因爲我們是他們棋盤上最好用的一顆棋子！」

葉運隆完全沒有預料夏哈蘭今天會說出這一番話來，他忍不住想：「那你綁架我來這裡，難道不是暴力嗎？為了綁架我，已經有人為此送命，你跟PKK又有什麼差別？」

巴贊吉也沒有料到有這一番話，他年輕的臉上神色激動，突然暴衝出一句：「國際局勢詭譎，各地武裝暴動一觸即發，我既加入PKK，已有必死決心……」

譚雅伸手按住他的嘴，巴贊吉恢復了平靜不再發言，陷入沉思。譚雅偏著頭問道：「博士，照您說的，我們庫德人何去何從？」

夏哈蘭針對譚雅的問題回答，但眼光卻瞟向葉運隆，感覺上更像是在向葉運隆說明：「從上世紀兩次世界大戰後，民族國家的獨立成了沛然不可阻擋的趨勢，但從來沒有一個民族像庫德人如此可悲。我們獨立建國的理想永遠不敵國際的現實，我們憤怒的聲音不被聽見，我們的流血暴動卻被全世界放大看見，長此以往，原本同情庫德族的朋友也將和我們劃清界線，棄我們而去。譚雅妳問我，我沒有肯定的答案，但是我有一個不一樣的夢想。如果我們庫德族中的菁英，能夠創建並做成一些大事，能為全人類做出很大的貢獻，譬如說，能改善能源的問題、能改善糧食的問題、能改善地球暖化的問題……庫德族就能在全球的舞台上有了正向的發言權。這個話語權，在我看來，才是真正邁向建國的第一大步——全世界願意從正面聽你說話，你才有機會說服國際社會來協助你完成建國的夢想。」

葉運隆這一回是真的深深被感動了，尤其當他聽到夏哈蘭說，要用完成一件有巨大正向意義的創舉來爭取國際上的發言權。他知道這句話是說給自己聽的，不由得對這個集智慧、膽識、狡獪、暴力於一身的怪人，又有了更深一層的認識，對他綁架脅迫自己的罪行也多了一分諒解。

這時那個胖太太又出來了，她對大家一面說一面笑，眾人也個個面現喜色。只有葉運隆聽不懂，但是他確信自己猜得不會錯：中飯時間了，而且恐怕有大菜招待。

果然，那個笑容甜美的女司機迪芬雅衝著葉運隆道：「葉博士，老闆要請我們吃烤全羊，我在學校裡的教授教我們中文說『托福』，今天都是托您的福呢。」

葉運隆忽然想到夏哈蘭方才說的，不禁暗忖：「這裡連他的女司機都受過相當高的教育，確是庫德族的菁英。」

夏哈蘭和譚雅帶頭走出，葉運隆跟著大夥也往咖啡店的後院走，烤山羊的香味已從後面傳過來。他經過咖啡店老闆身旁時，不經意地低聲問：「我在加拿大的鄰居是庫德人沙欣醫師，不知你認識嗎？」

「哈，沙欣！他就是我的內弟，原來是葉博士您的鄰居？可巧了！」

烤全羊大餐果然精彩，除了烤肉香脆，令人聞了就要垂涎三尺，還塡了三種不同料的蔬菜：辣椒、番茄、茄子，配上米飯和大餅，給了葉運隆從未有過的異國美食經驗。

豐盛的午餐剛結束，不遠處傳來阿訇的唱經聲，是午後「晌禮」時間到了。咖啡館所有的人立刻男女分開跪下禱告，默唸《可蘭經》。唯一不是伊斯蘭教徒的葉運隆起初有些尷尬，但他很快就被那虔誠肅穆的氣氛感染，不自覺地端坐在椅子上低頭合掌，也默禱起來：「主耶穌啊，求您賜給我智慧和勇氣，帶領我走出困境……」

基輔加拿大駐烏克蘭大使館的安全官比爾．潘恩穿著剪裁合身的暗灰色西裝，瀟灑地從二樓餐廳走出來，他身後跟著一位身著寶藍色套裝的銀髮美女，「泛美科技企業公司」的總經理瑪莉．盧文斯基。比爾頭也不回地從樓梯走了下去，瑪莉望了一眼他的背影，默然若有所思，直到上行電梯門開，她閃身進入，按下了「24」，這棟大廈的頂樓。

∞

比爾步行過街，大使館就在對街的那幢樓中。回到辦公室，心中還是充滿了寶藍色的遐思。和瑪莉在對街二樓餐廳共進午餐已經快兩個月了，他們約在那裡除了方便之外，餐廳供應十分可口的俄式料理也是原因之一，但最重要的是，餐廳價位頗高，提供高檔的服務，中午從不擁擠，精美雅致的小房間更爲貴客提供舒適而私密的用餐空間。

兩個月來，兩人之間的感情漸漸升溫，從談工作上的趣事漸漸進入私領域的林林總總，混熟了就有些兩情相悅了。

今天中午待在小房間的時間比平日長了一些，比爾和瑪莉喝了些紅酒，兩人竟然情不自禁就在小房間裡親熱起來。中年人的熱情之火不輕易點燃，一旦點燃起來卻是轟轟烈烈。但餐廳畢竟是公共場所，縱然是在私密的包廂裡，兩人仍然在侍者服務性的敲門聲警覺下懸崖勒馬。

比爾坐在辦公桌後發呆，他此刻仍能感覺到瑪莉在他耳邊低聲的膩語，約他晚上去她家吃飯，他的心跳如鼓，久久不能自已，就像年輕了二十歲。

他沒有注意到秘書小姐已在門口，對他笑咪咪地問道：「老闆中午喝多了？」

比爾有些不好意思地道：「好朋友一道吃飯，不覺多喝了一杯紅酒。怎麼，臉色很明顯嗎？」

「不，臉色好看極了。」秘書小姐的笑意更濃了，她手中拿著一個講義夾，一面走近，一面翻開第一頁，忽然皺著眉道：「那兩位皇家騎警和兩位台灣退休警官下午四點鐘可以到達，他們從雅爾達一路趕來，算算時間，路上十多個小時恐怕沒有休息呢，其實可以搭飛機呀！」

「可以搭飛機？小姐妳就別鬧了。第一，四個人的機票誰出錢？我這裡可沒有預算；第二，這四個人都攜帶武器，搭飛機又要大使館出面辦特許，上次的麻煩還不夠過癮，還想再來一次？」

秘書小姐自己也覺得有些「白目」，不好意思地笑了笑，討好地道：「老闆，我看你乾脆閉目歇一下，到四點鐘酒意就退了，我會及時叫醒你，有事我也會應付處理的。」

比爾對她的乖巧很感滿意，便把椅子轉過一百八十度，使自己面對書櫃，閉上眼睛休息。中午的激情雖已經淡去，但他腦子裡一絲也無法平靜下來，仍在細細琢磨瑪莉對他說的每一句話……

他們第一次擁吻時，他才感受到這個女強人背後的熱情，就在那時，瑪莉喃喃地在他耳邊說：「比爾，我覺得我們好像是 007 間諜電影中的情節。」

「怎麼說呢？親愛的。」

「你是情報員，我是女間諜，差別只在於你還沒有和我上床就把機密告訴我了。」

「還好妳不是俄國的女間諜……啊……妳眞棒……」

「嗯……可你怎知我不是女間諜？我不是俄國的，卻是美國的間諜……親愛的，你上當了。」

「我什麼機密都沒有告訴妳，唯一的機密是，我恐怕要愛上妳了……」

「記不記得你那天午餐時跟我說，有個葉博士被綁架的事？你還說皇家騎警要去雅爾達的事？」

「親愛的，媒體上都在談的那算是機密？這些不是機密，妳也不是敵人。」

「比爾……嗯，你是一個好情人，午餐情人，我愛你。」

比爾的酒意漸退，他開始仔細回想近兩個月和瑪莉共進午餐以來，和她互動的一些細節，果然這幾天她似乎對葉博士的案子相當關注，當時並不以爲意，現在回想起來，她關注的程度的確有些異於尋常；譬如說，她曾不經意地問到皇家騎警是否來此地辦案的事。

當時她信口說道：「這案子發生在基輔，你這大使館的安全官可要頭痛了。」然後她又不經意地問：「除了當地的警察在辦案，你們國家也應該派人來協辦吧？我想如果葉博士是美國人，美國相關單位早就插手了。」

就是那時候，他提到皇家騎警。

想到這裡，比爾的酒意已經全消了，他轉過身來，喝了半口咖啡，中午瑪莉的一句話又出現在他耳際：「你說，跟我說的不是機密，那我也跟你說一個消息：你們的科學家葉博士已經不在烏克蘭了，他的行蹤消失在土耳其的某地。這算不算機密？」

瑪莉是笑著說的，比爾當然以爲是句玩笑話，此刻想來，竟然莫辨眞僞了。

「如果這話屬實，瑪莉又從何處得知？難道她眞是個間諜？」

他想了一會不得要領，接著進入腦中的想法是：「且不管它，今晚在她床上定要問出端倪來。」他嘴角露出一抹帶些邪意的微笑。

∞

四點還差二十分鐘，安德烈、麥可帶著喬治和梁菊這兩個「老百姓」進入大使館，這回比爾．潘恩不在會客室見他們，而是把四人請到他的辦公室來，還事先啓動了防竊聽的設施及程序；其實整個大使館都有同樣的設施，只是他總覺得自己的辦公室比較安全，爲什麼他也說不上來，也許，只是直覺地感到辦公室是自己更能「控管」的空間。

其實剛好相反，如果有人刻意用特種高科技侵入竊取信號，安全官的辦公室是最不安全的地方。

經過十多個小時的長途跋涉，四人面上皆有倦色，比爾道了聲辛苦，秘書小姐送上熱咖啡。安德烈啜了一口，呼出長長一口氣，說道：「我們找到了夏哈蘭．格巴第的別墅，就藏在克里米亞山脈之中，麥可和喬治衝進去和別墅裡兩個留守的庫德人幹上了，一個紅髮的死在喬治槍下，還有一個黑衣人駕著一輛白色的ＢＭＷ跑掉了。夏哈蘭先乘直升機跑了，我們猜想，葉博士就在直升機上。唉，我們又慢了一步。」

喬治補充道：「那兩個人，紅頭髮的和黑衣人，就是在基輔參與綁架葉博士的要角。那黑衣人『鷹眼』和他的白色BMW，在基輔『寶島餐廳』前面的停車場我和安德烈都看見過，他槍法極好，是個很厲害的角色……」

11 奇怪的充電線

麥可不嫌燙嘴，竟然幾大口就把一杯剛煮好的熱咖啡喝光，然後搶著道：「比爾，你這裡不安全，有人竊聽我們的談話！」

比爾心中本有些嘀咕，聽到此話不禁暗自心驚，連忙問：「你說什麼不安全？麥可，你說清楚點！」

「我們上次是在大使館裡討論南下的計畫，對不對？」

比爾點了點頭。麥可繼續道：「我們才一動身便發現有人跟蹤，後來我們甩掉了跟蹤，又臨時改變行程去了奧德薩，應該是徹底擺脫了跟蹤者，可是我們還沒到達雅爾達，跟蹤的人卻先到了那裡等著。這只有一個可能，便是你這裡出了毛病，機密直接從你這裡被竊聽了！」

比爾聽得心驚，他轉目看安德烈等人，其他三人都用力點頭，表示支持麥可的說法。只有比爾心裡有數，機密其實也有可能是從自己口裡洩露出去的：是他不經意中告訴了瑪莉嗎？

「這麼說，瑪莉真是個間諜？她替那一方工作？為什麼會對葉博士的綁架案特別有興趣？」

這些考量自不能明言，只好先放在肚子裡，於是他回答麥可的指控道：「我不敢說大使館的保密設施及程序做到了滴水不漏，不過麥可的說法很有道理，我要立刻啓動內部調查，同時，以後我們對重要的結論要再加密處理。」

比爾在一張便籤上寫下「看過銷毀」幾個字，給四個人傳閱後，就在桌邊的碎紙機中絞碎了。他回座將他的音響打開，音量調高，變得只有極近距離才能交談；雖有些震耳，還好是莫札特的小提琴協奏曲，比較不像某些交響樂故意用暴響來震撼聽眾，也就還能忍受。然後他湊近四人道：「讓我解釋一下爲什麼急著要請你們回來，大使館接到國內的緊急情報，橡樹城警方在葉博士的家裡逮捕了三個竊賊……」

梁菊嚇了一跳，連忙問道：「三個竊賊？他們偷竊了什麼？」

比爾道：「詳情不知，我們只知道橡樹城警方逮捕的三人中有兩個庫德人，這兩人稍前曾涉嫌闖入葉博士的實驗室毀損資訊系統；最奇怪的是，另一個土耳其人是葉家的鄰居……」

梁菊驚呼出聲：「沙欣醫師？這怎麼可能？沙欣太太在場嗎？」

比爾道：「沙欣太太並不在場，事實上，她失蹤了。沙欣醫師堅持不知他太太去了那裡，只說原以爲她在你們家看顧房子，所以才到妳家來找她，正好碰上那兩個竊賊……警方當然不採信他的說法。」

喬治急著打斷道：「艾瑞克曾告訴我，他懷疑沙欣醫師其實是土耳其的庫德人。」

比爾拍腿叫道：「這就對了，全是一夥的，全是爲了葉博士的發明！警方追查之下，終於查出沙欣太太帶著簡單的行李出現在皮爾森國際機場，根據她的購票紀錄，她在等補位搭乘德航飛基輔，然後轉機去索契。」

麥可叫道：「趕快逮捕她呀，逮捕了嗎？」

比爾壓低了聲音，以致四個人都必須傾前聆聽，在莫札特的第三號小提琴協奏曲第二樂章的優美主調中，比爾說出了最重要的訊息：「警方本可當場扣押沙欣太太，但是最後決定放她飛來此地。警方判斷她一定有重要的東西要親送到夏哈蘭．格巴第手上，我們只要跟著她這條線追，就能追到夏哈蘭，追到夏哈蘭就能找到葉博士。」

四人千辛萬苦追到雅爾達卻撲了一個空，十幾個小時的長途跋涉更是累上加累，這時聽到這訊息，全都再次興奮起來。梁菊想到離家之前，沙欣太太忽然來送蛋糕，在她前往警局簽署文件時，她又留在家裡至少有一兩個鐘頭，這時聽到這個令人震驚的消息，心想沙欣太太一定把自己家裡都搜遍了，不禁喃喃自語：「原來他們是土耳其庫德人……」

「葉太太，妳說什麼？」

「沒……沒什麼，我們一直以為沙欣夫婦是土耳其人，卻不知道他們是土耳其的庫德人。我並沒有拜託沙欣太太照顧房子，沙欣醫師說謊。但沙欣太太去索契幹麼？一個人去看冬季奧運？太扯了吧？」

安德烈道：「當然不是，她定是在妳家找到什麼重要的事物要親交夏哈蘭，買票去索契是個幌子。」

喬治也呼應道：「她到了這邊一定有人接應，我們要如何行動？」

這時比爾在一張 A4 紙上寫了兩行字，悄悄遞給麥可。大夥湊近看，紙上寫著：「德航 142，明天中午十二點零五分到達基輔；基輔飛索契，烏克蘭航空的票 open。」

喬治想了想，壓低聲音道：「沙欣太太絕對不認識安德烈和我，我倆可以出現在明處，梁菊不能露面，爲了安全起見，麥可也不要出現。如果有人接應她走出機場，我們就跟蹤；如果她確認了去索契的機票，要有人搭機跟下去，其他的人先待命，看情形再決定下一步行動……」

他接過那張 A4 白紙，掏筆寫下：

安德烈：機場守候，如「目標」轉機飛索契，須搭機跟下。

梁菊：躲在暗處認人。

麥可及喬治：機場待命，如「目標」離開機場，跟蹤。

比爾：用安德烈名字訂一張飛索契的 stand-by 機票。

這張紙傳閱完畢，四個人都點頭表示同意並記下了，比爾一手將它送入了碎紙機，一面做結論：「今晚晚餐你們自己解決，賬單給我，明天早上八點半鐘在這裡集合。」

他暗忖：「晚上還有一件耗體力的重要工作，恕不能陪各位了。」

8

基輔的鮑里斯波爾國際機場距城中心約三十公里，中午的幾個小時特別忙碌。梁菊坐在二樓的咖啡座，她右手邊的欄杆下面就是H7「登機/到達」兩用門，「到達」那邊的LED亮出德航142已抵達，三分鐘內旅客即將魚貫而出。登機門外聚了不少人，服務人員用紅繩帶拉出一塊迎客的區域，以便和等候登機的旅客有所分隔。

從登機門出來的旅客，梁菊居高臨下，一個個看得清楚。

沙欣太太千里迢迢趕來，如果是要將什麼事物交給綁架艾瑞克的庫德人，梁菊心中有數，多半就是那條蘋果的充電線。但是沙欣太太是如何找到它的？又如何知道它的重要性？

她回想沙欣太太送蛋糕來的那一天的每一個細節……那天自己對要不要帶這條充電線上飛機幾番猶豫不決，那時她對沙欣太太全無防備，如果她躲在暗中把一切都看在眼裡……那，那就不奇怪了。

在迎客的人群中，梁菊看到安德烈狀似悠閒地靠在一根柱子上滑他的手機，她一面啜著濃咖啡，一面仔細打量下面的人群，看上去都很正常。二樓上的客人也沒有任何異狀。她知道一切動作都要等到沙欣太太出現才會開始，她只是先把周圍及樓下的形勢儘量掌握，牢記腦中。

沙欣太太出現了，她穿著一件淺紅色黑毛領的大衣，梁菊看了眼熟，再看一眼，確定曾經見她穿過，好像是前年聖誕節大減價時在多倫多伊頓中心買的，她還讓梁菊試穿給她看。

她在手機上按下鍵，樓下的安德烈作不經意狀把手機打開。

「目標出現，淺紅黑領大衣……」

「看到了。」

梁菊輕輕關上手機，很仔細地查看了一下四方，二樓咖啡座中沒有異狀，但樓下有動作了。

沙欣太太拉著一個隨身的小行李箱，走出了紅繩帶隔成的走道，她左右張望了一下，這時，一個穿黃皮夾克的瘦小男子從人叢中穿出來走向她。

「有人趨近目標，穿黃皮夾克，矮瘦。」

「看到了。」

「你跟他們，我跟你。」

「遠離妳的鄰居，防她認出，我會指路。」

那瘦子和沙欣太太交談幾句後，就帶路向「轉機/取行李」的方向走去。安德烈跟在十五公尺後面。

梁菊結賬下樓，她跟在安德烈後面，離得較遠，安德烈的背影只瞥到一兩眼就消失在人叢中。梁菊也不心急，知道他就在前面，她要確保自己不被沙欣太太看見，便儘量混在人群中跟著人流向前移動。

手機輕響，她一打開就聽到安德烈的聲音。

「『H3』處右轉，看來她真去轉機了。」

「瞭解。我在五十公尺後面。」她抬頭瞄了一眼「H3」的標誌。

梁菊踱到轉機區，在最遠的一端找到了「烏克蘭國際航空」的櫃檯，她看到沙欣太太、那個瘦子和安德烈都在排隊，沙欣太太在前，兩人之間大約隔了六七個旅客。梁菊立刻轉身閃人，在遠方的一間候機室裡找個靠牆角的座位坐了下來。

二十五分鐘後，手機又響，是安德烈的聲音：「目標和我的機票都搞定，這是一班季節性的班機，除了目標兩人和我，其他旅客大概都是去索契看奧運的。我們的飛機還有一個半小時起飛。現在要怎樣？」

「下一步怎麼走，等『平台』那邊商量好了再回你。盯住目標不要動，起飛前一定回你話。」

「Roger。」

梁菊聯絡了喬治和麥可，他們待在旅客大廳的咖啡店待命。她緩緩站起來準備離去，感覺上坐在遠方烏航候機室的安德烈似乎投了一個眼神過來，梁菊微微點了點頭，就緩步走出轉機區了。沒有引起任何人的注意。

出了轉機區，她加快步子走向旅客大廳，老遠就看到麥可和喬治坐在咖啡店門邊上的一張桌子旁，她一聲不響地坐了下來。

「沙欣太太準時到了，有一個瘦小的矮子在登機門外迎接她，兩人當眞去確認了烏克蘭國際航空的機票，安德烈跟蹤他們也劃好了機票，一小時二十分後起飛，三人同機去索契。」梁菊低聲簡要地報告，三言兩語就把眼前的情況講清楚。

麥可道：「我們下一步怎樣走，要不要問一下『平台』那邊？」

喬治皺了皺眉頭道：「不急，我們先想好了再回報平台，平台同意了，我們才回報安德烈，告訴他我們要怎麼做，他要怎麼配合。」

梁菊道：「不錯，我看那樣子，沙欣太太他們去索契只是一個幌子，到了索契後，多半又有人接應她去她該去的地方……」

麥可打斷道：「那我們要不要設法趕去支援，安德烈一個人恐怕搞不定。」

梁菊接著道：「我是說，如果對方約好在索契接應沙欣太太，而要去的地方十分隱密，他們會用什麼交通工具接應？我們如果不想失去目標，現在就要多加考慮這一點。」

麥可道：「索契那裡不外乎坐車或坐船，坐船走黑海，行蹤容易被掌握，我猜他們會換乘車，往高加索山區裡跑，然後跑到某個秘密地點去見夏哈蘭。」

喬治忽然冒出一句：「不能忽略他們走空路，夏哈蘭有私人的直升機接應。」

梁菊立刻稱是，她想到在雅爾達山區看見的那一架 EC145 豪華直升機，當時夏哈蘭和艾瑞克多半就在那架直升機上面，於是建議道：「我們要『平台』請求索契機場那邊的航警協助……」

麥可打斷道：「這期間俄羅斯和烏克蘭政府之間很是緊張，恐怕請安德烈透過國際刑警總部來處理比較快。」

喬治道：「你不是罵國際刑警全是笨蛋嗎？那天你差點為此和安德烈大打出手……」

麥可面不改色地道：「我知道，可是眼前這班飛機從基輔到索契，確是跨國的國際航班，

INTERPOL雖然笨蛋，沒辦法，這時也只好試試他們了。」

梁菊道：「我們就報告『平台』，安德烈已經跟蹤『目標』下去了，索契的航警及國際刑警兩種支援都要考慮，同時請衡量全局，給我們三人下一步行動的指令。」

喬治道：「就這樣……」他看了看腕錶，對麥可道：「麥可，請你立刻聯絡大使館平台，並告訴他們飛機還有一個鐘頭就要起飛，安德烈在等指令。」

麥可道：「馬上辦。」立刻就起身找到一個較爲隱密的角落去撥電話。

梁菊沉思了好一會，終於決定對喬治道：「艾瑞克有一件秘密的事物交給了我保管，我直覺那事物與他被綁架有關，來這裡之前曾仔細考慮，艾瑞克把那東西交給我而不帶在他身邊，便表示他在此行中不會用到它；而這件東西既然很可能和他被綁架有直接關連，我趕來救援也就不帶在身邊比較安全……」

喬治點頭道：「不錯，就算必要時要用到這寶貝，也可以到時再請皇家騎警送過來就是，反正只要綁匪要的寶貝還沒有得逞，艾瑞克就是安全的。妳不帶那事物來是正確的。」

梁菊皺眉道：「可是我現在很擔心這件東西已經落入沙欣太太的手中，她現在要送過來交給綁匪的，恐怕便是它。」

喬治忍不住問道：「那東西究竟是什麼？如果不方便講，妳就不需告訴我。」

「當然要告訴你，大哥……」她把嘴湊近喬治的耳朵，用只有喬治聽得見的聲音悄悄道：「是一條白色蘋果充電線，有特別設計的充電線。詳細怎樣艾瑞克也沒跟我說，我猜想，可能是什麼記憶體故意做成充電線的模樣做爲掩護……」

這時麥可正好結束了與「平台」間的通話，他走過來遠遠看見梁菊好像正在親吻喬治的臉頰，便很識相地停下身來，心中嘀咕道：「這些台灣來的人也眞厲害，老公還沒有下落，倒是先和別的男人搞曖昧起來，比我們加拿大人動作還爽快俐落。這兩人以前都是警官，喬治多半是這個厲害女人的老情人，我且不去打擾他們的好事。」

接著他看到兩人分開，喬治臉上神情嚴肅，滿不是剛剛享受過溫香軟玉的模樣，不禁一怔，暗道：「啊，原來梁菊是和喬治咬耳朵講悄悄話，倒是我誤會了他們，不好意思。」

麥可沒想到的是，他雖誤會了眼前這個動作，但他先前的猜測倒是錯有錯著，不算離譜。

麥可回來坐下，低聲道：「比爾要我們通知安德烈，盯住目標就好，不要有任何行動，他立刻動用所有公私關係，請索契機場的航警支援。安德烈一定要在『目標』下機之後才走出機門，機艙門口的工作人員中會安排一位執勤的航空警察，安德烈主動和他接頭，自稱皇家騎警就好。到時候不論是要繼續跟蹤下去，或者立即擋下目標，就要看當時情形決定，俄國警方應會配合支援。我已經發簡訊通知了安德烈。」

喬治道：「好極了，我們三人呢？」

「儘快先回大使館。」

喬治想了想，道：「還是等安德烈上了飛機我們再撤，以防萬一他需要支援時我們已經離開了。」

麥可道：「那就再來一杯咖啡，一塊黑森林蛋糕。」

梁菊道：「我不要了，麥可你儘管吃。」

二十五分鐘後，麥可的手機「叮」的響了一聲，是安德烈從飛機上傳來的簡訊：「已登機坐在14E，被身旁巨型俄國女人嚴重擠壓。目標在6B。要關機門了。」

喬治道：「OK，回大使館吧。」

∞

安德烈．布洛克的身軀塞在14E的狹椅中已經夠擁擠，身旁的胖婦人更毫不客氣地把兩邊的手靠都佔據，右手臂甚至超出手靠，侵佔到安德烈的空間。安德烈移動身軀做了幾次抗議的暗示，那胖女人理也不理，他只好自我安慰：「好在頂多忍耐一小時，眞命苦啊。」

他閉目養神只一會便警覺睜眼，見前方6B上的目標無變化，就又閉上雙目。第二次從迷糊中警覺時，機長正在宣布飛機已趨近索契機場，數分鐘後即將降落。安德烈噓了一口氣。

他位子靠窗，正好禮貌地讓心急的旅客們先走，等到確定沙欣太太和那個瘦矮子已經走出機門，才緩緩擠出座位進入走道。

一出機門，左邊有三個身著工作服的地勤人員，一個清潔女工正在等候客艙淨空後上機打掃。然後他看到一個年輕的俄國警察，便上前低聲道：「加拿大皇家騎警。」

那年輕警察點頭道：「RCMP跟我走。」

「前面三十公尺那個黑毛領淺紅大衣的女人，和她身邊黃皮夾克的矮子。」

年輕警察對著隨身的無線電對講機，改用俄語低聲通知守在前面的同事：「目標已到，黑領淺紅大衣女人，黃皮夾克矮子，兩人在西翼走廊正走向護照檢查站。」

「我是安德烈．布洛克警官。」

「啊，我是丘可夫警官。你好。」

「我們先跟著，看這兩人要往那裡去。」

丘可夫道：「看來他們要出旅客大廳，外面一定有人接應。」

他們走了兩段輸送帶，安德烈忽然「啊」了一聲：「女的進洗手間去了。」

「不急，那瘦矮子拿著她的大衣和行李箱在外面等她。我們到右邊飲水機那裡假裝喝水，等她出來。」他們就在距女廁約三十公尺處靜靜等著。

幾分鐘後，沙欣太太從女廁出來，遠遠看見她微笑謝了矮子，重新穿上大衣，接過行李箱，繼續向出口走去。安德烈和丘可夫連忙跟了上去。

他們離去五分鐘後，那間女盥洗室中走出一個清潔婦，手推著一台小車，上面裝了各種打掃工具用品，她似乎剛剛工作完畢，將小車推到轉角處進入一個工具間。過了幾分鐘，這婦人已換裝下班，穿了一身灰色寬鬆衣褲，手上掛著一件黑色厚羽絨衣，走向大廳。

她通過檢查站時，把掛在頸項上的工作證拿起來讓警員看一眼就通關。走出大廳，她穿上羽絨衣，一個高大的中年男人走近，低聲用庫德語對她道：「快跟我走，直升機已到，在等我們。」

「直飛基地？」

「嗯，厄德爾停一下。」

「加油？」

「少問，快走……」

就在這時，一個平頭漢子悄悄從大廳的石柱後閃出來，他掏出手機撥了一個號碼，操一口伊拉克語：「哈老闆，目標被直升機接走……」

∞

安德烈和丘可夫警員緊跟著沙欣太太和那瘦矮子走出了機場，滿心驚訝地看著這兩人竟然搭上了從機場去索契奧運園區的直達巴士。

丘可夫輕「呃」了一聲：「怎麼？他們要去看奧運？你們大使館的人說，這女人帶了極機密的事物要交給綁架分子，要我們緊密跟蹤，你們……你們有沒有搞錯啊？」

安德烈心裡又驚訝又緊張，他要立刻決定如何反應，正在思考時，緊接著又來了一輛空巴士，也是去奧運會場的直達車。他不能再猶豫，便道：「丘可夫，我們上車！」

兩輛巴士先後抵達濱黑海的奧運園區，安德烈下了車，海上吹來帶些濕氣的冷風，溫度似乎並不十分低，但感覺上很有寒意。丘可夫道：「我走前面，你跟著就行……那兩人……好像是去買入場券了，難道他們眞要去看奧運？」

安德烈知道丘可夫要自己走在後面是有道理的；一般人碰到穿制服的警察，下意識就會避免和他對眼，眼光也不願久留警察身上細看，所以跟在警察後面的人特別不易給人留下印象。若說這個沙欣太太一個人從多倫多飛來，只是爲了看奧運，安德烈是打死也不相信，他在丘可夫身後低聲道：「他們一定是約了人在奧運園區中見面，說不定就是要在這人多而混亂的場合交遞那件秘密的事物。」

丘可夫道：「我們快跟上，看來他們是往博許俄冰宮走……」

安德烈知道那是冰上曲棍球的球場，便點頭道：「對，我快去買入場券。」

丘可夫道：「跟我走，不用入場券的。」

安德烈暗忖道：「對，我都忘了，跟警察去公共場所還要買入場券，那是笑話。」

冰球場裡傳來一陣陣的掌聲及吼叫聲，場外有些流動販賣奧運紀念品的少年，他們頸上掛著塑膠箱，裡面塞滿各色各樣的紀念品。安德烈向一個男孩買了一頂印有「索契 2014」的帽子戴在頭上，這樣看上去就跟其他多數的觀眾及遊客一樣，比較不顯眼。

果然，跟著丘可夫就能無票直入。檢票員沒有問任何話，丘可夫指著安德烈，前後揮一下表示兩人是一道的，就像回家一樣走進了球場。安德烈心中暗忖：「其實我只要掏出加拿大國家隊教練團的證件，也是通行無阻的，但我不要讓丘可夫知道我這身分。」

他卻不知道，丘可夫也有另一重身分沒有告訴他。

冰球場是新建的，可容納一萬二千人，設備新穎，看上去氣派十足，場內坐了約七成的觀眾，十分熱鬧。

場上是加拿大、芬蘭之戰，這兩隊都是傳統強隊，雖在預賽碰頭，但打得精彩緊張，觀眾全力為兩隊加油。記分板上LED燈顯示比數一比一，平手，末節時間只剩下不到五分鐘，全場情緒變得高昂興奮。

多麼熟悉的氛圍啊！安德烈不禁深吸一口氣，稍微壓下胸中的激動，一進場便隨便找個空位坐下。丘可夫站定後環目四看，眼尖的他一眼就見到先進場的沙欣太太和那個瘦子，兩人還在按入場券上的座次努力找位子；在一排排緊張興奮的觀眾面前摩踵擦膝擠著通過，很是惹人嫌惡。

「欸，安德烈，目標在十點鐘方向，很近啊，可能不到五十公尺呢。」

「看到，無妨，他們不認得你我。」

這時冰球場上兩個球員扭打起來，觀眾鼓譟之聲大起，穿紅衣的加拿大隊右鋒和白衣的芬蘭左衛發生嚴重的肢體衝突，裁判上前將兩人扯開，先動粗的芬蘭球員被判兩分鐘的球監，罰離球場，「關」在場邊的 penalty box 中。

加拿大隊將享有兩分鐘的時間多一人在場，這一次「優勢進攻」（power play）可能是這場球打破僵局的最後機會。

加隊換鋒線。

這時觀眾席中突然爆出響亮的歡呼：「彼得！彼得！」

「彼得．伊列諾夫！彼得．伊列諾夫！」

原來加拿大隊的教練把後備中鋒彼得．伊列諾夫換了上來。

安德烈是加拿大隊的教練團顧問，要不是爲了葉博士綁架案，此刻他是應該坐在教練身邊的。丘可夫被這突發的歡呼及鼓譟聲嚇了一跳，側頭問道：「他們叫什麼？這個彼得是誰？十分年輕呢。」

安德烈當然一眼就認出彼得，這個國家冰球聯盟才華橫溢、前途無限的年輕選手。他回答道：「他們在爲彼得歡呼，彼得．伊列諾夫是當今加拿大冰球聯盟中最有潛力的天才球員，出道才一年就被選入國家隊，雖然只是後備中鋒……」

在眾人歡呼吼叫聲漸歇之際，忽然聽到一個極尖、極響亮的女聲：「AK47！秘密武器！AK47！秘密武器！」

這一聲尖叫，立刻引起一些觀眾又加入吼叫起來：「AK47！AK47！」

「彼得！彼得！」

新上場的鋒線開始進攻，加隊雖然場上多一個人，但是控球後衛操之過急，一個長傳不到位，芬蘭隊如虎似狼地將左鋒堵在角落，讓他傳不出球，加隊立刻有人上前援救。那冰球一陣亂碰彈到了藍線外，芬蘭隊的中鋒撿到這個「散落球」，全速向空著的加隊防區反攻，加拿大球門已準備衝出做最後一搏的阻擋，眼看芬蘭隊將以一記「短人手」的得分球取得勝利。

說時遲那時快，一道紅影以不可思議的速度趕了回來，他一面用合法的身體衝撞讓對手減慢失衡，一面用球棍巧妙地搶走了冰球……

這個飛將軍正是伊列諾夫！他得球不饒人，一個剎車轉身，帶球過中線，重新組織優勢進攻。

過了藍線，把球傳給了左上角的後衛，他自己飛身佔據中央腹地。三鋒兩衛轉動傳球如飛，絕不在棍下停留，幾個外圍長傳後突然內傳，左鋒接球轉身就射。兩個芬蘭球員奮不顧身撲倒阻擋，然而這一下卻是一記佯射，球已傳到中場。防衛者急速爬起來補位，左中場露出那麼一瞬間的空隙，加拿大隊的少年中鋒揮棍勁射得分。

全場爆起如雷的掌聲和歡呼，這一瞬間丘可夫顯然注意力完全被球賽吸引，忘情地拍手叫好，只有安德烈十分冷靜地盯住右前方那位帶頭尖叫「AK47」的金髮美女。

他暗道：「娜塔夏，又碰見妳了！」

∞

比賽結果，加拿大隊就以二比一戰勝強敵芬蘭，以分組第一名晉級。丘可夫顯然也是一個冰球迷，就像大部分的俄國人一樣，尤其聽到彼得．伊列諾夫這名字就知道是俄裔，聽說他是未來巨星，更加感到興奮；但是他並沒有忘記來此地的目的，他目不轉睛地盯住沙欣太太和矮瘦漢子兩人，看他們球賽完了要去那裡。

「安德烈，你的目標好像並沒有與任何人接觸呢，難道她只是來看冰球賽而已？」

「不可能，我倒要看她下一步去那裡。」

沙欣太太拖著她的小行李箱，和那個瘦小漢子不徐不疾、好整以暇地走出博許俄冰宮，穿過頒獎廣場，進入造型流線的「冰山」溜冰競技館，看來場內有花式溜冰的競賽正在進行。館外還有相當多的觀眾正在排隊入場，沙欣太太和瘦小漢子果眞加入排隊，打算看花式溜冰了。

等到沙欣太太看完一場花式溜冰預賽，她和瘦子兩人始終在一起，沒有和任何第三者接觸。看著兩人依然悠閒地踱出「冰山」溜冰場，安德烈開始信心動搖，他和丘可夫曾刻意靠近偷聽他們的談話，但說的全部是庫德語，一無所獲，直到發現這兩人又在排隊搭乘直達飛機場的巴士，安德烈感到徹底被打敗了。丘可夫問道：「他們竟然眞的是來看奧運的？」

安德烈仍然有十足的理由說「不」，他搖頭道：「絕無可能！如果我告訴你，這個沙欣太太隻身飛一萬公里來到索契，只看半節冰球賽、一場花式溜冰競賽就搭飛機回去，你會相信嗎？」

「不相信。」

丘可夫把安德烈拉到路邊，低聲問：「要不要找個理由搜一下沙欣太太的行李？」

安德烈大吃一驚，低聲道：「她又沒有做什麼可疑的犯法行動，我們可以這樣做嗎？」

「拜託！現在是奧運期間！任何安全上有懷疑的人或事，都不能放過，那有什麼不能做的事？」

安德烈聽了傻眼，問道：「我們有什麼安全上的懷疑可以做爲當街搜查的理由？」

丘可夫瞪著大眼，以一種不可思議的眼光看著安德烈道：「我沒有什麼懷疑，是你對她有懷疑，怎麼反問我？」

安德烈想了想，有些不好意思地道：「就說懷疑他們兩人身上帶有違反安全規定的物品，要檢查一下，這樣可好？」

「有什麼不好？不過我要先聯絡一下大會安全組，請求派一位女警同志協助。」說著撥了一個電話。

沙欣太太和那穿黃皮夾克的瘦子正要上巴士，丘可夫和安德烈上前攔住，丘可夫很客氣地道：「對不起，夫人，我們接到情報，你們兩人攜帶危險物品進入奧運會場，請跟我們去澄清一下。」

沙欣太太聽不懂俄語，便用英語反問：「你們搞錯了，我是加拿大人……」

那瘦子卻聽懂了，便幫她翻譯了。丘可夫冷冷地道：「妳是沙欣夫人吧？」

「是……但是我今天才從加拿大來……」她顯然大吃一驚。

丘可夫不等她說完，便作勢要強制執行：「是沙欣太太就錯不了，請妳跟我走！」

那瘦子能通俄語，抗聲道：「你們沒有權力如此騷擾遊客，警官，我想知道你的姓名，我們要投訴。」

安德烈聽了暗叫不妙，丘可夫無正當理由當街強行搜查遊客，這下遇到不服的「刁民」了。那知道丘可夫年紀雖輕卻經驗老到，他斜眼看了瘦子一眼，狠狠地道：「你叫啥名字？」

那瘦子也不怕他，抗聲道：「我叫阿布。你要怎樣？我是土耳其人，你管不著。」

丘可夫冷笑道：「我也要查你，阿布，你跟我走！你要投訴只管請便。」

安德烈站在一旁靜觀丘可夫表演，其實心中很是感到不安與慚愧，幹了這麼多年警察，從來沒有「享受」過這麼大的權力，也沒有機會耍過這麼大的威風。

沙欣太太不願鬧事，和阿布交換了一個眼神，兩人便隨丘可夫走離巴士站。安德烈跟在後面，轉念想：「讓丘可夫搜查一下這兩人也好，我就死了心。」

∞

看著沙欣太太和阿布上了巴士返回機場，安德烈感到十分沮喪；方才丘可夫在一位女警同志的協助之下，仔細地搜了沙欣太太和阿布的全身及攜帶行李，沒有發現任何違禁品或可疑物品，安德烈尤其注意查看，梁菊特別交代的一條蘋果充電線也沒看見。丘可夫只好放人。

阿布穿好衣服，惡狠狠地瞪著丘可夫，丘可夫哼了一聲道：「你可以走了，回去好好寫一封投訴信，記好我的名字是丘可夫，索契機場的航警。」

阿布比了一個中指，道：「我要寫信給普京，你小心一點。」

巴士開走了，安德烈對丘可夫感到十分的抱歉，喃喃地道：「這下回去要爲難你寫一篇報告了，眞不好意思。我們怎麼寫搜查的原因才妥當？」

丘可夫倒是蠻不在乎，搖搖頭道：「有什麼爲難？我就說從加拿大大使館傳來的國際情報，指出這個沙欣夫人可能攜有違禁物品進入奧運會場，我便會同加拿大皇家騎警共同跟蹤沙欣夫人到奧運會場執行搜索任務，事後證明加拿大的情報有誤。這有什麼難寫的？還有，那個瘦子阿布臨時被發現是在機場迎接沙欣夫人的人，便一道查了。OK？」

安德烈說不出話來，對俄羅斯警察撰寫報告的能力佩服得五體投地。丘可夫這一番陳述合情合理，除了「情報有誤」這幾個字令加拿大大使館丟一些面子，其餘的誰也沒有責任。

不過話說回來，這事烏龍一場，加拿大大使館確也「難辭其咎」；安德烈最有感的是，撰寫這個報告的「老練」警員看上去才二十出頭，他在俄羅斯警界的前途實在不可限量。

他無話以對，只能對丘可夫翹起大拇指，表示佩服。

「我要回機場去交差了，安德烈你呢？」

安德烈道：「我也回機場，你等我上個洗手間，你要不要一起去？我看你大半天一次廁所都沒上……」

他心想，從離開機場後，兩人喝一樣多的咖啡，自己已經是第二次上廁所了，這個丘可夫憋尿的功夫也高人一等。其實這只忠實地反應了相差二十年的膀胱應有的差異。

「丘可夫，我們一道去，憋尿對身體不好。」

「也好，其實我沒必要。」

兩人走向廁所。索契奧運會有些硬體細節做得很精緻，例如男女廁所的標誌就很藝術，盥洗室外面掛的都是高級的木牌，男廁的牌上面選刻了奧運會中三種男子項目的運動員，一律是深藍色；女廁則刻的是三種女選手，一律用桃紅色。造形和線條都很漂亮，應是出自設計高人之手。

他們走近的一間牌上刻著花式溜冰的男選手，丘可夫盯著看了一眼，道：「安德烈，你有沒有發現我們的盥洗室標誌十分高級。」

安德烈聽到「盥洗室」，腦中猛然一震，好像被重棒敲了一下，他「啊」了一聲，低聲道：「我知道了！在機場的盥洗室中，沙欣太太已經把『事物』交給接應她的人了！我們全被耍了。」

丘可夫也恍然大悟，扼腕道：「不錯，機場的女盥洗室！原來如此！」

∞

安德烈謝了丘可夫的協助，收拾起滿腹的挫折感，坐在候機室裡沉思。沙欣太太和瘦子阿布都已不見蹤影。他回想從「目標」出機門他開始跟蹤的一幕，直到沙欣太太進入盥洗室，瘦子阿布幫她拿著那件淺紅大衣和行李箱在走道邊上等候，那情景依然歷歷在目。安德烈長嘆一口氣，忖道：「盥洗室內安排了接應的人，這一招完全沒有料到，看情形連那個瘦子阿布都不見得事先知道。唉，這些庫德人真鬼啊。」

手機鈴聲響了，是「平台」撥過來的，不久前他才以簡訊扼要地把跟蹤沙欣太太失敗的情況報告了「平台」，此刻不知有什麼新指令。是比爾．潘恩打來的電話。

「安德烈，有沒有看電視新聞？」

「沒有……」

「最新消息，一架私人直升機墜落在土耳其和亞美尼亞邊境的厄德爾郊區，機上乘客連駕駛共三人，兩男一女死在機艙內，據初步瞭解，三人都是土耳其籍。老兄，問題可能更複雜了。」

安德烈一時沒有會意，便沒有回答。比爾急道：「安德烈，你還在線上？」

「是，請講。什麼更複雜了？」

「那架直升機墜毀卻並未引起火災，從電視畫面上梁菊認出是一架EC145，機身漆成很特別的綠白相間的圖案，她說非常可能是屬於夏哈蘭的那一架豪華直升機。」

安德烈精神一振，忙問道：「目前是那一國的警方在處理？你說邊境……」

「土耳其的警方已查出，這架私人直升機是從索契起飛，航警研判出事時油料所剩不多，所以墜落後沒有引起大火燃燒；它有可能是要降落厄德爾加油……」

「知不知道造成墜落的原因？」

「根據現場初勘，警方不排除是遭武力攻擊墜落，詳情沒有透露。葉太太有一個想法，我聽起來很瘋狂，你要不要聽聽？」

安德烈手機裡已換成梁菊的聲音：「嗨，安德烈，根據你傳來簡訊所述，再從起飛時間和飛航距離來看，似乎符合一個假設。我的假設是，沙欣太太下飛機後利用機會擺脫你們，把她帶來的東西交給了預定的接應者，然後出機場引你們跟蹤她，而那個接應者則上了夏哈蘭那架直升機，向南飛了大約兩個半小時，到達土耳其、亞美尼亞國界上空，本來要降落厄德爾加油，卻在這時墜落，警方說不排除遭武力攻擊的可能性……」

安德烈道：「梁菊，妳編故事的能力真強，妳的故事聽起來很瘋狂，但是我卻相信確有這個可能。如果真是這樣……」

對方電話已回到比爾的手上：「你說如果是怎樣？」

「如果真是這樣，是否就表示夏哈蘭現在藏身在土耳其的某地？」

比爾馬上想到瑪莉和他溫存時曾說的「玩笑話」：「……那我也跟你說一個消息，你們的科學家葉博士已經不在烏克蘭了，他的行蹤消失在土耳其的某地。」

他猛然一驚，耳中聽到安德烈繼續道：「那麼葉博士也被他帶到土耳其的某地。所謂某地，應該就是土耳其東南部庫德族人的地盤。」

比爾熱烈回應：「不錯，從直升機飛行的航線及墜落地點來看，肯定是要飛向庫德人住的山區。」

安德烈心中一下子湧上了好些想法，但一時之間一個也不具體，他亟需沉澱一下然後好好思考，也許能理出實際行動的方案，於是他對比爾道：「比爾，我要好好想一想，你們也好好商量一下，十五分鐘後我們再通電話，希望你們給我新的指令，我也會提出我的需求。」

「這樣很好，安德烈。」

他們關上了手機。

安德烈閉目沉思，漸漸地一些具體的做法在他思考之下成型了：「首先，我們的『平台』

要請渥太華出面，央請美國情報單位協助，儘可能提供墜機地點及附近山區的衛星照片，次數愈密集愈好。第二，『平台』要用加密通訊向國際刑警請求援助，由 INTERPOL 代爲向土耳其警方請求，准許我方派員到現場協助蒐集證據。然後『平台』指示我，是在此待命還是先去現場瞭解情況，最後，『平台』要派人從基輔下來會合。」

他整理清楚了思緒，心中便踏實了許多，看看腕錶，離約定和「平台」通話的時間還差兩分鐘。他在心中再補一句：「如果要我先去現場，『平台』就要請國際刑警弄一架直升機來載我，不管是那一國的都行，就近的最好。」

∞

半小時後，安德烈以加拿大國際刑警聯絡官的身分，坐上了一架索契警方的俄製 Mi-8 改裝直升機，機上除了正副駕駛，還有兩個俄羅斯警官。

十分鐘前比爾告訴他，「平台」請求俄方就近支援一架直升機；以過去和俄羅斯打交道的經驗推測，對方層層報准的冗長程序恐怕要誤卻時效，所以同時他也聯絡了烏克蘭當局，必要時請雅爾達警方支援。沒有想到這一次向俄方提出請求，不到二十分鐘，俄方國際刑警就慨允立即派索契的航空警察隊支援，比爾很高興，也感到很意外。

安德烈卻不怎麼感到意外，葉博士的綁架案已經鬧開，這樁墜機事件死了三個人，媒體報導直升機是從俄國索契起飛，既然加拿大大使館以辦案爲由急著派人去現場，俄方豈有不搭便車派人去搜查的道理？

他表明身分登上直升機，才發現這架看似老舊飛機的客艙內部竟然相當寬敞，八張座椅起碼有民航客機商務艙座位的空間及舒適度，他不禁讚道：「哇，很豪華哩。」

一位光頭的年輕警官道：「這架直升機之前運兵時，排排坐可以擠二十四個人，改裝成八人座，怎麼不豪華？」

「哈囉，安德烈，很高興又再見到你。」

前艙副駕駛回過頭和安德烈打招呼，安德烈又驚又喜，原來是丘可夫。

「丘可夫，怎麼會是你？」

丘可夫微笑道：「對不起，忘了告訴你，我丘可夫是航空警察飛行官。」

安德烈打趣道：「一個小時前才和你擁抱道別，看來今天是擺脫不掉你了。」心中卻暗暗警惕，看來俄方對這個案子暗中頗有布置，愈是表面上看不出動靜，檯面下的布署和謀略愈是深不可測。

他又想到在冰球場中看比賽時，遠遠看到娜塔夏，當時無暇細思，這時靜下來思考，這個神秘的俄國女間諜出現在奧運會場，看她全心投入爲加拿大隊加油的模樣，難道她眞是爲觀賞奧運節目而來？

直升機的旋轉翼開始轉動，那兩位俄國警官自我介紹，光頭的年輕人叫烏次欽科，另一位沉默少言的金髮高個兒叫維克羅夫，都是索契刑警鑑識官。

Mi-8型直升機雖是上世紀六零年代的產物，但其性能及可靠度都不錯，從蘇聯時代起紅軍多次行動中都表現突出，目前仍在生產之中。據說前後一共生產了一萬多架，全球有八十多個國家使用，紀錄可稱輝煌。

Mi-8沿著黑海濱南飛，高度維持在一千五百公尺，飛過巴統（Batumi）後就要進入土耳其領空。透過國際刑警的聯繫，Mi-8向地面報告了飛機型號及航線，地面雷達站確認後准許Mi-8進入領空，指定須沿土耳其、亞美尼亞邊境南飛，高度降至一千公尺。

「……高度一〇〇〇，Roger。」

副駕駛丘可夫用英語確認地面指令後，無線電轉切到艙內通話，改用俄語說道：「要不是搭國際刑警的便車，平常土耳其對我們的航空器緊張得要命。」

烏次欽科道：「即使如此，我猜地上肯定有一個雷達在密切鎖定我們。」

直升機到達厄德爾（Igdir）附近的上空時，高度降到三百公尺，從機窗看下去，地面情況一目瞭然，只一個盤旋就找到EC145墜落的地點，是在厄德爾西郊一片光禿禿的山區裡。四周都有積雪，EC145的殘骸旁停了兩輛警車及一輛救護車，現場架了探照燈，有三四個土耳其警員在做現場處理。安德烈看到較遠處停了一輛休旅車，兩名電視台記者正在拍攝失事現場，聽到Mi-8的引擎聲，仰起攝影機要抓新來直升機的鏡頭。

四個警官從Mi-8上跳下來，機上只留正駕駛。

維克羅夫上前和土耳其警官打交道，對方的上司顯然已得到國際刑警的通知，是以對他們的到來毫不驚訝，很友善地對維克羅夫道：「我們能做的工作已差不多做完了，現場都已做了紀錄。你們儘管查看，但不得破壞現場，我方的司法單位還沒有到場。」

「這當然，我們是專業人員。」

直升機受損最重的地方便是引擎及旋轉翼，幾乎成了一堆廢鐵，部分機身及機尾尚稱完整，可以清楚看到上面漆著白、綠相間的特殊圖案，相當醒目。殘骸中駕駛和兩名乘客都沒有被衝撞而飛出機艙，三具死屍基本上都有安全帶綁在座位上，只是兩名乘客的座位已被撞擊離位，歪歪斜斜地倒在毀不成形的機艙中。

安德烈帶上手套，搶先檢查右邊的女屍，那女子頭上撞出一個大洞，大量的流血已成紫色，身著寬鬆的衣褲，看不出其他傷處，她手上緊揑一個人造皮的包包，至死沒有鬆手，那皮包被打開，顯然已經有人檢查過內部的東西。

安德烈很小心地從皮包中把裡面的東西一件一件拿出來，查看過後又一件一件放回去，然後開始檢視那婦人的外衣口袋。其中有一個繫著掛帶的證件，他仔細辨認，乃是索契機場的清潔工人證，有效時間爲二月一日至二十七日；看來是專爲冬季奧運而雇用的臨時清潔工。但是他始終沒有找到那條蘋果充電線，是有人捷足先登拿走了？

安德烈把證件放回婦人外衣口袋，暗忖道：「好厲害的梁菊，這情形竟然和她猜測得完全一樣呢。這女工是機場臨時工人裡埋伏的庫德族人，沙欣太太下飛機後，便利用進入盥洗室將東西交給了這婦人。」

同來的兩個俄國「鑑識官」，維克羅夫在檢視艙內死亡的兩具男屍，烏次欽科在直升機殘骸的機體及碎片中尋找墜機的原因。這時，副駕駛丘可夫從一堆破碎的金屬機件中發現一個變形的「彈頭」，他壓低嗓子叫道：「長官，高爆彈頭！」

維克羅夫立刻趕過去，他仔細審視後，趴在地上躲開媒體的攝影機，拍下五張照片，然後低聲道：「丘可夫，這不是彈頭，是針刺飛彈的殘片！看來這顆飛彈打中旋轉翼就炸了，四周一定還有更多殘片。我們不要聲張，你悄悄把它放回原處，小心遠處電視台攝影機仍在對著我們。」

「長官放心，我發現這殘片之處，攝影機拍不到。」

「那好，你放好後，裝作到另外一邊去搜查一番，確實讓媒體拍到你一無所獲的樣子。」

丘可夫十分乖巧地爬進攝影記者拍攝可及的方向，趴在殘骸中摸索了五分鐘，然後站起來雙手一攤，大聲道：「長官，這邊沒有可疑物！」

這時天空傳來一陣引擎聲，又一架直升機飛了過來，旋轉翼捲起千堆雪，停落在媒體記者的對面。攝影記者雖然要躲避漫天雪花，但還是捕捉到直升機降落的畫面，那是一架EC135，機身上有土耳其文「法務部」。機門開處，檢察官及從員三人步下機艙。

土國的警官迎上前去行禮，並指著墜機上下四周仍在忙著的國際刑警道：「報告檢察官，我們現場蒐證已完成，死者所有屬物皆已拍照錄檔，現在是加拿大及俄國的國際刑警在現場察視，我們監管現場確保不遭破壞。」

檢察官是個白髮的矮壯老者，年紀不輕，身子卻極爲結實，他揮揮手，三個手下立刻就動手對四周做環場拍攝錄影。其中一人對維克羅夫道：「請停止蒐證，檢察官有話要說。」

檢察官道：「本人代表土耳其法務部下令封鎖現場，初步查驗的各方警員都暫停蒐證。從此刻起，只有土耳其司法人員可以進入現場，請法務部人員立刻拉置封鎖線……媒體朋友請離開！」

他穿著一件厚大衣，頸上圍了一條灰白色開司米圍巾，聲音洪亮，神情威嚴，在場眾人立刻照辦。

∞

夜漸深了，山區下起大雪，直升機在這種氣象下不可能起飛，媒體工作人員勉強冒著風雪開車下山而去，其他的人都步行到一公里外的小客店過夜。現場只留下土耳其的警員及兩個檢方助理留守，他們架起一個大型登山帳篷，生了一堆火，燒雪水煮咖啡禦寒。厄德爾警察局承諾的食物、飲水、保溫供應品及支援人力都已經上路，再過一小時便能送到現場。

安德烈在小旅館裡喝了一杯不知名的烈酒，一股暖流從小腹升了上來，全身溫暖了，手指也靈活起來，他向「平台」發了一則簡訊：「未找到『目標物』，明日厄德爾見。」

這時，四個同機來此的俄國佬走了進來，丘可夫一進門就嚷道：「安德烈，你喝了什麼春藥？一晃眼就見你滿面紅光，性慾蠢蠢欲動。」

安德烈笑指桌上的酒杯道：「就這個春藥，一杯就見效，你要不要試試？」

四個人都要了這種土耳其酒。四人中正駕駛是個沉默不言的中年漢子，一雙眼珠是淺藍色的，一轉動就射出銳利的眼神。安德烈看他總覺得像是個負有監視任務的政委，一直沒有跟他正式打招呼，這時坐在一桌，便倒滿酒敬他一杯：「嘿，隊長，辛苦你了，我敬你一杯。」

隊長一飲而盡，仍然無言。多話的丘可夫道：「隊長一個月講的話沒有我一天多，做他的副駕駛實在受不了。有一次我飛行中故意做一個危險動作，以爲他會開口大罵，結果他一把接過駕駛桿穩住飛機，理也不理我，我一番努力的做功完全白費了。」

另外兩個俄國人大笑，烏次欽科把一杯烈酒一口乾了，指著正駕駛道：「我原以爲維克羅夫是個啞謎機，相較之下，還是我們隊長啞得更徹底些。」

這時，這間石塊砌的旅社矮門開處，走進兩個一身風雪的漢子，兩人都穿戴毛皮製的帽子和大衣。他們一進來便忍不住哈了一大口氣，其中一個胖子低聲道：「哇，屋裡好暖和！」

另一個身材瘦削的年輕人低頭縮在高毛領子裡，看不清他的面貌。

客棧老闆娘迎出來道：「先生，不好意思，我們只剩下一間房間了。」

兩個夜來客對望一眼，那個胖子道：「沒法子，我們兩人將就擠一夜吧。」

兩人隨老闆娘走到後面房間去了，丘可夫這才低聲問：「這兩人都帶著又長又重的皮袋，難道是運動器材？不像啊。」

烏次欽科搖頭道：「打賭是武器，看那皮囊的大小形狀，恐怕是長程的重武器……」

「什麼重武器？火箭筒？ＲＰＧ發射器？」

烏次欽科不答，只面色凝重地望著維克羅夫。維克羅夫也不說話，轉過頭來看著隊長。

沉默不言的隊長這時開口了：「可以擊落直升機的『輕』武器！」

室內空氣凝住。安德烈心中狂跳：「我要儘快通知平台。」

12 庫德斯坦基地

一夕銷魂，比爾·潘恩醒時身邊人已不在，他抱了一個空，枕上聞到瑪莉頭髮的香氣，他吸了兩口，確信自己是在瑪莉的床上，便悠然清醒過來。

天還未亮，他起身披上睡袍，輕輕走向隔壁的書房，那裡透出微弱的光亮。

瑪莉背對著門，坐在書桌前看她的 iPad，面板的光度調到能見的最低，只有微弱的一圈光暈圍著瑪莉的頭髮。

瑪莉發現他走近，便把 iPad 的封蓋合上，比爾已經看到她正在看的是衛星空照圖；雖只一眼，他的專業已經告訴他這是一張高解析度的照片，要比他大使館中透過渥太華從華盛頓外交得來的照片高級得多。

瑪莉回過頭來，沒事一般地問：「怎麼不多睡一下？」接著給他一個嫵媚的微笑：「今晚你夠累的。」

比爾此刻無心消受，輕聲道：「我見妳在看衛星照片，是那裡的空照圖？我能看一下麼？」

瑪莉凝神只考慮了一瞬，便恢復笑容道：「你這安全官果眞是三句不離本行，就給你看看吧。」

那是一張高解析度的衛星照片，地面山巒起伏連綿，一些道路在白雪覆蓋下忽現忽沒地蜿蜒在群山之間，只有東邊有一個聚落，整張照片上除了山還是山，差別只在覆雪的程度。比爾接過手，將照片的比例尺縮小，直到他看到了三個長約十幾公里的大湖，幾乎等距出現在衛星圖上。

比爾在腦中很快地和他在大使館得來的衛星照片做了比較，暗忖道：「這三個湖，北邊的在亞美尼亞，南邊的在伊朗，西邊的在土耳其境內……應該就是這裡了……」他繼續把定點放在西和北兩個湖泊的中央點，放大一百五十倍後，就看到了直升機 EC145 墜毀的現場。

瑪莉低聲問道：「你就是要找這個？」

比爾道：「妳的照片比大使館的解析度好，告訴我，妳怎麼會有這些軍用規格的照片？」

瑪莉道：「我的顧客提供的。」

「顧客提供？什麼……」他立刻意識到商業上須爲顧客保密的行規，便沒有再問下去。

但是這一刹那間，他忽然想到了瑪莉公司會客室裡放在最明顯位置的兩個黃金感謝牌，他恍然大悟，輕叫道：「Eureka! 我知道了，是『西屋』和『奇異』！當然是他們，製造輕水式核能發電設備賣給全世界的兩大公司！難怪他們會對葉博士的案子這麼有興趣……難怪他們拿得到軍用規格的衛星照片。」

瑪莉並不驚慌，反而讚許道：「比爾，你眞聰明，竟然被你猜到了。」

「不，我眞笨，我早該猜到了。瑪莉，妳也跟這件案子扯上關係？妳是他們的人？」

「是，也不是。這樣說吧，我們是業務上的戰略夥伴。」

「不，瑪莉，我是問妳是否爲他們從事間諜活動？」

瑪莉沒有回答，只深深地看著比爾。比爾心中已經有了答案，他伸出雙手溫柔地放在她肩上，低聲道：「瑪莉，妳爲他們做商業間諜的事我沒意見，但是像葉博士這個案子，妳千萬不要插手了……」

瑪莉睜大了雙眼，沒有說話。在情人眼中看來，比爾只覺得她對政治涉世不深，心中滿是擔心和關心，索性講個明白：「葉博士的發明可能會引起核能發電技術的革命，新一代安全、環保、低成本的核能電廠開始商轉後，便意味著對那些獨領風騷五十多年的核電大公司而言，他們專有的技術和市場將要漸漸走入歷史。妳可以想像，他們豈能輕易放棄……」

「你說他們會怎麼做？」

「他們會竭盡力量得到葉博士的技術機密，即使得不到也要防止別人得到。」

「別人是誰？」瑪莉試探地問。

「瑪莉，我不相信你們完全不知道。葉博士是落入了庫德人之手，我們正在全力救援，妳的顧客們也沒有閒著，妳看，他們連解析度低於一米的衛星空照圖都能拿到手，他們的背後肯定有美國軍情單位在支持。已經有人爲此送命了，死的還不只一個人呢，瑪莉，妳不要再管這件事了。」

瑪莉想了一會，才回答道：「比爾，我們換一個角度來看這件事；你的政府要保護這個機密不落人手，對不？」

「不錯，可是我的政府首要關切的是葉博士——一個加拿大公民，他的生命安全排在第一位。我們要從綁架他的歹徒手中把他救出來，我們介入是因為我們不能只靠烏克蘭警方，妳知道他們的效率……」

「不錯，你們要安全救出葉博士，我的顧客也關心葉博士的安全，也許他們關心的背後主要是為了商業機密，但是在確保葉博士安全這一點上，我們是在同一條船上，對不？」

比爾沒有立刻回答，瑪莉補了一句：「我想你已經知道，那個為了救葉博士在水上公園停車場被槍殺的大衛．麥坎錫，他就是我們這邊的人。他是個好手，曾經參加過伊拉克戰爭，可惜竟被槍殺了。」

比爾道：「ＯＫ，妳說得對，在保護葉博士的生命這一點上，我們同一陣線。妳的主意是什麼，請繼續講。」

瑪莉道：「既然如此，我們這時應該合作無間，先把葉博士救出來。他發明的智慧財產權是屬於公司及他個人，據我得到的資訊，他那家『世紀新系統公司』的生意對象幾乎全是美、加兩國的政府及軍方單位，葉博士的技術既然極具戰略重要性，恐怕循純商業模式是解決不了問題的，就讓渥太華和華盛頓去解決吧。而眼前，我們應攜手合作，共享所有的資訊消息，共用雙方的人力資源，全力把葉博士救出恐怖分子之手。比爾，你說呢？」

比爾很仔細地聽她講完，只問了一句：「這是妳的想法，還是妳的『顧客』的想法？」

「是我的想法，但我有把握能說服我的顧客，就像我一向都能。別忘了，畢竟我們都是生意人。」

比爾看著瑪莉娓娓而談，她談的是絕對機密、極爲嚴肅的內容，而她說話的態度和神情卻是那麼的嫵媚動人，她說完了，比爾也聽得呆了。他輕輕地從背後擁抱她，從她頭邊伸頭過肩，找到她的唇，然後她的舌。

「我知道妳能的，親愛的。天還沒亮，我們再去睡一會兒。」

∞

喬治、梁菊和麥可坐在一架租來的商用直升機上，從基輔起飛，經索契加油後飛往出事地點。但是直升機公司不准駕駛員降落在山區中的現場，只答應降落在附近的厄德爾。

一個多鐘頭以前，梁菊再次仔細看了一遍電視上有關直升機墜落厄德爾山區的畫面，她把混亂的資訊儘可能地整理了，開口道：「如果我猜得不錯，被擊落的直升機確是夏哈蘭的那架EC145，它的任務就是接應那取得蘋果充電線的女人，要送她到夏哈蘭的基地。我這樣猜測，各位覺得是否合理？」

比爾點頭道：「看起來應該就是這樣。」

麥可道：「話是不錯，但是這既然是夏哈蘭主導的，爲何會跑出來兩個不速之客要把EC145擊落，他們的目的又是什麼？」

比爾道：「如果安德烈傳來的訊息屬實，EC145確是被那兩個不速之客擊落，這兩人就應該是首先登上直升機殘骸的人，也就是先拿走那條蘋果充電線的人，後到的安德烈當然找不到了。」

麥可道：「他們還留在現場附近，我們如果動作快……」

喬治搖頭道：「這事透著好多疑點，我們瞎猜也不是辦法，就等到達現場再看吧。」

梁菊道：「飛機租賃公司在厄德爾爲我們租了一輛三菱PAJERO越野吉普車，據稱性能超好，但是沒有提供司機。」

麥可道：「只要有地圖，開山路難不倒我麥可的。」

∞

風雪仍緊，安德烈被一種莫名的恐懼之情壓在心上，輾轉無法入眠。小屋沒有窗，密閉的室內空氣極壞，一股陳腐的氣味充斥屋內，厚毛毯上散放著菸臭和一種類似屍臭的難聞氣息。

安德烈根本沒敢脫衣褲，只把厚大衣蓋在身上，他愈睡愈清醒，愈清醒想得愈多……就在這時，他聽到室外的腳步聲。

有人很小心地輕步走過，無奈地板還是吱吱作響，安德烈直覺判斷有兩個人躡足走過短廊，開門出去了。

他悚然而驚，一骨碌爬起來，腰上插好他的貝瑞塔M9手槍，悄悄推開室門向外張望。黑暗中他感到一股寒氣迎面撲來，證明剛才確有人開外門走到屋外。安德烈暗忖：「摸出屋去的多半就是那胖子和那小伙子，這深更半夜裡，兩人偷偷摸摸溜出去不知要幹什麼？」

他想要跟出去看個究竟，但想到那兩人手上武器的厲害，又滿心的恐懼。可是時不我待，再猶豫下去恐怕就會失去兩人的蹤跡，於是他鼓起勇氣輕輕拉開外門，正要跨步出去，一個低沉的聲音發自背後：「安德烈稍待，我跟你一道去。」

不用回頭看也知道是丘可夫。

安德烈和丘可夫悄悄出屋，雪地上看到幾十公尺前面兩個人，瘦削和胖大的背影，在雪地上形成清楚的對比。他們默默跟蹤了數百公尺，安德烈忽然一把抓住丘可夫蹲了下來，低聲道：「等他們走遠一點再繼續跟，我們先摸到右邊那個小坡的後面躲著觀察，再決定下一步。要十分小心。」

「你有武器嗎？我有烏茲衝鋒槍。」

「我只有手槍。這兩人的武器厲害，直升機就是被他們擊毀的。」他們在雪地上匍匐前進，待前面兩個背影落在一個雪坡之後，安德烈低聲道：「快跑，不要出聲！」

兩人一口氣跑到右邊的小坡之後，伏身躲在陰暗面，雪下得鬆了些，但只這一會功夫，兩人身上還是落滿了雪花。

「丘可夫，我有沒有看錯？這兩人好像要走向你們的 Mi-8 呢。」

「你沒看錯，他們的目標的確是 Mi-8。我們要不要跟上去看個究竟……」

「你伏著不要動，這兩人手上有厲害的武器，我們千萬不能再靠近……我有望遠鏡！」他從腰袋中掏出一支迷你單筒夜視望遠鏡，只有十三公分長、五公分直徑的大小，乍看就像一支迷你手電筒。

安德烈一面調焦看清楚那架 Mi-8，一面低聲道：「那個胖大的傢伙竟然爬上了 Mi-8，另外那年輕人持武器在直升機邊上警戒……」他把望遠鏡遞給丘可夫。

雪漸漸落得小了，借助望遠鏡可以看得更清楚，丘可夫看了一下，悄聲道：「那傢伙坐上了駕駛座，你猜他在幹什麼？要偷走我們的直升機嗎？」

安德烈一手緊握手槍，一手握住丘可夫的手，低聲道：「我們就算沒有他們的武器厲害，只要及時開槍攻擊，那邊帳篷裡的土耳其警察必會驚醒加入，我們兩邊開槍阻止他們起飛。」

丘可夫向帳篷那邊看了一眼，瞥見帳篷旁停著那輛送補給品上來的警車，車頂上一盞微弱的小紅燈閃著，周遭一片寧靜，卻隱隱透出殺氣。他也緊緊握了一下安德烈。

那胖子在 Mi-8 直升機駕駛座上坐定，守在機門口的年輕人一縱跳上機艙，胖子道：「古克爾，你這小子不但槍法好，鬼點子也多，居然想出這一招……」

古克爾笑道：「我們從阿勒趕來辦事，車只能停在山下隱密處。現在辦完了這樁大事，再住進旅店盜俄國人的直升機，咱們直飛雅爾達回報老闆，山下那輛老爺車就留給俄國佬作紀念品吧，哈哈，爽！」

∞

三菱 PAJERO 確實是性能卓越的手排越野車，在積雪的山坡上奔馳，無論如何顛簸，總能輕鬆越過。麥可的駕駛技術不是吹牛的，他愈開愈樂，不斷地叫過癮。大雪中路基不明，忽然前輪偏落在積雪的軟土中，他一個換檔減速加力，過空檔時輕點一下油門，切入高速檔後重踩油門，只聽得一輕一重，轟轟兩聲引擎爆響，越野車已跳回路面，掀起漫天雪泥，麥可卻顯得一派駕輕就熟。

「嘿，麥可，你好好開車不要表演特技。」

「是，夫人！」

喬治手上握著槍袋，心中思慮洶湧如潮，憂心忡忡地道：「此去墜機現場，我們將面對土耳其和俄羅斯的警方，這兩方面對葉博士案的態度如何，我們完全無從掌握。此處手機訊號太弱，時有時無，沒法聯絡安德烈，他一人深陷其中，不知如何應付？而且那架直升機既然是遭到武力攻擊，攻擊者仍然在附近，我們這邊要有隨時遭遇襲擊的準備……」

梁菊坐在後座，忽然用中文道：「大哥，你要小心……」想到李嶠之已不年輕了，關切地說：「千萬別冒險。」

喬治聽那聲音帶著些顫抖，也不知是不是心理作用，在轟隆的引擎聲響中，他竟然察覺到梁菊的聲音裡透出的緊張和溫柔。

麥可問道：「梁菊，你說什麼？」

「我說……要喬治小心。」

麥可加馬力衝上一個坡頭，回頭道：「怎麼就不要我小心？我雖聽不懂中文，卻聽得出你關切情深哩，怪啊？」

「麥可，你很討厭欸。我……我也拜託你要小心，對，小心開車！」

麥可哈哈笑道：「無意冒犯，我總覺得妳和喬治之間有些什麼……嗯，曖昧？」

「胡說，麥可。如果地圖沒有錯，前面左轉上坡，就該是墜機地了！」梁菊用迷你手電筒在一張地圖上細讀事先用紅筆畫好的路線圖。

左轉之後是一條長坡，麥可加足馬力，四條雪胎一齊帶動，越野車一面蹦跳一面急速上衝。坐在駕駛座旁的喬治目光四掃，一絲也不敢大意，他默默將長槍從皮袋中拿出，心中不安的是，不知車子衝上坡頂的墜機現場時，立刻會遭遇什麼樣的狀況？

這個動作立刻帶來了莫名的緊張氣氛，梁菊在後座也將麥可借她的長槍準備好，她在喬治腦後輕聲堅定地道：「喬治，右邊交給你，我管左邊。」然後移向左邊，在麥可腦後說：「麥可，你只管駕駛！」

麥可深吸一口氣，他聞到來自耳後的香氣，是香水的芬芳和梁菊的口氣，溫暖而好聞。

越野車以五十公里的時速衝上雪坡時，他們聽到震耳的渦輪引擎聲……

接著便看到不遠的前方一架直升機正在催動引擎發出怒吼，梁菊只瞄了一眼便認出是俄製的 Mi-8，兩具一千八百七十匹馬力的渦輪軸發動機，正以最大的功率將 Mi-8 快速拉離地面。

Mi-8 直升機才一離地，立刻引起地面上一串槍聲發自右面，接著左邊也傳出一串槍響。喬治坐在越野車前座，他認出地面火力的來源，一處是右前方的雪坡，另一處是左邊不遠處的一個大帳篷。

麥克緊急煞車，喬治直覺感到留在車上的危險，他輕喝一聲：「快下車找掩護！」他率先跳下越野車，就近躲在一個土坑裡，這時升空不到一百公尺的 Mi-8 開火回擊了，兩串子彈分別掃向雪坡及帳篷，地面火力爲之一窒。Mi-8 又上升了三十公尺，在子彈橫飛之中，轉了半個圈，向南加速飛去。地面的槍火確有打中機身的，但顯然未中要害。

帳篷後轉出三個土耳其警員，其中一名肩上中槍，還好只是輕傷。喬治看到兩百公尺外安德烈在雪地上猛揮手，麥可重新發動越野車，喬治也跳上前座，越野車已經全速衝出。

安德烈大聲叫道：「快來幫忙，有人受重傷！」

丘可夫右胸中了一彈，人已呈昏迷狀態。喬治上前幫忙扶起，一個土耳其警員大聲道：「先進帳篷裡去，裡面有急救箱！」

這時兩個俄羅斯警官及隊長已經跑了過來，大家齊力把丘可夫抬著送進了帳篷。

維克羅夫對急救很有一套，他指揮大家鋪好一張毛毯，讓丘可夫平躺下，剪開胸前內衣，仔細檢視了傷口，熟練地止血消毒，然後注射緊急用的消炎針，包紮傷口；同時大叫：「救護機，救護直升機！」

烏次欽科焦急地問：「丘可夫還撐得住？」

一個土耳其警察在帳篷門口道：「厄德爾警局已派出救護直升機，醫生和護士隨機趕來，頂多二十分鐘就能將這位同志送到醫院！」

維克羅夫道：「多謝，丘可夫撐得過去的。」

喬治悄悄把梁菊拉到帳篷外，麥可和安德烈跟出來。喬治面色凝重，低聲對三人道：「我只見過另外一個人有這傢伙的槍法。」

安德烈道：「你是說鷹眼？」

「沒錯，我查看了一下，全是俄造5.45×39步槍子彈，這傢伙用的不過是一把小口徑自動步槍，在直升機全力上升、左右搖晃之際射擊，居然兩邊都有人傷在他槍下，這人太可怕了。」

安德烈臉色沉重地道：「這麼說丘可夫不一定能撐過去，5.45×39毫米號稱死亡之彈，他的翻滾效應是最致命的。」

麥可知道他的意思，俄製小口徑步槍的彈槍口速度雖略慢，但它的彈頭設計十分狠毒，打中人體後在三十公分的體內翻滾造成兩個空腔，殺傷力極大。

喬治道：「也許還有希望。我看到那一彈斜穿過他右胸，最多在他體內十公分深處造成一個空腔，子彈就穿出到體外了。救護機就要到，你們替丘可夫禱告求上帝保佑吧。」

麥可奇道：「你不禱告？」

「我求媽祖保佑他。」

∞

救護直升機載走了奄奄一息的丘可夫，安德烈、麥可、梁菊和喬治回到了客棧，四人擠在安德烈的房間裡密商。

梁菊道：「昨天早上比爾．潘恩極有把握地告訴我們，他的獨家情報顯示，夏哈蘭挾持艾瑞克到了土耳其。現在看起來，這架夏哈蘭的 EC145 遭擊落前確是向南飛往土耳其，但飛往何地？」

「當然是庫德人的地區。」麥可道。

安德烈道：「我猜應該就是土耳其和伊拉克的邊境，當然，土耳其和敘利亞，甚至土耳其和伊朗邊境的可能性也不能排除，畢竟這些邊境地區連成一帶。」

梁菊點頭道：「合理。」

門外傳來敲門聲。梁菊輕聲問：「誰？」

「馬克西莫夫。」是那位惜言如金的隊長。

梁菊回望安德烈，安德烈點了點頭，梁菊開門。

「隊長，什麼事？」

「丘可夫要我告訴安德烈，Mi-8 上開啓了暗藏的衛星定位設備。」

「什麼？丘可夫對你說的？」

「抱他上直升機時，他清醒了一會。」

「他還說了什麼？」

「一句話就被護士套上氧氣罩。」

這位沉默是金的隊長說話簡潔到不行，可是安德烈聽得心中大喜，差一點就要擁抱來人，可來人臉上的神情實在太酷，便覺雖有滿腔熱情卻抱不上去，只好「哇」了兩聲，道：「這麼說，你們完全可以追蹤這架直升機的去向？」

隊長點頭，毛絨絨的大頭上下動了一公分，便無再言。

「那我怎麼樣聯絡你，隊長？」

隊長道：「問烏次欽科，你們國際刑警，嘿。」

最後加一句「嘿」不知有什麼用意，說完便走了。

四人精神大振，安德烈道：「這個鬼地方手機不好用，我猜想這個馬克西莫夫隊長天亮後就會帶另外兩人直奔厄德爾。」

梁菊心細，補充道：「不錯。不過維克羅夫已經跟救護機下去了，這裡只剩隊長和烏次欽科。」

麥可道：「他們的 Mi-8 被劫走，一定十分生氣，我想他們一定會儘快請求俄羅斯警方再派一架直升機來支援，要利用 Mi-8 上的定位訊號跟蹤到夏哈蘭的基地，奪回他們的 Mi-8。」

安德烈哼了一聲，道：「麥可，你以爲俄國佬只在乎他們的 Mi-8？難道他們對葉博士沒有興趣？」

麥可呵了一聲，喃喃地道：「既然如此，他們爲什麼要提醒我們 Mi-8 上暗藏衛星定位？」

安德烈沒有回答，想到和丘可夫一起追查沙欣太太的種種互動，對這個年輕能幹的俄國夥伴竟有一種特殊的「袍澤」之情，他過了一會才道：「丘可夫是好朋友，隊長是丘可夫的好朋友。」

安德烈和他們認識才一天，但是他這樣說，小室中另三人竟然完全理解，沒有人懷疑。有一種男人，只憑感覺對了就是「好朋友」，好朋友之間就要夠意思，要肝膽相照。尤其是當冒著生命危險行動時，他的安全就百分之百地交給他的「好朋友」，絕無一絲懷疑，因爲如果反過來，他也會做同樣的事。這些男人生死與共，如戰場上的士兵，如面對歹徒的警察。

梁菊是女人，卻也懂得這種感覺。

一直沒有說話的喬治心中在盤算：「其實就算那隊長不說，我也已經想到警用直升機上一定有衛星定位設備，劫機的兩人也會想到，重點是暗藏的定位儀開關不知在何處，他們一時也許找不到，無法將它關閉。我原來的打算就是，緊跟俄國警方的去向就能追到前面的 Mi-8，追到 Mi-8 就能找到夏哈蘭的基地……」

他想到這裡，便低聲對其他三人道：「我有一個計畫，你們琢磨一下看是否可行。」

「什麼計畫？」

「我們馬上動身，駕這輛越野車搶前趕回厄德爾，那架商用直升機肯定還在，我們出高價給駕駛，請他跟蹤俄國人，直飛夏哈蘭的秘密基地。」

三人均覺可行，一致叫好。梁菊一路過來都處在充滿變數的行動中，一顆心七上八下，行動計畫一個個落空，雖然她的韌性和毅力過人，心中憋著的那一股沮喪到這時似乎略得紓解。她暗呼：「阿隆，我定要找到你。」

大家說好就立刻行動，房錢已經預付，他們整裝攜械魚貫走出客棧，雪落得更鬆了，天邊已略有曙光。走近帳篷時，麥可忽然壓低了聲音道：「俄國佬動作好快，他們不等天亮，正在打厄德爾警局送貨車的主意哩。」

喬治、麥可和梁菊也看到那兩個俄國人正在帳篷旁和土耳其警員交涉，喬治低聲道：「我們快走，搶在前面！」

跳上車，喬治思考著下一步行動的細節：「夏哈蘭的基地一定布置有強大的武力，我們定要和俄國佬聯手合作才有勝算。希望馬克西莫夫調直升機來的同時，多調幾名行動高手來！」

∞

雅爾達港區之南背山面海處，一棟波斯風格的豪宅裡，哈塞和金正丸相對坐在一張二十人座的核桃木長桌的兩端，整張桌子就這兩個人，一人佔據一頭，遙遙相望。

哈塞的父親是伊拉克人，母親是庫德人，他不但能說兩種母語，和金正丸合夥做生意久了，連韓語也說得幾句。

「安紐翁哈色憂，老金，歡迎你。」

「老哈塞，這座別墅真漂亮，你說是波斯大亨阿里借給你用的？」金正丸一面說，一面欣賞壁櫃中擺設的一對青花瓷瓶。

哈塞道：「這別墅雖好，主人卻經常不在，阿里知道我生意上用得著，便把它借我。這回和夏哈蘭的手下鷹眼合作搞個大案子，人貨要運到此地交割，那曉得就在港外遭劫。」他的聲音平和，神色卻有些陰沉。

他叼著雪茄吞雲吐霧，其實根本沒有吸進去，只是擺個架勢。金正丸等他浪費了半截上好古巴雪茄後，冷冷地道：「事到如今，我們的合約還算不算數？」

哈塞看了他一眼道：「你問我們的合約算不算數，我可是在想，我們的生意還做不做？」

金正丸冷笑道：「哈老闆，我金某在軍火生意的圈子裡打滾這麼久，知道我的都曉得金某在生意上說一不二，絕不搞出爾反爾的事，這點我相信你也同意。軍火生意固然是個危險生意，但是銀貨兩訖後我拍拍屁股走人，從來不管買方怎麼使用他的軍火。你現在要求我和你做生意就不得和別人做，這個我吃不下來。」

哈塞微笑道：「也不是不准你和所有其他人做，只是不要和我的敵人做，這要求不算過分吧？」

金正丸道：「你這話聽起來有理，可是你的敵人是誰呀？每天都在變。就拿你最近熱衷的敘利亞來說吧，一會兒是敘利亞政府，一會兒又變成叛軍，現在你的生意夥伴又變成ＰＫＫ的游擊隊，我要是答應你的條件，就變成你的專屬軍火商，自己啥主意都沒有，啥生意都不能做了，這可不行。」

聽到這裡，哈塞不自覺「嘿嘿」笑了起來，他搖搖手，很好脾氣地道：「好，好，你說的也對，我就先不談這個，眼前有個好生意要介紹給你。」

金正丸睜大了一雙小眼，問道：「什麼生意？」

哈塞道：「我知道你和美國人之間有特殊管道，對不對？」

金正丸道：「你供應敘利亞和ＰＫＫ的武器不都是來自美國軍方？你自己就有管道呀。」

哈塞道：「話雖不錯，可我是指美國情報單位方面，你知道的……」

金正丸翻了翻眼珠道：「不懂你說什麼，你講清楚一點。」

「有個韓裔美國人，名叫藍第，不要跟我說你不認識，他不就是你的特殊管道？」

金正丸怔了一下，暗忖：「這個伊拉克庫德人老奸巨猾，眞虧他連這個也知道。」他想了一想，就點頭道：「不錯，我認識藍第，又怎麼樣了？」

哈塞道：「我先說這筆生意，等下再說跟藍第的關係。我的快艇在雅爾達港外遭襲，除了折損了三個手下，那個人質葉博士也被劫走，是什麼人能掌握我們的行動如此精準，就在港外行劫殺人，讓我們一番辛苦落個空？老金，你幫我猜猜。」

金正丸想了想，道：「肯定是你的朋友，才可能摸清楚你的底細……難道是夏哈蘭的手下？」

哈塞心中也懷疑是鷹眼幹的，但他不願顯示自己識人不明，遭人擺了一道，便故作沉吟，過了一會搖頭道：「我不相信下手的是夏哈蘭和鷹眼他們，我們合作了幾票大生意，彼此信任度高……可是，嘿嘿，如果下手的眞是夏哈蘭他們的人，那就不只是爲了一箱鈈金屬，而是爲了一個更大野心的計畫……」

金正丸打斷問道：「我可是旁觀者清。老哈塞，你先說說夏哈蘭的野心，他有什麼計畫？」

「你可知道，夏哈蘭除了是軍火商場上的大咖，他本人還是個優秀的核能專家？」

「有聽說過，但不十分清楚。你是說派人襲擊你的快艇是爲了……」金正丸心中忽然想到一事，但這事太過震撼，以致講到一半便停住了。

哈塞接著道：「如果，我是說如果，夏哈蘭出賣我這個朋友，綁架了葉博士這個核能材料專家，劫走了一箱放射性金屬鈈，加上他本人是個核子工程專家，你說這幾件事加在一起，他想要進行的計畫是什麼？」

金正丸立刻答道：「原子彈，夏哈蘭要造原子彈！」

哈塞臉色凝重，他雙眼看著遠方，不徐不疾地道：「老金，你猜夏哈蘭要造原子彈的目的是什麼？」

「他再有錢，沒有投擲技術及能力，抱著一顆原子彈有什麼用？我想不透……啊，是了，他可以賣給別人！」

「不錯，我們這一帶想擁有原子彈的可大有人在，伊拉克、敘利亞，伊朗也會有興趣……先就舉這幾個例吧，他們自己幹不成，因爲老美和國際管制盯得緊，但是沒有人注意到庫德人，這個四分五裂的可憐蟲居然偷偷造原子彈，到時夏哈蘭可要呼風喚雨了！」

金正丸拍桌叫道：「老哈塞，那這小子豈不是成了我們這行業中的龍頭老大？媽的，他竟能賣原子彈，我們還混得下去嗎？」

這兩個軍火販子對一般武器瞭若指掌，對核能的知識卻十分有限，兩人自以爲是，有問有答居然絲絲入扣。

哈塞道：「不過這計畫也不容易能做得成，試想他搞這個計畫若讓老美知道了，會讓他搞下去嗎？」

「不錯，難保沒有人會把消息通給老美，老美肯定使出全力把他給滅了。」

沉默了一會，金正丸又道：「你講了半天，還沒有說到要介紹我什麼生意？」

哈塞微笑道：「你的生意就是把我們手上的第一手情報賣給老美。」

金正丸一怔，抗聲道：「我老金不跟老美打交道……」

「沒教你直接找老美，我是要你跟你那『泛美科技企業』的韓裔美國人老弟打交道，有很困難麼？哈哈。」

「你說我們把夏哈蘭綁架葉博士，打劫鈦金屬，想造原子彈的第一手資料賣給藍第？他憑什麼要對這些資料有興趣？」

「藍第有沒有興趣不打緊，他後面的老闆一定有興趣的。唉，老金你就不要裝不懂了，你以為我不知道『泛美科技』後面的老闆有老美的情報單位麼？」

「你要我賣多少錢？」

哈塞脾氣再好，到這時已有點忍不住了，但他沒發作，這個圈內有名的老狐狸反而換上一種極誠懇的口氣道：「老金啊，我是掏心掏肺，你還要裝蒜就太不夠朋友。我們要小錢幹什麼？我要和老美交換情報！」

他停了停，又補一句：「我們有夏哈蘭造原子彈的第一手資訊，他們則有間諜衛星的資訊。我要藉衛星情報找到葉博士，再把他抓回來！這個人價值可大了啊！」

金正丸冷笑道：「那我的好處在那裡？」

哈塞把雪茄放下，指著金正丸道：「以前的案子你欠我的一筆勾銷，還沒有付的餘款一分也不少立刻照付給你，算是預付了這一筆交換情報的佣金。老金，你說？」

金正丸想了想，道：「成！你要什麼情報？」

這時哈塞的衛星電話響了，他看了一眼電話上的顯示，道聲抱歉，就走出屋外去接聽。

「古克爾，有話快說，我聽著……」

「你們搞了一架直升機飛過來？已到手了，小紅袋裡是什麼事物？」

「什麼？一條蘋果電腦充電線？有沒有搞錯？」

「好……各方人馬……我瞭解了。現在不多說，你快過來，見面再細說！已經在黑海上空？

再兩小時能趕到？……好，小伙子，幹得好！ＰＫＫ會以你爲榮。」

哈塞面帶神秘的表情踱回，衝著金正丸咧嘴一笑道：「老金，說到情報，馬上就有情報要靠你那個藍第幫忙搞定……」

金正丸一臉的驚訝，暗忖：「怎麼接一通電話，馬上就要情報，那有那麼巧。」

「剛才的電話是古克爾打來的。」

「啊，ＰＫＫ的狙擊高手古克爾？」

「不錯，他出馬奪得了一件夏哈蘭急切想得到的事物，此物藏有造原子彈的機密，我如果得到這事物，就可以和夏哈蘭他們好好談價碼……」

金正丸道：「所以你有籌碼？」

哈塞得意地道：「一點也不錯！夏哈蘭就算挾持了葉博士，葉博士也不一定肯合作，有了我們手上的事物，葉博士合不合作也不重要了。葉博士的案子如今各方人馬都出動了，大家都在找夏哈蘭的秘密基地……」

金正丸精神一振：「造原子彈的基地？」

哈塞點頭道：「不錯，現在各方人馬各自有些片面的情報，但行動都十分積極，我們一定得知彼知己，才能捷足先登。比如基輔那邊，藍第的老闆，那個叫瑪莉的風騷女人，她和對街的加拿大使館安全官有一腿……」

「慢點，慢點，這種事你怎可能知道？不要唬我。」

「笑話，這點本事算什麼？在他們中午幽會的地方，我的手下買通了一個服務生，那還有不知道的嗎？言歸正傳，瑪莉有老美情報單位在後面，安全官有加國大大使館在後面，這一對男女一定掌握了最多最新的資訊，這就是要請藍第好好查一查的事兒……我們要確切知道，葉博士是否已落到夏哈蘭的基地裡。」

「你不是和夏哈蘭的大將鷹眼交往密切嗎？你怎會不知夏哈蘭的行蹤？」

「這個夏哈蘭行跡神秘，他自從離開雅爾達以後，我就沒有他的消息。問鷹眼，鷹眼說沒有跟他在一起，反而向我追問是誰在雅爾達港外殺人打劫、葉博士的下落等等；總而言之，我們要馬上弄清楚眞相……」

「就怕藍第也探不到這麼核心的情報。」

「據我在基輔的手下說，藍第乖巧能幹，那個……那個厲害，最得老闆的歡心，說不定那個風騷女人也愛吃高麗泡菜呢，嘿嘿！」

金正丸不但不以爲忤，反而啞然失笑。這種話題在男人之間最對味口，不管有沒有那回事，說起來大家就都當是眞的。

「好吧，我現在就給藍第打電話，要什麼情報最好敘述得具體一點，愈具體愈好。」

∞

一架 Mi-8 俄製直升機降落在豪宅的私人停機坪上，機上跳下來兩個人，兩人都帶著長皮袋，匆匆和哈塞的隨扈打個招呼，便走入豪宅。

古克爾和那個胖子走進客廳，放下皮袋，古克爾頭一件事就是把大衣口袋中的一隻小紅袋交給了哈塞，然後才和坐在沙發上的金正丸打招呼；兩人顯然原來就相識。

金正丸瞪眼道：「嘿，伊拉克PKK的神槍手，那架直升機是你幹掉的？愈來愈像恐怖分子了。」

古克爾微笑哼了一聲，不置可否。

哈塞從小紅袋中掏出一條白色的蘋果充電線，左看右看，又交給金正丸仔細查看，看了半天還是一條蘋果充電線。金正丸皺眉問道：「哈老闆，你確信沒有搞錯？就是這條充電線？」

哈塞也有些狐疑，他瞇著眼看了看古克爾。古克爾掏出一支手機，很有把握地道：「絕對錯不了，我在那個清潔婦人的屍體上拿到這支手機，顯示她在索契就發了一封簡訊，想來是給她上面的人吧，內容說得很清楚：『東西在小紅袋裡』，不會錯的。」他把手機拿給哈塞看。

金正丸又把那條充電線拿到燈光下仔細檢查，喃喃道：「除了那行小字『Made in Taiwan』，其他沒有什麼特別之處，我怎麼看都就是一條台灣仿造的山寨版蘋果充電線罷了。媽的，台灣人最會做仿製品。」韓國人逮到機會總不忘記攻訐台灣貨。

哈塞道：「我們擊毀一架直升機，殺了三個人才得到這東西，不可能只是條仿製充電線……」他對金正丸揮揮手，金正丸一面把充電線的插頭插入電源，一面把另一端接頭插入桌上的蘋果筆記型電腦。

電腦立刻開始充電，看不出有什麼花樣。金正丸開罵：「混帳東西，誰要你充電？」他生氣地要把充電線扯掉，一時之間竟沒拔下，他抓住接頭一陣亂拉，急切間不知觸碰到什麼暗門，電腦忽然發出「叮」的一聲，螢幕全黑，然後出現一個漢字「葉」的印章。印章消失後，電腦上立刻就出現整頁整頁的文字，自動地一行一行向下跑，可惜文字全是漢字，在座諸人沒有一人看得懂。

哈塞存著一絲希望，試探著問：「你韓國人總該看得懂一些漢字吧？」

金正丸哼了一聲道：「除非我爺爺來就還行，他媽的，我們韓國早就不教漢字了。」

文字中夾雜著許多手繪的圖，還有一些化學方程式和計算式，想要將畫面停下來仔細閱讀，豈料這份資料一直向下跑，不接受任何電腦上設定的指令，金正丸試了各種方法，仍然無法讓畫面停下，大聲叫道：「這該死的電腦瘋了。」

古克爾旁觀者清，提醒道：「我猜充電線是雙用的，可以充電，也可以是一個自編程的隨身碟。媽的，台灣人還眞鬼，搞這麼個機關，我們幾乎被耍了。要不要等它跑完，再重頭開始下載？」

跟古克爾一道來的胖子插嘴道：「我看還是拔出來，確認電腦沒有問題再重新……」

他話未說完，電腦上的文字已經跑完，過了一秒鐘，螢幕出現「EX」兩個英文字母和一個箭頭。

哈塞精神一振，喜道：「機密在這裡了！」

滑鼠點了箭頭，出現要求輸入密碼，金正丸咒罵道：「操，遊戲結束！」

胖子忽然問道：「EX是什麼意思？」

古克爾很權威地回答：「EX是英文 experiment 的縮寫，表示後面的資料全是實驗數據，這才是最重要的部分，可惜我們沒有密碼進不去。」

胖子不服氣，抗聲道：「那也不一定，EX也可能是 exit，離機的意思……」

「媽的，你白痴啊？『離機』要什麼密碼？」

金正丸打圓場道：「沒關係，我找一個朋友來解密就好，我猜這條古怪的充電線既然是葉博士私人用的，加的密一定普通，韓國的專家不要半個小時就解了。」

他把「充電線」拔出，沒想到螢幕上連閃黑了三次，整個電腦就看似「中毒」了，再也不接受任何指令。金正丸大吃一驚，連忙快走到長桌的另一端，把「充電線」插入另一台蘋果筆電上。這一回更讓眾人爲之氣結，任他如何狂整「充電線」，再無任何圖文出現，變成貨眞價實的一條充電線了。

四人齊聲開罵，先罵葉博士爲人狡詐，後罵這條充電／USB雙用的「充電線」設計陰險，最後韓國人金正丸更罵台灣製造這鬼東西的廠商心術不正、用心毒辣，遠不如韓國廠商正派規矩。

大夥一面罵，一面輪流弄那條線，從接頭到插頭到變壓器都摸弄了個遍，再也沒有什麼訊號，只電腦上顯示「充電中」。

輪流弄完了，最後那台筆電顯示充電已達百分之百，可是無法開機了。

「媽的，這條充電線會輸出愛滋病，一插入就感染沒救了。」

「我就不相信，再拿一台電腦試試……」

「不行，別再插了。」

七嘴八舌之後，大夥都感到沮喪，只有哈塞立刻恢復面不改色的從容，當機立斷下令：「看來辛辛苦苦奪來的珍貴資料多半已經打不開了，我們當然可以拿給解碼專家再試試看，但就算無法打開這個USB，我們就直接把葉博士本人從夏哈蘭手上給奪下來。老金，這件事搞成，我們起碼進賬上億。」他溫和而堅定的表情，展現出一種大將之風。

聽到「我們起碼進賬上億」，金正丸雙眼發亮，盯著哈塞問道：「老哈塞，你和夏哈蘭到底是怎麼個關係？我到現在還搞不清。」

「以前是大買賣的對手，現在是生意上親密的夥伴，嘿嘿。可我們只見過兩次，他的秘密基地我從來也沒去過……」

金正丸嘴角啣著一絲冷笑，他看了哈塞一眼，道：「老哈塞呀，就算沒去過，你一直知道夏哈蘭的秘密基地在那裡，是吧？」

哈塞不置可否，只淡淡地道：「知道基地位置也沒用，要確知葉博士本人已到了基地才有用。只要確定夏哈蘭已經把葉博士帶到基地，就是我們該行動的時候了。」

他補充道：「如果葉博士人在基地，證明你夏哈蘭的人在海上殺人劫貨又劫人，是你出賣我在先，須怪不得我無情。如果葉博士並不在基地，就不能證明快艇是他們劫的，我們就算攻進基地也沒有用，徒然和夏哈蘭決裂，反而變成我們是毀盟的小人了。」

他轉頭對古克爾和胖子道：「你們稍微休息一下，我們隨時準備動身。」

他坐了下來，重新燃起雪茄，暗忖道：「等一會老金的好兄弟藍第那邊就會有消息來。」

他的臉色變得莫測高深，默默對自己說：「鷹眼啊，你算得精，我要拿這條充電線去換葉博士，總得確定葉博士人在那裡才行動吧？嘿，我就拿條『死』掉的充電線給你，咱們看誰算得精！」

∞

浩浩袤廣的黃土山區，無垠白雪使原本就十分寥落的地面顯得更加寂靜如死。

一群連綿起伏的山巒中停放了一架直升機，機身已經完全鋪蓋了厚厚的白雪，很難看出它的機型原貌。雪還在下，黎明時停了一陣，這會兒又下得更密了。

這個被遺忘的世界一角，忽然不平靜了。天空傳來尖銳的渦輪引擎聲，夾著「啪」「啪」的螺旋槳馬達聲，只是濛濛的漫天雪空中，看不清有一架直升機漸漸飛近，在山坳的上空盤旋，久久不能確定是否要降落下來。

那架租來的商用直升機上，載的是喬治李、梁菊、安德烈·布洛克和麥可·休斯四人。他們正在用望遠鏡仔細觀察四周的地面，希望能確定是否飛對了地方。但是地面上除了雪覆的大地和山坡，什麼也看不見。

駕駛員抱怨道：「追蹤雷達定位明明就是這裡，我們爲何在這裡一直打轉？我就下降了，你們準備好下機吧。」

安德烈叫道：「你有沒有搞錯啊！這下面除了白雪什麼都沒有，你要我們準備下機，瘋了！」

駕駛員道：「沒搞錯，我追蹤俄國人的 Mi-17，一路到此，這裡就是他們降落而我們失去追蹤目標的地方，怎麼會錯？」

麥可用英語罵道：「我們付了兩倍不止的錢，這傢伙只想把我們丟在荒山雪地裡凍死。這些烏克蘭鬼要錢不給服務，他媽的，眞不知道喬治怎麼可能在這種地方待十幾年！」

喬治一面用望遠鏡仔細掃瞄地面，一面叫道：「安德烈，你教這個駕駛員再多盤旋幾圈，另外給他個人小費，保證有效！」

安德烈依言對駕駛員道：「老兄，你再確認一下定位，再盤旋幾圈，我們多付你兩百元，給你個人的。」

「你說美金？給我個人？」

「不錯，你再降低一些，搜尋半徑放大一些。」

這架商用直升機是由美國陸軍的 UH-1 改良而成，由義大利的奧斯塔公司採用普惠新發動機，主旋翼也做了一些改進，較之於原型機，耗油量下降，航距得以提升。

駕駛員得到兩百元美金個人小費的承諾，心情愉悅，精神大振，立即施展高超駕駛技術，一個側彎，機身極爲優雅地驟降五十公尺，地面上的景況看得更爲清楚。

直升機繼續降低，掠過山坳時離地只有十幾公尺，旋轉翼的巨大風力捲起千堆雪，使得能見度反而下降，安德烈叫道：「太低了，拉高一些！」

直升機驟升，被它捲起的雪花略微飄散，梁菊忽然大叫一聲：「看見了，那架Mi-17！」覆蓋在Mi-17上的厚雪被捲起散落，露出了直升機尾部的機體，梁菊眼尖，加上她是飛機達人，只一瞥之間便已認出這架直升機的尾螺旋槳是在左邊，這是Mi-17外形上和Mi-8唯一的不同處。其他幾人還沒看清楚，直升機已拉起飛出了山坳。

駕駛員也看到了，他心中對這個女人好生佩服，確認道：「女士，您好厲害的眼力。不錯，是一架Mi-17，就是這裡了……我們就降落在這裡？」他一面問，一面將直升機拉起向右轉，劃過一個半圓又飛回那個山坳處。

直升機降到五十公尺高，這回大家都看見停在雪地上的Mi-17。安德烈叫道：「OK，我們就降這裡！」

駕駛員將直升機穩穩降落，安德烈付了他兩張一百元美鈔，他笑咪咪地等待四位乘客都離了機，立刻加油升空，似乎一分鐘也不願多留，拉高離去了。

望著那架改裝的UH-1騰空而去，麥可問道：「四周除了雪和山坡，什麼也沒有，我們怎麼找那個庫德人的鬼基地？」

喬治仔細打量了四周一番，指著左前方的長坡道：「爬上這一段長坡再作道理，我猜那個基地一定就在附近，不然馬克西莫夫隊長的 Mi-17 不會選擇降落在這裡，他可是根據從 Mi-8 上直接發射的衛星定位訊號跟蹤到此，絕對錯不了的。」

四人在雪深及膝的山地上爬坡，行動十分吃力，爬了數百公尺，安德烈就落後了。這些年來坐辦公桌，體力已不復當年之勇，多倫多大學冰球校隊的那個主力中鋒已成了一個虛胖的中年人。喬治對其他兩人道：「你們先上，我陪安德烈跟上來！」

安德烈一面喘氣，一面投以感謝的眼光。喬治把他的背囊接過揹在自己背上。

就在這時，他們聽到遠處傳來一連串槍聲，聲音從山坡的另一面傳來，在連綿的雪地山巒之間很難判斷槍響的距離。梁菊和麥可加快腳步往坡頂移動，希望儘快佔住制高點。

喬治回頭向安德烈道：「你只有短槍，待會如有接戰，你緊跟在我後面，千萬不要曝露在第一線……」

安德烈抬頭望了喬治一眼，喬治微笑再補一句：「安德烈，我要靠你保護我的屁股。」

從坡頂望下去，四顧白茫茫的一片，不見一個人。那一串槍響過後再沒聽見任何聲音。麥可輕輕爬到喬治身旁，悄聲道：「左前方有一片凌亂的足跡，每一腳都踩得很深，可是到了前面一道線處便沒了，我看那裡有些古怪。」

「足跡停止處的一道線是一條臨時挖的壕溝，留下這些腳印的人都躲在壕溝裡了。」

安德烈道：「壕溝？臨時掘戰壕，典型的軍隊作風！」

梁菊道：「我們的俄羅斯朋友帶了軍人來了！」

麥可道：「其實我懷疑馬克西莫夫和烏次欽科他們本來就是軍人……不知維克羅夫來了沒有？」

梁菊道：「壕溝裡最少三人，最多二十七人。」

麥可知道她是用 Mi-17 的載客量計算的，喃喃道：「要是有二十七個好手，可以強攻了，幹麼還要躲在戰壕裡？」

安德烈道：「夏哈蘭的基地入口在那裡還沒摸清楚，強攻？攻那裡呀？」

麥可道：「那剛才聽到的槍聲是怎麼回事……」

他話聲未了，槍聲又起，一排子彈從右邊射向他們這邊，麥可輕叫一聲：「是右邊樹林！」

喬治低喝道：「大家退到低處快速匍匐前進，爬到『戰壕』去和俄羅斯部隊會合！」

他一面臥地向右邊林子射擊，一面喝道：「快走，梁菊妳帶頭！」心中暗呼：「馬克西莫夫，掩護我！」

果然不出他所料，梁菊等人才起步往壕溝匍匐前進，壕溝中就發出了強大的掩護火力掃向樹林。喬治知道機不可失，端起長槍，飛快地向戰壕奔去。

四人爬進了壕溝，才發現溝內只有四名俄羅斯「警察」，幾乎全是熟人。安德烈興奮地叫道：「隊長！啊，烏次欽科、維克羅夫，你們全到了！」

馬克西莫夫一張冷峻的臉上綻出一絲微笑，烏次欽科很幽默地道：「歡迎加拿大部隊加入俄羅斯大軍。」一面介紹另一位不曾見過面的俄國警察：「這位是增援的好射手米蘭耶夫，專程從索契來替丘可夫報仇的。」

安德烈也將己方三人介紹了，然後急問道：「丘可夫怎麼樣？他挺住了？」

維克羅夫黯然道：「他……傷口太大，出血過多，沒挺住，去了。」一陣沉默，安德烈傷心得說不出話來。

槍聲暫停，喬治問馬克西莫夫：「隊長，樹林中是那一方的人馬？夏哈蘭的手下？」

馬克西莫夫皺眉，只簡潔地回答：「不是。」

烏次欽科立刻補充道：「對方是乘坐我們被劫走的那架 Mi-8 直升機而來的，一共八個人，槍法都很好，有一個特別厲害的，我猜就是打死丘可夫的那個年輕人。」

維克羅夫也補充道：「我們跟蹤這架 Mi-8 上發射的衛星定位訊號，奇怪的是，他們先去了一趟雅爾達，之後才起飛來這邊，我們一路跟到此地。那架 Mi-8 就降落在那片枯樹林後面的雪地上。」

喬治納悶道：「去雅爾達是爲什麼啊？」

但是此刻都沒時間多想。

「你們怎麼打起來？看來還沒有找到夏哈蘭的基地，各方人馬就先幹起來了。」

麥可這句話打中每個人心中的結，除了加拿大這邊四人，其他各方人馬齊聚於此，其實是各懷鬼胎的。

喬治心中嘀咕：「我們先拉俄國人對付那批不速而至的狠角色，兵法運用上是正確的選擇；下一步進攻夏哈蘭的基地，雙方合作仍然是上策，但是攻入基地之後呢？」

很明顯，攻入基地之後，爭奪葉博士的戲碼就要上演。各方人馬，包括俄羅斯朋友也就不再是朋友，到時候鹿死誰手？或是一一都敗在地主夏哈蘭的手下？

13 三面諜

馬克西莫夫放下望遠鏡，冷冷地道：「他們要撤退了。」

安德烈連忙拿出他的單筒望遠鏡，對準那片樹林仔細察看，他看到八個人正從林子外緣向右撤走，喃喃道：「看起來眞要撤走哩，我認出那個槍法厲害的小子，還有他那個胖子夥伴。」

喬治用自己狙擊槍上的瞄準鏡搜索前方，他瞄了一會，放下長槍道：「不錯，是他們，胖子肩上扛著的好像是針刺飛彈發射器……隊長，是不是？」

馬克西莫夫點頭，連一聲「是」都懶得回答。喬治繼續道：「那槍法厲害的小子穿的厚外套，右手袖子上面有ＰＫＫ三個字母。」

「庫德斯坦工人黨？你連這都看得清楚？」

喬治點頭道：「我還看到一個東方人夾在其中……應該是韓國人，我在什麼地方曾見過這人！」他一時想不起在維也納酒吧裡曾見過金正丸，此時也無暇細想。

梁菊問道：「喬治，我們下一步……」

喬治道：「他們走向林子的右邊，看起來一副有把握、很清楚知道要去那裡的樣子，如果他們知道基地的所在，我們其實應該跟在他們的後面，等到了基地再看情況行事……」

安德烈插嘴對馬克西莫夫道：「隊長，有一件事須得先講好。我們雙方對聯手攻入基地救出葉博士這一點沒有異議吧？」

馬克西莫夫點了點頭。

安德烈續道：「在任何情況下，我們會盡全力保護葉博士的生命安全，這一點可有異議？」

馬克西莫夫的目光和其他幾個俄國夥伴對了眼，見無異議便又點了點頭。

畢竟，對任何一方而言，不管背後打的是什麼主意，死的葉博士是沒有什麼價值的。

安德烈接著道：「那好，我們先合作攻基地，目標一致：援救葉博士逃出囚禁。雙方合作，各自努力，分別由馬克西莫夫隊長和喬治李帶領……有沒有異議？」

見大夥無異議，安德烈道：「我們出發跟上去！」

喬治道：「隊長，你們先上，我們殿後。」

∞

夏哈蘭的秘密基地的中央大廳挑高二十公尺，廳中一座熔鹽式核子反應爐已幾近完工，它的體積和傳統輕水式反應爐比起來，小得像是一個模型。兩架小吊車將爐頂上的零組件一一吊起，幾位熟練的工人隨吊車上下，在做最後的安裝及測試。

大廳左側的走廊底，有一間挑高的隔音會議室，供技術人員在現場討論相關問題。拉森博士一早就報告了化工組已完成氟化釷的製造──這是MSR運作時的核燃料。

由於這座反應爐是將當今世上各領域中最先進的技術綜合應用而建成，其中很多複雜的難題，解決之道有賴將各個問題孤立出來，單獨專案處理，用各種最新技術得到解決，然後還要克服介面問題拼回整體之中，使與其他系統相容無礙。這種分割和整合的規劃及執行，不僅要對各個單元的技術有極準確的掌握，尤其要對大系統中的協調及整合能做到路線分明，接點分毫不差，其主事者必須是一位科技及工程的大將之才。艾瑞克在瞭解全貌之後，發現有些地方的做法極為漂亮，竟然給了他一種欣賞藝術極品的感覺，不止是讚賞，而是有些被感動了。

這個大將之才，就是夏哈蘭．格巴第博士。

拉森博士和艾瑞克葉站在一塊白色的「黑板」前討論；板上畫了許多設計圖，紅色、藍色的都有，文字則是用黑筆書寫。長桌旁坐了五位科技專家，夏哈蘭狀甚愉快地坐在最遠的座位上，顯然他對化工組提前完成氟化釷的製造感到滿意。

艾瑞克剛才做了四十分鐘的報告，他沒有Power Point或幻燈片，就用手寫「黑板」的方式幫助口頭說明。好在在座的無一不是一流的科技專家，大家都聽得心領神會，講完後十幾個問題都問得切中要害，艾瑞克被問得大起知己之感，竟然渾忘了保密禁忌，一一詳加說明。在場六人感覺像是欣逢一場科技盛宴，無不感動欣喜。

拉森博士本人是瑞典的核子物理和核工材料專家，他盯著黑板一語不發，過了好一會才轉身對艾瑞克道：「葉博士，我必須恭喜你這項了不起的發明，聽起來您的發明在長時間抵抗高溫、高腐蝕的特性方面幾乎無懈可擊，所差者便是大量製造的製程……」

坐在最前面的一位胖子蓄了一部大鬍子，操著很濃的法國腔英語道：「我倒不覺得這會太困難，我們找製程工程的高手來一道想想辦法，一定能克服的。」

「柏根諾博士說得對，不過為求時效，我們應該立即著手小規模地製造，只要累積夠一個反應爐之用就好……」

夏哈蘭坐在最後面應聲道：「尤根博士，就請你協助葉博士所需。我們這座反應爐最精彩的特色之一，就是充分實現了『模組化』的概念，所有重要部分都可以很容易地抽換，反應爐的部分更是如此；這是因為反應爐雖然採用了目前世界上最棒的耐高溫防腐蝕材料，一旦運作起來，我們其實並無把握它能撐多久，因此預作了可能必須經常抽換的設計，以防萬一。」

艾瑞克跟幾位專家一一對眼，尤其是沒有發言的尤根博士；當他發現曾經參與基輔核能會議的尤根博士竟然也是夏哈蘭的科學顧問時，他就瞭解，何以夏哈蘭對自己在基輔的舉動掌握得一清二楚。

他用眼睛詢問另外兩位核工專家羅伯斯和迪朗，兩人都搖頭。見大家再無問題，艾瑞克便結論道：「這個新材料的特色，便是它在一種最堅固的合金鋼材表面形成『成分梯度』的厚膜，所以沒有脫落的問題，而在高溫熔鹽中，它的表層產生一種奇特的氟氧化反應，新生的膜是一種全新的超級陶瓷，能夠抵抗高溫高腐蝕，即使日久表層膜有所破損，露出的新表層又很快地氟氧化，所以它能夠長時間維持有效，似乎完全符合MSR的材料需求。從初步的實驗數據做推演，我的材料當可抵抗MSR反應器中的高溫、高腐蝕達二十年以上；但我強調，這只是初步的數據，有待更多次實驗來證實。」

艾瑞克做科技研發數十年，成果時常在專業大會中發表，這不是第一次得到全場同行的鼓掌，但是這一回他的感覺十分不同。從隔音玻璃窗望出去，討論室外大廳中那座史上第一部可商業運轉的MSR原型機組就在眼前，在技術人員通力趕工之下即將竣工，只需再加上應用自己的發明所製成的爐心，一場能源革命就要在這個大廳裡發生；他看得見，摸得著。

這時，會議室牆上的小紅燈突然閃起，夏哈蘭臉色微變。接著室外有人敲門，連續五下後室門打開，一個身著長袍的年輕庫德人快步進入，低聲對夏哈蘭報告：「一號、二號門外發現敵人，已經進入戰鬥。」

「敵人身分識別？」

「外環監視系統顯示，敵人分乘三架直升機到達，機型不同，有Mi-8、Mi-17，還有一架UH-1放下人就飛走了；這其中兩組人馬之間曾開槍互相攻擊，摸不清楚究竟是那裡來的。」

夏哈蘭皺眉道：「妙啊，兩架俄國的，一架美國的……我猜加拿大的特勤人員一定在內，應該是乘坐UH-1來的那一批，其他兩批乘坐Mi-8和Mi-17的，恐怕分屬烏克蘭和俄羅斯的警方？」

「報告老闆，您的猜測恐怕有問題……」

「什麼問題?」

「互相開火的就是這兩批人馬!」

夏哈蘭想了一想,低聲道:「有什麼不對?烏克蘭警方要辦葉博士被綁架的案子,俄羅斯警方跑來插手,怎麼不打起來?尤其是目前克里米亞的情況,俄、烏早就是仇人了。」

年輕人點頭應「是」,夏哈蘭下令道:「A方案,一、二號兩門外啓動火網阻敵。」

年輕人一面用手機傳達命令,一面行禮退出。

他們的對話全是用庫德語,在座諸位科學家無人能懂,夏哈蘭用英語簡單說明後,便對大夥兒喊話:「此地固若金湯,諸位千萬不要驚慌,一切工作照常進行。我們對外來進攻有三套因應方案,都經過多次演練,此地每個庫德戰士都知道自己該怎麼做!」

這些人爲何要來攻基地?當然是爲了葉博士,在座每個人都心知肚明。

艾瑞克從話中聽到「救兵」已到的訊息,雖然感到一陣興奮,但奇怪的是,心中並未有那種恨不得馬上逃離此地的期待,此刻他更想要的,竟然是親眼見證室外那座MSR的順利啓動。

不知從何時開始,他對這座MSR和他的新材料的結合,竟然產生了一種奇異的感情。他由衷希望這座MSR能夠成功,除了爲人類建造安全、可持續、低汙染的新能源外,也爲能夠一圓他在橡樹嶺國家實驗室時代就在編織的MSR夢;這分感情延伸到夏哈蘭的身上,這個爲了計畫成功殫精竭慮、甚至不擇手段的人。他由衷地希望,夏哈蘭的夢,也是吹嗩吶的老人的、彈烏德琴的譚雅的……千萬庫德人共同的建國夢,能夠和平實現。

夏哈蘭掏出小遙控器按下，牆上的電視牆亮了三個螢光幕，眾人立刻驚呼一聲，因為他們看到螢光幕上出現了子彈橫飛的戰鬥畫面。

會議室外，大廳中所有的技術人員正聚精會神地工作，絲毫不受任何外面因素的影響；討論室內，幾位科學家盯著螢光幕開始向夏哈蘭提問題。只有艾瑞克懷著複雜的心情，透過透明防彈玻璃，遙望著大廳中的MSR，正一吋一吋地接近大功告成。

夏哈蘭並不驚慌，此地位於土耳其、伊拉克邊境上，又與庫德自治區的邊緣相重疊，任何正規軍隊進入這裡都是政治敏感問題，通常只有地下武力和薄弱的警力維持表面上的平衡；這些力量十分有限，夏哈蘭對自己基地的防禦能力很有信心。

∞

基地外，軍火販子金正丸湊近哈塞，低聲道：「剛收到藍第的密訊，衛星掃瞄顯示，左前方四百米處原來停放的工程車九十分鐘前還在，現在卻忽然不見了。此處四面無處隱藏，表示那附近有暗門通往地下。」

哈塞點頭道：「我們就從那裡攻進去，只要古克爾找好制高點，用雪地野戰服掩護身形做好狙擊準備，我們就開始進攻！」他暗中冷笑一聲，極有把握地補充一句：「只要能攻到通地下的暗門，我們就一定能進入基地。」

他心中有譜，先前從藍第得來的情報，確認夏哈蘭和鷹眼已經回到「基地」，哈塞忖道：

「鷹眼，我這就送這條蘋果充電線給你，你豈會不讓我進基地？」

∞

這時四百公尺外的雪地上，悄悄升起一道二十五公尺長、一公尺高的弧形鋼板，十個土耳其庫德戰士全副武裝、默默伏身在鋼板後，每人手中都抱著長射程的武器，武器上都裝有望遠瞄準器，一聲不響地等待敵人進攻。他們身後地下是基地的一號門入口。

這些庫德戰士冷靜地等待，等待敵人接近到一百公尺時就要開火，因爲他們知道，從一號暗門到一百公尺外的整片空地，事先都經過清掃剷平；敵人摸近一百公尺之內，便再也找不到可以掩護身形的良好障礙物。

所以他們不時抬頭從鋼板上緣的射擊口瞄出去，望著來攻敵人從聚集到散開，各自在雪地上尋找能夠掩護的小坡或岩石，小心翼翼地逐步前進。他們一聲不發，冷靜地各瞄目標，靜靜等候殺戮時刻的到臨。

哈塞的人馬藉著各種天然的掩體匍匐前進到距離一百二十公尺時，鋼板後的庫德戰士中有人低聲問：「老大，開火吧？」

老大是一個精悍的中年人，他向外瞄了一下，咬牙道：「再等一下。」

然而就這一等，情況驟變。

「噗」的一聲，一顆子彈不知從何方突飛而至，正中「老大」的頭顎之間，老大連叫都沒叫出聲，便噴血倒斃。

由於槍聲悶而不響，一時之間只有老大身邊的兩人發覺不對，一個虬髯大漢喝道：「什麼東西……老大……」

另一個年輕人伸頭向外看了一眼，本能地大吼：「狙擊手，來自高處……」

吼聲未了，突然額前中彈，鮮血和腦漿噴到數尺之外，也倒下了。

其他幾人叫道：「快趴下！」

「噗」、「噗」兩聲，又有兩人倒下，一個胸口中槍，一個頭頂中槍。

剩下六人中，有一個持著榴彈發射器的瘦子眼光銳利，終於看到了這鬼魅般子彈的來處，他趴在地上大叫：「狙擊手在左方坡頂，兩塊大石後面！準備還擊！」

左方四百公尺外的兩塊大石之間，古克爾將狙擊槍的腳架收起，抱著長槍悄悄向左後方打量，他察覺到躲藏的地方已經被發現，急於換地躲避。

他躬身縮首才拔步起跑五步，轟然一聲巨響，藏身之處已被榴彈擊中。古克爾躲得快，還是被炸開的石片擊中全身，臉上和手上全被炸傷，鮮血長流，但他終於躲到了另一個土堆之後。

哈塞率人馬趁這空檔向前移進，同時對鋼板後的庫德戰士開槍掃射，目的是讓敵人俯首不得還擊，他們就能取得快速衝到鋼板邊緣的機會。

有經驗的老兵是不怕這種亂槍打鳥的，庫德人如果勇敢地冒出頭來瞄準敵人射擊，自己被亂槍打中的機會並不大，但是如果他們做縮頭烏龜，就會讓敵人衝過己方的火網，反而將居於劣勢。

果然這幾個庫德戰士毫無畏懼，他們輪流冒出來開槍，哈塞的人馬還沒衝到鋼板牆，已有兩個人中彈倒地。庫德戰士的火力極強，繼續瞄準來犯敵人射擊，哈塞手下的亂射大多打在鋼板牆上，並未擊中敵人……

重新找到掩護體的古克爾居高臨下連開三槍，居然又射殺一個庫德人。庫德人的火力轉向四百米外的狙擊手，哈塞帶著其他四人已衝到鋼板前，五支槍齊發，至少五十發子彈射向鋼板後倖存的五個庫德戰士，當場兩人斃命。另三人轉身就跑向一條下伸的弧形窄道，哈塞這邊繼續掃射，但都打在窄道的牆上。

就在這時，眼尖的金正丸看到四百公尺外的古克爾正從土堆後起身向這邊奔過來，他尖叫了一聲：「古克爾，你留在外面接應！」

左邊離那土堆最近的是四個俄國人，他們正從左邊匍匐側擊，那新來增援的狙擊手米蘭耶夫忽然轉身，全無預警地瞄準跑過來的古克爾就是一槍。古克爾應聲倒在雪地上，鮮血湧流，顯然心臟部位中彈，這位ＰＫＫ的狙擊好手竟然糊裡糊塗被俄國人偷襲，立時斃命。

馬克西莫夫等人大吃一驚，隊長立即和米蘭耶夫起了爭執。

他怒聲質問：「米蘭耶夫，你爲何殺死他？」

米蘭耶夫聳聳肩，一副不屑的樣子。

馬克西莫夫更是憤怒，喝道：「這小子槍法厲害之極，在攻下基地之前我們應該多利用他，你不聽命令……」平時沉默不語的隊長竟然一口氣講了這許多，想來是眞的怒極了。

米蘭耶夫冷冷地打斷道：「我們遲早要除掉這個厲害的傢伙，剛才機會好，我豈能放過？」

「你……你他媽偷襲打黑槍……」

「你不妨問問，狙擊手那個不是靠打黑槍？」米蘭耶夫桀驁不馴地頂回去。

烏次欽科提醒道：「那邊停火了，我們快跟上。」

馬克西莫夫怒目道：「米蘭耶夫，你再不聽命令，我們回去軍法從事。走！」

米蘭耶夫哼了一聲，抱槍向前時心中暗道：「我們不是已經變成警察了麼？還軍法個屁。」

∞

「砰——」一串槍聲從左邊響起，子彈瞄準的目標是喬治等四人埋伏的地方，梁菊從望遠鏡看到，左邊四百公尺外似乎又升起一道鋼板牆。他們一面伏身一面移動，梁菊叫道：「那邊恐怕有第二個入口！」

前面一片雪蓋平地，除了一些零零落落的小土堆，只右邊一百多米外有個天然的凹地，似乎是個好掩身之處。喬治指著那凹地低聲道：「你們開槍掩護我到那凹地，從那裡我可以瞄準鋼板牆上的射擊孔，那裡冒槍火我就打那裡。安德烈和麥克，你們全速向鋼板牆衝去，梁菊來接替我。」

他說完就和三人對眼，大夥都點了點頭，接著便是四支槍齊響，一串串子彈掃向鋼板牆，要用強大火力暫時壓制敵人。

喬治才一起步，「咻」的一聲，一顆子彈落在他腳旁，離他身體只有兩吋之差，他嚇了一跳，飛快地伏身S形前奔，一連兩槍又是擦身而過；慣打移動靶的喬治知道，對方有個高手到了，不但不為己方的火力所壓制，而且已經洞悉自己的意圖。但他無暇思索，只得施出當年在陸戰隊學到的單兵作戰的高級動作，不停變換方向，一下直線，一下弧線，一會兒又利用翻滾改變方向，驚險萬分地一連躲過了六七槍，然後，子彈忽然不追著他打了，他趁此片刻直奔到凹地，藏好身軀。

他知道是梁菊！梁菊抓住了對方追打他的發槍孔，用一輪精準的射擊暫時壓住了對方那位高手。

他也知道，鋼板牆後面的那個高手就是「鷹眼」。

安德烈和麥可採取左右大弧圈方式迂迴前進，喬治的狙擊槍槍聲一響，梁菊已經朝他這邊飛奔過來，喬治知道掩護梁菊的要訣就在於壓制鷹眼。果然，從對方射來子彈的準度和變換方向的靈活度推測，他立刻判定鷹眼躲在左邊第五槍孔。

一陣槍響，兩個特級射手相距兩百米隔空交火，彈彈都在方寸之間，凹地前的天然掩體落下了十幾發子彈，落點全在一拳之內，而鋼板上第五槍孔則是四周火花四濺，更有兩彈是穿孔而入，可惜都沒有打中對手。

梁菊像隻鹿一樣，已潛到了喬治的身邊。

喬治心中不禁一緊，想到當年一同受訓時，不論在山坡邊、壕溝裡，梁菊總是像隻鹿兒般無聲無息就出現在他身邊。隱不住嘴角的笑意，在震耳槍聲中，他口中溜出一句熟悉的話：「梁菊，該妳開槍了。」

喬治一衝出去，就感覺到那又準又狠的子彈不見了，子彈在身旁的落點既欠精準也乏章法，他無暇細想，只是暗叫僥倖。

梁菊也察覺到同樣的事。他們這些高手竟能從漫天飛來的子彈中，察覺那些發自一般射手，那些發自射擊高手的槍口，眞是不可思議。

她一面開火，一面暗忖：「鷹眼熄火了！難道我們打中了他？」

鋼板牆後的火力變得零星，終於歸於寂靜，鋼板緩緩降下，這一邊的平沙雪地恢復了平靜，好像什麼都沒發生過。喬治悄悄爬起身來，用槍上的瞄準器左右瞄望，只看到一條下伸彎曲的窄道，前前後後許多零亂的腳印，似乎是向下延伸入地下。他伸手向後做了一個暗號，悄悄沿著彎道往下走，數十步後，他碰到一道緊閉的鋼門。

「他們退入地下了！」

他小心翼翼地退出，要和其他的人會商，才一退到雪地上，就看到梁菊和馬克西莫夫在交談，不遠處米蘭耶夫開槍擊中窄道口上的監視器，把監視攝影機打得粉碎。

進入暗門的鷹眼立即掏出衛星電話，他撥了一個號碼，等了半分鐘之久，終於接通了，他用英語低聲道：「是我，你們已到雅爾達？……很好……記住，進入別墅裡的通訊密室密碼加了前置碼，『510』。OK，我會帶你們要的人過來，再見。」

8

這時，在另一個入口處，哈塞等五人緊追著跑向地下的三個庫德人，他們從彎曲的窄道迅速向地下的門口奔去，等跑到門口，前面三個身著白衣的庫德人已不見蹤影，一道鋼門卻是大開。

金正丸低聲道：「這裡是入口了，我們就從這裡進去？剛才那三個庫德人不知去了那裡？」

哈塞回頭看了一眼，經過方才一場激戰，己方只剩下五人。但他毫不猶豫地道：「不管他們，我們就殺進去！」

五人摸著窄道深入地下，外面的自然光愈來愈微弱，一個走在前面的小伙子掏出袖珍手電筒照路，金正丸悄聲道：「小心襲擊。」

窄道漸寬，他們走到一個寬達八平方米的空間，前面又遇到一道鋼門緊閉，四壁皆是極硬的土石，再無其他路可走。金正丸又忍不住嘀咕：「四邊無路，方才那三個庫德人去了那裡？」

前面的小伙子用手電筒照射鋼門四周，仔細瞧了一會，又敲了敲鋼門，低聲道：「這門沒法從外面開啓，也不像有電子感應開關設備，那三個庫德人應該並未從這門入內……」

金正丸忽然想起一事，尖叫一聲：「不好，那三人恐怕還在我們後面，後面的門……」

另一個手下反身飛奔去查看入口處，金正丸憂形於色，暗忖：「我們莫不要中了那三個庫德人的詭計，誘我們入內，兩頭封死……」

遠處傳來那個部下的叫喊聲：「大門鎖上了，我們被困住了！」喊聲在兩頭封死的密道中迴盪，微弱的手電筒光照在四人臉上顯得格外蒼白。那部下一面呼喊，一面狂奔而回。

金正丸怒罵道：「好狡詐的庫德人，他們躲起來讓我們通過，然後回頭關門跑出密道。不過他們也不要高興得太早，一出去肯定會死在古克爾的神槍下……」

他卻不知道古克爾已遭偷襲，死在俄國佬的槍下了。

「我們怎麼辦？」

「不怕，我們有大量炸藥！」

「炸那一道門？進去還是退出？」

只有哈塞神色鎮定，一語不發地盯著面前的鋼門，不知在盤算什麼，似乎有些失神。金正丸忍不住大聲問道：「老哈塞，你想啥？我們炸那一道門？」

「那一道門也不炸，炸藥是爲了要炸更重要的東西。」

「更重要的東西？現在我們怎麼辦？」

「等。」

「等什麼？」

「等人開門讓我們進去。」

四人聽得不知所云。哈塞嘴角帶有一絲微笑，默默忖道：「基地裡的朋友就要有動作了。」

老美和我的秘密交易是：炸毀核設備，生擒葉博士，三億美元。詳細數字我先不必告訴老金。鷹眼呀，你自以爲精明，我帶了『充電線』來只是個幌子，你絕對料不到我一進入基地就搞爆破，殺你個措手不及，嘿嘿！」

自從和鷹眼合作以來，這個鷹眼總是處處自以爲是，經常不服從自己的命令，哈塞爲顧全大局也常相忍讓，這回勝券在握，哈塞心中忍不住興起一些異樣的快感。

8

基地裡建造MSR大廳旁的會議室中，六個科技專家一面緊張地注視著大廳中的MSR測試接近完成，一面憂心忡忡地從電視牆上觀看基地外的槍戰。

只有夏哈蘭．格巴第博士顯得老神在在，面上沒有任何激動之情。

劈啪一聲，電視牆忽然一片全黑，夏哈蘭知道是基地外的監視器被擊毀，他站起身來，再次對幾位面帶驚慌的科學家道：「各位不要驚慌，基地的防守十分堅固，這裡地處土耳其、伊拉克交界，離敘利亞和伊朗都不過一百公里左右，不論何方軍隊進入此地區，都將造成極敏感的國際緊張形勢。目前基地外的戰鬥只是一些零星的游擊武力，我們的弟兄們應付綽綽有餘，此地安全無虞……」

拉森博士發問：「這些來攻的是些什麼人？究竟有多少人馬？」

這個問題在座每個人都想要問，於是全部停止了討論，靜待夏哈蘭回答。

夏哈蘭回道：「應該是追逐葉博士的各方勢力所唆使的黑道，三批人馬都不超過十人，據報告有一組只有四五個人，所以充其量二十幾人吧。何況他們之間各懷鬼胎，基地的防禦武力在一倍以上，我們的武器精良，還有驍勇善戰的庫德戰士，擊退敵人不成問題。」

胖大的法國科學家柏根諾博士有些憂慮：「我比較擔心土國調軍隊來，畢竟此地在土耳其國境之內，土耳其的軍隊絕對有權開來這裡……」

夏哈蘭道：「這裡是庫德自治區，土耳其的正規軍隊不會輕易進入，但武裝警察部隊遲早會趕到，所以我們要速戰速決，儘快解決掉基地外的戰事。只要我們完成了這座MSR，便要大大方方地公諸於世，我將對全球媒體正式宣布，這將是全人類的福音，還怕什麼土耳其的部隊發現我們？」

這時大廳入口處進來一個上下一身黑的矯捷漢子，他一走進來，目光就掃向會議室，夏哈蘭也看到他，立刻向他揮手。

這個黑衣人正是鷹眼。

鷹眼揹著不離手的長槍，他走進會議室後並不理會其他人，反而對艾瑞克點頭致意，讓艾瑞克相當意外。他走到夏哈蘭身旁，用庫德語道：「外面三夥敵人，人最多的一夥是伊拉克來的，已經被我們關在一號門的兩道鐵門之間。其他一夥俄國人，一夥加拿大人，加起來才八個，正在二號門外頭找路想打進來。我們安啦，我們的優勢兵力就從三號門摸出去，給俄國佬和加拿大人一個反包抄，便解決了。」

他向老闆報告，態度口氣並不像是部下，反而更像是老朋友。

夏哈蘭道：「老美這回沒有出手，倒令我感到奇怪。」

「我也覺得不解。」鷹眼口中說著，心中卻暗道：「嘿嘿，時間還沒到，老美的玩意兒是壓軸好戲，大家等著瞧吧。」

「加拿大的人是基輔下來的？」

「據手下打探，好像是皇家騎警，四人中倒有兩個東方人，看上去像是華人，一男一女。這兩人的槍法令我不安。」

夏哈蘭陷入沉思，幾位科學家都心焦地在等他說明和鷹眼的一番對話。過了一會，夏哈蘭用英語說道：「鷹眼從基地外來報告，敵方有一支隊伍被封鎖在基地內動彈不得，外面只剩下八人，我們的優勢兵力即將出動將這八人消滅……」

他終於下了決心，轉頭對鷹眼道：「就照你的辦法，大廳外只留必要護衛，其餘的弟兄從三號門出去殺敵吧！」

鷹眼答道：「Yes, Sir!」

這時鷹眼的手機響起，他接起一通電話，沒有說一個字，只「嗯」了三聲就掛斷。他心中暗忖：「沙欣太太帶來的事物已落入哈塞之手，我讓他來此驗明後，就和他交換葉博士，嘿嘿，但這人太狡詐，是到了和他攤底牌的時候了。」

鷹眼轉頭對夏哈蘭道：「弟兄們已準備好了！」說完便行禮退出。

只艾瑞克注意到，鷹眼用的這支電話是一支ISAT衛星電話，他猜想這支電話是用無線電連結基地出口處的天線，這鷹眼就可以從這個荒僻之地和外界任何地方聯絡。

∞

鷹眼離開大廳不到十五分鐘，廳門外突然傳來槍聲和吆喝聲。會議室有很好的隔音設備，裡頭的人都沒聽見槍聲，但是在廳中工作的技術人員都聽得清楚，大夥兒一陣緊張，紛紛放下手上的工作，整個大廳人員顯得一片慌亂。艾瑞克第一個發現不對，大叫道：「外面怎麼了？外面怎麼了？」

夏哈蘭見了，趕忙推開隔音的重門，門一開立刻聽到激烈的槍聲，夾雜著有人大叫大吼。夏哈蘭對大廳中負責安全的三個持槍侍衛喊道：「外面發生了什麼事？你們快查看……」一個壯碩的侍衛叫道：「不能開門，外面有槍戰，已經打到門口了……」話聲未了，突然一聲巨爆，大廳的鋼門竟被炸開。幾條大漢如狼似虎地衝了進來，顯然廳外留守的護衛已經遭難。這幾人一進大廳就四面掃射，火力極是驚人，帶頭的兩個年輕人尤其凶猛，兩輪子彈下，大廳中三個護衛就倒下了兩個。

MSR工作檯上的技術人員都沒有武器，兩個靠大門較近的首先遭殃，雙雙中槍倒地。

夏哈蘭急忙抓起電話呼叫：「鷹眼·鷹眼·大廳有敵人攻入，亂槍殺人，快調人過來……」電話那頭的鷹眼也有點不知所措，回道：「糟糕了，我們的弟兄都已出基地去消滅外面的敵人了，我立刻召他們……我立即趕回大廳！」
他暗自心驚，忖道：「我放哈塞進來，說好先和我見面驗收沙欣太太送來的秘密『事物』，怎麼他一進來就開槍殺人，難道他瘋了麼？」
鷹眼當然不知道「充電線」已經自動銷毀了，那還經得起驗證？哈塞藉此理由進入基地，整個計畫都改變了。
鷹眼衝回大廳門口，看到地上幾個庫德戰士的屍體，他閃身在門邊往裡面看，只見三個守護大廳的夥伴只剩一人在犄角頑強抵抗；侵入者亂槍掃射工作人員，工作檯上哀號慘叫聲不絕；一個東方人俯身在MSR的主體架下裝置炸藥。他再抬眼掃向會議室，會議室仗著防彈玻璃的保護，室內諸人似乎暫時無恙……
金正丸裝置了六處超強的軍用炸藥及雷管後，迅速彎身退出MSR主體。就在此時，一名中彈倒在地上的庫德戰士忽然剽悍地抬頭撐起，近距離對準金正丸開了一槍，正中腦門，鮮血、腦漿及頭骨碎片噴灑數尺。
哈塞大叫一聲：「老金……」
長袖善舞的軍火販子金正丸已倒斃在地。
哈塞的部下朝倒在地上的兩名庫德戰士補了一輪子彈，確保他們都死透，而三個侍衛中倖存的一人很是強悍，他躲在一個射擊的死角，滿天子彈一時打他不著，他卻猛然一陣狂射，射中了一名哈塞的部下……

鷹眼見了大廳的亂象，和自己計畫的情況大異，躲在門外一時不敢衝入。這時卻見哈塞飛快地從大廳裡反衝出來，一出鋼門就回身雙手推門關上，然後立時趴在地上；他手中除了武器，還拿著一個電子引爆器……這人竟不顧自己的部下仍在廳內，狠心引爆……

轟然幾聲巨響，六塊紮實的超強炸藥被連續引爆，趴在鋼門外的鷹眼從地上被震得跳起，摔在十尺之外。鋼門的卡榫被巨大的爆炸力震得飛脫，鋼門因此大開，濃煙從廳內冒出，鷹眼揮手撥煙四看，不見哈塞人影，不知道被震到那裡去了。

他悄悄爬進大門，煙塵中見到那座即將完工的MSR已經東扭西歪，看來是毀了。反應爐四周靜悄悄的，似乎沒有活人了。他抬眼看高處的會議室，落地窗的防彈玻璃幾乎全碎，室門大開，見得到裡面幾人或倒或趴，動也不動，不知生死如何。

鷹眼小心翼翼地爬過MSR的基座，看到反應爐被炸得易位變形，鋼架上複雜的機械管線全都脫離原位，零亂地散在四處，而且大多變了形狀，看來是徹底被炸毀了。

他爬上階梯，摸到會議室門邊，頭一個就看到夏哈蘭倒臥在門口之外，頭上被重物所擊，額角破了一個大洞，鮮血流了滿臉滿肩。看上去乃是因爲爆炸聲起時，他心懸MSR，奮不顧身地衝出有防彈功能的會議室，立時被後續爆炸震倒，額頭遭到重創，已經沒有生命跡象了。

鷹眼看到這位天才的老闆和他視爲生命的MSR，同在一瞬之間被毀滅，心中一陣憤怒，緊接著一陣傷感。想到夏哈蘭常說的，要用這座創世的新能源發明爲庫德人建立偉大的正面形象，如今被自己親自下令放進來的哈塞一舉炸毀，一時之間恨悔交集，不禁呆住了。

然後，他看到了葉博士。

艾瑞克正從昏厥中甦醒過來，頭上滿是碎片，臉上滿是鮮血，他感到劇痛，於是他知道自己沒有死。

∞

稍前，基地的第三號門大開，這條通地面的甬道較寬，平時可供車輛進出，三十個庫德戰士持武器衝出，目標是二號門外的八名敵人。他們驍勇善戰，是守護這座基地的主力。

二號門外的窄道中，維克羅夫在鋼門邊上張開一個小碟型天線，烏次欽科從背囊中掏出一個衛星電話，看上去有些笨重，造型設計也有點土氣；典型的俄式軍方裝備。

烏次欽科面色凝重，顯然是接到了最新的重要情報，一面收起電話，一面向留在地面上的馬克西莫夫報告：「隊長，衛星偵察到有不明航空器朝我們飛來，距離已在三十公里以內……」

「什麼航空器？」

「無法辨認。」

「你找個掩護點守著，接收進一步消息。」

這時烏次欽科忽然指著右方叫道：「右邊，十幾……二十……約三十名敵人向我們接近。」

馬克西莫夫閃身到一個小土堆後，他看見米蘭耶夫臥身藏在五十公尺外的一塊土石下，幾個加拿大人則在二號門外鋼板牆起降處的凹地趴著，皆屏息不動。

三十名庫德戰士跑進了百公尺內，分成兩組包抄的形勢，以九十度的方向朝二號門逼近；他們很顯然地認定敵人就藏身在二號門下方的彎道中。

然而就在這一瞬間，三聲槍響，正面進攻的庫德戰士倒下兩人，側攻的倒下一人。一槍也沒浪費。

馬克西莫夫立刻明白，己方的神槍手們同時發難了；米蘭耶夫幹掉了側面進擊的當頭一個庫德人，躲在二號門前的加拿大皇家騎警開槍打倒兩個敵人。

他此刻當然無從知曉，開槍的喬治和梁菊都不是皇家騎警，他們是來自台灣的「志願軍」。

這三槍太過神準，庫德戰士們一陣亂槍反擊後便都趴下，改為慎選地形推進，槍聲時而密集驟響，時而化為單擊，他們的火力及準度都大增，立刻壓制住對方；兩組庫德戰士慢慢地交互掩護著，匍匐攻近了數十公尺。

喬治和梁菊伏在低地裡相隔十公尺，一人開槍後立刻趴下，另一人緊接著開槍，射擊完了移換地方，再次擊中目標後，兩人不約而同地對望一眼，一股暖意在兩人胸中升起。

這時天邊出現了一架飛機，由於飛得甚低，出現在眾人視線裡時已經近在百公尺之內；也由於飛得低，飛機的機身看得十分清楚——機頭特大，尾部有兩片向下的方向舵。

梁菊瞧得真切，大叫道：「MQ-1無人攻擊機！我們快躲到地下！」

那是一架美軍的MQ-1「掠奪者」無人攻擊機，它飛過上空立刻轉彎，劃了半個圈，改從四十五度角方向飛回來，顯然是先低空偵察了地面形勢，高解析度畫面即時傳給遠方的遙控人員，然後就要接受指令飛回來發動攻擊……

這回梁菊看得更清楚，她發現機身下並無武器架，於是大叫道：「這是義大利造的非武裝MQ-1！」

美軍的MQ-1「掠奪者」裝有武器架，能發射兩枚「地獄火」（AGM-114 Hellfire）飛彈，二〇〇二年義大利獲准製造「外銷型」的MQ-1，不攜帶武器。只有梁菊這種飛機達人，才能一眼就看出這架MQ-1是義大利造的非武裝無人飛機。

梁菊的叫聲在雪地上傳出，馬克西莫夫估計自己這邊的人都聽見了，心想：「這是架無人偵察機，不知是何方派來的？」十分鐘前，烏次欽科接到俄國軍方的情報是「無法辨識的航空器接近中」，他暗忖：「這架飛機不是土耳其軍方的，就是美國中央情報局的……反正不是俄國的。」

既然是非武裝的偵察機，大家繃緊的心弦便稍微放鬆了一些。

這架無武裝的MQ-1再次飛臨上空，忽然之間，大量的燃油從飛機張開的腹艙傾倒而下，馬克西莫夫聞到汽油味，不禁大駭，向上風處的米蘭耶夫大吼警告：「汽油，快逃！」

米蘭耶夫聽到警告時，手指已在板機上叩下，他神射一擊就將子彈送進MQ-1尾部的螺旋槳推進器，機上惟一的一具Rotax渦輪增壓引擎立即爆炸，MQ-1化爲一個火團從空飛落，雪地上及空氣中的燃油轟然著火，二號門外頓時成爲一片火海。

大地上厚厚一層白雪，雖無大量可資燃燒的東西，但是油氣引起的強大火海極爲嚇人，狂燒了一陣後，火勢終於逐漸減弱。雪地上融化了大量的水，和著泥沙流進二號門的地下彎道，不一會窄道中就積了一尺深的泥水，靠近緊閉的第二道鋼門處更深達兩尺。

泡在水中的維克羅夫倖免於難，喬治、梁菊和安德烈就近衝入窄道，雖然一身的狼狽，總算在火海中僥倖地保住了性命。只安德烈被氣爆的強大震波擊中，重撞在石牆上造成了左臂骨折。

地道口兩具燒焦的屍體，裡面一具是在道口外觀察的烏次欽科，麥可倒在外邊。他們不幸被一潑燃油迎面灑中，大火驟起時不及退避，拚命逃到了地道口，仍然沒有逃過如風似電的燄舌，一個呑吐之間就燒成了火球。

安德烈涉水到地道口，看到燒成焦黑的屍體，叫了一聲「麥可」，不禁哭出聲來。喬治噙著熱淚把安德烈拉回窄道，寡言的維克羅夫蹲在烏次欽科的屍體前含淚默禱。

喬治低聲問：「梁菊，現在怎麼辦？」顯然目睹幾十年的老友被燒成焦炭，他頭腦有些昏亂，一時無法集中腦力思考。

梁菊遇此巨變也不知該如何應付，過了一會，她走到出口處，極目三面環看，遠處部分融化的雪水已經開始重新結成淺黃色的嫩冰，一百公尺內不見活人，地上有二十幾具燒成焦黑的屍首。

抬頭看，雪又落得緊了，看來不出一個鐘頭，此地又將成爲純潔皚白的一片。這時維克羅夫掙扎著走出窄道，與梁菊擦肩而過。梁菊問道：「你要去那裡？」

「找隊長！」

梁菊道：「我跟你去。」

安德烈站在齊膝的泥水中，強忍著臂痛，用俄語道：「我們都去找隊長。」

他們在北邊先看到了米蘭耶夫的屍體，他已被燒成黑炭而不可辨認，但是他緊握著的一把俄製 OSV-96 大口徑狙擊槍就是十足的身分證明。

維克羅夫想要回收這把高級狙擊槍，但是米蘭耶夫死前把握得緊，如果硬要用力拿下，米蘭耶夫燒焦的遺體就會被扯碎，他猶豫了一下，安德烈低聲道：「讓他握著他的武器，讓他死得像個狙擊手！」

在六十公尺外一個半融的雪堆中，喬治找到了馬克西莫夫隊長，他已昏厥過去，但沒有斷氣。看來大火湧到時，他很機警地衝入了這個大雪堆，竟然躲過了烈火焚身的一劫。

喬治急忙把隊長從雪堆中拉出，平放在雪地上，施以心肺急救術，一陣折騰後，俄國隊長恢復了生命跡象。

梁菊帶了一個保溫的水壺，正要遞給隊長，馬克西莫夫睜開眼就指著維克羅夫的腰帶，維克羅夫掏出一個不鏽鋼的扁瓶。梁菊叫道：「伏特加太烈，先讓隊長喝口溫水。」

馬克西莫夫卻不理，對著維克羅夫的扁瓶連指了三下。

這時喬治忽然驚叫：「你們看，那邊有人要跑了！」

在先前哈塞率人進攻的一號門外，有一輛雪上摩托車快速向北馳去，雪花紛飛中可辨出車上共有兩人，安德烈拿起望遠鏡調整焦距一看……

那座舉世無雙的MSR終於轟然倒下，大廳漸漸陷入一片寂靜，所有的人，核工技師、庫德戰士、攻入的伊拉克庫德人、韓國人……都死了，只有會議室中受輕傷的艾瑞克、受重傷的拉森博士和奄奄一息的柏根諾博士。羅伯斯、迪朗及尤根博士都不幸遇難了。

8

鷹眼望著他們，然後伸手將艾瑞克一把拉起，低聲道：「跟我走。」

艾瑞克漸漸從極端的昏亂中清醒過來，他第一個反應是「MSR完蛋了」，接著他一把扶起夏哈蘭，夏哈蘭的頭歪倒在他胸前，鮮血流在他身上，艾瑞克試了試他的鼻息，「夏哈蘭也完蛋了」，然後絕望地抬眼望著鷹眼。

鷹眼搖了搖頭道：「老闆死了，一切都結束了。」

桌子對面的拉森博士發出一陣痛苦的呻吟，艾瑞克上前查看他的傷勢。拉森掙扎著道：「我……胸口痛得厲害，艾瑞克……送我去醫院……」他指著身旁的柏根諾博士道：「柏根諾快撐不住了……救救他……」

艾瑞克問鷹眼道：「基地有醫生嗎？」

鷹眼打斷道：「快跟我走，我們去找直升機……救人……」

艾瑞克聞言精神爲之一振，他抓起厚外套就要往外衝，鷹眼道：「外面風雪大，你最好戴上帽子。」

艾瑞克呆呆地望著鷹眼，MSR毀了、夏哈蘭死了，這一切竟然給了他一種萬念俱灰的感覺，這是他自己也難以瞭解的心情變化；不知從何時開始，他想要用自己的發明貢獻在夏哈蘭的MSR計畫中，創造世上前所未有的能源新猷。那種意念，隨著目睹MSR一點一滴接近完成而更爲增強，但這突然而來的功敗垂成，使他徹底失望，久久無法接受。

他不明白自己這種「反常」的心理變化，除了科學成就實現的自我欲望外，是不是和夏哈蘭這個「綁匪」、這個「人」有關？夏哈蘭的理想和他的作爲，是不是觸動了他心底深處某些敏感的情懷，使他不知不覺間，對這個綁架他的人產生了很大的同情？

從他被綁架開始，這個鷹眼一直扮演著最關鍵的角色，他槍法高超，頭腦聰明，行事冷靜，手段狠辣。但是也不知爲什麼，他隱隱感覺到這個黑衣狠腳色似乎對自己有某種些微的善意。這時夏哈蘭死了，艾瑞克也不自知地對鷹眼產生了一絲微妙的依賴感。

鷹眼道：「葉博士，這裡不安全了，我們要趕快離開。」

「柏根諾和拉森他們怎麼辦？」

「我們要趕快找到直升機，不然……不要說他們，我們自己也跑不掉！」

鷹眼快步走到大廳的出口，艾瑞克緊跟上去，他回首看了毀壞的MSR最後一眼，長嘆一聲，走了出去。

門外站著一個人，握著手槍，陰森森地望著他倆。鷹眼一瞥就認出，是哈塞！那個狠辣的伊拉克軍火商、販毒大亨，也是自己做大案的合夥人。

「鷹眼，葉博士交給我！」哈塞揚了揚手中的槍。

「哈塞，我們講好一齊努力得到葉博士和釷金屬，你得了頭籌，就想私下獨吞賣給伊朗人。你背信，你背叛阿拉！」

「笑話，雅爾達港外你黑吃黑殺人劫貨，今天你開門放我們進來，這些算不算背叛朋友？背叛你的老闆？我們兩人都沒有什麼資格談『背信』的事。」

兩人都沒有說下去，各自在盤算下一步棋，只有艾瑞克聽了這番對話，苦思這兩人之間究竟是什麼關係。

過了片刻，鷹眼沉聲道：「哈老闆，你要帶葉博士去那裡？」

「我不會把葉博士帶到伊拉克，鷹眼你可以放心。」

「你以爲我不知道，你早就透過你的伊朗朋友和敘利亞的反動派勾結，你是要把葉博士交給他們？」

哈塞冷笑道：「你想得太荒謬，敘利亞革命陣線反抗阿薩德政府軍都忙不過來，要葉博士幹什麼？」

鷹眼也冷笑道：「如果我說伊朗大亨和敘利亞反抗軍都只是幌子，是眞正後面的大老闆要人，你怎麼說？」

哈塞睜大了眼睛瞪住鷹眼，似乎有些驚訝他竟然直擊整個暗盤內幕。過了片刻，哈塞沉聲道：「我們合作吧，鷹眼。你把葉博士交給我，五角大廈的老闆們不會虧待你。」

鷹眼也睜大了眼，狠狠地瞪住哈塞，哈塞毫不迴避地回瞪。過了片刻鷹眼道：「你告訴我，我有什麼好處？」

「我的美國朋友向我保證，如果你幫了這個忙，敘利亞『庫德斯坦保衛軍』一萬多人的裝備武器全交給你，我向眞主發誓！」

鷹眼怒罵：「不要臉！說謊不臉紅！你當我是白痴？」

這兩人之間的英語對話聽在艾瑞克的耳中，一方面驚駭得難以置信，另一方面卻使他全然清醒過來，原來庫德人在土、敘、兩伊這四國之中的「棋子」角色，已經複雜到難以理解的程度。他抗聲怒吼，目眥欲裂：「我那裡也不去，你們殺了我吧！」

從MSR被毀、夏哈蘭斃命，他對這個叫哈塞的伊拉克人憤恨已極，這時終於不再忍受而爆發出來，悲憤的聲音有如晴天霹靂，絕難想像是發自這個溫文儒雅的科學家之口。

哈塞似乎嚇了一跳，他揚起槍對準了艾瑞克，厲聲說道：「跟我走……」

接著一聲慘叫和槍響同時爆出，哈塞手中的槍口冒出火燄，一顆子彈朝大廳的鋼門射去，打在門上激出火花彈向牆壁，完全失去了準頭。因爲鷹眼突然出手，一柄鋒利的匕首劃開了哈塞的喉嚨。

鷹眼冷冷地對緩緩倒下去的哈塞道：「你早上是朋友晚上成敵人，唯利是圖的傢伙，殺你只是執行阿拉的旨意。」

他就在哈塞的衣袍上擦拭乾淨手中的匕首，暗道：「你拿老美來嚇唬人，難道我就沒有老美朋友？嘿嘿，他們此刻已到了老闆的別墅，正在等我去會合。」

艾瑞克說不出話來，低頭暗忖：「哈塞爲什麼要毀了夏哈蘭的ＭＳＲ？我還以爲是收了伊拉克的好處，原來是他的『美國朋友』在後面。但是哈塞之所以能夠順利進入大廳，又是鷹眼著人放他進來的；鷹眼明明是夏哈蘭最倚賴的左右手，他爲什麼要這麼做？這個鷹眼也太可怕了……」

除了放哈塞攻入大廳，艾瑞克所不知道的是，基地中的庫德戰士主力被派遣出去，然後MQ-1無人機及時飛臨從空中縱火，這一系列事件的發生，在時間上配合得未免太巧了吧？

「他要如何對付我？」艾瑞克感到一陣心寒。

他抬眼看鷹眼，看到的是一雙深不可測的灰綠色眼珠。鷹眼道：「走，跟我。」

「我們一定要先找醫生救人……拉森、柏根諾……」

「不要囉嗦，跟我走，我會保護你的。」鷹眼答非所問。

艾瑞克滿腹的疑慮，但此時也沒了主張，只好跟著鷹眼從右邊一條走廊向一號門奔去。

鷹眼用密碼遙控器開了兩道鋼門，然後不慌不忙地從出口側邊一間小室中推出一輛雪上摩托車，他回頭道：「上車，我們去找直升機。」

這時從入口處衝入三個庫德戰士，其中一個瘦小漢子大聲道：「鷹眼，老闆那架備用的EC145直升機已經加滿了油。」

鷹眼向三人舉手致謝：「多謝三位。哈塞炸毀了地下的設施，老闆已經遇難，這邊還要麻煩你們善後。阿布，你立即去村裡通知咖啡店老闆，要他帶醫生來救人，大廳裡還有人等待援救……」

三人聽了大驚，阿布忍不住震驚和餘悸，激動得有些語無倫次：「眞主啊！老闆死了！那……我們……唉……」

他深呼吸幾次，勉力壓下激動，嘆道：「那場火來得又急又大，我們正在山頭那一邊替EC145掛油箱，抬頭看見那架潑油的飛機突然爆炸，變成一團火球……幸好阿拉保佑，風向逆吹，我們沒被殃及……」

鷹眼點頭，向三人揮手道：「阿布，你們三人很夠義氣，我甚感激。待我這最後一票做完，不會忘記你們該得的好處。再見。」

他發動了雪車，把艾瑞克推上前座，熟練地駕駛雪車向北面山地馳去。艾瑞克只覺迎面寒風刺骨，連忙將外套拉鍊拉緊，頭上皮帽拉到耳下，雙手緊抓住把手，一分也不敢放鬆。

安德烈忍著疼痛，用單手調好了焦距，從望遠鏡中看到了兩個似曾相識的人，他雖不敢百分之百確定，但還是忍不住叫喊出聲：「雪車上……好像是鷹眼和葉博士！」

梁菊也正在用她狙擊槍上的望遠瞄準器掃瞄，她也看到了，激動地尖叫：「是他，是艾瑞克！」

14 一槍的機會

喬治大聲叫道：「他們要跑，我們快追……」他說到一半就停住，因為那輛雪上摩托車正以每小時四十公里的速度急駛而去，在這片雪地上要如何才能追得上？

「走，去找我們的直升機。」馬克西莫夫一語提醒大家，五人同時拔步就跑。

馬克西莫夫帶著四人一路狂奔到那架 Mi-17 停放處的時候，斷了手臂的安德烈幾乎昏倒。他又累又疼，咬緊牙關，在喬治和梁菊的扶持幫助下總算跑到了，他心裡感到欣慰，身體卻已瀕臨虛脫。

Mi-17 機身上覆蓋了一層厚雪，馬克西莫夫用力拉開機門，結牢的冰雪碎了一地。他試著發動引擎，喃喃唸了一段俄文，瀕臨虛脫的安德烈在旁聽懂了，差一點昏倒，因為隊長碎碎唸的是：「偉大的馬克斯和列寧，共產祖國造的飛機這時候不准漏氣。」

這咒語唸得還眞有效，啓動馬達嗚嗚然哼了兩個回合，第三次發動時，Mi-17 的旋轉翼終於擺脫零下溫度的冰封，開始轉動。馬克西莫夫既傷同志之死，又心急如焚，對站在雪地上的人怒吼道：「Come on! 還不快上機啊！」

喬治拉開座艙，扶著左臂骨折的安德烈先上機，梁菊這時看到前方山頭上空另一架直升機正猛力提拉高度，向北飛去。

梁菊一面跳上直升機，一面大聲叫道：「前方那一架 EC145！艾瑞克就在上面！」

喬治嘆了一口氣道：「他媽的，這個鷹眼太厲害，他竟然還會飛直升機！」

馬克西莫夫在駕駛座上大聲叫道：「關艙門！」Mi-17 已經離地，側身，拉起，激起滿天雪花，怒吼著向北追去。

馬克西莫夫到這時才開始盤算下一步該怎麼走。正盤算間，喬治擠進副駕駛座位，他帶上駕駛頭盔，打開機內無線電，耳機外轟隆的引擎聲不再干擾，他對馬克西莫夫道：「隊長，安德烈的情況不好，剛才上機就昏過去了……」

「現在還沒醒過來？」

「好像沒有，維克羅夫在施急救。他是骨折傷口疼痛，方才疾奔跑岔了氣，過一陣子也許就 OK。我們下一步怎麼辦？」

「油料……」他說了這個字就沒了下文，喬治試著替他說完：「你是說，除了安德烈的傷，還有油料不足的問題？」

「不錯，你說？」

喬治想了想，問道：「我們追蹤那架 EC145，有無問題？」

「它跑不了，我跟衛星和雷達都連結了。」

喬治靈機一動，大聲道：「既然如此，我們先飛索契，卸下安德烈在索契就醫，直升機在索契加油，一舉兩得！你的油夠不夠飛索契？」

馬克西莫夫打開航圖，又查了查油量，鬆了一口氣道：「剛夠。」

他心中已有盤算，便切斷通話，暗自忖道：「前面的 EC145 肯定也是沿著邊境向正北飛。我飛到土耳其、喬治亞邊境時就偏出，沿黑海岸北飛，那時候我要請索契機場先做好準備，除了備好救護車、落地快速加油外，最好事先加滿一個副油箱，我可能要和前面的 EC145 拚航程！」

喬治取下頭盔，掙扎著回到後艙，才一進入，就看到安德烈被安全帶緊緊綁在座位上，狀甚委頓。還好，維克羅夫伸手比了個 OK 的手勢，喬治緊繃的心情稍微放下。

他坐到梁菊旁邊，梁菊對他笑了一笑，但他感到她的身軀在顫抖，便輕輕握住她的手道：「梁菊，不要怕。」

引擎的聲音蓋過他的聲音，但是梁菊還是「聽」到了，她顫抖的身軀漸漸平靜下來。

∞

Mi-17 加滿油後從索契再起飛，在加油時安德烈被送到索契的奧運村醫院急救，大家心中也放下了一塊石頭。馬克西莫夫估算時間，他們已落後鷹眼那架 EC145 將近三十五分鐘的航程，他估算 EC145 應該在他們前面一百四、五十公里左右。

黑海上空的衛星和索契機場的ATC雷達給了他定位及追蹤數據，輸入他機上的電腦綜合計算，結果顯示：那架EC145正在一千二百公尺的高度，以大約二百四十公里的時速向克里米亞飛去，目前位置約在前方一百五十公里處。和他的估計差不多。

電腦上的航線預測顯示，鷹眼駕駛的EC145正對準雅爾達。他用廣播系統通知了後面的座艙，艙裡喬治和梁菊並坐，維克羅夫在後座閉目養神。

聽完隊長的報告，梁菊在一個空白信封背面用中文寫著：「從土耳其、伊拉克邊境起飛到克里米亞超過一千公里，EC145不著陸飛行，如果沒有副油箱，未必能撐到克里米亞。」

喬治點頭，接過來寫：「鷹眼膽敢不著陸直飛，多半有副油箱。他挾持艾瑞克轉了一大圈又回克里米亞來，目的何在？」

梁菊搖了搖頭。熟悉各式直升機規格及性能的她，還在想鷹眼挾持了艾瑞克強作不著陸飛行，讓她開始擔憂EC145是否會因燃油耗盡墜落在黑海中？

∞

鷹眼駕著夏哈蘭的備用直升機EC145向北飛行，他在發動引擎時就翻臉，出手將艾瑞克用手銬鎖在副駕駛座位上，艾瑞克極力抗議完全無效。

他沿著土耳其、伊朗、亞美尼亞和喬治亞邊境低飛北上，進入黑海上空後向西北轉了十五度，高度調到一千二百公尺，用每小時二百四十公里的巡航速度向克里米亞飛去。

艾瑞克雖然不會飛行，但是他略一研究儀表板，就瞭解了鷹眼的飛行高度、速度，以及航線的目標方向。

「你要去雅爾達？」

鷹眼不理他。自從上了直升機，鷹眼的態度有了很大的變化，他不再和艾瑞克說話，目光掃向艾瑞克時，也流露出冷酷的眼神。

艾瑞克閉目養神，苦思下一步該怎麼辦。

儀表板上顯示，離克里米亞還有五十公里，再飛十分鐘將可飛越克里米亞半島的海岸線，但是鷹眼發現燃油即將用罄，他打開機上的衛星通信，撥出一通電話。

試了兩次，終於接通。鷹眼用英語呼叫：「Villa，我是鷹眼。」

「鷹眼，你在我螢幕上。」女性的聲音。

「燃油不足，撐不到別墅；我要找地方降落，Over。」

「降落後回報坐標。」

「Roger。」

艾瑞克睜開眼問道：「別墅？你說誰的別墅？」

鷹眼嘴角帶著一絲冷冷的微笑，這回他答話了：「夏哈蘭的別墅。」

艾瑞克傻眼，又要回到第一次見到夏哈蘭的地方？

「鷹眼，你到底要把我怎麼樣？」

鷹眼轉頭看了他一眼，長噓了一口氣，好像有一句話憋了很久，終於不吐不快：「葉博士，你猜我和夏哈蘭是什麼關係？」

「你……你是他的左右手。」

「錯了，表面上他是我老闆，事實上他的財富全是我和哈塞買賣軍火和海洛因得來的，不客氣地講，我是他的金主……便這棟別墅也是我替他建的……」

「哈塞呢？」

「哈塞自以爲是個教父級的黑道頭子，可他不夠格，因爲他笑裡藏刀、不講義氣，眞正的行動全得聽我鷹眼的策劃及指揮……夏哈蘭有偉大的建國理想，我的理想可沒他那麼偉大，哈塞更是啥都沒有，這傢伙雖有一半庫德人的血統，事實上已經變成一個不折不扣的奸賊了。」

「所以你就殺了他？」

「不錯，他不該炸毀夏哈蘭的ＭＳＲ。他不懂，無論對『庫德斯坦建國』或是『賺大錢』而言，ＭＳＲ和葉博士你，這兩樣東西都是無價之寶。我原本打算抓你來協助造ＭＳＲ，成功後可以實現夏哈蘭的夢想，然後再把你賣個好價錢，滿足我的夢想；這原是個兩全其美的好計畫，沒想到哈塞竟想獨吞私利而出賣我們，破壞了我的計畫，又把夏哈蘭的ＭＳＲ毀掉了，我當然要殺他。」

「哈塞貪利，誰給的利？」

「美國人。在敘利亞的美國軍人。」

艾瑞克雖然震驚，但他腦海中已經有了一個粗略的拼圖，便進一步問：「鷹眼，你又想把我賣給誰？」

「美國人。」

艾瑞克不解地道：「都是美國人，你……又為何殺哈塞？」

鷹眼冷笑道：「哈塞的美國朋友是軍人，我鷹眼的美國朋友是搞情報的，都是美國人，有時候鬥得比敵人還凶。你們這些外人永遠也搞不懂的。」

艾瑞克聽了，忽然心頭火起，也冷笑道：「就像都是庫德人，有時候鬥得比敵人還凶，怎麼會不懂，對吧？」

鷹眼聽了艾瑞克的話沒有生氣，但也沒有回話，只全神貫注在油表、高度表和速度。他以為一切都在他的掌握中，卻不知道這一回哈塞背後的美國人不只是軍方，也有情報人員；鷹眼的美國「朋友」一方面和鷹眼打了交道，一方面又利誘哈塞炸毀了MSR。

EC145已經進入克里米亞的海岸線，燃油表已經見底，高度還有三百五十公尺，鷹眼知道還能再撐一會兒，但是他不想冒險，趁直升機還有動力時，要儘快找一塊平地降落。

直升機降到一百公尺高度時，他看到了一塊緩坡地，這塊坡地上原來遍生半人高的茅草，此時雖然積了厚雪，但枯草一叢叢仍然冒出雪面，看上去甚是雜亂。鷹眼估計那坡地中央的坡度應該還可接受，他將速度歸零，調小旋轉翼與相對氣流之間的角度，直升機緩緩下降落地。

鷹眼開啟衛星電話，向「Villa」基地台喊話：「Villa，鷹眼已落地。Over。」

他呼叫了兩次，就聽到了回話，還是那女人的聲音：「螢幕上抓到你最後高度是三百公尺，請報坐標。」

「雅爾達普希金港北偏北北東十二度、距『港口』三十公里、距『別墅』四十八公里。」

「OK，我們一輛『悍馬』立即出發，以那邊的路況估計，約需一小時……至多七十分鐘可達，Over。」

「Roger that.」

鷹眼已偷偷讓他的美國「朋友」住進了別墅，夏哈蘭正在千里之外的基地監造MSR，這座別墅正好讓鷹眼利用，做爲臨時的聯絡站，神不知鬼不覺。

他下了直升機，將艾瑞克的手銬解了，待他跨出機艙後，鷹眼用嚴肅的聲調下令：「葉博士，你走前面，沿東邊的小路翻過那個長滿小樹的坡頂，然後停下來……」

說到這裡，他的聲調轉變爲冷酷：「你不要以爲自己跑得快，我的槍法可以讓你先跑一百公尺，然後一槍打碎你的後腦，保證不用兩槍！千萬不要試，葉博士。」

越過山頭，鷹眼在陡坡的岩石群中找到一個不易被人發現的淺穴，極佳的襲擊敵人的所在，頂上及前方都有岩石屛障，在白雪覆蓋下更是隱密。

鷹眼命艾瑞克蹲下，隨手掏出手銬來，再次將艾瑞克雙手銬住。艾瑞克聽他喃喃自語，好像是在說：「好地點，狙擊手的好選擇。」

8

Mi-17加滿了油料，又掛了副油箱，馬克西莫夫拚命加速也只能飛到二百五十公里的時速，他心中暗自計算：「前面那架EC145不著陸飛過來，爲了節省油料，肯定不敢以極速飛全程，此刻它最多領先我三十分鐘的航程……」

正想到這裡，梁菊輕盈地爬進副駕駛座，很乖巧地道：「報告隊長，我計算EC145的油料最多勉強飛進克里米亞半島就得降落，以您的飛行速度，三十分鐘後便能追到他們降落之地。」

馬克西莫夫對這位葉太太愈來愈佩服，禮貌地回答：「妳的計算非常正確，夫人。」

「但進入海岸線後全是山區，搜尋不易。」

「俄羅斯在這一區的上空有四顆衛星，平均每十五至二十分鐘，我們就有追蹤EC145的最新訊息。我們運氣不錯，飛近海岸線時，正好有一顆衛星經過……」

惜言如金的隊長對梁菊顯然另眼相待，居然耐性地詳細說明。人長得漂亮，處處佔便宜。

梁菊聽了，心中升起一陣激動，一時說不出話來，只覺得緊張激奮之中夾雜著幾許自憐的悲情，說不出的酸甜苦辣，使得她臉泛潮紅，幾乎落淚。

慢慢地她平靜下來，心想：「喬治無疑會幫我到底，可這個俄國人竟會賣命爲我們救人，眞不敢相信。」

俄國團隊介入此事，原也有伺機劫走葉博士的打算，但此時馬克西莫夫隊長駕機默默追趕，梁菊感受到的是這個人爲「朋友」拔刀相助的義氣。

馬克西莫夫察覺到梁菊的情緒變化，他點了點頭，雙眼盯著儀表板沒有說話。又過了片刻，馬克西莫夫忽然冒出一句：「我們會救出葉博士的。」背後響起喬治的聲音：「不錯，我們這一次一定能救出葉博士。」

克里米亞的海岸在望時，Mi-17開始從一千公尺降到五百公尺，這時馬克西莫夫從手邊工具箱中拿出兩套無線電通話機組，體積特小，十分輕巧。

「你們帶著這個下機，我們就可以直接通話。記住，我是主機H，喬治是1號頻道，夫人是2號，電池可撐兩小時。」

梁菊見那通話器小巧精緻，拿在手上愛不釋手，忍不住問道：「這無線電設計得眞輕巧，是俄國製造？」

「以色列製造。」

「我們和您通話，您在那裡？」

「我在你們頭上三百公尺繞行……兩位狙擊手，難道不需要配備一個觀測員？」

梁菊聞言，幾乎想要擁抱馬克西莫夫，她心感這個俄國佬爲救艾瑞克奮不顧身，喬治也理解到了。在夏哈蘭的基地外一場戰鬥中他們互相支援，使這個俄羅斯好漢動了惺惺相惜之情，而那場烈火劫後餘生，更把他們緊密地連結在一起，曾是「同志」，也曾是共生死的患難之交。

Mi-17的飛行高度降到二百五十公尺時，馬克西莫夫用目視看到前方數百公尺有一個草坡，平坦之處停放著那架 EC145。

「是這裡了……」後座的維克羅夫用望遠鏡仔細勘察了一下，喃喃道：「直升機上沒有人哩。」

「左邊有個山頭，鷹眼是不是挾持著艾瑞克翻過山頭去了？」喬治仔細遙望四周，忽然道：「這地形有些眼熟，應該離『別墅』不遠……」

隊長問道：「什麼『別墅』？」

「夏哈蘭在雅爾達的別墅，他們最初綁架艾瑞克時，曾經把他帶來此地。」梁菊解釋。

喬治補充道：「那次我們曾經攻進別墅，和鷹眼槍戰過，可惜慢了一步，夏哈蘭帶著葉博士乘直升機飛向他的『基地』去了。」

馬克西莫夫將 Mi-17 降到一百公尺高度，對喬治和梁菊道：「我要把你們放下去……」停了一下，又道：「我就在上面飛繞觀測，三公里內我們用無線電通話，要撤退時還在這裡接應你們……」

喬治掏出一張名片交給隊長，大聲道：「請你通知這個人，雅爾達警局的厄爾局長！」

時至今日，厄爾局長肯定已從奧德薩調到雅爾達上任了。

安靜少語的維克羅夫這時冒出一句：「梁菊、喬治，祝好運！」

8

鷹眼趴伏在天然的淺穴裡，狙擊槍管上包裹了雪地迷彩布，他把一件雙面穿的厚外套反穿，從他慣穿的黑色翻轉成白色，遠看上去就完全認不出來了。

他偏頭看了艾瑞克一眼，見他的衣帽都是灰白素色，雪地中並不顯眼，便點點頭低聲道：「你給我蹲低一點，不准亂動。」

艾瑞克雙手被銬，心中也曾盤算過再次伺機逃走，反正賭這個鷹眼不會打死自己，因爲他說「要把葉博士賣個好價錢」；但是想到自己除了會拔腿快跑之外，近身搏鬥肯定不是這個鷹眼的對手，自己又雙手上銬，只怕一個動作，人還沒跑出去就遭這人毒打了。艾瑞克有自知之明，他的長處在腦袋，身體四肢並不特別能抗毒打。

這時，鷹眼看到不遠處有一架直升機飛來，然後緩緩下降，落在山頭的另一邊，過了數分鐘，那架直升機又緩緩升越山頭，從上空飛過。

鷹眼喃喃道：「俄國人來了。」

艾瑞克好奇心起，忍不住問道：「俄國人？你怎知是俄國人？」

鷹眼哼了一聲道：「Mi-17，俄軍的制式直升機。他一降一起，肯定是放了人下地，放下的人等一會就會出現在我們眼前了，嘿！」

他開始把自己調整到最舒服的位置，人槍都掩藏到最佳的所在，靜候敵人的出現。

8

喬治和梁菊用極緩慢而輕柔的動作，慢慢攀爬到山坡的最高點，幾乎沒有發出任何聲響。他們伏在雪地裡不敢抬頭，因爲知道鷹眼可能就在不遠處，這傢伙的名字可不是白叫的，他有一雙老鷹般的銳利眼睛。

喬治在梁菊耳邊悄聲道：「我們分開。妳從低處爬到左邊那塊凸起的岩石後，OK？」

梁菊臉貼雪地偏頭左看，估計了一下，那塊凸石的距離總在三百公尺外。

喬治道：「只有一槍的機會，梁菊，妳槍法比我好……」但他立刻想到，害怕誤中葉運隆的心理因素可能會影響梁菊的穩定性，便沉吟道：「妳先過去，到那邊看情勢再決定吧！」

梁菊點頭低聲道：「OK，我們利用直升機上的無線電系統通話。」

說完，她就像一隻貓一般，從坡下往那塊凸石爬過去。

喬治慢慢移到坡頂的一叢枯樹下，極爲小心地把狙擊槍藏在樹叢中，塗了泥巴的槍管慢慢地伸出樹枝，他開始用槍上的瞄準器向前方探視。

山區靜極了，喬治耳中只聽到自己的呼氣聲。

∞

直升機的引擎聲打破寂靜，那架 Mi-17 又飛了回來，鷹眼用望遠鏡仔細看，直升機前艙只有駕駛員一人。飛近時高度降到不足一百公尺，似乎有意朝著自己藏身處超低空掠過，鷹眼心中嘀咕卻沒有動作，好奇的艾瑞克低聲道：「鷹眼，不好了，俄國人看到你了。」

鷹眼惡狠狠地瞪了他一眼，暗道：「我不相信Mi-17的駕駛員能發現我，他只是四處偵查，要是他敢再對著我來……」

多話的艾瑞克在身邊輕叫道：「不好了，他又飛過來了。」

那架Mi-17拉高後側身轉了一個小彎，竟然又朝這邊飛了過來，這回飛得更低，看上去只有五、六十公尺。

鷹眼見它來得凶猛，好像發現了自己藏身之處，急切間先發制人舉槍開了一槍，直升機的機身被擊中，但它急速拉起，劃一道弧線越過山頭去了，也不知道那一槍造成了多大的損害。

中了一槍的Mi-17貼山頭飛過，正好掠過梁菊的頭頂，梁菊把無線電撥到「H」，急聲問道：「聞到燃油味，隊長你OK？」

「副油箱中彈，箱內已空，待我丟掉它，Over。」

梁菊知道飛機在進入對抗行動之前，一定儘量先用副油箱的油，此刻Mi-17的副油箱應該已無剩油；這個知識，她小時候住在新竹空軍眷村時就知道的。

她藏好身軀，用瞄準器朝方才鷹眼開槍處的方向搜尋，一吋一吋地掃描……忽然，她發現了那個隱在一塊岩石後的狙擊手藏身處！誤打誤撞，原來離自己這裡相當近。

鷹眼埋伏得很好，但是從梁菊這邊望過去，她正好看到一張側臉。

是葉運隆？她眨了一下眼睛，確定是葉運隆！

梁菊一陣心悸，緊接著有全身抽搐的感覺，淚水立即就充滿了眼眶，她連忙用手背抹去，定眼再看，葉運隆側後方閃過半張陰鷙的臉，皮膚略黑，輪廓深而粗獷。梁菊心中「啊」了一聲，這就是鷹眼！這一段時間不斷聽到的庫德族的超級狙擊手。

「原來他長得是這個模樣。」

她開始思考，若從此處狙殺鷹眼，距離是比喬治藏身處近許多，但是只有側向的射擊面，而且葉運隆總是擋在前面；鷹眼縱然出現，頂多也只有半個側面。

是不是應該由喬治開槍？

「我們只有一槍的機會，如果不能將鷹眼一槍斃命，他必殺死艾瑞克！」

沉寂了一會，馬克西莫夫的 Mi-17 又從遠方飛回來，看上去沒有什麼損壞，十分輕盈地低飛到上空。

梁菊打開無線電：「頻道2呼叫頻道1，Over。」

馬克西莫夫在機上呼叫「頻道1」，同時按下「三方會談」鍵。

喬治的聲音道：「梁菊，妳能打嗎？」

梁菊沒有立刻回答。

「主機H呼叫頻道2，請回答。Over。」隊長的聲音很急。

「喬治，我……只有側向攻擊面，艾瑞克擋在前面，我沒有把握。」

她心中充塞的還是喬治那句話：「只有一槍的機會。」

喬治也沒有立刻回答，隊長急促地呼叫：「喬治，快做決定。」馬克西莫夫知道他們的通話超過三公里訊號就不穩定，而 Mi-17 一分鐘就在三公里之外了。

喬治心知情況緊急，他抬眼一瞥，冬日下午的天光已經開始有些昏暗，於是他用穩定沉著的聲音道：「我距目標四二五公尺，妳距目標一五〇．五公尺，我開槍誘目標還擊，妳消滅目標，Over。」

「遵命，學長。Roger。」

梁菊「遵命，學長」四字說的是中文，這時喬治忽然也改用中文說話了：「目標垂直落差三十六公尺，風速北西北每秒八．四公尺……」

時間分秒必爭，內容須精準無誤，只有用母語能辦到。

喬治用紅外線雷射測距儀測得他本身與目標相距四二五公尺，同時測得距梁菊三四九．六公尺，按鍵三角換算，就顯示出梁菊與目標的距離是一五〇．五公尺。

他精密的瞄準儀中還顯示了一系列其他的數據，此時便略去了，因爲梁菊只打一五〇．五公尺，那些數據的影響相對而言不重要。

Mi-17 上傳來馬克西莫夫的聲音：「核算距離正確，祝命中目標！」

直升機呼嘯遠去，通話中斷。

梁菊裝在 M14 自動步槍上的瞄準鏡顯示的資訊比較簡單，她很快地依據喬治提供的距離數據重新校正，把三十六公尺的垂直落差做了彈道補償，風速相當大，也須輸入調整。

她從瞄準鏡中看到目標，鷹眼的側臉與葉運隆幾乎重疊，就只露出那麼一線。

她深吸一口氣，緩緩吐出一半，再緩吸半口氣，就這樣維持半量的吐納，心神很快地沉靜下來，心跳平順穩定，指尖輕扣在板機的底緣，漸漸地，她整個人進入了一種「禪」的境界，就等……

「砰」，喬治對準目標射出第一槍，他知道從自己所處地點射出的子彈，對鷹眼幾乎沒有眞正的威脅，因爲鷹眼藏身的淺穴外那塊不大不小的岩石，正好全面屏障了石穴的正面。

然而喬治開槍便暴露了自己的隱藏點。

經驗老到的他，扣下板機的下一瞬間已經低頭側滾，想要移轉向左方一棵大樹幹後。

可是鷹眼的還擊快如閃電，精準得可怕！喬治的槍聲才起，鷹眼的回擊槍彈已到，從喬治的左肩窩上緣穿過，離他的頸動脈只一吋之距。

喬治的一槍加上鷹眼的一槍，兩聲槍響，緊貼在鷹眼身旁的葉運隆被嚇了一大跳，他很自然地向後一仰……

梁菊的瞄準鏡中忽地閃出鷹眼的整個側面，對心神都入禪定中的梁菊而言，外界變化都不會造成任何干擾；兩聲槍響她聽若未聞，瞄準鏡中看到的變化純粹只是告訴她「目標障礙清除」，於是她極其果決而穩定地扣下了板機……

以一五〇．五公尺的距離而言，梁菊十槍可以命中靶心十次，但是這一次呢？

∞

這一連三聲槍響傳出，然後就是一片寂靜，葉運隆縮在石穴裡緩緩睜開眼睛，他看到鷹眼的臉「擱」在自己的膝上，右邊的額角被子彈擊碎，鮮血從傷口流滿了整個面頰；他沒看見的是，自己的臉上也濺滿了鷹眼的鮮血。

這個庫德超級狙擊手就在李嶠之和梁菊聯手「獵鷹」之下，被一支 M14 步槍，一顆 7.62×51 毫米的北約子彈打穿腦袋而斃。就像眾多死在他槍下的敵人一樣，全都是一槍斃命。

葉運隆用被銬著的雙手用力推開了鷹眼的屍體，奮力站了起來，接著就看到從側面坡頂上奔下來的狙擊手……

「梁菊，梁菊！是妳……妳怎麼來了？」

雖然雙手被銬著，葉運隆仍健步如飛地迎了上去。

「砰」、「砰」又是兩聲槍響，只見四百公尺外坡頂上的喬治挺立著，單手舉槍向天空連開兩槍，他強忍住肩膀的疼痛，用槍響告訴從遠處來接應的雅爾達員警：我們在這裡。

厄爾局長第一個看到喬治，大聲叫道：「他們在山坡那邊，快！」

他帶著三名港警，駕著一輛越野車，依照馬克西莫夫從直升機上通知的坐標，由巡山員帶路抄捷徑趕過來，終於找到了鷹眼那架 EC145 降落的地點。正在四處搜尋時，喬治就看到了他們。

兩個警員七手八腳幫喬治包紮了。看到梁菊和葉運隆從斜坡往上快奔過來，厄爾局長指著葉運隆問喬治：「葉博士？」

喬治大聲回答：「是，就是他！」

葉運隆從坡下跑上來，手上仍戴著手銬，他伸出雙手緊抓喬治的右臂，盯著他左肩上的繃帶，十分激動地喊道：「喬治，喬治！你捨身誘敵救我性命，我……我不知怎麼做才能報答……」

喬治搖頭道：「艾瑞克，你什麼也不要做，能救你脫險是我……我們大夥最高興的事。你該感激的是梁菊，她那一槍，我只能說，神出鬼沒，歎爲觀止！」

梁菊抬頭望著他，臉上帶著嚴肅的表情，舉手行禮道：「報告學長，命中目標！」

喬治忽然一陣晃神，彷彿又看見了身著陸戰隊制服的梁菊站在面前，面帶得意的微笑，向他報告子彈命中靶心。他心中流過一股熟悉的溫暖，可惜那陣晃神只一會兒便回到了現實。

他伸出右手緊緊地握住梁菊的手，讚道：「梁菊，幹得好！」

葉運隆見到這一幕，也是一陣晃神……他眼前飄出了那張在基輔「寶島餐廳」桌上的照片，三個穿著陸戰隊軍服的狙擊手，他們年輕的臉上洋溢著無限的青春和勇氣；梁菊靠在李嶠之的右邊，像是戰友，又好像比戰友親密些……漸漸的，那張照片淡出了，眼前只見他們手握著手，沒有說話，臉上流露出一種無言的莫逆，葉運隆還看到了一絲淡淡的纏綿……

梁菊輕輕將手從喬治的掌中抽回，她回挽著葉運隆，低聲道：「喬治，謝謝你！」

喬治點了點頭，用力收拾起複雜的心情。他轉眼遠望，忽然看到遠處高嶺上出現了一輛「悍馬」車，就停在山脊上，兩個穿深色大衣的男人和一個銀髮女士下了車，正在用望遠鏡向這邊偵察。過了一會，銀髮女士對兩個忙著指指點點的男人說了一些話，三個人就上車匆匆掉頭駛走了。

這時，一架直升機從山坡後如鬼魅般冒了上來，喬治和梁菊透過無線電爭相呼叫：「隊長，隊長……」

馬克西莫夫恢復了無言的本色，默默駕機低空繞了一圈，在喬治和梁菊的揮手相送下，掠過山頭往南飛去。

厄爾局長緊張地問：「Mi-17，是俄國人？」

喬治滿懷感激之情，一時沒有回答。過了片刻，梁菊道：「是朋友。」

8

第二天，《克里米亞日報》的頭版頭條：「加拿大科學家人質獲救」。

兩張照片並列，左邊是手持M14自動步槍的梁菊，右邊是一位身著二次大戰軍服、手持莫欣·納甘狙擊槍的蘇聯女狙擊手，柳德米拉·帕夫里琴科。

文中報導，二戰時帕夫里琴科在奧德薩之圍及克里米亞塞凡堡保衛戰中，曾狙殺三百零九名德國軍官；而梁菊只發一槍，綁匪斃命，救出了轟動一時的國際綁架案主角——她的丈夫葉博士。她們同是克里米亞的狙擊女英雄。

下面有一張照片，梁菊站在中間，葉運隆和李嶠之分站左右，李嶠之的左邊肩膀還包紮了厚繃帶，文中述說援救葉博士的一些精彩片段。

編輯按了一個副標題：「他們來自台灣」。

∞

索契冬季奧運於二〇一四年二月二十三日閉幕。閉幕前的壓軸大戲，就是在博許俄冰宮舉行的男子冰球決賽：加拿大對瑞典。

在準決賽加時賽中淘汰了強敵美國隊之後，加拿大隊的戰力和士氣都已發揮到了不可抵擋的高度，比賽一開始，加隊的鋒線就如水銀瀉地，圍著瑞典隊球門狂攻猛射。

比賽進行到第三節的九分多鐘時，加拿大隊射入了第三球，以三比零遙遙領先。時間還剩十分鐘，瑞典隊的反攻在加隊堅強的防守及守門員精彩的演出下，顯得徒勞無功；一萬多名觀眾欣賞了一場精彩而不緊張的冠亞軍爭奪戰，眼看就要落幕了。

安德烈坐在第二排，他左邊坐著教練麥克．勒蘭，教練旁邊是這一場沒有上場的後補中鋒彼得．伊列諾夫。安德烈的肩上仍吊著打了石膏的左臂。

「恭喜衛冕成功，這場球贏得漂亮！教練，加拿大以你爲榮。」

「安德烈，也恭喜你，國際綁架案終於擺平，你該升官了。」球賽幾乎贏定了，麥克．勒蘭讓執行教練指揮大局，他本人此刻顯得一派輕鬆。

安德烈苦笑搖頭道：「我們救回人質，靠的既不是國際刑警，也不是皇家騎警，反而是兩個退休的台灣警官，我升什麼官？慚愧啊……」想到好友麥可葬身火海，更是高興不起來。

一邊的彼得正爲這場冠軍戰上不了場而不樂，聽了安德烈這話，忽然接口道：「世人大多看不到，關鍵時刻常常靠小兵立大功，這兩個台灣退休警官帥啊！」

教練聞弦歌而知雅意，不禁莞爾，他拍拍彼得的頭，說道：「小子，今天我們大勝就用不上你，下回勝負難分的眞正關鍵時刻，一定得派 AK47 上場力挽狂瀾。哈哈，再說……」

彼得聽了立刻高興起來，瞪著教練還想要聽下文，這時一陣香風隨著一位金髮美婦人飄到了三人面前。

「再說，彼得．伊列諾夫就要成爲俄羅斯冰球聯盟的明星球員了，我們剛搞定了你的合同，聖彼得堡 SKA 隊的主力中鋒伊列諾夫，帥吧？」

「娜塔夏，眞的？太感謝了，我可以帶媽媽回她的老家了。」

娜塔夏像一陣風般，她一屁股坐在安德烈身旁的空座，笑著對教練道：「恭喜教練，衛冕大功告成……還剩不到五分鐘……」

觀眾響起一陣歡呼，加拿大隊的超級守門員——NHL 蒙特婁加人隊的凱瑞．普萊斯擋下一個近門勁射的險球，又踢掉瑞典隊前鋒的一記補射，精彩的撲救演出令觀眾興奮若狂。

娜塔夏轉向安德烈道：「可憐的安德烈，每次見著你，你總是包著石膏，上回你是射進追平關鍵球的英雄，這回你是救出人質的英雄，可惜克里米亞的報紙把你漏了，我們聖彼得堡人可不會忘掉你……」

她從手提袋中掏出手機，替安德烈點閱一份報紙，「彼得堡論壇」首頁的下方，刊出娜塔夏的專稿：「二十年前的冰球英雄，今日救人質的皇家騎警。」

下面兩張照片並列，左邊是當年多倫多大學校隊中鋒的英姿舊照，右邊是皇家騎警安德烈·布洛克聯絡官的檔案照。

安德烈感激地看了娜塔夏一眼，但是很快的，那感激的眼神變成了狐疑和不解，他低聲問道：「娜塔夏，妳……妳一路跟來，是爲了彼得·伊列諾夫？不是爲了葉博士的事？」

娜塔夏睜大了一雙美目望著安德烈，那表情顯得比安德烈更加狐疑和不解。安德烈補充道：「在聖彼得堡那天晚上，妳……接了一通電話……那時妳說『難道要我綁架他』什麼的？」

娜塔夏噗嗤笑出聲來，接著忍不住大笑起來，引得旁座加拿大隊的職員們側目不滿。娜塔夏連忙以手遮口，強忍住笑，對安德烈低聲道：「那是聖彼得堡ＳＫＡ的老闆打來，催促我，要我不擇手段搞定彼得的挖角合同，我才說……我才說總不能用綁架的……哈哈，親愛的，你以爲我要綁架葉博士？好笑啊！」

球場中又傳出如雷的掌聲和歡呼，瑞典隊重新組織鋒線，後衛超前助攻，對加拿大隊展開最後一輪猛攻，希望打破零蛋。半分鐘內，他們對加隊球門射了三次，一球被普萊斯巨掌擋掉，一球射中球門柱，最後一球在門前雙方混戰，搶球搶得相當粗野，緊要關頭裁判也吹不下手。普萊斯眼快身手快，冰球才一鬆落滾出，他就撲了下去，一手揮桿一手揮拍，擋住了雙方亂七八糟的球棍，一屁股坐在冰球上。於是裁判吹笛，重新開球。時間只剩下一分半鐘。

看到娜塔夏笑得花枝亂顫，安德烈覺得十分尷尬，一時說不出話來。身邊的彼得嚷道：「娜塔夏，你們談妥的條件……一些什麼條件？」

娜塔夏得意洋洋地從手提的LV包中拿出一本記事小冊，翻開來看了看她的速記，唸道：「彼得，你不需要等這季結束，三月中就可以到聖彼得堡SKA隊報到，教練摩迪夫會給你一星期的練習，如果表現好，就要正式上場加入常規的鋒線……哈，你的年薪比照你在NHL加百分之十五，詳情你的經紀人會告訴你，希望你簽字……」

安德烈聽不見她在說什麼了，也聽不見球場裡轟然的掌聲和尖叫聲，因爲他看見娜塔夏手上那本記事簿，封面上「SVR」三個字母。

忽然他粗魯地打斷正在進行中的談話，急切地問道：「娜塔夏，妳記事簿的封面……」

娜塔夏爲之愕然，她低頭看了看手中的記事簿：「封面？怎麼樣？」

「上面三個字母……」

「啊，SVR？是我們記者現場採訪記錄的英文縮寫，Site Visit Record，有什麼不對嗎？」

安德烈腦中一片空白，甚至有些天旋地轉的感覺，喃喃地道：「沒有，當然沒有……」

娜塔夏聽不見他說什麼，安德烈也聽不到外面所有的聲音，球賽已經在裁判員長聲鳴笛中結束，觀眾歡呼，但沒有人離場，因爲還有頒獎的節目。他們背後幾排全是遠從加拿大趕來加油的愛國觀眾，不待楓葉旗升起，已經有人帶頭唱起〈噢！加拿大〉。

O Canada!

Our home and native land!
True patriot love in all thy sons command.
……

（全書完）

推薦文

放眼國際，從台灣來

會對這本小說有興趣，有幾個原因。第一個原因是，這本書的作者是上官鼎，大名鼎鼎，很早便名傳江湖。第二個原因是，廿年前我在擔任媒體駐歐特派員期間，曾在法蘭克福的德國高鐵上與作者短暫會晤，對彼時的交通部長今天會寫什麼樣的小說，感到好奇。

當然，文學本便應跨越國界和黨派，一位前任高階官員的名字不能引起我的閱讀動機，小說寫的好不好，才是我眞正好奇之處。必須說，在此之前，我不曾讀過上官鼎的作品，本文亦不是評論，純粹是這本小說《從台灣來》的讀後感。

「從台灣來」其實是「從台灣走」，我覺得小說的英文書名"Out of Taiwan"更爲貼切文本，因爲我看出書寫者的企圖，把眼光從台灣移開，放眼更大、更國際的觀點。

另一個對這本小說有興趣的原因，與現今台灣文學的發展有點關係。現今台灣文學過於文學獎取向，而文學獎盛行，也讓新進小說創作者每每以爲小說的文學取向莫非如是，也只有如此寫才可能得獎，小說寫作因此同質性過高。且台灣文學界重視小說作者的文字，大過故事的寫法或故事本身。因此，許多台灣當代小說文字優秀，但敘事不佳，甚至欠缺故事。

這本小說完全跳脫這個文學派系，雖與作者的武俠小說寫作背景有關，更因爲小說乃類型小說（Genre）的寫法，解放了文學的窠臼，活化了文本的訴求，增加了文本的娛樂效果。這裡指涉的娛樂（Entertainment）性，乃現今台灣小說創作迫切之需。

大抵而言，小說的可讀性基於兩種功能，一是教化性（Educational），另一便是娛樂性。我對小說的欣賞標準，其實與中國古典小說的說書傳統相去不遠。其實，文本的娛樂性相當難以完成，類型小說也並非一定低下於純文學，而二者之間，有必要予以更多的融合。

我從《從台灣來》讀到一種武俠小說的氛圍，只是武林高手精通的不再是劍法而是射擊，作者提出射擊的專注自有其禪意，乃物我渾然相忘，而小說故事發展的重點，乃拯救身陷惡勢力的道中之人，是如今的核能材料專家，手上握有製造核子反應爐的秘密。

這本小說也讓我想起許多早期精彩的 007 情報員電影；作者將庫德族的歷史置入故事，以抽絲剝繭敘事手法，令究竟是誰想以熔鹽式核子反應爐重建庫德斯坦國一事，成爲故事發展的軸線，而庫德族被西方分化的悲慘事實便成爲故事的寓意。

庫德族離台灣並不是眞的那麼遙遠，如今的東方與西方也不是那麼對立，在地球村之內，烏德琴乃中國琵琶的前身，而嗩吶（蘇兒吶）也由波斯傳入，作者對西域文化和交流，尤其對庫德族的關懷，不言而明。

讀這本《從台灣來》很容易看到作者的博學多聞，舉凡軍事、情報、冰球、射擊、通訊科技、化工科技及國際情勢，尤其庫德族的歷史和政治發展，化繁爲簡，深入淺出，證明了一本值得閱讀的小說需要無比的細節。

《從台灣來》是一個少見之大格局，並具國際視野的大膽嘗試。

陳玉慧（作家／媒體工作者）

各界推薦（按姓氏筆劃排列）

就像在看一場諜報電影

閱覽這部作品，就像在看一場諜報電影。書中巧妙運用對話，將劇情的主軸給串聯起來，其中結合了人性、科技、能源議題、國際諜報、械鬥、偵探、文化、民族等多重元素，讓情節毫無冷場，使讀者在不知不覺中，習得多元知識，擴展自己的視野，是部值得細細品味的好作品。很期待它能被拍成一部電影！

——吳俊輝（國立臺灣大學物理系教授暨副國際長）

一部兼具娛樂與深度的佳作！

太有趣的小說！從索契、基輔、雅爾達到土耳其，從俄羅斯人、烏克蘭人、加拿大人到庫德人，對大多數的台灣人來說，那是極為遙遠的國度，極為陌生的元素，但這又是個「從台灣來」的故事。作者不僅將故事說得精彩，譬如台灣退役刑警對決庫德狙擊高手，場面逼真寫實；更以豐富的歷史與國際政治觀察為基，一探庫德族的過去與現在，將克里米亞的複雜情勢巧掇為用。這是一部兼具娛樂與深度的佳作！

——李柏青（作家）

希區考克的懸疑融合伊恩・佛萊明的優雅

《王道劍》出版前夕，我曾撰文：「希冀上官鼎跳脫傳統框架和觀點，也能爲台灣的四百年史，創作出一部屬於這塊土地的武俠小說。」未料，兩年後上官鼎即以一部長篇小說回應了一位讀者的期待。《從台灣來》雖無關台灣史的耙梳與再創，卻巧妙地將「台灣元素」置入於國際化的多層視角，並連結類型小說的技法，異國情調與台灣特色兼容並存，閱讀的感受像是希區考克的懸疑融合了伊恩・佛萊明的優雅。我鮮少讀過本土作家撰寫跨國題材，上官鼎驗證了類型小說在大華人區尚未窮盡其敘述上的種種可能。

——陳世杰（影視編劇／中國文化大學戲劇系副教授）

以紮實的知識和想像寫就勇敢的小說

在索契冬季奧運會的前夕，由於複雜地緣政治的發酵，從烏克蘭到整個黑海沿岸成了諜影重重、危機四伏的歐亞火藥庫。三個來自遙遠東方的台灣人，卻偶然被捲進這各國勢力交錯、各民族龍蛇混雜的舞台。他們將遭遇一個怎樣的冒險故事？

在環環相扣的情節裡，邊緣如何成爲中心？虛構如何變得合理？遙遠與陌生又如何變得切身而令人關注？這些都是作者要面臨的嚴峻挑戰；也需要一個比一般文學創作更爲多元、複雜的心智來鋪陳掌握：豐富的國際甚至戰爭史的常識、尖端的科技甚至各種武器的知識、細膩幽微的感情場景也不可或缺……

透過這部勇敢的小說，上官鼎以他紮實的知識和想像，向讀者呈現一個二十一世紀的新江湖，或一部二十一世紀的武俠小說——似乎也暗含著探究新的類型小說的強烈企圖。而書名《從台灣來》，也代表著希望台灣人擴大格局與視野，積極參與各式國際舞台，做地球的主角的期許。

——羅智成（文化評論家）

以世界為舞台的2.0版「新武林」

要說武俠小說披上現代外衣，會是個什麼模樣？上官鼎這部《從台灣來》是個極有意思的嘗試。武林高手搖身變為退休警官、頂尖科學家，刀劍暗器升級成貝瑞塔M9手槍、烏茲衝鋒槍，打鬥場面從山巔林間置換到冰雪黑海、荒丘邊境，時代背景從中原馬蹄亂，穿越時空來到跨國軍火買賣、美俄強權角力、中東部族征亂……一個以世界為舞台的2.0版「新武林」，儼然成形。

在這個新武林，上官鼎盡情發揮他廣沛的國際地緣政治和尖端科技專業知識，勾勒出錯綜複雜、爾虞我詐的曲折情節。妙的是，還把來自台灣的男女主角放進解謎緝凶的主舞台，也算另類的台灣走進全世界。

至於江湖中那把必不可少，讓天下英雄競爭奪的「倚天劍」，該算上官鼎寫這部小說最深刻的伏筆！為善為惡一念間，就讓讀者翻開書扉，自己尋找吧！

——蘭萱（資深媒體人）

國家圖書館出版品預行編目資料

從台灣來／上官鼎著 .-- 初版 .-- 臺北市：遠流，
2016.12
面；公分 .–

ISBN 978-957-32-7937-2（平裝）

857.7 105023919

O1308

從台灣來 OUT OF TAIWAN

作者：上官鼎
校對：盧芝安
資深主編：鄭祥琳
行銷企劃：鍾曼靈
美術設計：意研堂
出版一部總編輯暨總監：王明雪

發行人：王榮文
出版發行：遠流出版事業股份有限公司
地址：臺北市南昌路二段 81 號 6 樓
電話：（02）2392-6899 傳真：（02）2392-6658
郵撥：0189456-1

著作權顧問：蕭雄淋律師
2016 年 12 月 22 日 初版一刷
定價：新台幣 360 元（缺頁或破損的書．請寄回更換）

ISBN 978-957-32-7937-2

YLib 遠流博識網

http://www.ylib.com E-mail: ylib@ylib.com